闫旺——著

金台杂谈

评论言论

杂文随笔

散文游记

论文发言

 人民日报出版社

北京

图书在版编目（CIP）数据

金台杂谈 / 闫旺著. -- 北京 : 人民日报出版社,
2023.8
ISBN 978-7-5115-7925-6

Ⅰ.①金… Ⅱ.①闫… Ⅲ.①散文集－中国－当代
Ⅳ.①I267

中国国家版本馆CIP数据核字(2023)第158362号

书　　名：**金台杂谈**
　　　　　JINTAIZATAN
著　　者：闫　旺

出 版 人：刘华新
责任编辑：季　玮
装帧设计：元泰书装

出版发行：**人民日报**出版社
社　　址：北京金台西路2号
邮政编码：100733
发行热线：（010）65369509 65369512 65363531 65363528
邮购热线：（010）65369530 65363527
编辑热线：（010）65369523
网　　址：www.peopledailypress.com
经　　销：新华书店
印　　刷：河北浩润印刷有限公司
法律顾问：北京科宇律师事务所010-83622312

开　　本：710mm×1000mm　　　1/16
字　　数：350千字
印　　张：23.75
版　　次：2023年10月第1版
印　　次：2023年10月第1次印刷

书　　号：ISBN 978-7-5115-7925-6
定　　价：98.00元

目 录
CONTENTS

第一章
评论言论

"夸富"与"哭穷" ……………………………… 003

"推磨鬼"的悲哀 ……………………………… 004

要掌声与给掌声 ……………………………… 006

由耿书记的"万元肚"想到的 ………………… 008

警惕"枕边风" ………………………………… 010

别当"老好人" ………………………………… 012

发票里边"名堂"多 …………………………… 014

武装嘴巴更要武装头脑 ……………………… 016

实事为什么没办好 …………………………… 017

戒"多欲" ……………………………………… 019

"问题"何必待"曝光" ……………………… 020

穿衣戴帽看作风 ……………………………… 022

心里装着群众 ………………………………… 024

谨防另一种"润物无声" ············ 025

何以有禁不止 ············ 027

少一些"整数情结" ············ 029

要善于堵"蚁穴" ············ 030

"规划"岂能乱"涂改" ············ 032

解读"急躁情绪" ············ 034

小事当慎 小节当拘 ············ 036

来的都是客 ············ 038

说"霸" ············ 040

"4"字惹了谁? ············ 041

少开空头支票 ············ 043

贪官为何爱拜佛 ············ 045

勿为谄媚遮望眼 ············ 047

仅有对上负责是不够的 ············ 049

莫将"勾结"当"团结" ············ 051

两毛钱三两粮票的启示 ············ 053

贪官得以"做大"的"生态环境" ············ 055

风物长宜放眼量 ············ 057

打假须用真功夫 ············ 059

从李真发迹看"背景"崇拜 ············ 061

从胡耀邦驳哥哥面子谈起 ············ 063

莫让红头文件变了味儿 ············ 065

有感于"当好官就不要搞污染" ············ 067

查查高速公路"补丁"背后的猫腻! ············ 069

奉献是共产党员的优秀品德 ············ 071

谨防"小权力"产生"大腐败" ············ 073

且看"贪官太太"巨额赃款的诱惑力 ············ 075

冒充"干儿子"行骗为何屡屡得逞? ············ 077

且看"民谣"中透露出的腐败信息 …………… 079

从贪官的"抱怨"看政治素质缺失 …………… 081

"亿万富翁"的暴富"捷径" …………… 083

"三玩"市长的预言会应验吗? …………… 085

革命理想高于天 …………… 086

惩治乱打旗号的不法行为 …………… 088

司法腐败是和谐社会的大敌 …………… 090

"领导书法"招摇于市背后 …………… 092

大拇指、一把手与"三气"作风 …………… 094

不看领导脸色行事,到底有多难? …………… 096

遏制矿难,光有"怒斥"还不够 …………… 098

为官莫做"两面人" …………… 100

领导干部,应该围着什么转? …………… 102

从仿冒书记签名看官场之弊 …………… 104

代表不是"护身符" …………… 106

"嫖资"计入受贿额的警示意义 …………… 108

从宣传部长"落马"看教育效果缺失 …………… 110

人民赋予的权力,应该怎么用? …………… 112

什么样的官员怕失去权力 …………… 114

揭开高速公路腐败的面纱 …………… 116

"官奴"的双重人格 …………… 118

彻底清除市侩作风 …………… 120

人民群众得实惠 …………… 122

"腐败文件"为何频频登场? …………… 124

莫将百姓当"敌人" …………… 126

从政"四忌" …………… 128

官员霸气"辐射"之忧 …………… 130

官德缺失应该补什么? …………… 132

眼睛的功能 ·· 134

第二章
杂文随笔

非才而居，咎悔必至 ····························· 139

腐败贪官的五大特征 ····························· 141

领导干部的八种"不在状态" ·················· 143

领导干部退休以后忙什么？ ·················· 145

当官莫学灶王爷 ································· 147

少一点愧　多一点爱 ····························· 149

由寡妇扇坟看贪官的急性子 ·················· 151

我们需要什么样的"情人节" ·················· 153

考场作弊　令人担忧 ····························· 155

假"院士"为何受欢迎？ ························· 157

作弊耳机热卖与诚信教育缺失 ··············· 159

狗不教人之过 ··································· 161

汽油涨价，"倒霉"的不应仅仅是乘客 ·········· 163

从八哥学舌看官员交友 ························· 165

游客"三戒"的启示 ······························· 167

警惕"衙内"周围的"陆虞候"们！ ·············· 169

从李鸿章滥用老乡谈起 ························· 171

个人意见与决策失误 ····························· 173

132 名教师伪造文凭，为了什么？ ·········· 175

从猪八戒修成正果谈起 ························· 177

"说假话"杂谈 ··································· 179

从奢华的理由谈起 ······························· 181

李毅中"六亲不认"说明了啥? …………… 183

"王爷"遍地走与"副职"一大片 …………… 185

毕业证"管"结婚证，"荒唐令"暴露了啥? … 187

农民告省长，几多辛酸泪! …………… 189

从温总理写演讲稿谈起 …………… 191

解决交通拥堵，该施治本之策! …………… 193

井冈山上有真经 …………… 194

花钱 受罪 浪费 …………… 196

给"大口罩"消消毒 …………… 198

有感于"君子不过文德桥" …………… 200

读毛泽东文稿手迹有感 …………… 202

奥运过后仍需空气清新、道路畅通! …………… 204

牛年，中国人更要牛起来 …………… 206

浅谈"心态" …………… 208

谈谈叶挺将军的"胸无城府" …………… 210

谈谈官员的"业余形象" …………… 212

绰号，腐败官员的重要标记 …………… 214

王瑛是面镜子 …………… 216

说"试" …………… 218

足球，踢上法庭才"精彩" …………… 220

领导，您识数吗? …………… 222

掌权，为民乎? 为己乎? …………… 224

"寓理帅气"杂议 …………… 226

焦大"骂"出了什么? …………… 228

在法庭上看"足球" …………… 230

"眼花"还是"心瞎"? …………… 232

可贵的"羞愧感" …………… 234

教师晒礼品，好大的胆子 …………… 236

当世界杯遇上李铁，我们该看谁？ …………… 238

对春晚的无奈与期待 …………………………… 240

笔下留德，请不要在受害人的伤口上撒盐！ … 242

一张"悬赏通告"，为何会引发网络热议？ …… 244

我为农民说句话 ………………………………… 246

第三章

散文游记

为了十七张凭证 ………………………………… 251

小姐拉我买文凭 ………………………………… 253

"献血" …………………………………………… 255

"豪华"梦 ………………………………………… 257

怀念"乖乖" ……………………………………… 259

遭遇"尾随" ……………………………………… 261

故乡桃花别样红 ………………………………… 263

新版李逵捉"鬼"记 ……………………………… 265

荒山变成聚宝盆 ………………………………… 267

好大一个"窝" …………………………………… 268

文德桥的故事 …………………………………… 270

峨眉山游记 ……………………………………… 272

春游玉渊潭 ……………………………………… 274

重生汶川国旗红 ………………………………… 276

给老温当"翻译" ………………………………… 278

醉在草原 ………………………………………… 280

走进"雷锋班" …………………………………… 282

井冈山的歌谣 …………………………………… 284

对联当有意境美 …………………………… 286

我的芭蕉扇 ………………………………… 287

"情人谷"情诗赏析 ……………………… 288

我的启蒙老师 …………………………… 290

第四章
论文发言

对权力监督的几点思考 …………………… 295

找准党内监督的切入点 …………………… 300

坚决禁止有偿新闻
进一步加强新闻单位党风廉政建设 ……… 306

对领导干部作风建设的几点思考 ………… 311

强化"四种意识",
打牢以人为本执政为民的思想基础 ……… 317

对"官德"建设的几点思考 ……………… 322

认真贯彻"两个法规"
切实把党纪要求落到实处 ………………… 326

立规矩 守规矩 用规矩 ………………… 331

传承红色基因 争做合格党员 …………… 338

扛起新时代的责任担当 …………………… 342

对忠诚干净担当的理解与思考 …………… 345

深入学习领会习近平总书记重要讲话精神
认真履行纪律检查机关工作职责 ………… 351

深化党史学习 强化使命担当 …………… 356

努力打造忠诚干净担当纪检干部队伍 …… 362

后 记 ……………………………………… 366

金台朵谈

第一章
评论言论

"夸富"与"哭穷"

这里所说的"夸富"，并非指富了以后去炫耀，而是指虚报浮夸、不富装富；这里所说的"哭穷"，是指为了达到某种目的，叫苦装穷。

某公司上报的工业总产值 7 亿多元，而同期核实数仅为 8000 多万元，纯属子虚乌有的竟达数亿之多。这种无中生有着实令人担忧。

与此相反，个别贫困地区和经济状况不景气企业，不是想方设法去摆脱困境，而是在求得政府的援助救济上绞尽脑汁。如：有的贫困县年初提出的口号不是为尽快为脱贫而努力，而是为争（保）某级"贫困县"而奋斗，高产低报、多收少报产值或夸大困难的情况依然也存在。

"夸富"与"哭穷"，看似截然相反，实则异曲同工。都是采用欺上瞒下、弄虚作假的手段，来为本地区、本部门或小集体谋取好处。

"夸富"与"哭穷"如果是个人行为，不富装富，吹吹牛皮，挣点脸面，以赢得人们的尊重，或者是不穷装穷，得到一些怜悯、获取一点好处，倒也无妨大碍。倘若变成组织行为，那就为害尤烈、后患无穷了。它不仅损害了党和政府的形象，涣散了党心、民心，而且还影响了决策的科学性，妨碍着国民经济的健康发展。当前我国的改革已进入攻坚阶段，在这种情况下，更要说实话、做实事，这样才能真正做到一切从实际出发，科学地部署和安排工作，积极稳妥地解决各种矛盾和问题，保证党的十五大提出的各项任务的顺利完成。

年终岁尾，一年一度的总结工作即将开始。但愿各级政府部门、企事业单位，都能够实事求是地总结成绩，查找问题，根据本地区、本部门的实际情况，制定明年的措施、规划，千万不要在"夸富"与"哭穷"上再做文章。

《中国纪检监察报》1998 年 11 月 10 日第四版

"推磨鬼"的悲哀

　　"有钱能使鬼推磨"这一封建社会的余毒，在商品大潮的冲击下，在一些地方又沉渣泛起。前不久，新闻媒体披露了河北省张家口市发生的一起怪案：个体户赵某，为了获取不正当的利益，伙同其胞弟用钱物腐蚀张家口市桥西区法院、张家口市中院、河北省高院三级法院的十多名法官。这些法官接受贿赂后，充当了赵氏兄弟的"推磨鬼"，上演了一幕枉法判决的闹剧。最终，邪不压正。十几名贪赃枉法的执法人员，均受到了党纪国法的严惩。

　　俗话说："从贪欲开始就会在牢狱里告终。"看来从法官到囚徒，并没有不可逾越的界限。这一戏剧性的变化，只因一个"贪"字。古人云："贪恋财物之人，如小儿贪刀刃之饴，甜不足一食之美，然终有断舌之大患。"这几名法官在五光十色的物质诱惑面前，竟忘记了自己的身份和责任，冒着"断舌"的危险，心甘情愿地为赵氏兄弟"推磨"。最终，落了个官财两空、身败名裂的可耻下场，这实乃"推磨鬼"的悲哀！

　　众所周知，公正是法律的精髓，也是对执法者的根本要求。西方哲学家培根说过："一次不公正的判决，其恶果甚至超过十次犯罪。因为犯罪虽是无视法律——好比污染了水流，而不公正的审判则毁坏了法律——好比污染了水源。"身为法官，本应秉公执法、惩恶扬善、主持公道、伸张正义。而本案中的几名执法人员在接受了赵氏兄弟的钱物、宴请、桑拿浴及三陪色情服务后，竟见利忘义，不顾客观事实，利用手中的权力枉法判决。严重损害了审判机关和执法人员公正、威严的形象，其影响和危害是十分恶劣的。

行为的腐败始于思想的腐败。惩治司法腐败，维护司法公正，必须大力提高执法人员的思想素质。要讲学习、讲政治、讲正气，树立正确的人生观、价值观、金钱观，克服贪欲思想，牢记："欲不除，如蛾扑火，焚身乃止；贪无了，如猩嗜酒，鞭血方休"的古训。要严格执行中央政法委提出的"四条禁令"，围绕政治坚定、公正廉洁、业务精通、纪律严明、作风优良的目标，努力加强思想修养和党性锻炼，做到拒腐蚀，永不沾，自觉拒当"推磨鬼"。

写于 1998 年 12 月

要掌声与给掌声

最近，看了一场文艺演出。观后，如鲠在喉，不吐不快。演出中的个别演员不是在演技上精益求精，而是在向观众要掌声上挖空心思。如：有的演员一边表演着节目，一边请求台下的观众："给一点掌声好不好？"尤其使人难以理解的是，一位很有名气的相声演员，也用降低自己辈分的作法跟观众要掌声："前边鼓掌的观众是我的表哥，中间鼓掌的观众是我的表叔，后边鼓掌的观众是我的表舅！"

掌声是观众对演员辛勤汗水的酬劳和回报，是对节目内容的肯定和认可。掌声是一把尺子，能衡量每一个节目的好差优劣。掌声强烈，震耳欲聋，说明演得好，赢得了观众；掌声平和，稀稀拉拉，说明观众不满意，还需要下功夫。

古人云："飞瀑之下，必有深潭。"这"深潭"是"飞瀑"长年累月冲击形成的。同样的道理，对演员来说，只有对艺术持之以恒、刻苦敬业，才能积累起艺术的"深潭"来，才能赢得观众由衷的掌声。诚所谓"台上十分钟，台下十年功"。著名评书艺术家单田芳那略带沙哑、极富个性的声音，能够通过100多家电台、电视台传遍大江南北、长城内外，深受亿万听众的喜爱，正是源于他对评书表演艺术的热爱和追求。上海人民艺术剧院演员魏宗万，从艺35年，饰演了126个小人物，同样深受广大观众的喜爱与敬重。相比之下，个别因一支歌走红、一支曲成名的演员，稍有名气之后，便热心于走穴捞钱、逃税漏税，有的甚至用假唱糊弄观众。这样的演员，观众是绝对不会报以掌声的。

　　要想成为德艺双馨、深受观众喜爱的演员，就必须心里想着观众，刻苦学艺，扎实练功，用高尚的品德、良好的形象、精湛的技艺去赢得观众，凭自己的真本事赢得掌声，而不是没羞耻地跟观众索要掌声。

　　　　　　　　　　　　　　　　《中国纪检监察报》1999 年 1 月 5 日第四版

由耿书记的"万元肚"想到的

耿根喜是山西省翼城县委书记,在民主生活会上他这样解剖自己:"下乡白吃,住招待所白吃,出差白吃。有白吃就有白喝、白吸(烟),还有白拿,拿烟、拿酒、拿土特产。……我不是万元户,但肚子里白吃白喝的不止万元,可以说是一个'万元肚'。"

讲真话比昧着良心说瞎话要好得多。在这里且不论耿书记的态度如何如何,只说"万元肚"——公款吃喝这种现象,早已是个不可回避的焦点话题了。20 世纪五六十年代,干部下乡,骑自行车,带着窝头、咸菜,或者到农民家里吃派饭,饭后还要按标准交钱和粮票。他们和农民同吃、同住、同劳动,是深受老百姓拥戴的。然而,现在一些干部下基层,坐进口车,吃高档宴,住豪华房,白吃白喝还要白拿,难怪人民群众不满意呢。

公款吃喝是一种不可忽视的腐败现象。它无端增加了政府的财政支出,挥霍了人民血汗钱,与党的全心全意为人民服务宗旨是完全背离的;它涣散了党心、民心,影响了党群、干群关系,与党密切联系群众的优良作风是格格不入的;它助长了一些人贪图享乐、不求进取的思想,与党艰苦奋斗、勤俭节约的优良传统是背道而驰的;公款吃喝使一些党员干部丢掉了原则,丧失了立场,严重地损害了党的形象;公款吃喝之风"刮倒"了一些贪杯恋盏的"意志薄弱"者,影响了党员干部队伍的建设。此风不刹,反腐败就是一句空话。

遏制公款吃喝,是一项复杂而又艰巨的任务。为此,从中央到地方各级政府都曾三令五申地发文件,制定相应的制度、规定。但上有政策,下有对策,以致公款吃喝之风愈刮愈烈。要根治这种腐败现象,必须标本兼治。党员干部要澄清"吃吃喝喝是小事"等模糊观念，真正认识到公款吃喝是腐败的先导、犯罪的开始，要加强品德修养，在思想上达到"不想吃"的境界；要增强法纪观念，用党纪条规来约束自己，在头脑中始终保持"不敢吃"的意识；要自觉接受人民群众的监督，将自己置身于"不能吃"的环境。除此之外，更主要的，还要在解决这个"公"字上下功夫。要严格控制公务接待费用，彻底清除"小金库"行为，恢复吃饭交钱的传统做法，变公款吃喝为费用自理，坚决制止白吃、白喝、白拿的腐败行为。

写于 1999 年 2 月

警惕"枕边风"

时下，人们常把领导干部的配偶用不正确的思想左右领导干部行为的做法叫吹"枕边风"。如某妻子经常在为官的丈夫耳边唠叨："你看某某的官是怎么当的，汽车、楼房、现代化家用电器应有尽有。再瞧瞧咱家的寒酸相，连件像样的家具都没有。"这种话说多了，可能会对从政者产生潜移默化的影响。轻则心理失衡、精神不振，重则误入歧途、违法犯罪。对此，绝不可等闲视之。

"枕边风"在历史的长河中曾经掀起过许多次"惊涛骇浪"：商纣王被妲己的"枕边风"吹得是非混淆、忠奸不辨；唐玄宗李隆基被"回头一笑百媚生"的杨贵妃的"枕边风"吹得神魂颠倒、黑白不分，最终，上演了"九重宫阙烟尘生，千乘万骑西南行"的逃亡悲剧。

从目前查处的一些贪污受贿案件中不难看出，一些领导干部之所以走上犯罪的道路，与他们对"枕边风"放松警惕分不开。这些领导干部的配偶为给亲戚朋友谋取好处，时常在自己的丈夫（妻子）耳边"吹风"，使本不该办的事儿，办成了。如：广西壮族自治区政府原副主席徐某某，听了妻子的"枕边风"之后，将修建玉石公路这样大的工程承包给一个很小的装潢公司，自己从中受贿 40 万元，却使国家 3000 万元资金去向不明。有的不法分子，深知"枕边风"的特殊作用，把领导的配偶选为"突破口"，给其送钱送物，借其口舌为己谋利。个别领导干部对"枕边风"不分析、不批评、不抵制，甚至听之任之，并积极照办。

领导干部及其配偶怎样对待"枕边风"，我以为至少要把握以下三点：首先，对领导干部配偶来说，"凡话要三思而后说。"说话之前要先掂量掂量，话说出去对丈夫（妻子）以及他（她）的工作是否有利，有利的话就说，没利的话就不说。毛泽东同志说过，一个人只要对别人讲话，就是做宣传工作。"枕边风"同样是在做宣传，这种宣传应该多一点促人向上，少一点泄气和帮倒忙。其次，对领导干部来说，"凡话听后要有主见。"外因是变化的条件，内因是变化的根据，外因要通过内因而起作用。因此，领导干部在听到"枕边风"的时候，不要感情用事，要经过考虑，判断其正确与否，然后再决定是采纳还是摒弃。切不可盲从，不可人云亦云。最后，领导干部要从一些"贪内助""钱内助"的案例中吸取教训，加强思想修养，切实把住名利关、人情关、奢侈关和金钱关，提高对"枕边风"的免疫力。

《中国纪检监察报》1999 年 7 月 3 日第四版

别当"老好人"

最近，某单位党支部在召开党员大会，讨论通过对一个犯错误党员的处理决定时，出现了令人十分尴尬的局面：与会党员不是对犯错误的同志进行中肯的批评帮助，而是以其态度较好、能够积极配合组织查清问题为由，为其开脱责任，否定了支委会的意见，使该支部的工作陷于被动。

明显的违纪问题，为何处理不下去？原因是在一些党员干部的头脑中普遍存在着怕得罪人的老好人思想。这些党员是非观念模糊、原则性不强、人情大于党性。面对同志的缺点错误，不是作积极的思想斗争，而总想保持"你好、我好、大家都好"的无原则的一团和气。

老好人思想表现还有多种：有的对同志的缺点错误视而不见，置若罔闻，笃信"多栽花少栽刺，留下人情好办事"的处世哲学，在是非面前不开口，遇到问题绕着走；有的则当面不说，背后乱说，耍两面三刀、阳奉阴违的手腕；有的即使是批评，也是闪烁其词，说一些模棱两可的话；有的则是大事化小，小事化了，当和事佬，等等。

老好人思想是一种腐蚀剂，它严重地侵蚀着党的肌体，涣散着党组织的凝聚力和战斗力，破坏了党内团结，影响了党的建设。对此，不可等闲视之。

正确对待同志的缺点错误，必须拿起批评与自我批评的思想武器，开展积极的思想斗争，必须彻底清除头脑中的老好人思想。俗话说："良药苦口利于病，忠言逆耳利于行。"开展正确的批评与自我批评是我党的优良传统。对此，毛泽东同志曾做过恰到好处的比喻：党内的批评好比洗脸扫地，治病救人。从某种意义上讲，每个人的成长进步，都得益于不断接受别人的批评帮助。开展批评与自我批评，要按照"惩前毖后，治病救人"的方针和"团结—批评—团结"的公式解决问题。要讲真理不讲面子，讲原则不讲关系，讲党性不讲私情，"坚持真理，修正错误"，做到批评不留面子，处理恰如其分，决不能姑息迁就，宽大无边。这样，才有利于严肃党纪，有利于党内团结，有利于同志的成长进步。

《中国纪检监察报》1999 年 12 月 7 日第四版

发票里边"名堂"多

去买办公用品，付款去后索要发票时，一些商家往往问："开什么？开多少？"言外之意，就是顾客想开什么就能开什么，想开多少就能开多少。

显然，商家这样做的目的是为招揽生意。这样做的后果，为个别公款采购人员中饱私囊开了绿灯。从纪检监察机关查处的一些案件中不难发现，在发票上搞"名堂"，多用两种手段：一是在商品名称上偷梁换柱，名实不符；二是在商品金额上弄虚作假，少花多开。但不同地位、不同身份的人又各有不同的招数。

一般的经办人作弊，是谨小慎微的。在商品名称上，有的将个人用的衬衣衬裤开成劳保用品；在金额上，将30元开成50元，200元开成300元。个别胆大妄为者，完全不拘泥于这些"小节"，在商品名称上笼统地将家用电器开成办公用品、将吃的用的开成礼品文具；在数额上，则是"韩信点兵，多多益善"。更有"大巫"，可以将吃饭、唱歌、跳舞、洗桑拿以及游山玩水的一切费用，开成一张天文数字的"就餐费""招待费"之类的票据，有的甚至拿着空白发票，想怎么填就怎么填。

广大群众对这种在发票上搞"名堂"的行为，早就深恶痛绝。它钻了工商、税收及财务制度的空子，严重损害了国家和集体利益，败坏了社会风气，引发了私买公报、贪污挪用等经济犯罪；它甚至是造成个别中小企业效益低下、破产倒闭的重要因素。对此，应引起有关部门的高度重视。

首先，商品销售部门应坚持实事求是的原则，严格按"真实性、合理性、合法性"的原则出示票据，拒绝一切不正当的要求。其次，对在发票上搞"名堂"的人，应当增强其循章守纪、依法行事的意识，加强道德品行的修养，牢记"莫伸手，伸手必被捉"的告诫。同时，有关部门应加大对这种"瘟疫"的打击力度，并使之失去滋生蔓延的"温床"，以减少发票里边的"名堂"。

《中国纪检监察报》2000年3月20日第三版

武装嘴巴更要武装头脑

浙江省台州市原市委副书记、市长孙某某，在党校学习期间收受贿赂11万元。被查处后，其在交待材料中写道："这些年来，我也一直在坚持理论学习，但学习只武装了我的嘴巴，没有武装我的头脑，以致于走上了违法犯罪的道路……"

诚然，作为一名领导干部，练就过硬的"嘴上功夫"，讲话恰当、得体，本是应该的。然而，仅仅武装嘴巴远远不够。人的行为是靠头脑支配的，倘若不与武装头脑结合起来，放松世界观的改造，慢慢地人就会变质，就会犯错误。现实生活中确有少数领导干部，他们嘴巴武装得冠冕堂皇，口头上大讲马列主义，行动上却利用职权贪污受贿、胡作非为、不择手段地谋取私利，正如俗话所说，"满嘴的仁义道德，一肚子男盗女娼"。原湛江市委书记陈某某，在台上曾慷慨激昂地说："参与、支持、放纵、庇护走私活动，都是违反党纪、政纪、国法的行为，纵容、袒护走私犯罪分子的，不管是谁，都要从严处理。"然而，在台下，他却积极为其儿子陈励生的走私通关、找销路，充当着走私分子的"保护伞"。

"武装嘴巴"与"武装头脑"应该是统一的。只有不断用科学理论武装头脑，才能树立正确的世界观、人生观、价值观，才能在大是大非面前不迷失方向，自觉抵制各种不良思潮的侵蚀，才能说实话、办实事，得到人民群众的拥护。倘若把二者对立起来，就会丧失信念，迷失方向，经不住名利地位、金钱美色的诱惑，就会变成口是心非、言行不一的"两面人"。这样的干部，不管他们的言语多么动听，也得不到广大群众的支持和信任，只会遭到唾弃。

《中国纪检监察报》2000年10月13日第四版

实事为什么没办好

为民办实事，是人民政府的职责。近年来，一些地方政府把为人民群众办若干件实事作为年度工作的一项重要内容，体现了党的宗旨，得到了广大人民群众的赞许。

但是，也有一些地方在为老百姓办实事上，工作不用心、不到位，甚至掺杂着不纯的动机，以至于实事办虚，好事办砸。如某地一个镇政府为了建设"四万工程"（万亩黄花菜工程、万米绿色长廊工程、万亩蔬菜工程和万亩养鸽工程），拆除农舍几百间，征用农民承包地几百亩，致使一些农民无家可归，无地可种，有的竟栖身在桥洞里达一年之久。由于思路不对头，所建的菜地变成了荒地，大棚架子成了村童玩耍的器械，而在横跨公路的标语牌上，仍然醒目地写着"抓好四万工程，造福五万人民"。这样的"福"，老百姓是不能接受的。

发展经济，造福百姓，是绝大多数地方政府十分重视的事情。为此，很多地方领导干部埋头苦干，很辛苦，也很有成绩。这是主流。即使有些工作还不能尽如人意，群众也能体谅。但另外一种情况却值得注意：个别干部官僚主义严重，不深入群众，不调查研究，盲目决策，制定一些不切实际的规划，最终是有投入无产出，有规模没效益，劳民伤财，费力不讨好。个别干部喜欢搞政绩工程、面子工程，急功近利，贪大求全。对显示"政绩"的事，群众即使再反对，也不顾后果，拍板要上。还有个别干部，借办实事之名，中饱私囊。他们利用批工程、审项目的权力，索贿受贿，贪污犯罪。政府投入了巨额资金，但由于层层转包，层层盘剥，最终只能在工程上偷工减料，办实事办出了豆腐渣工程。

把实事办好，是人民的期盼，也是各级政府的初衷。虽然主观愿望未必都能变成现实，好事未必能百分之百办好，但指导思想不能走偏。一是要真正树立全心全意为人民服务的思想，自觉摒弃私心杂念，立党为公，一心为民。二是要实事求是，从当地的实际情况出发，量力而行，处理好吃饭和建设的关系。三是要深入基层，调查研究，弄明白什么是实事，什么是虚事，什么是助民利民的好事，什么是坑民害民的蠢事，然后再决定我们应该做些什么。正确的决策只是成功的一半，把实事做好，最重要的是抓好落实。要扑下身子，真抓实干，以对人民极端负责和对工作极端认真的精神，自始至终地抓好每一项实事，直到抓出成果、抓出效益，给老百姓带来实惠。

岁末年终，各级党委和政府部门不妨回头看一看，年初对老百姓承诺的实事兑现了没有，哪些落实了，哪些还没落实？哪些变成了装点门面的花架子？应当总结什么经验，吸取什么教训？这样的总结对我们以后的工作大有好处。

《人民日报》2000 年 12 月 13 日第四版

戒"多欲"

　　清朝一本闲书《解人颐》里有这样一首打油诗："终日奔波只为饥，方才一饱便思衣。衣食两般皆俱足，又想娇容美貌妻。娶得美妻生下子，恨无田地少根基。买到田园多广阔，出入无船少马骑。槽头扣了骡和马，叹无官职被人欺。县丞主簿还嫌小，又要朝中挂紫衣。做了皇帝求仙术，更想登天跨鹤飞。若要世人心里足，除是南柯一梦西。"这首打油诗，形象直观地道出了封建社会那些贪得无厌、欲壑难填之人的病态心理。

　　在我们党员干部队伍中，确有少数人受不良思潮影响，患上了这首打油诗描述的那种"多欲症"。这些人理想信念动摇，是非观念模糊，个人私欲极度膨胀，为了一己之利，置党性原则、党纪国法于不顾，什么坏事都敢做。有的为了满足"权力欲"，投机钻营，不择手段；有的为了满足"占有欲"，极尽贪捞搜刮之能事，涉案金额动辄成百万、上千万；有的色胆包天，不知廉耻，丧尽天良。如此等等，不一而足。

　　"多行不义必自毙。"从一个个腐败分子翻船落马的案例中不难发现，正是"多欲症"害了他们。倘若胡长清、成克杰等当初在个人欲望上收敛一些，也不至于走到丢官罢职、杀头掉脑袋的地步。

　　"罪莫大于多欲，欲不除，如蛾扑火，粉身乃止；贪无了，如猩嗜酒，鞭血方休。"我们是唯物主义者，承认人有七情六欲，承认人的正当、健康的物质和精神需求。共产党人应该树立正确的世界观、人生观、价值观，确立崇高的人生追求，淡泊名利，面对形形色色的诱惑，坚定立场，牢牢把住思想道德这道防线，耐得"寂寞"，甘于清苦，力戒不正当的欲望追求，保持良好的品行和高尚的情操，把全部的热情和才华投入到伟大的历史变革之中。

　　　　　　　　　　　　　　　《人民日报》2000年12月14日第十版

"问题"何必待"曝光"

近些年，经常在新闻媒体上看到这样的报道：某地的"丑事儿"被曝光后，引起当地政府或部门的高度重视，他们立即召开紧急会议，研究部署解决问题的方案、措施，有的还连夜派出调查组调查处理，使长时间解决不了的问题迎刃而解。

这类报道一方面反映了地方政府或部门对舆论监督的重视，但另一方面也不免让人疑惑：为什么一些群众反映多且长期得不到解决的问题，总要在新闻媒体曝光后，才引起当地官员的重视进而得以解决呢？是当地政府官员及职能部门都不知情吗？并不尽然。如去年11月26日晚，中央电视台《焦点访谈》节目播出的河南尉氏县大桥乡供销社大肆制售假劣棉花的违法活动，就是在光天化日之下，用机器设备成规模、大批量地公开进行的。这些违法行为之所以得不到及时制止、制裁，恐怕有以下几方面原因：一是有关领导和职能部门不勤政，有"多一事不如少一事"的思想，明知问题存在却不愿管，懒得管，睁一只眼闭一只眼；二是怕得罪人，怕惹事，不好意思管或不敢管；三是当地领导干部地方保护主义思想严重，为了一点经济利益，对违法行为姑息纵容；四是个别领导干部和执法人员与不法分子有着千丝万缕、盘根错节的联系。这些都对现存问题、不法行为起到了推波助澜、养痈为患的作用，以至于形成这种现象：一些地方的问题靠自身解决不了，或不想解决，只有在新闻舆论的压力下才被迫解决。

我国幅员辽阔，人口众多，问题和矛盾的出现在所难免，特别是在计划经济向市场经济的转轨过程中，必然会引发一些新矛盾，出现一些新问题。这些问题如果只靠媒体曝光后再解决处理，势必会造成问题成堆、积重难返的恶果。

因此，各级政府及其职能部门，应当依照党和政府的方针政策、法律法规，结合本地区的实际情况，及时解决矛盾，处理问题，打击、遏制社会丑恶现象。如果政府和职能部门对身边发生的问题不闻不问，视若无睹，渎职，不作为，那么这些矛盾问题和社会丑恶现象就会愈演愈烈，就会影响改革开放的成果和社会的安全稳定。

笔者认为，各级政府和职能部门必须改变那种桥塌了才查建筑质量，假酒喝死人才查假冒伪劣商品，轮船沉了底才查交通安全隐患这种被动的工作局面。要未雨绸缪，把规章制度立在前、具体措施落实在前、矛盾问题解决在前。与其等问题严重、"动静"闹大了再开会、查处，还不如各司其职，防患于未然。"亡羊补牢"，不如先把"羊圈"修结实为好。

《人民日报》2001 年 3 月 22 日第十版

穿衣戴帽看作风

笔者经常在电视新闻节目中看到西装革履的乡镇干部在田间地头、农家院落指导生产、传经送宝、嘘寒问暖，他们的穿着与衣着简朴的农民形成强烈的反差，心里很不舒服。

穿衣戴帽各有所好，每个人根据自己的审美情趣选择衣着，别人无权指责。但乡镇干部的衣着不能不注意场合、时宜。如果是出访、会见外宾、参加较为隆重的集会或重要的活动仪式，穿西装、系领带会给人庄重、大方、得体的感觉，可是在鸡舍猪圈、温室大棚里，着西装、穿皮鞋就显得很不协调。穿着打扮看似小节问题，其实不然，不注意很可能给工作带来不便，甚至产生不良影响。因为，乡镇干部经常要到农民中间去，有些工作还必须身体力行，拿铁锨、操锄头的机会不少，你西装笔挺，皮鞋锃亮，甩不开膀子，迈不开步子，岂不误事！倘若遇上阴雨天气，泥里来水里去，也着实够狼狈的。不仅如此，乡镇干部锦衣华服出现在农民面前，不管是访贫问苦送温暖，还是体察民情搞调研，农民都会敬而远之，不愿对你讲心里话、真情话。长此以往，与农民群众打成一片，就成了一句空话，党的密切联系群众的优良作风就会丧失殆尽。

乡镇干部肩负着指导农村两个文明建设的重任。在群众眼里，乡镇干部就代表党和政府，言谈举止、穿着打扮，农民都会看在眼里，记在心上。你若衣着简朴、清正廉洁、真心实意为农民办实事，农民就会由衷地敬佩你，进而拥护我们的党和政府；你若整天西装革履高高在上，对农民耍威风、摆架子，农民就会疏远你，进而损害党和政府的形象。乡镇干部要真正发挥"桥梁""纽带"作用，必须深入基层、深入群众，密切同人民群众的血肉联系。否则，你脱离了群众，群众就会远离你，各种矛盾、问题的激化也就在所难免，载舟之水就可能变成覆舟之涛。

乡镇干部转变工作作风，密切农村干群关系，不妨从穿衣戴帽做起。穿上与田间地头、温室大棚相协调的装束——"短衣衿，小打扮"，和农民实行"三同"，想农民之所想，急农民之所急，谋农民之所求，肯定会赢得农民的爱戴和拥护。

《人民日报》2001 年 7 月 5 日第十版

心里装着群众

"谁和人民群众过不去，我就和他过不去。"这是石家庄市纪委书记姜瑞峰常说的一句话。他是这样说的，也是这样做的。姜瑞峰正是凭着对人民群众的这种深厚情感，时刻把人民利益摆在第一位、把人民的安危冷暖装在心上，才赢得了人民的信赖。

每个党员干部都是人民的公仆，应时刻牢记党的宗旨，毫无怨言地为人民奉献一切。然而，时下常听到一些干部抱怨，工作难干、老百姓不好管。形成这种局面的原因固然是多方面的，但主要的一点恐怕是当地干部没有摆正自己的位置，不能正确处理与群众的关系，失去了为人民服务的公仆之心。如有的干部对老百姓的疾苦不关心、不过问，熟视无睹；有的利用手中权力损公肥私为己谋利，总想从老百姓身上捞些什么；有的热衷于搞政绩工程、形象工程，劳民伤财。他们的心里只装着一己私利，装着自己"小圈子"里的人。难怪这些地区的干群关系紧张，工作上不去呢。

只有心里装着群众，才能摒弃私心杂念，端正对人民群众的态度，把人民的利益摆在第一位；才能立党为公，掌权为民，把精力和智慧用在为人民群众谋利益上；才能转变工作作风，深入基层，深入群众，扎实苦干，带领群众发展经济。只要我们每个党员干部都能像焦裕禄、孔繁森、姜瑞峰那样，时刻把人民利益摆在第一位、把人民的安危冷暖装在心上，我们就会得到人民群众的爱戴和拥护。正如江泽民同志指出的："只有把关心群众、服务群众的工作切实做好了，我们才能始终保持与人民群众的血肉联系，才能无往而不胜"。

《中国纪检监察报》2001 年 10 月 12 日第三版

谨防另一种"润物无声"

"润物细无声"是杜甫著名的诗句。这句诗，常被我们视为做好思想政治工作的有效方法。

然而，时下有些不法分子却反其意而用之。他们为了拉拢腐蚀某些领导干部，在明目张胆地正面进攻受挫之后，便采取迂回战术，改用"润物无声"的手段，几乎是"攻无不克、战无不胜"。赖昌星为拉厦门海关原副关长接某某下水，在提出送他的孩子出国读书、送其弟弟到香港定居经商等事宜遭拒绝后，便利用其喜爱书法这一特点，通过为其提供与书画名家见面的机会、让其为远华牌香烟题写烟名、赠送名人字画等手段，使其在不知不觉中成了他的"俘虏"。因给赖昌星通风报信，被判处死刑的福建省公安厅原副厅长兼福州市公安局局长庄某某，在狱中不无忏悔地说："那种赤裸裸的权钱交易的关，我过了；而那种'润物细无声'的关，我却没有过。"

一些不法分子，很善于琢磨人的心理。他们拉拢腐蚀领导干部，往往从不起眼的小事儿开始，在了解你的脾气、性格、兴趣、爱好之后，再"因人制宜、对症下药"。贪财的，就用"重磅炮弹"去炸；好色的，则用"绝代佳丽"去轰。对那些既不贪财，又不好色，自视清高不好接近的人则采用"循序渐进"的方法：从细微处"关心"，悄悄地"亲近"，不声不响地"滋润"，你有什么样的爱好，他们就满足你什么样的需求。他们给人行贿，从不生塞硬给，而是要瞅准时机，使送的有个"顺水推舟"的说辞，收的有个"名正言顺"的理由。

"千里之堤，溃于蚁穴。"任何事物，总是有一个从量变到质变的过程。

宋代大文学家欧阳修曾诚恳地告诫世人："夫祸患常积于忽微。""忽微"即对微小事物的疏忽。那些走上腐化堕落、违法犯罪道路，落个身败名裂下场的人，大都是从贪图安逸、追求享受这些"忽微"问题开始的。一些不法分子正是利用人性的这一弱点，从那些似是而非的小事开始腐蚀你。胡长清第一次只是接受了赠送的两支毛笔，后来发展到接受宴请、金钱及妓女。再后来，便一发不可收拾，竟肆无忌惮地索要起来，最终被送上了断头台。

有鉴于此，各级手握重权的领导部，一定要牢记"许多吻你手的人，也就是要砍你手的人"。对那些善于迎合你的心理、满足你的虚荣，喜欢搞阿谀奉承、溜须拍马的人必须有足够的警惕，要谨防"润物无声"！

《中国纪检监察报》2002 年 1 月 1 日第三版

何以有禁不止

"有令则行，有禁则止"，这句话谁都会说，但做起来则差异很大。多数同志能够以认真严肃的态度领会上级指示精神，联系本地区、本部门的实际，有部署、有检查、有落实，真正做到"令行禁止"。

然而，在有些地区、部门，党和国家的政策、法令在落实过程中却出现了"缺斤短两"的现象，甚至发生"肠梗阻"，引发许多矛盾和问题。如，对于非法的、不具备安全生产条件的小煤矿，国家已三令五申必须关闭。2001年9月，国务院办公厅再次发出通知，要求在当年10月底前全部关闭。为此，山西省政府多次发出通知，要求关闭小煤矿，可是某些县、乡就是不执行。11月中旬，山西省境内的非法小煤矿在短短9天内，连续发生5起瓦斯爆炸事故，死亡近百人。

类似这样的问题不只存在于山西一省，也不仅限于煤炭行业。究竟是什么原因造成了这种"有禁不止"的尴尬局面呢？笔者认为恐怕有以下几点：一是有些领导干部政策意识不强，对国家的政策、法令，往往是对本地、本部门有利的就贯彻执行，不利的则能拖就拖，或者根本不执行；有的对落实难度小的愿意执行，落实难度大的就不愿意执行；有的则将国家的政策、法令为我所用，在执行中走了样、变了味，专搞上有政策，下有对策。二是有些领导干部官僚主义严重，渎职、不作为。他们对上级的指示要求只停留在传阅了解上，谁也不愿抓落实。有的则是以会议落实会议，以文件落实文件，拿不出具体的方案、措施，更谈不上付诸行动，形成"决心在嘴上，行动在会上，落实在纸上"的怪现象。三是有些领导干部地方保护主义思想作祟，为了本地区的利益，不顾大局，对上级明令禁止的行为姑息纵容。例如，山西一些县乡领导对关闭非法小煤窑持消极态度，工作不到位，措施不得力，结果该关的没关，酿成大祸。四是个别领导干部搞权钱交易，"吃了人家嘴软，拿了人家手短"，对本该禁止的东西不敢理直气壮地禁止，而是睁一只眼闭一只眼，任其泛滥，有的甚至充当不法分子的"保护伞"，出了问题，极力为他们开脱责任，企图大事化小，小事化了，瞒天过海，息事宁人。如广西南丹锡矿透水事件发生后查明，原南丹县委书记和县长收受矿主的贿赂都在百万元以上，难怪他们容忍锡矿矿主的疯狂盗采，敢冒着风险压案不报，隐瞒事实真相。个别领导干部的腐败行为，严重损害了党和政府的形象，影响了党和政府的权威和号召力，这也是不法行为屡禁不止的深层原因。

有令不行，祸国殃民；有禁不止，害人害己。各级领导干部必须增强政策观念，胸怀全局，廉洁奉公，以对党和人民的事业高度负责的精神，不怕困难，知难而上，扎扎实实贯彻落实好党的方针、政策和国家法令。

《人民日报》2002 年 1 月 31 日第十一版

少一些"整数情结"

时下，有些地方的领导干部在制订年度工作目标时，对十、百、千、万这些整数情有独钟。在一个时期内诸如"十大工程""百件实事""千米长廊""万头猪场"等词汇充斥于一些媒体。

应当承认，绝大多数政府部门为人民谋利益办实事的初衷是应当肯定的。但是，由于一味地追求某种宣传效果，一些部门在制订目标时，脱离实际，凭主观臆断盲目决策的现象也的确存在。从表面上看，这些目标确实是拿得出、叫得响、有魄力、有影响，但落实起来却如同造空中楼阁，不知从何处下手，甚至根本无法落实。由于贪大求全、决策失误，致使有的工程有投入无产出，有规模没效益，劳民伤财，费力不讨好；有的则是半途而废，几十万、上百万资金打了水漂，老百姓意见很大。有的部门则是目标在墙上，落实在会上，成果在总结上，玩"空手道"，失信于民。这些做法极大地伤害了人民群众的感情，严重损害了党和政府的形象。

有鉴于此，各级领导干部一定要克服好大喜功、贪大求全的形式主义和高高在上的官僚作风，要深入基层、深入群众，了解人民群众最想办、最需要办的是什么。然后再结合本地区的财力物力等实际情况，实事求是，量力而行，能做几件就规划几件。千万不要为了好听好看、拿得出叫得响，而不顾后果乱凑整数。

《中国纪检监察报》2002 年 2 月 5 日第一版

要善于堵"蚁穴"

　　化解群众矛盾，消除干群隔阂，关心百姓疾苦，理顺群众情绪，是基层领导干部的一项重要工作内容。近年来，广大基层干部积极适应改革开放不断深入、市场经济迅速发展的新形势，按照"三个代表"的要求，深入实际，研究新情况，解决新问题，尤其注重解决与人民群众切身利益息息相关的"小问题"，深得人民群众的拥护。然而，也确有少数基层干部，不愿做这方面的工作，不善于解决这些"小问题"，以至于辖区内出现诸多问题。某地曾发生一起宅基地纠纷，没能在第一时间、第一现场得到客观公正的解决，致使利益受损方先后到县、市、省乃至国家信访局上访，历时数年。此案不仅使上访者的身心受到伤害，而且还引发了家族矛盾、干群矛盾和司法人员贪赃枉法等严重问题，影响极其恶劣。

　　究竟是什么原因使简单的问题复杂化，"小问题"变成了"大问题"呢？笔者以为，除了有些干部政策水平低、工作能力差、工作方法不当外，工作指导思想不对路也是一个重要原因。有的人好大喜功，喜欢干轰轰烈烈、彰显业绩、出名挂号的"大事儿"，不愿做默默无闻、费力不讨好的"小事儿"；有的人挖空心思搞"形象工程""政绩工程"，不愿解决有关人民群众疾苦的具体问题；有的人对身边发生的问题视而不见，置若罔闻，能拖则拖，能躲则躲，等矛盾闹大了、问题严重了，才给予重视。

　　"千里之堤，溃于蚁穴"。"小问题"如果得不到及时解决，"蚁穴"就会演变成"管涌"，甚至会"决堤"。对此决不可等闲视之。

　　如何对待和处理"小问题"，既是工作态度和方法问题，也是工作作风问题。我们有些干部务必走出追名逐利的误区，自觉摒弃出名挂号争彩头的思想，克服"群众的事情，说起来重要，干起来次要，忙起来不要"的错误倾向，树立群众的事再小也是大事的观念，以对党和人民高度负责的精神，认真对待每一个"小问题"；要深入群众，调查研究，本着主动介入的原则，能及时解决的问题立即解决，一时解决不了的，要明确责任，限期解决；要不断改进工作方法，把解决矛盾与为人民群众办实事结合起来，想人民群众之所想，急人民群众之所急，办人民群众之所需——实事办多了，办好了，矛盾、问题自然就会减少，党同人民群众的血肉联系就会得到加强。

《人民日报》2002 年 7 月 25 日第十一版

"规划"岂能乱"涂改"

　　某地市区内有一块空地，在短短两三年内，有关部门在城市规划中，不停地在这里建了拆、拆了建，市民们意见很大。这块空地开始建成了农贸市场，几个月后便拆掉农贸市场，建成了商品一条街，没过多久又拆掉了商品一条街，建成了一片有绿地、有花草、有健身器械的休闲娱乐场所。最近，这里又被帆布围了起来，里边机器穿梭，马达轰鸣，不知又要鼓捣个什么玩意出来。附近居民气愤地说，城市规划如此朝令夕改，这不是拿老百姓的血汗钱打水漂吗？

　　众所周知，任何一项城市设施，无论是修路、架桥，还是建商场、造绿地，建成后都应该保持相对的稳定性，如此才能体现其使用价值、发挥其应有作用。尽管失误不可避免，但像这块空地那样，在短短几年内，如此连续地被反复"涂改"却是极为少见的。

　　那么，是什么原因形成这种建了拆、拆了建的奇怪现象呢？笔者认为，恐怕有以下几个方面：一是职能部门缺乏深入调查和严谨论证，所作规划缺乏科学性、可行性和前瞻性，以至于某个项目在规划作出之时，就注定是个败笔。二是有关领导干部名利思想严重，喜欢追形势，赶潮流。上边提倡发展经济，就盲目地建市场、盖商厦；上边提倡绿化环境，就不顾实际地栽花草、建绿地。个别人甚至将这种盲目规划当成自己收获"政绩"的"试验田"，一边劳民伤财，一边报功请赏。三是个别领导干部作风独断，凭个人好恶想怎么干就怎么干。有的单位，赵领导上台走东门，钱领导来了就改走西门；有的社区，孙主任当家修了花园，李主任掌权就要改建广场。四是盲目规划的背后隐藏着巨大资金"黑洞"，个别人员利用批工程、审项目的权力索贿受贿中饱私囊。

盲目规划不但给国家财产造成惊人损失，同时也助长了收红包、拿回扣、贪污受贿等腐败风气，严重败坏了党和政府的形象，对此必须引起高度重视。

各级领导干部和相关职能部门必须端正思想态度，转变工作作风，自觉摒弃私心杂念，严于律己，廉洁奉公，本着实事求是的原则，以对党对人民高度负责的态度，制定好每一项规划，使其真正能给老百姓带来实惠。要充分发扬民主，集思广益，科学决策，确保规划的可行性。在规划之前，要进行广泛调查研究和科学论证，既要集中专家学者的智慧，也要听取广大群众的意见。像北京建造 2008 年奥运会场馆那样，首先向全球征集设计方案，然后由专家学者评出最佳方案后再公之于众，让群众品头论足提意见，这样，才能少一些败笔和失误。

写于 2002 年 12 月

解读"急躁情绪"

　　稍加留意就不难发现，在总结工作或开民主生活会时，"急躁情绪"成了出现频率很高的一个词："工作中有时犯急躁情绪""希望今后注意克服急躁情绪"等。有的人甚至几年、十几年，年年都犯"急躁情绪"。

　　有的人确实是急脾气、易冲动，指出来，提个醒，当然是应该的。但有的人并不是急脾气，为什么也对"急躁情绪"情有独钟呢？现代汉语词典中对"急躁"的解释归纳起来有两条：一是由于某事不如意，而马上表现出激动不安的心理状态；二是想马上达到某种目的，不做好准备就开始行动。这两条解释比较中性，给人以宽泛的理解空间。遇事激动，是人的本能反应，可以理解为是对工作认真负责的表现；即使属于后一种情况，其出发点也是好的，是值得肯定的。笼统地用"急躁情绪"来概括某个人的缺点问题，似乎是缺点中有优点，批评中有表扬。这样的缺点放在谁的头上都不难接受。因此，一些人便心甘情愿地戴上"急躁情绪"这个可爱的"缺点"。在总结或述职中，有的谈成绩时高谈阔论，讲问题时轻描淡写，而"急躁情绪"往往成为掩盖官僚主义、形式主义，甚至是作风霸道、任人唯亲以及其他问题的挡箭牌。

　　查找原因，分析矛盾，解决问题，这既是有效的工作方法，又是每个人成长进步应遵循的普遍规律。在这里，查找问题是关键，只有把问题找准了，才能有的放矢，对症下药。否则，就不利于问题的解决。我们党一贯倡导实事求是的思想作风，无论是估量自己，还是评价他人，都要做到客观公正，是非分明。既不能以功掩过、文过饰非，也不能夸大成绩、缩小问题。否则，就可能使人盲目乐观、自以为是，甚至刚愎自用，这对个人、对党的事业都是有害的。

要想做到客观公正地认识自己评价他人，我们的党员干部就要不断加强党性锻炼和思想修养，坚持实事求是的原则，主动把问题亮出来，并正视自己的缺点，积极加以改正。另一方面，周围的同志要克服老好人思想，以对组织、对同志极端负责的态度，指出问题，分析根源。如果看到同志确实存在值得注意的问题，却含含糊糊，拐弯抹角，"话到嘴边留半句"，或者用"急躁情绪"之类的词汇虚应，这样的态度对同志非但无益而且有害。有缺点的听到诚恳的意见甚至批评，可能一时会感到不舒服，甚至会脸红、出汗，但只要对方是出以公心，就应该真心诚意地接受。党组织要严格党内民主生活制度，创造坦诚相见、畅所欲言的良好氛围，不断提高党员干部解决自身问题的能力。这样，我们就能及时解决工作、思想和作风方面的问题，这才是对党员、干部的真正关心、爱护和帮助。

《人民日报》2003 年 4 月 16 日第四版

小事当慎　小节当拘

有这样一句诗："巴豆虽小坏肠胃，酒杯不深淹死人"。诗中以生动形象的比喻，阐释了从量变到质变这一规律的深刻哲理。它告诫人们，加强自身修养、防止腐化变质，必须守住小节，防微杜渐。

有人说，看一个干部够格不够格，主要是看能力、看政绩，至于个人生活作风上的些许不检点，无关紧要。看能力、看政绩，这不错。但忽视了生活作风方面的问题，往往会铸成大错。"风起于青萍之末"。不该吃的吃了，不该拿的拿了，不该去的地方去了。不少人正是从这里堕落的，以至发展到见酒则醉，见财则贪，见色则淫。须知，在推杯换盏中放松了要求，在小利小惠前丢掉了原则，在轻歌曼舞中丧失了人格，这样的例子实在太多。

小事小节不仅是领导干部个人品德的反映，更是党风政风的一面镜子。越是隐藏的东西越能看出人的品质，越是细微的情节越能显出人的灵魂。小事小节中有党性，有原则，有人格。人民群众正是通过那些发生在领导干部身上的小事小节，诸如是否大吃大喝、公物私用、收受礼物等，来评价干部、看待党风的。领导干部在小事小节上做好了，就会赢得人民群众的信任、拥护。反之，就会影响到党和政府的形象、威信。

"千丈之堤，以蝼蚁之穴溃；百尺之室，以突隙之烟焚。"这虽然是句老生常谈的话，但古往今来就是不刊之论、金石之言。有个寓言说，有个偷针者和偷牛者一起被游街，偷针者感到委屈："我只偷了一根针，为什么和盗牛贼一起游街，太不公平了！"盗牛者对他说："不要嚷了，我走到这一步也是从偷针开始的。"这个故事告诉我们，任何事物都是由小变大，由量变到质变的。一个人不可能一夜之间成为腐败分子，其走向腐化堕落大多是从不注意小事小节开始的。胡长清第一次只是接受了不法商人赠送的两支毛笔，后来发展到接受他的宴请、金钱等，再后来便一发不可收拾，竟肆无忌惮地索要起来，最终被送上了断头台。郑培民同志不但注重大事大节，也是一个十分注重小事小节的人。一位盲人给他打电话，他每次都要等对方放下电话后自己才放电话；他的心脏病发作，在生命的最后关头，途中还嘱咐司机别闯红灯。郑培民当然不是圣人，但他懂得为人处事只有守住小节，才能守住大节。郑培民为官数十载，能够做到一身正气，两袖清风，绝不是偶然的。

小事当慎，小节当拘。一个在小事小节上过不了关的领导干部，也很难在大事大节上过得硬。领导干部只有从小事小节上加强自身修养，从生活中的一点一滴自觉改造世界观、人生观，从小处培养自己的为官之德，保持共产党人的本色，才能干大事、成大业。

《人民日报》2003 年 11 月 06 日第四版

来的都是客

一位领导同志在某信访部门调研时，一边听取汇报，一边十分关切地询问，接待厅里有没有空调，来访的群众有没有水喝，他们能不能找到厕所等具体问题。在谈到对待来访群众的态度时，他语重心长地说："来的都是客，我们一定要善待百姓。"这位领导细心扎实的工作作风和质朴通俗、饱含深情的话语，给人留下了深刻的印象。

当前，个别地方确实还存在着领导干部威信低、工作推不动，干群关系紧张，矛盾成堆，上访不断等现象。形成这种局面有各种各样的复杂背景和成因，但一些领导干部脱离群众、对群众的感情不深是一个主要方面。有些同志走上领导岗位后，"官气"越来越重，心离老百姓越来越远，有的不愿与群众接触，害怕群众提意见；有的对群众反映的问题漠不关心，推诿扯皮，致使小问题演变成大问题，简单的问题复杂化；有的将来访的群众视为"麻烦"制造者，甚至当成"刁民"。这些不良行为和作风，伤害了民心，加剧了干群矛盾，败坏了党和政府的形象。

俗话说："上山打虎易，开口告状难。"绝大多数上访的群众是在有委屈、有怨气、有困惑的情况下，才无奈地走上访这条路的。各级信访部门应当热情相迎，以诚相待。一张温和的笑脸、一句亲切的问候、一杯热腾腾的茶水，就能主动拉近与群众的距离。然后再耐心地听他们诉委屈、倒苦水，认真对待每一个问题。该讲政策讲政策，该解疑惑解疑惑，该指路子指路子，该解决的问题当场解决。这样，才能沟通思想，消除隔阂，化解矛盾。

信访部门只是党和政府联系群众的一个窗口，大量实际问题，要靠当地党委、政府去解决。各级党政机关要克服门难进、脸难看、话难听、事难办的衙门作风，积极主动、公道正派地调解各种矛盾，处理各种问题。群众利益无小事。各级领导干部要舍得花时间、花精力去解决涉及群众切身利益的具体问题，少搞些假大空，多做些为群众排忧解难的好事、实事。好事、实事做好了、做多了，矛盾和问题自然就会减少，党和人民群众的血肉联系就会得到加强。

当然，靠信访、领导批示、行政干预来调解社会矛盾的做法只是权宜之计，根本出路还是要靠健全的法制，保证各种权力能够沿着制度化、法制化的轨道运行，这样，才能使各种矛盾和问题得以解决。

《人民日报》2003 年 12 月 18 日第十四版

说 "霸"

对霸字从来没有过好的印象。在我的记忆里，霸字的字义仅限于指那些强横无理、依仗权势压迫人民的人或阶层。诸如霸权、霸道、霸占、霸持、恶霸等等。除此之外，记忆最深的就是那个刚愎自用、有勇无谋，力拔山兮气盖世的楚霸王。因他太爱面子，打了败仗无颜见江东父老，在乌江别姬自刎了。尽管事迹很悲壮，但也没能改变我对霸字的看法。

近年来，霸字似乎得以平反昭雪，一些人对霸字开始情有独钟。霸字不但运用频繁，而且与霸字组合的新词常常令人耳目一新，霸字几乎渗透到社会生活的方方面面。在商品交易中，有商家制定不容更改的霸王条款；在生活用品中，有用霸字冠名的快餐食品，如面霸、味霸、巨无霸等；在体育娱乐上，超霸、争霸、霸王等各种杯赛此起彼伏，带霸字品牌的运动服装也争相上市；在科技领域，以霸字命名的电脑、游戏机如雨后春笋，声霸、图霸、解霸、毒霸等软件磁盘各领风骚。因对市场一无所知，不知这些打霸字品牌的商家是否因霸得福、因霸得利？但据我所知，全球资产排名第一、真正成了霸业的，却是一个用"微软"这两个最瘦弱字眼冠名的企业。

当然，沾染上霸气的不仅仅是商界，个别从政者也不甘示弱。有的霸权独裁，凌驾于组织之上，听不进别人意见，喜欢自己说了算。有的霸财独享，中饱私囊，动辄百万、千万。有的欺男霸女，不知廉耻。有的霸气冲天，飞扬跋扈。

西方有句谚语："上帝欲让谁灭亡，必先使其疯狂。"这话很有道理。现实生活中，因霸气太足而撑破皮囊泄了气的例子实在太多了。看来，无论是做人还是做事，都应该多一些和气，少一点霸气！

《人民日报》2004 年 1 月 29 日第十一版

"4"字惹了谁?

最近,广州、深圳机动车号牌尾数取消了"4"字。对此,社会上议论颇多。有人认为,此举是政府部门尊重民意的体现;有人认为,这种做法有鼓励迷信的倾向。笔者认同后者。

数字是表示事物量的一个基本的数学概念。车号牌上的数字,只代表这个车注册登记时的排列顺序,说白了,就是一个代号、一个标记。并无谁好谁坏、谁吉谁凶之分。只因有些人发音不准,才将"4"与"死"联系在一起,"4"字被无端地泼了一身脏水、开始不受人喜欢,这实在是太冤枉了!由于这种迷信思想的迅速传播,在有些地方也正在逐渐赢得部分人群的认同。一时间,大江南北、长城内外大有致"4"于死地的势头。

如果按这个逻辑思考下去,楼房是否要取消4层、14层?火车是否要取消4节、14节?座位是否要取消4号、14号?每年是否要取消4月?每月是否要取消4号、14号、24号?每天是否要取消4时、14时、24时?每时是否要取消4分、14分、24分?每分是否要取消4秒、14秒、24秒……如果这些"4"字都不能取消,人们岂不是时时处处、分分秒秒都要提心吊胆、不得安生吗?

其实,在我国传统文化中,"四"字有着极其重要的位置。如:时分春夏秋冬四季,位划东西南北四方,字调有平上去入四声,古代有四大发明,学习有四书五经,节日有四季平安、四季发财等话语的祝福,结交有四面八方、五湖四海的朋友。并未见因哪句话与"四"字相连,而捅了娄子、惹下麻烦的情况。

广州、深圳的这种做法,不但给车辆管理带来难度、增大管理成本,同时，也有对这种迷信思想的蔓延起推波助澜作用之嫌。如果说作为消费者个人，对"4"字有抵触情绪尚情有可原的话，那么，作为政府部门就不能一味地迎合这种不健康的心理，而应当加以正确的引导，至少也应该保持沉默。

看来，在现代科技高速发展的今天，还是要大力崇尚科学观念、破除封建迷信思想。要学会明辨是非，不能人云亦云，更不能随波逐流。最重要的，还是要始终保持一个健康、良好的心理状态。

《中国汽车报》2004 年 2 月 24 日第二版

少开空头支票

最近，经常在电视荧屏上看到一些容娱乐性和知识性于一体的节目。这些节目都是以答题、得奖来刺激观众、烘托气氛的。答题开始前，面对节目主持人手中的话筒，不少答题者常常表达出要把所得大奖捐献给希望工程的心愿。每当这充满爱心的话音落地，都得到现场观众的掌声支持。我经常看这些节目，在我的记忆里那些许诺把大奖献爱心的，好像没有一个能拿下这个大奖，有的只回答了一两道题就被淘汰了。可见，这些准备捐献给希望工程的大奖，无异于一张空头支票，让那些眼巴巴等待上学的孩子们空欢喜了一场。

时下，社会上又兴起了彩票热，有的已发行了好长时间。在电视台现场开奖的直播室里，除了有热心的彩民外，也不乏社会上的名流贤达、体育界的明星健将、影视圈里的俊男靓女。嘉宾们在回答得大奖后怎么花的提问时几乎如出一辙：除了自己买房、购车、资助亲朋好友外，最后都要补上一句为希望工程献上一片爱心。这些人用这种渺茫的希望（据计算，36选7每注彩票得大奖的概率是8600多万分之一），来承诺希望工程。这无异于在开希望工程这个严肃而又沉重话题的玩笑。不知那些在观众面前许下愿的嘉宾们是否得到了大奖，也不知他们是否兑现了自己的承诺。反正到目前为止，500万元大奖的得主已为数不少，却从未看到媒体上有关某期大奖得主将多少万奖金捐献给希望工程报道；倒是有大奖得主躲躲闪闪，不愿暴露身份姓名，甚至乔装打扮去领奖的消息时常见诸报端电台。真是令人忍俊不禁啼笑皆非。

看来，希望工程成了这些沽名钓誉者的脂粉。在演播室里、在众目睽睽之下他们随时都可以用希望工程把自己打扮得冠冕堂皇，漂漂亮亮，却不用破费一个子。真是无本万利。难怪这些人热衷于把这句话挂在嘴边呢！

行文至此，可能有人认为我这是在小题大做。的确，作为一个普通公民，有机会在亿万电视观众面前表达一下自己关心希望工程的心愿是无可厚非的。可怕的是这种只承诺不兑现的作风早已进入了官场。那些爱说漂亮话的贪官们的表演技艺比仅用希望工程"化装"的人要娴熟得多，老道得多。这些人随时都可以把发展经济、为民造福、反腐倡廉、维护社会稳定等许多时尚语言，当作脂粉往自己的脸上涂抹。如大贪官成克杰那句"想到广西还有 700 万人没有脱贫，我这个当主席的是觉也睡不好呀！"多么动情、多么感人，然而这只是说给人听的，是成主席开给广西人民的一张巨额空头支票。至于成克杰睡不好觉的原因，不得而知。也许是在想他的情妇，也许是在想他那 4000 万元赃款。据说成克杰非常喜欢卡拉OK，就是在中央对其进行审查期间，每天晚上他还要高歌几曲。这也许是其睡不着觉的原因之一吧！

说谎话坑人，说空话误国。"大跃进"期间，假话空话给党的事业、人民的利益带来的危害实在太大了。我们不应忘记这沉痛的历史教训。在认真落实"三个代表"要求的工作实践中，但愿我们每个同志，尤其是党员领导干部都要脚踏实地多干实事，少说大话空话，少开空头支票。

写于 2005 年 1 月 29 日

贪官为何爱拜佛

据媒体报道，近年来，上寺庙烧香拜佛，成为一些官员节假日的重要活动。在湖南衡山，每逢春节、清明等节假日或一些"神灵"的生日到来之际，前去烧香的领导干部的专车络绎不绝，新年的第一炷香已经炒到十多万元。一些领导干部不便自己抛头露面，常常由太太们出马为其进行相关活动。

看了这则报道，笔者想起了近几年被查处的一些腐败分子，这些在台上大喊崇尚科学、大讲精神文明的官员们，在私下里却算命卜卦，求神信佛，有的已经到了痴迷的程度。那么，这些腐败官员为何热衷于烧香拜佛呢？大概有以下原因：

理想信念动摇，不信马列信鬼神，不信科学信风水。一些领导干部理论素养不高，明辨是非能力不强，平时又不注意学习，不注意党性锻炼和思想改造，长此以往，世界观、人生观、价值观发生了严重扭曲。在他们身上马克思主义信仰丧失殆尽，共产主义理想信念荡然无存。如原河北省常务副省长丛某某，贪污受贿，腐化堕落，在仕途受阻、心灰意冷之际，结识了自称有特异功能、能治病、能预测升迁祸福的一位"大师"。为了达到保平安、保健康、能升官的目的，开始信佛、供佛、念佛、拜佛，迷信佛教。他不仅在住宅内设有佛堂，供奉佛像，而且专设了供道台、供神台，每月初一、十五烧香、念经、打坐、拜佛，其被褥、枕头底下长期铺有佛令，压着道符。他还让五台山白云寺主持为其举行了灌顶仪式，并接受了妙全的法号，皈依了佛门。一个党的高级干部理想信念丧失到如此程度，令人哭笑不得。

权力欲恶性膨胀，不走正道走邪道，不靠政绩靠"神灵"。个别领导干部，满脑子名利思想，虽然能力水平不高，但向上爬的欲望却很强，不会做大事，只想做大官。在仕途上不是靠政绩来赢得人民拥护、群众支持、组织认可，而是热衷于算命卜卦，求神拜佛，靠旁门左道来预测自己的前程。原湖南省有色金属工业总公司副总经理李某某，相信了一位"大师"所说的"你在10年内可以官至副总理"的鬼话。在这位"大师"的指导下，先后花了149万元疯狂拉关系、找门路，跑官、要官、买官，最终走火入魔。

做贼心虚，担心腐败行为暴露，祈求神灵庇护。那些权势显赫、炙手可热、脑满肠肥、家财万贯的腐败官员，尽管在人前春风得意，但因钱财大都来路不正，因此在私下里惶惶不可终日。于是就求神拜佛，祈求在缭绕的青烟里，在虔诚的叩拜中，逢凶化吉，遇难呈祥，以寻找心理的平衡。如原湖南省机械工业局局长、党委书记林某某，原湖南省建筑集团总公司副总经理蒋某某，在"两规"之前，都多次跑到南岳衡山求神拜佛。尽管他们出手大方，慷慨解囊，蒋某某一次就捐款6000元，但终因罪孽深重，神灵不佑，最后被绳之以法。

常言道：心正是佛，心邪是魔。作为党政官员，必须坚定共产主义理想信念，常修为政之德，常思贪欲之害，常怀律己之心，堂堂正正做人，扎扎实实做事，用好手中的权力，使之真正造福于人民。如果心生邪念，利用手中的权力贪污受贿，肆无忌惮地侵占社会财富，即便是真有什么"神灵"也不会得到保佑。原黑龙江省政协主席韩某某，在其儿子被捕时，她曾怪罪于其儿媳妇信佛信得不虔诚。而当自己被"双规"时，她不得不哀叹道："佛啊，我天天为你烧香、打坐，大把大把地为你花钱，你为什么也不保佑我！"

搞腐败者，即使是天天烧香拜佛，也逃不脱法律的严惩。

《法制日报》2005年4月25日第七版

勿为谄媚遮望眼

一些能力强、素质高、年轻有为的领导干部，在上任伊始也曾踌躇满志、雄心勃勃，立誓言、表决心，要立党为公、执政为民，干干净净做人，踏踏实实做事，为人民掌好权用好权。可是上任没多久，就在一片讨好、奉承与吹捧声中晕头转向忘乎所以，被周围一群谄媚之徒撂倒了。如原沈阳市市长慕某某，当选市长之时，带着新一届政府班子成员在市人大代表大会上集体宣誓，那铮铮誓言，那豪言壮语，感动了与会所有代表，赢得了经久不息的掌声。可是没过几年，慕某某因贪污锒铛入狱。他在狱中接受记者采访时发出了这样的哀叹："攻击的力量太强了，挡都挡不住。"在这些挡不住的进攻中，大多是用谄媚的武器。

"谄媚"，《现代汉语词典》这样解释：用卑贱的态度向人讨好。人之谄媚，或为功名利禄，或为巧取掠夺，或为弄权争宠，只要对自己有好处，就可以不要良心，不讲道德，不顾礼义廉耻，挖空心思投其所好，绞尽脑汁无所不用其极。如原黑龙江省绥化市的卖官书记马某，收钱成瘾。一次马某去肇东，住在宾馆里，因早餐的花卷做得小，而大发脾气。肇东市市长吴连方一看不好，赶紧拿来一笔钱送给马某，用来消解马某的怒气。

英国戏剧家莎士比亚有句名言：谄媚是簸扬罪恶的风箱。的确，官员的腐败堕落，有其自身的原因，但与其所处的官场环境也不无关系。在个别地方、少数班子中正常的组织原则、工作制度、上下级关系，都被一些善于谄媚之人变得不正常了。本来应该靠民主集中制的原则来实施党的领导，有些人却习惯于对一把手绝对服从，搞无原则地迎合、妥协；本来应该用批评与自我批评的方法来维护党内团结，有些人却习惯于对领导奉承、吹捧与赞美，不敢提及领导的毛病，更谈不上批评了；本来应该是同志式的上下级关系，对上级应当尊敬和服从，有些人却变成了父子式的人身依附关系，习惯于孝敬和屈从；本来应该用一双双雪亮的眼睛监督领导手中的权力，有些人却习惯于用一双双谄媚的眼神奉承、巴结领导手中的权力。这样的官场环境，岂能不出问题。

如果说溺爱、捧杀毁掉的是个人的前程，那么谄媚则可乱政祸国。许多大案要案的查处，都证实了这一点。因此，谄媚之人历来为有识之士所不齿，为正人君子嗤之以鼻。大诗人李白更是发出了"安能摧眉折腰事权贵，使我不得开心颜"的感叹。

应该承认，绝大多数领导干部都明白"许多吻你手的人也就是想砍你手的人"这个道理。但是一回到现实生活中，有些人就喜欢被人吹着、捧着、抬着、供着，喜欢听顺耳谗言，听不进逆耳忠言。一遇到具体问题就头脑发晕，分不清香臭美丑，辨不明是非曲直。结果往往是想用人才，却用了奴才；想办好事，却办成了坏事；想去爱民，却变成了害民。倒是两千多年前的齐人邹忌头脑清醒，他对齐威王说："吾妻之美我者，私我也；妾之美我者，畏我也；客之美我者，欲有求于我也。"战国时期的大思想家、教育家荀子更是一针见血："谄媚我者，吾贼也。"倘若我们的各级领导干部，都能有如此见识和思想境界，那谄媚者还能作祟吗？

《人民日报》2005 年 09 月 16 日第十四版

仅有对上负责是不够的

据媒体报道，安徽省利辛县一宗兄弟同时被害抛尸路边的案件，13年没有结果。安徽省公安厅厅长接访批示后13天告破，3名凶手被缉拿归案。

看了这则报道，如鲠在喉，不吐不快。这是当地公安机关的政绩还是当地公安机关的耻辱？说是政绩，毕竟案子破了，通过13天紧张忙碌的工作，使这桩陈年命案水落石出，使饱受失子之痛的老人得到一丝慰藉，死后也可以瞑目了。说是耻辱，也不为过。为什么一桩并不复杂的案件要等13年才去侦破？是不知情吗？不是，据报道，老人从最基层的派出所，到县里、市里、省里，一次次出入各级执法机关，一遍遍重复同样的诉说与哀求，几乎要耗尽精力。是案件不重要吗？当然不是，两条人命，还有什么事儿比人命关天的事儿更大呢？是公安机关不作为吗？笔者不敢妄下结论，因为当地警方可找出诸如线索不清、警力不足、案情复杂、公务繁忙等诸多理由来反驳。那么，究竟是什么原因使这桩命案拖了13年之久呢？从事件发展的结果看，答案只有一个，那就是因为没有领导的批示。

时下，有没有领导批示成了某些公安司法机关、执法人员决定案件是否办理的重要依据。上边有话，就抓紧办理；上边无话，就压着拖着。对领导指示、批示、交办的，就想方设法、不遗余力去落实；对领导欣赏、喜欢听到看见的，就集中力量、全力以赴去做好；对自己有好处，能够显示"政绩"、体现"能力"的事情，就挖空心思、绞尽脑汁去完成。而对群众反映的问题，面临的困难，承受的痛苦，则充耳不闻、视而不见。在感情态度上，对领导，恭恭敬敬，规规矩矩，谦虚礼让，和颜悦色；对群众，则高高在上，盛气凌人，冷酷无情，官有多大，脾气架子就有多大。

上述种种现象，虽然只存在少数公安司法机关和执法人员身上，但它对社会的危害是不可低估的。眼睛向上看，整天揣摩领导的意图，一切围着领导转，对人民的利益漠不关心，对群众的疾苦不闻不问，时间久了就会疏远与人民群众的关系，伤害老百姓的感情，败坏公安司法机关的声誉，损害党和政府的形象。这就难怪，一些地方为何总是案件不断，干群关系紧张，各种矛盾错综复杂，社会秩序混乱了。

对上负责与对下负责应该是统一的、一致的。落实上级指示精神与解决群众问题、维护群众利益并不矛盾。我党的宗旨是全心全意为人民服务，党的一切工作的出发点和落脚点，都是为了维护和实现广大人民群众的根本利益。一个基层镇党委书记说得好："我既是镇领导班子的班长，也是全镇老百姓的领头雁，一头挑起的是党的重托，一头挑起的是群众的希望，千斤重担压在肩上，不敢有丝毫的懈怠。"这段朴实的言语是对上负责与对下负责的高度概括，也是对立党为公，执政为民的最好诠释。

在以人为本、建设社会主义和谐社会的进程中，各级公安司法机关、执法人员都应把对上负责与对下负责统一起来，时刻牢记党的重托和人民的希望，时刻把人民群众的安危、冷暖挂在心上。以对党和人民高度负责的态度，公道正派、积极主动地把群众反映的问题处理好，把老百姓的困难解决好，把各种矛盾调解好。真正做到情为民所系，权为民所用，利为民所谋，真心实意为老百姓排忧解难，为人民群众办好事实事。

写于 2005 年 12 月 25 日

莫将"勾结"当"团结"

据媒体报道，最近某地一富翁被有关部门采取强制措施后，震动呈"多米诺骨牌"效应迅速蔓延开来，包括当地市委书记、市长、副市长在内的众多官员纷纷"落马"。一桩党政主要官员涉足腐败的案件，因没平衡好内部关系而引起内讧，"狗咬狗"相互揭发，遂使问题暴露于光天化日之下，却被当地干部和继任书记归咎于干部之间的不团结。"内部不团结容易出事"，成为当地官员应吸取的一条主要教训。

看了这则报道，真是令人啼笑皆非。众所周知，一筐腐烂变质的苹果，早晚都要发出臭味、都会被倒掉。同样的道理，一个腐败变质的领导班子迟早都要出问题，这怎么能归咎于内部不团结呢？倘若任这种"团结"继续下去，后果如何？岂不是愈陷愈深、为害愈烈！腐败分子之间形成的默契，应该定义为勾结而不是团结，这一点必须认识清楚，不能含糊。如果将这种肮脏的勾结当成团结，那真是对团结的亵渎！

从目前查处的大量腐败案件中不难看出，这种错把"勾结"当"团结"的现象，在一些出了问题的领导班子中、在一些腐败分子身上都有不同程度的表现，有的还相当严重。他们为了不使腐败行为暴露，彼此之间既各怀鬼胎、把柄互握，又相互掩护、包庇纵容，表面上维持着班子的"团结"。有的搞权力平衡。你卖你的官，我鬻我的爵，你提拔你的哥们，我重用我的弟兄，你搞你的小圈子，我扩大我的势力范围，相互间维持着均衡的力量，谁也不敢惹谁。有的搞利益均享。你发包一个工程，我批准一个项目，你收一个红包，我拿一笔回扣，各人捞各人的好处，相互间心知肚明，谁也不敢说谁。有的沆瀣一气，共同堕落。一同出入赌场，一起进入色情场所，你包一个二奶，我养两个情妇，互相攀比，争风吃醋，谁也不甘落后。有的配合默契，坐地分赃。大碗喝酒，大块吃肉，大称分金银，形成了依靠权力非法获得利益的"腐败共同体"。

上述种种行为，与我党倡导的团结是风马牛不相及的。这种"团结"的质量越高，对当地的经济发展和社会稳定带来的危害就越大；这种"团结"的范围越宽，对当地党员干部和社会风气的毒害就越深；这种"团结"维持的时间越长，对当地党和政府形象的损害就越重。这种"团结"的局面一旦被打破，就是一桩桩触目惊心的大案要案、串案窝案。

团结出凝聚力，团结出战斗力。我党倡导的团结是指坚持原则、遵纪守法、维护大局，齐心协力做好工作。坚持原则，遵纪守法是团结的前提，放弃这个前提，违背原则、触犯党纪国法，就不属于团结的范畴了。因此，各级领导干部，必须树立正确的世界观、人生观、价值观，任何时候都要头脑清醒，是非分明，坚持原则，遵守法纪；要澄清对团结的模糊认识，努力加强党性锻炼和思想道德修养，为人民掌好权用好权，做到讲原则不讲面子，讲党性不讲私情，讲正气不讲义气；领导班子内部，要相互信任、相互支持、相互谅解，要通过开展积极的批评与自我批评来达到消除隔阂维护团结的目的，绝不能把个人恩怨、江湖义气、黑道规则带进党内政治生活，决不能将"勾结"当成"团结"。

写于 2005 年 12 月 25 日

两毛钱三两粮票的启示

2005 年两会期间，湖北省代表团将一张 20 年前，胡锦涛同志在湖北省咸丰县黄金洞公社食堂就餐交饭费收据的复印件，作为特殊礼物送给了胡锦涛同志。上面写着：今收到胡锦涛同志饭费 0.2 元，粮票 0.3 斤。这是 1984 年胡锦涛同志任团中央常务书记，到湖北恩施考察工作时发生的事情。在河北省平山县西柏坡纪念馆宾馆也有这样一张收据，交费单位：胡锦涛；项目：5 日至 6 日餐费；总计：30 元。这是 2002 年 12 月 6 日，胡锦涛同志到西柏坡考察，离开时让工作人员结算的饭费。

一顿饭，在 20 年前是一两毛钱，现在也不过几块钱。这对于负责接待的一方是区区小事，交与不交都不是什么大问题。但是，对就餐人员来说，交与不交却反映出不同的思想境界。两张不同年代的饭费收据，数额都不大，但给人们的启示却非常深刻。

它是一面镜子，折射出人的品格、修养和灵魂。吃饭交不交饭费，不仅是领导干部个人品德的反映，更是党风政风的一面镜子。筷子头上有政治，吃喝之中有党性、有原则、有人格。越是点滴小事儿越能看出人的品质，越是细微的情节越能显出人的灵魂。人民群众正是通过那些发生在领导干部身上的诸如是否白吃、白喝、白拿等小事小节问题，来评价干部、看待党风的。领导干部在这些小事小节问题上做好了，就会赢得人民群众的信任、拥护。反之，就会影响到党和政府的形象、威信。

它是一种警示，告诫人们要公私分明、廉洁自律。在公款吃喝之风愈演愈烈、几乎成为公害之时，在吃吃喝喝是小事儿，不必大惊小怪、小题大做的模糊观念甚嚣尘上的环境下，在 2004 年全国公款吃喝费用突破

2000 亿元大关之后，这两毛钱三两粮票，就如同十字路口上的黄灯，足球场上的黄牌，警告人们再往前迈一步就该闯红灯、得红牌、被罚下了。它告诫人们公款吃喝的本质是职务侵占，是损公肥私，是严重侵害群众利益；它告诫人们公款吃喝吃掉的是党的优良传统和作风，吃掉的是党心民心、是党的执政基础；它告诫人们做人要本分厚道，做官要公正清廉，要严于律己公私分明；它告诫哪些整天沉迷于酒宴，在推杯换盏、觥筹交错的环境中被搞得晕头转向的官员们，是到了该醒一醒的时候了。

它是一面旗帜，为破解公款吃喝难题引领了方向。遏制公款吃喝是个老大难问题。为此，中央有关部门年年发文件、提要求。有的地方也采取了不少措施。有的严格控制公务接待费用标准，有的彻底清查小金库，有的征收用餐税，有的重奖举报人。这些方法措施听起来热热闹闹，实际上却收效甚微，都是扬汤止沸，治标不治本。这两毛钱三两粮票是表率、是楷模、是方法，为破解公款吃喝难题找到了治本之策，那就是实行 AA 制，谁吃谁掏钱，吃多少掏多少。胡锦涛总书记给我们做出了榜样，我们各级领导干部还有什么理由再用公款大吃大喝呢？

元旦刚过，春节将至。但愿各级党组织在贯彻落实中央纪委关于"两节"期间严格遵守廉洁自律规定，坚决制止奢侈浪费行为的通知时，能够以这两毛钱三两粮票为鉴，制定出确实可行的办法，收获实实在在的成效。

写于 2006 年 1 月 10 日

贪官得以"做大"的"生态环境"

分析近几年查处的大案要案，透视腐败官员欲壑难填、由小到大、边腐边升的心路历程，不难发现，贪官能够"做大"主要得益于以下"良好"的"生态环境"。

风气不正，为贪官"做大"提供了"肥沃土壤"。从媒体披露的情况看，凡是发生大案要案的地方，当地的社会风气和官场风气都是乌烟瘴气。在沈阳，"慕马案"的一个涉案人员说，逢年过节拿几万块钱到领导家串门，就等于以前提个点心盒；在厦门，远华案的主犯赖昌星出手阔绰，给官员们的见面礼按级别从几万、十几万、几十万到上百万元不等；在绥化，马某卖官不是个别现象，下级给上级送钱送物，是一种根深蒂固的社会风气。"钱到公事办，火到猪头烂。"当花钱办事乃至花钱买官成了正常的"游戏规则"时，贪官敛财也就轻而易举了。

保护伞庇护，为贪官"做大"提供了"安全港湾"。无论犯多大的事儿，只要上边有人撑腰，贪官们就可以对群众的控告有恃无恐，任凭风吹浪打，我自岿然不动。河北巨贪李某在位时作风霸道，狂妄自大，其腐败行为影响恶劣。当知情人不时向中纪委举报时，原河北省主要领导就大发雷霆："告李某就是告我！"并亲自给中央写信打保票："李某没问题。"王某某被扳倒后，一位知情者说："对王某某的反映不是一天两天了，老百姓检举的材料早就成麻袋了。"但群众越是反映，王某某的仕途越是顺利，升迁的速度越快。从阜阳地委副书记到安徽省副省长，平均两年多就升一级。为此，王某某曾得意地说"告我又怎么样？查我一次，我升一级。"

部属屈从谄媚，为贪官"做大"提供了"丰富营养"。领导有什么嗜好，部属就千方百计满足。领导喜欢喝酒，部属就陪着推杯换盏；领导喜欢跳舞，部属就忙着挑选舞伴；领导喜欢搓麻，部属就跟着一起"修长城"。原沈阳市副市长马某某赌博成瘾，下属几个局长就陪着频繁出入澳门赌场。这些卑躬屈膝的行为和吮痈舐痔的手段，无疑会使贪官们霸道的作风越来越霸道，贪婪的胃口越来越贪婪。

制度形同虚设，为贪官"做大"提供了"挡箭牌"。从媒体报道的情况看，在发生大案要案的领导班子中，诸如党委的议事制度、用人制度、党内监督制度等各项规章制度，大都也是健全完善的。"卖官书记"马某就非常"重视"制度建设。在用人问题上，提出了"坚持完善干部考察预告制，干部任前公示制，常委会投票表决制"。并强调要"坚持用好的作风选人，选作风好的人"。有关市县还提出了"溜须拍马的不用，好吃懒做的不用，跑官要官的不用，平庸无为的不用，无德无廉、形象不端的不用"。结果怎么样？这些形同虚设的制度规定成了权钱交易的"遮羞布"、成了掩人耳目的"挡箭牌"。马德在这些制度规定的掩饰下为所欲为，想把官卖给谁就卖给谁。

遏制贪官"做大"，须把准脉搏，对症下药。本文只是对病因做了肤浅分析，还望"业内高手"精确会诊，下猛药，不妨给开个大处方。

《杂文报》2006年2月3日第五版

风物长宜放眼量

"管大事的人，考虑任何问题都要着眼于长远。"这是邓小平同志一贯坚持的思考问题的方法。作为改革开放的总设计师，他用宽广的目光洞察世界，用深邃的目光思考中国，用长远的目光为国家设计了美好未来。

小平同志第三次复出后，主动提出要抓教育。他说，教育是一个民族最根本的事业。知识不是立即就能抓得到的，人才也不是一天两天就能培养出来的，这就要抓教育，要从娃娃抓起。从娃娃抓起，就是让我们的事业，着眼长远，着眼于千秋万代。在他的心目中，影响中国未来的长远大事，是人才的教育和培养。在他的领导下，恢复了高考制度，创建了"希望工程"，实施了"863"计划，使饱受沧桑的新中国迎来了科技腾飞的春天。

小平同志高屋建瓴的智慧，来自他坎坎坷坷的经历，来自他三起三落的传奇。正是在逆境中，他感受到中国最需要什么。小平同志戎马一生，功勋卓著。但最精彩、最能体现人格魅力的部分还是对改革开放以来中国命运的掌握与驾驭。无论是开展真理标准大讨论，恢复党的实事求是的思想路线，还是实行家庭联产承包责任制，推动农村改革；无论是坚持对外开放，创办经济特区，还是彻底否定"文化大革命"，客观、公正地评价毛泽东同志的历史地位，无一不体现他那高瞻远瞩的目光和远见卓识的才干。

法国诗人雨果说过，世界上最宽广的是海洋，比海洋更宽广的是天空，比天空更宽广的是人的胸怀。小平同志用他那博大的情怀容纳了世界。

俗话说"人无远虑，必有近忧"。近年来有些地方在社会发展的进程中，由于缺乏长远的目光，出现了许多事与愿违的情况。有的只顾眼前，不顾长远，片面追求经济效益，忽视了能源、卫生、环保等影响人类长期生存发展的问题，造成了严重后果；有的只顾局部，不顾全局，违反中央有关规定，不顾客观实际盲目决策、盲目开发、上违规项目，造成巨大损失；有的标新立异，追名逐利，经济发展缺乏连续性，习惯于否定前任工作，树立自己的"品牌"，一边劳民伤财，一边报功请赏；有的缺乏民主，不讲科学，所作决策由个人拍板，缺乏可行性、前瞻性论证，以至于某些项目在规划做出之时，就注定是个败笔。胸无大志，目光短浅，盲目决策，不但严重影响当地的经济发展和社会稳定，给国家财产造成巨大浪费，而且还严重损害了党和政府的形象。

学习是最好的纪念。纪念小平同志，一定要学会他从长远考虑问题的工作方法。无论是制定方针政策还是做具体工作，都要有大局意识、政治意识、责任意识，以党和人民的利益为重，全面、周到、系统地思考决策。要树立科学发展观，做任何事情都要科学分析、科学论证、科学决策，不能盲目瞎干。要自觉摈弃私心杂念，克服急功近利、出名挂号思想，杜绝坑民害民的"政绩工程""形象工程"。要充分发扬民主，集中群众的智慧，所做每项工作都要给群众带来实惠，都要符合人民群众的长远利益。

风物长宜放眼量。只要我们各级领导干部能够胸怀大局，放眼未来，审时度势，扬长避短，脚踏实地，扎实苦干，就一定能够在构建社会主义和谐社会的进程中大有作为。

写于 2006 年 2 月 18 日

打假须用真功夫

　　某号称总部设在德国、拥有百年历史，在欧洲拥有一个研发中心、5
个生产基地，产品行销全球 80 多个国家，每平方米售价 2008 元的"德国
品牌"，在中央电视台举办的"3.15"晚会上被曝光后，在消费者中引起了
强烈震荡。晚会上披露，产品宣传中所谓的百年地板企业，不过是一家成
立仅 8 年的公司；所谓的德国总部纯属子虚乌有，其产品主要来自通州的
一个地板生产厂家。

　　某企业靠虚假宣传，欺骗顾客的行为，严重侵害了消费者的合法权益，
值得人们深思。"3.15"作为打击假冒伪劣产品、维护消费者合法权益的
活动日，已经开展了多年。各地有关职能部门也在不断健全队伍、完善法
规、加大打击力度。按理说这种行为应该得到有效的遏制。但是，实际情
况并不乐观。在有的地方假冒伪劣行为不但没有收敛，反而愈演愈烈。那
么，毛病到底出在哪儿呢？

　　笔者认为，除了少数从业人员法纪观念淡薄，唯利是图，胆大妄为，
违法乱纪等原因外，最主要的还是地方保护主义作祟。有的地方为了一点
眼前利益，不惜饮鸩止渴。对非法经营活动管理不严、以罚代管、明打暗
扶的情况时有所闻。有的练"甩手功"，明知有问题，却睁一只眼，闭一
只眼，不想管，懒得管，只当和尚不撞钟。据媒体报道，某地一非法屠宰
厂，加工销售注水猪肉已经有十多年的历史，很难想象，这么长时间的大
规模非法屠宰活动，当地的职能部门就一点没有察觉？有的练"太极拳"，
收到举报后，动作迟缓，跑风漏气，没等出拳，造假售假者早已闻风而逃。
一些执法单位、执法人员甚至和不法分子结成了利益共同体，用群众的话

说："管理就是收费，检查就是喝醉。"有的练"花拳绣腿"，迫于某方面的压力，不得不拉开架式、摆摆样子，打几趟"空拳"、出几下"虚掌"，拍拍照、录录相，以应付差事。在去年《焦点访谈》对某县非法生产食品袋问题曝光之前，该县有关部门刚刚组织了一次拉网式大检查。可是检查刚过，工厂照样开工，机器依然运转，这样的检查又有什么效果呢？

求真务实是我党一贯倡导的工作作风。打击假冒伪劣行为更应以真治假、以实治劣。各级党政机关和职能部门要识大体、顾大局，克服狭隘的利益观念，克服短期效益行为，要用长远的眼光看问题、谋发展。对假冒伪劣行为要出重拳、用实招、下真功夫，做到"准、快、狠、稳"。"准"，就是要深入基层，调查研究，了解真实情况，掌握准确信息；"快"，就是要雷厉风行，动作迅速，不给违法者以喘息、逃脱的机会；"狠"就是不被利益所迷、不被人情所累、不被威胁、恐吓退缩，执法如山敢于碰硬、坚持原则不留情面；"稳"，就是要依据法律条规做出合理适度积极稳妥的处理，不留后遗症。

当然，打击假冒伪劣行为是一项复杂、艰巨、系统的工程。各地还要结合本地实际，本着以教育为主，坚持打防结合、打罚结合、打扶结合的原则，大力倡导以诚实守信为荣，以见利忘义为耻的荣辱观，积极开展以遵纪守法、诚信经营为主要内容的宣传教育工作。同时，还要严格执法检查、严格监督管理，规范、引导广大从业人员走上诚信经营、合法致富的路子。

写于 2006 年 3 月 20 日

从李真发迹看"背景"崇拜

近日，读了新华社记者乔云华撰写的与李真刑前对话实录——《地狱门前》一书，感慨颇多。李真用短短的几年时间，从一名油漆工爬上了河北省国税局局长的高位，令人匪夷所思。

李真火箭式上升带有很多"传奇"色彩。而这些所谓的"传奇"，又都是他自编自导的。本来是一个普通姓氏，却自称是唐太宗家族和清朝李莲英的后裔；本来出生于一个普通干部家庭，却称自己的养父是一名老将军；本来是大专学历，却弄虚作假，在履历表上填写成硕士学位；本来是油漆厂一名普通职工，却摇身一变，成了正科级干部；本来与上层人物没有接触，却拼造自己与中央领导同志合影，到处招摇撞骗。李真正是靠自己编造出来的背景，而官场得志爬上高位的。后来又靠"河北第一秘"特殊身份和省里主要领导同志作背景，在官场上呼风唤雨、骄奢淫逸、贪得无厌。

现实生活中，像李真这样靠背景混迹官场之人并不鲜见。有的是工农出身，却装成高干子弟；有的与领导不认识，却谎称非常熟悉；有的与上层人物没有任何瓜葛，却硬说是亲戚关系；有的削尖脑袋拉关系、跑路子到处找背景。这些人正是靠编造的谎言、和一些牵强附会的背景，在仕途上要风得风，要雨得雨。

有拿背景唬人的，就有被背景唬住的。有的人专吃这一套。个别组织人事部门竟然将有无背景作为选拔、任用干部一个心照不宣的重要参考指标。有背景，尽管能力低，素质差，也优先考虑，大胆使用；无背景，虽然能力、素质、政绩都很突出，也要再考察考察、锻炼锻炼。在这些人眼中，有背景有来头，就是人才，怎么用都不为过；没背景没来头，就是庸才，放在哪儿都不放心。

背景是什么？说白了，背景就是权力。是一种超乎寻常的特权，一种无所不能的强权，一种畅通无阻的霸权，一种神秘莫测的极权。背景崇拜，其实就是对权力的崇拜。背景崇拜使得一些地方有章不循、有法不依，只唯上不唯实，党组织涣散、歪风邪气盛行。它严重背离了实事求是思想路线，违反了干部工作原则，破坏了组织人事工作制度，助长了不正之风，是一种严重的腐败现象。对此，绝不可掉以轻心。

用人问题是事关党的事业兴衰成败和国家前途命运的根本问题。用什么人，不用什么人，对党的作风建设具有重要的导向作用。提拔一个干部，等于树立了一面旗帜。它明确地向大家昭示，党组织使用什么样的干部，不使用什么样的干部。于是大家就学习效仿。你提拔作风正派、清正廉洁、真正为群众办实事的干部，大家就争先恐后地去为群众办实事；你提拔削尖脑袋拉关系、跑路子、找靠山的干部，实际上就等于怂恿大家去拉关系、找背景。用对了一个干部，等于给大家加了一次油、鼓了一次劲；用错了一个干部，等于给大家下了一次霜，泄了一次气。因此，各级党组织一定要严格遵守干部工作原则，严格执行组织人事工作纪律，努力加强对领导干部的权力监督，把好选人用人关；组织人事干部一定要自觉摒弃私心杂念，彻底清除背景崇拜，自觉抵制用人上的不正之风。

写于 2006 年 4 月 27 日

从胡耀邦驳哥哥面子谈起

满妹在《思念依然无尽——回忆父亲胡耀邦》一书中，记述了作为党的总书记的胡耀邦同志与当农民的哥哥胡耀福之间发生的两件小事儿，感人至深、令人难忘。其一，胡耀福的二儿子中学毕业，经县里的一个领导帮忙，在县委招待所给安排了工作。胡耀邦同志得知后，马上责令那个县里的领导把侄子退回农村去。其二，浏阳县委托胡耀福到北京找弟弟胡耀邦同志给家乡批点化肥，胡耀邦同志火了，嚷道："谁找我走后门、批条子，就是把我看扁了！"胡耀福听后，也急了，站起来就想打弟弟，情绪激动地说："是老区人民要我来的，又不是为我自己！要是我的事，绝不来找你。"胡耀邦同志仍坚持说："那也不行！"胡耀福一气之下走了。

按常理，侄子安排了工作，是件好事。尽管不太符合原则、程序，只要自己装作不知道也就过去了。但胡耀邦同志没有睁一只眼闭一只眼，他绝不允许家人利用自己身份和地位的影响谋半点私利，不但将侄子退回农村，而且还专门将哥哥叫到北京狠狠地批了一顿。为家乡办点实事、解决点实际困难，是许多领导干部津津乐道的事儿。家乡需要化肥，县里领导派哥哥来说情，当时只要自己不反对、不表态，手下人也就给办了。但是，胡耀邦同志态度非常鲜明，在原则问题上没有退让，不惜与哥哥闹翻脸，也不助长这种不正之风。胡耀邦同志经常对希望他在家乡建设上给予帮助的乡亲们说："革命老区搞建设，应该支持。但是应该按程序报告上级有关部门，不能找我。我不是家乡的总书记，不能为家乡谋特殊利益。在我这，要马列主义有，要特殊化没得。"

作为党的总书记，胡耀邦同志心里装的是全党、全国人民的大事，是十多亿人民的福祉。他以身作则、率先垂范，不允许家人利用自己地位的影响捞取好处；他坚持原则不给哥哥面子，不为家乡谋取特殊利益。两件事情都不大，折射出的却是他那博大宽广、坦荡无私的胸怀和党员领导干部的高风亮节。

时下，有些领导干部在乡情和亲情面前却立场不坚定，旗帜不鲜明，有的甚至完全丧失了党性原则，过不了家庭关。有的对配偶、子女、亲友提出的要求，明知不对，也不拒绝，对他们的错误不批评、不教育、不制止；有的对家属、子女利用自己的地位和权力的影响经商、办企业谋取非法利益熟视无睹，甚至提供方便；有的为子女、亲友跑官要官打电话、批条子疏通关节；有的干脆与"家人"一起疯狂敛财，开"夫妻店"、办"父子公司"、开"官帽批发部"。被查处的成克杰、李嘉廷、孟庆平、陈同庆、马德、武保安等腐败分子都有类似问题。原山东省供销社主任矫某某在法庭上说："我戴的手铐有我的一半，也有我妻子的一半。"许多领导干部犯错误都是从对"家人"管教不严开始的。

党员领导干部能否管好自己的配偶、子女和亲友，并不是一件小事，而是关系到党员领导干部能否保持政治上的坚定性、思想上的纯洁性、行为上的廉洁性的重大原则问题。古人曰："修身、齐家、治国、平天下。"一个党员领导干部如果连家都治不好，何谈治党治国？家风严，才能党风正。党员领导干部不仅要管好自己，而且还要管好配偶、子女和亲友。对"家人"要经常教育，严格要求，既要教育他们不做特殊公民，更不允许他们利用自己权力和地位的影响做违纪违法的事情。端正党风、净化社会环境，各级领导干部首先要过好家庭关。

写于 2006 年 5 月 8 日

莫让红头文件变了味儿

近日，读了几条关于红头文件的新闻，总觉得有点不对劲。其一，江苏省无锡市教育局在下发的红头文件中规定，任何教职员工不得将异性学生留在教室、宿舍或其他僻静场所进行单独谈话、辅导或帮助料理其他事情。其二，湖北省汉川市政府办公室下发《关于倡导公务接待使用"小糊涂仙（神）"系列酒的通知》，这份带着"醉意"的红头文件，将今年需要完成200万元的"喝酒任务"分配到各单位。其三，某政府机关下发的《关于为办事客人倒一杯水的通知》，规定夏天要为客人倒一杯凉水，冬天要沏一杯热茶。

三份红头文件虽然目的不同，但都有一股怪味儿。为了防止奸污、猥亵、性骚扰等个案的发生，而向全体教职工发出禁令，不准师生单独接触，将教师都当作色狼来防范，从主观上异化了师风师德，这对教师来说是一种莫大的侮辱。为了"优化经济发展环境，营造引商、稳商、亲商、富商的发展氛围"，而用红头文件来倡导喝酒，无论理由多么充分，也难逃为公款吃喝推波助澜之嫌。来了客人笑脸相迎，热情接待，倒杯水、让个座，是机关工作人员应具备的基本素质。个别人员做不好，开个会说两句，或者是私下提个醒，问题也就解决了。如果连给客人倒杯水这样琐碎的小事都要专门发个红头文件，是不是显得这样的红头文件太多、太滥、太没价值了呢？

红头文件是除国家法律法规及地方性法规以外的具有行政效力的规范性文件，在地方决策及行政中起着不可忽视的作用。红头文件是党和政府意志的体现，应该事关国计民生、人民福祉。在普通百姓的眼中，红头文件是神圣而又庄严的，是正义和公正的象征。因此，下发红头文件是件严肃认真的大事，不能有半点马虎。

上述几个单位滥发红头文件影响恶劣。首先，降低了红头文件的威信。时下有些地方的红头文件太多、太滥、太随意，群众对红头文件失去了信任。其次，损害了党和政府的形象。有的红头文件与法律法规相抵触、与社会公德相矛盾。三是损害了人民群众的利益。一些部门为了自身利益，用红头文件将乱摊派等行为"合法化"，助长了行业不正之风。

防止红头文件变味儿，当从制定文件着手，一要符合法律精神，二要符合民意，三要符合程序。当然，防止红头文件变味儿，最重要的还是要树立执政为民的思想，只有真正做到了权为民所用、情为民所系、利为民所谋，才能从根本上防止权力错位现象的频频发生，才能消除红头文件中的"怪味儿"。

《人民日报》2006年5月9日第十三版

有感于"当好官就不要搞污染"

近日，新任国家环保总局局长周生贤，在国务院第六次环保大会上表示：中国的环境保护工作将进行历史性转变，不会再以牺牲环境换取经济发展，将扭转滞后的、补救的、被动的形势，提出了"要想当好官就不要搞污染"的要求。

用是否搞污染作为判断好官坏官的标准，很有必要，笔者十分赞同。为了经济发展，不惜破坏人类社会得以生息繁衍的良好自然环境，迟早都会遭到大自然的报复，以及子孙后代的抱怨。周生贤的"硬话"，充分表明了其治理环境污染的勇气和决心，人们举双手赞同，并翘首以盼。

周生贤提到的污染，只是针对环保领域而言。然而时下，一些官员的所作所为，不仅是对生态环境构成了污染，而且对社会生活的其他方面也构成了不同程度的"污染"。笔者仅列出以下几种情形，敬请有关部门给予关注，并严加防范。

一是传播谣言，制造政治"污染"。有些人以掌握上层所谓的内部情况为能事，尤其对高层的人事变动、班子调整特别感兴趣，有影没影的事儿，只要打听到，就不假思索，到处宣扬；有的唯恐天下不乱，对道听途说的事儿，凭想象任由发挥，无中生有、添枝加叶，搞得满城风雨，沸沸扬扬；有的对名人、伟人的修养品德、兴趣爱好、功过是非，不负责任地妄加评论，扰乱视听，故意制造政治"污染"。

二是讲黄段子，制造精神"污染"。有些人无所事事，以传播黄段子、灰色笑话为己任。无论是会上会下，还是在茶余饭后，只要有机会，都不失时机地卖弄自己的"知识""学问"。这种人说正事儿心不在焉、语无伦次、笨嘴拙腮，讲起黄段子却精神亢奋，口若悬河，滔滔不绝。有的还利用现代通信手段，在同僚中互通有无，广泛传播精神"污染"。

三是官风不正，制造作风"污染"。有的官僚主义严重，对基层的情况不了解、不知情、不掌握，高高在上拍脑袋决策瞎指挥；有的急功近利，弄虚作假、虚报浮夸、玩数字游戏，热衷于坑民害民的"形象工程"、"政绩工程"；有的贪图享乐不思进取，住豪华屋、坐豪华车、吃豪华宴，当一天和尚撞一天钟，甚至只当和尚不撞钟。这些不良行为，严重污染了工作作风。

四是品行不端，制造形象"污染"。有的对自身要求不严，行为上不廉洁，利用职务之便，贪污受贿、中饱私囊、违法乱纪；有的没心思干大事，只想着做大官，把全部精力用在跑关系、找门子、拉靠山上，大搞庸俗关系。

环境污染，破坏了大自然的和谐。官员的"污染"传播了精神垃圾，败坏了干部作风，毒化了社会风气，损害了党的形象。对此绝不可掉以轻心。

群雁高飞头雁领，干部是群众的好带头。各级领导干部是人民群众的表率和旗帜，其一言一行、一举一动都会对人民群众产生深刻的影响。领导干部品行端、作风正、能力强，精神饱满、积极进取，人民群众就会跟着扎扎实实干事业，谋发展；领导干部作风不正，品行不端，追求低下，精神萎靡，就如同闹了禽流感，一传染就是一大片。因此，对热衷于制造"污染"的官员，轻者应进行批评教育，进行"思想消毒"。重者应令其停职检查，进行"隔离治疗"。对那些病入膏肓、不可救药者，应该严惩不贷。

写于 2006 年 5 月 22 日

查查高速公路"补丁"背后的猫腻！

近日，有关媒体披露了京珠高速公路湖南湘潭至宜章段的路面质量问题。报道说，湘潭至宜章高速公路是荣获省部级"优质"工程的路段，但是，近一年来，这段约300公里的高速公路一直维修不断。沿途上，"前方施工，车辆慢行""道路施工，限速30公里"的警示标志随处可见，路面上数以千计的"补丁"更是给过往司机留下了深刻印象。（2006年5月30日《人民日报》第5版）

人们不禁要问，为什么一段设计使用寿命20年、并荣获"优质"工程荣誉的高速路，用了不到5年时间就坑坑洼洼、高低不平、"重病缠身"了呢？其实，给高速公路打"补丁"并非仅存在于湘潭至宜章路段。稍加留意就不难发现这种现象很普遍，只不过是程度不同罢了。在高速公路网络中，有的路段因路基不牢，使用没多久就坍塌垮掉了；有的路段因沥青铺得厚度不够，刚通车就大修，路面上"补丁"摞"补丁"；有的桥梁使用没几年，就散了架，甚至断裂，造成车毁人亡。如国家重点工程、湖北黄石长江公路大桥竣工仅7年就病入膏肓，有关部门在投入7000多万元进行"大修"后仍未矫正，只好决定投资29.4亿元再建一座大桥。

出现上述问题，原因是多方面的。有关公路主管部门会以车辆超载、车流量大、技术不成熟、多雨多雪气候条件恶劣、地质情况复杂等诸多客观原因来搪塞、轻描淡写地把责任推得一干二净。但这不是问题的实质。高速公路存在质量隐患的深层次原因，出在思想上，出在职业道德方面。

众所周知，一个时期以来高速公路成了腐败的高发地，交通厅局长成了高危职业之一。因管理制度不健全，监督机制不完善，招投标不规范、暗箱操作盛行，致使一些重大工程项目往往由个人说了算。加之工程层层转包，层层扒皮，到最后，真正用在公路建设上的款项所剩无几，施工方不得不以偷工减料、以次充好的手段来完成建设任务，因此，就难以保证工程质量。这才是问题的根本。近几年，在国家投入巨额资金修建高速公路的过程中，不知"绊倒"了多少官员？仅媒体披露的重大案件，就有新疆、四川、广东、湖南、江苏、北京、河南等10多个省市自治区的10余位交通厅局长相继落马。在河南，连续三任交通厅长"前腐后继"。

高速公路上的"补丁"如同政府脸上的"疤"，藏不住，洗不掉，除不去，是公路主管部门的隐痛，是和尚头上的虱子，明摆着的毛病。它不但给国家造成了惊人的浪费，而且还严重损害了党和政府的形象。

治理高速公路上的腐败，不妨从路面上的"补丁"抓起。路面上的"补丁"，是贴在"优质"工程上的"狗皮膏"，只要揭下这帖"狗皮膏"，就不难发现隐藏在"优质"工程背后的质量问题；路面上的"补丁"，是"豆腐渣"工程的"标志物"，只要砸烂这个"标志物"，就能够发现弄虚作假等糊弄人的勾当；路面上的"补丁"，是行业腐败的"指示牌"，只要顺着这个方向查下去，就不难发现权钱交易、贪污受贿等"补丁"背后面的猫腻。

"百年大计，质量第一"是许多工地上悬挂的标语。但愿它不再仅仅是一幅悬挂在工地上的装饰，而应变成实实在在的制度规则、方法措施！

写于 2006 年 6 月 3 日

奉献是共产党员的优秀品德

革命摇篮井冈山小井红军医院旧址，有一间红四军第十一师师长张子清同志的陈列室。一块席地而放的床板，一套破旧褪色的军装，室内简单的陈设，使人走进了当年那个硝烟弥漫、艰苦卓绝的战争年代。

1928 年 4 月，张子清同志率部在酃县接龙桥阻击敌人，战斗中脚踝受重伤，住进了小井红军医院。当时，由于敌人对根据地实行严密的经济封锁，各种物资、特别是药品异常缺乏，医院用于给伤员们洗伤消毒的食盐也经常供应不上。看到这种情况，张子清师长就把每天分给自己的食盐一点点积攒起来，用油纸包好放在枕头底下。一天，当他得知医院的食盐用光了的消息，便主动把自己积攒的食盐捐献出来，用于给重伤员清洗伤口。由于自己的伤口没有得到及时清洗治疗，最终导致化脓感染不幸逝世。

井冈山时期，食盐是紧缺物品，比金子还珍贵。张子清师长舍不得用食盐为自己洗伤消毒，而是把食盐积攒起来、捐献出去，把痊愈与生还的希望送给了战友。这种牺牲自我、无私奉献的精神，感人至深，难以忘怀。正是因为有了成千上万像张子清师长那样的革命先烈，为了中国革命的胜利而甘洒热血、无私奉献，才会有新中国的诞生，才会有今天的幸福生活。

奉献是一种纯洁高尚的精神境界。奉献是自觉自愿的付出，是爱心的流露，善意的升华，美德的弘扬。无论是革命战争年代涌现出的像黄继光、董存瑞、邱少云那样数不胜数的英雄模范人物，还是和平建设时期涌现出的像焦裕禄、孔繁森、郑培民那样的一批又一批的优秀领导干部，尽管他们生活的时代不同，具体的先进事迹不同，但有一点是共同的，这就是他们都具有一种为党和人民的事业无私奉献的伟大情怀和崇高精神。

奉献是共产党员的优秀品德。纵观中国共产党走过的 85 年的辉煌历史，就是为民族解放、国家富强、人民幸福而英勇牺牲、无私奉献的历史。毛泽东同志为了完成民族独立和人民解放的历史任务，家中先后有六位亲人献出了宝贵的生命；周恩来同志没儿没女，却为了人民的事业，鞠躬尽瘁、死而后已；朱德元帅功勋卓著，为中华民族的解放事业立下了汗马功劳，临终时，还把两万元存款全部交了党费。李瑞环同志以"一位老共产党员"的名义，资助了 148 名贫困大学生。他还立下遗嘱，去世后的遗产全部用于资助天津的贫困学生。领袖们的表率作用，使中华民族的奉献精神发扬光大，在他们的影响带动下，中华儿女不屈不挠，前赴后继，艰苦奋斗，默默奉献，取得了令世人瞩目的辉煌成就。

奉献是时代的需求，永远不会过时。无论时代发生怎样的变化，奉献精神永远熠熠生辉，光耀人间，永远是鼓舞和激励人们奋发向上的巨大力量。不论在历史上还是在现实中，那些损害国家、民族的利益，不讲奉献，只求索取，挖空心思为自己攫取私利的人，都为人们所鄙视。奉献使人充实，使人快乐，使人高尚。在建设社会主义和谐社会的历史进程中，奉献是社会的主旋律，是时代的需求，永远不会过时。

榜样的力量是无穷的。革命先辈的感人事迹和崇高品德，一定会鼓舞和鞭策一代又一代的共产党人，在不同的工作岗位上，为党和人民奉献出更多的聪明才智、做出更大的贡献。

写于 2006 年 7 月 1 日

谨防"小权力"产生"大腐败"

近日，北京市第二中级法院终审判处原协和医院财务处门诊部收费员马某某有期徒刑 7 年。马某某从 1999 年至 2004 年，利用职务便利，采取伪造、骗取退药单据等手段，虚假退费 61.3 万元据为己有，已构成贪污罪。一个小小的门诊部收费员，能如此疯狂作案、轻而易举地贪污敛财，值得人们深思！

类似马某某这样的"小人物"，近日媒体上披露了不少。别看他们职务不高、权力不大，但是她们的胆子特别大、胃口特别大，经济犯罪数额动辄几十万、数百万、上千万，是"官仓"中的"硕鼠"，是"小人物"中的"大腐败分子"。综观这些出了问题的"小人物"，虽然名不见经传，却都处在特殊岗位，有一定的权力，或者直接与钱打交道。只要稍动脑筋，就可以变权力为金钱，变公款为私款。其主要手段为：一是绞尽脑汁，疯狂贪占。许多"小人物"的经济犯罪，不是失职渎职，而是主观故意，成心要捞一把。如原北京市门头沟区"计划用电、节约用电、安全用电"办公室副主任张某某，利用职务之便，采取收款不入账的手段，非法截留购电款 689 万余元占为己有，并用于豪赌血本无归。二是雁过拔毛，吃拿卡要。有些公职人员见利忘义大搞权钱交易，养成了不给钱不办事、少给钱慢办事、多给钱乱办事的恶习，把权力变成了中饱私囊的摇钱树。原山西省安监局设备处长刁某，漠视煤矿安全生产条例，胡乱发放安全生产许可证，受贿金额高达 500 多万元。三是"熟中生巧"，钻管理制度上的空子。有些人在一个岗位待久了，凭着对工作的熟悉和了解，得以轻而易举地利用制度上的破绽和管理上的漏洞大胆作案。第一次得手，就会有第二次、第三次，以至于胆子越来越大，贪污受贿金额越来越高。原北京市肿瘤医院住院处主任石巧玲，采取虚假退费手段，数百次领取住院退款，鲸吞了近千万元。

比起胡长清、成克杰这样位高权重的"大人物"来，这些"小人物"的"名气"都不大，但其腐败行为造成的危害和影响却不可小视。因为"小人物"直接面对群众，直接和群众打交道，直接损害群众利益。因此，"小人物"的腐败同"大人物"的腐败同样污染社会风气、同样损害党和政府的形象，人民群众对这些"小人物"的腐败同样恨之入骨。

如何防止"小权力"产生"大腐败"？加强学习教育，增强公职人员的政治素质、品德修养、法纪观念和廉洁自律意识是一个方面。此外，还要加大监督管理的力度，通过财务监督、审计监督、上级对下级的监督，通过定期检查、有效管理，及时发现问题、解决问题，把问题消灭在萌芽状态。当然，最主要的还是要建立一整套行之有效的制度措施。好的制度可以使坏人变好，坏的制度可以使好人变坏。对那些具有人事权、财务权、审批权等重点岗位，制度建设尤为重要。只有把科学的规章制度建立起来、并坚持下去，才能遏制"小权力"的滥用，才能防止"小人物"变成"大老鼠"。

写于 2006 年 7 月 22 日

且看"贪官太太"巨额赃款的诱惑力

近年来，经济诈骗层出不穷，手段也是五花八门。犯罪分子不少是打着党政机关、知名企业、新闻媒体等在社会上享有良好信誉的"金字招牌"到处招摇撞骗、聚敛钱财。或者冒充名人之后、高干子弟、领导秘书等有很深社会背景和非凡活动能量的人进行诈骗活动。有胆大者，甚至还敢以中央纪委的名义进行经济诈骗犯罪，这足以令人称奇。

近日，媒体上披露了一个更加荒诞离奇的诈骗案件。成都一个叫郑某某的妇女，竟然假冒"贪官太太"进行诈骗活动。这位"贵妇人"自称前夫是个大贪官，而且贪得无厌，可惜病死了，留下了2000多万元的资产，在银行里被冻结了。她以解冻这笔资金需要打点关系为由向人借钱，并承诺事成后给借款者100万元的高额回报，诈骗金额近20万元。

提起贪官，人们都恨得咬牙切齿。为什么这些村民对这位"贪官太太"却如此宽容、如此慈悲，甚至慷慨解囊、鼎力相助呢？从诈骗技巧上，这位"贵妇人"的手段并不高明，一是编造"贪官太太"这一特殊身份，取得村民们的信任，二是承诺给予高额回报，引诱村民上钩。令人费解的是，这位小学都没毕业的无业游民，打着"贪官太太"这个顶风都臭八百里的"滥招牌"进行诈骗犯罪，却能屡屡得手，很值得人们深思。

毛病出在哪儿？笔者认为，问题出在思想觉悟上，出在是非观和利益观上。在商品经济大潮的冲击下，一些人被搞得头昏脑涨迷失了方向，是非不分、美丑不辨、香臭不闻，丧失了正确的是非观和利益观。为了获取蝇头小利，什么事都敢干。面对暴露在大庭广众之下的种种丑恶现象，有的是麻木不仁、熟视无睹，有的是为虎作伥、助纣为虐。成都这些受骗的村民面对"贪官太太"解冻巨额赃款的不良企图，不是大胆举报，将之绳之以法，而是把她视作"财神爷"而顶礼膜拜、敬重有加，心甘情愿地往圈套里钻，企图从"贪官太太"的巨额赃款中分得一杯羹，美美地喝上一口，沾沾"腐败分子"的光。结果是偷鸡不成蚀把米，有些人被骗得血本无归，倾家荡产。

行文至此，想到了前几天读过的一篇关于蔡京被饿死的文章。北宋头号奸臣兼大贪官蔡京东窗事发，被流放岭南韶关去"劳动改造"。出发时带着平日从百姓那里搜刮来的一大船金银财宝。行至长沙，当老百姓得知这个被流放的"高级干部"的真实身份后，一路上都自发地不卖给蔡京一粒粮，一滴油，一根菜，以至于让这个不可一世的大贪官活生生地被饿死了。

北宋人民在没有发通知、贴布告，没有发文件、下命令的情况下，街乡市井，城镇村社，驿站旅店，庄户人家都步调一致、齐心协力地反贪官、反腐败，以实际行动给蔡京这个大贪官一点颜色看看。相比较而言，有些人对"贪官太太"的态度，是不是有点暧昧，过于宽容，太人性化了呢？

写于 2006 年 8 月 13 日

冒充"干儿子"行骗为何屡屡得逞?

在网页上搜索"干儿子诈骗"几个字,就可以找到不少相关案例。如:冒充首长干儿子,骗得两人18万;"检察长干儿子",诈骗矿主400万等。最令人不可思议的是,浙江青田有个叫汤某某的刑满释放人员,竟然冒充大贪官胡长清的"干儿子"也能骗取他人40多万元巨款。

继"河北第一秘"李某假冒老将军的"干儿子"在官场上大红大紫、大起大落之后,近日媒体上又披露了一起假冒老将军的"干儿子"进行疯狂诈骗活动的案件。被骗的是原河南省人大常委会副主任王某某,一个副省级领导干部。因儿子涉嫌重大经济问题被中纪委审查,王某某为了尽快使儿子"摆脱困境",落入了诈骗分子的圈套,先后扔进去100多万元,都打了水漂。最终王某某因经济问题被开除党籍、公职,并移送司法机关进行处理。

假冒老将军"干儿子"的神秘人物叫胡某某,是一个由大陆定居香港的商人。其行骗的招数有四:一是编造社会背景,称自己是某位老将军的"干儿子",并在家里悬挂着与老将军的合影照片;二是编造虚假身份,称自己是某军事情报部门的副局长,少将军衔,并持有"联合国商务调查官"证件,可以自由出入任何国家;三是编造社会关系,称自己和许多中央领导和中纪委领导的关系很好、交情很深,摆平这点事不成问题;四是编造虚假情节,以找办案人员需要花钱"打点"、通过"做做工作"就能放人、关键时刻还要"冲刺"一下等理由,一步步引诱王某某大把大把地掏钱。

按理说,这个诈骗手段并无高明之处,是诈骗分子的惯用伎俩。凭王某某几十年风风雨雨的政坛经历,看破这一骗局并非难事。那么,为什么像吃了迷魂药似的心甘情愿地往圈套里钻呢？

首先是政治上糊涂。王某某面对自己的孩子因经济问题被组织审查，不是积极配合组织做好孩子的思想工作、主动交待问题，把事实搞清楚，争取从宽处理。而是茶不思、饭不进，到处奔波跑关系、找路子，急欲帮儿子"摆脱困境"。从王某某身上已经看不出一丁点作为党的高级领导干部应有的政治觉悟。其次是迷信"背景"。诈骗人除了有某情报部门副局长的特殊身份，背后还有"老将军"这一特殊社会背景作支撑。在王某某看来，背景是一种超乎寻常的特权，一种无所不能的强权，一种畅通无阻的霸权，一种神秘莫测的极权。依靠这种权力，可以要风得风，要雨得雨，没有翻不过的山，没有蹚不过的河，没有攻不克的难关，没有摆不平的事儿。第三是怕被拔出萝卜带出泥。上当受骗的官员大多屁股不干净、心里有鬼，怕腐败行为败露，才有病乱投医。王某某受骗的一个主要原因就是因为担心儿子顶不住，怕自己滥用职权帮儿子谋取非法利益的行为败露，才不择手段、重金开道的。因为只有尽快把儿子捞出来，才能保住自己的职位。结果是儿子没被捞出来，老子反而掉了进去。

一场骗局，以"双输"结束。这也应验了那句老话：狐狸再狡猾也斗不过好猎手。"干儿子"的诈骗伎俩再高，也只能瞒过王某某这样政治上糊涂、行为上腐败的"二五眼"，瞒不住火眼金睛的办案人员。有道是法网恢恢疏而不漏，最终这起诈骗案中的行骗人和被骗人都一一落入法网，受到了党纪国法的严厉制裁。

写于 2006 年 8 月 21 日

且看"民谣"中透露出的腐败信息

《三国演义》里面有个重要人物叫董卓。此人骄横跋扈，残忍不仁。凭仗武力，专擅朝政，废太子，杀太后，严刑胁众，睚眦必报。放纵兵士，奸淫掠夺，无恶不作。在该书的第九回，有一首童谣预示了董卓的末日。歌曰："千里草，何青青！十日卜，不得生！"千里草即"董"字，十日卜即"卓"字，不得生就是想叫他早点死。不久，董卓就被王允、李肃、吕布等人所杀。并抛尸十字路口，被人点了天灯，路过群众"莫不手掷其头，足践其尸"。可见，民愤极大。

从某种程度上讲，民谣是对某一丑恶现象、腐败行为的精练概括，是人民的呼声，群众的呐喊。老百姓用直白易懂、幽默讽趣的语言，一针见血地反映社会现实、勾画腐败分子的形象，颇具生命力。

在四川泸州，提起谁最富有？有这样一句顺口溜："好几条街上都有铺面，串成串能连成好长一大片。"这是群众对泸州市原市政房地产综合开发公司经理文某某的"总结"。文某某平时不张扬、不摆阔、为人低调。但是检察机关一过问，就揪住了贪官的狐狸尾巴。文某某采用各种手段非法敛财共计 9000 多万元，其中光铺面就有 140 多套。

"打开电视不用看，里面全是杜二蛋。"杜二蛋是老百姓送给原河南省卢氏县委书记杜某某的绰号。杜保乾作风霸道，不可一世。每次外出，前有警车开道，后有公安护卫，侧有电视台摄像跟随。只要杜某某一有"指示"，跟随记者马上制作成"重要新闻"，中断电视台其他节目进行反复播放。杜某某大搞形象工程，上任伊始，就劈山修路，改造县城，搞起了夜景工程、绿化工程、隔离带工程、人行道铺花砖工程，结果是劳民伤财，代价沉重。2002 年 12 月 29 日，河南省渑池县人民法院以受贿罪、报复陷害罪判处杜某某有期徒刑 14 年。

"开会都是老一套，王八犊子作报告。"原黑龙江省绥化市卖官书记马某，1996 年 11 月从牡丹江市副市长调任绥化地区行署专员，送行的一位副秘书长对绥化地区行署招待所的一个服务员说："我给你们绥化送来了一个王八犊子！"后来的事实证明，马某集官气、霸气、匪气于一身，独断专行，飞扬跋扈，卖官鬻爵，疯狂敛财，涉案官员 265 人，收受贿赂 600 多万元，是一个名副其实的"王八犊子。"

"只要反腐不放松，早晚抓住王怀忠。"王某某靠虚报浮夸、弄虚作假等卑鄙手段，6 年间从地区行署专员爬到了副省长的高位。王某某滥批土地，使将近 10 个亿的国有资产流失到其党羽手中，自己贪污受贿上千万元。王某某腐化堕落，骄奢淫逸，为所欲为，甚至嚣张到要花钱摆平中纪委。王某某被扳倒后，一位知情者说："对王某某的反映不是一天两天了，老百姓检举的材料早就成麻袋了。"看来人们对王某某的倒台是期盼已久的。

政声人去后，民意闲谈中。群众的眼睛是雪亮的。党政官员的吃穿住行、兴趣爱好、结朋交友及其一言一行、一举一动都会在群众中留下深刻印象，其工作是否勤奋、为政是否清廉、处事是否公正群众自有公断。一个权为民所用，情为民所系，利为民所谋的好干部，一定会留下好的口碑，人们永远不会忘记；一个胡作非为，鱼肉百姓，贪污腐化的官员必将留下骂名、被钉在历史的耻辱柱上。

写于 2006 年 8 月 25 日

从贪官的"抱怨"看政治素质缺失

　　腐败官员东窗事发，面对威严的法官、面对义愤的群众、面对媒体的镜头，大多是一脸沮丧、痛哭流涕。坦诚自己对不起党、对不起人民、对不起亲人和朋友。从这些怨天尤人的报怨中，我们可以发现，腐败官员虽然问题出在经济上、出在腐化堕落上，但根源却在政治素质上。

　　一怨运气不好。有些腐败官员平时视党纪国法如同儿戏，出了问题不从法纪观念上找原因，而是报怨运气不好。原山东省政协副主席潘某某，被捕后喊冤："比我受贿数额大得多的是，为什么抓我？我想不通。"原江西省地税局干部赵某某贪污受贿，出事后报怨说："我这样已经算少的了，比我钱多的人有的是，我只是个小虾米，运气不好才被你们逮着。"遵纪守法是每个党员领导干部的基本政治觉悟。腐败官员置党纪国法于不顾，提着脑袋去撞大运，看来这些人的胆子是真够大的。

　　二怨风气不正。不少腐败官员把自己的违法犯罪归咎于社会风气不正，称自己是身在江湖身不由己。原沈阳市市长慕某某在狱中抱怨说："攻击的力量太强了，挡都挡不住。"原厦门海关关长杨某某，把犯罪的责任推到赖昌星身上，说赖昌星的"功夫"太深了。原湖南省郴州市副市长雷某某报怨说："我不是郴州市最大的贪官。"并且给自己排了座次，只能算第12名。言外之意，这种现象很普遍，整个官场都是乌烟瘴气。俗话说："物必先腐，而后虫生。"党员领导干部无论在任何情况下，都应该严格要求，廉洁自律，否则，就守不住清贫，耐不住寂寞，经不起诱惑。

　　三怨组织信任。有的腐败官员平时跑官、要官、甚至花钱买官，在受到党纪国法制裁后，却认为自己是被权力所害，抱怨组织的任用。原湖南省益阳市国土局局长贾某某在看守所里抱怨说："如果不做一把手，就不会有那么多的人奉承我，也不会失去上下的监督和制约，也不会走到今天这一步。"权力是一把双刃剑。只有树立了正确的世界观、人生观、价值观，才能为人民掌好权、用好权。相反，那些权力观错位，滥用权力的人，早晚都要受到法律的制裁。

四怨监督不力。许多腐败官员平时独断专行，骄横跋扈，正如胡长清所说"党内监督对我来说如同牛栏里关猫，出入自如。"出了事后，不从组织纪律观念上找原因，而是报怨党内监督不到位。原杭州市余杭区副区长马某某报怨说，"我好赌的问题其实早已暴露，有关部门也曾接到过群众的相关举报。在'三讲'教育中，有群众指出我与老板打得火热、爱赌博等问题，但是没有引起有关领导的重视。如果当时监督及时，对我敲敲警钟，也许我会悬崖勒马，不至于落到今天这一步。"外因是变化的条件，内因是变化的根据。作为领导干部，自己有毛病不从主观上找原因、认真悔改，反而过分强调客观原因，责怪组织监督不到位，岂不本末倒置？

五怨神仙不灵。有的腐败官员理想信念动摇，党性原则丧失，世界观、人生观、价值观发生了严重扭曲。近年来被查处的不少干部都是理想信念动摇，不信马列信鬼神，不信科学信风水的腐败官员，在他们身上马列主义信仰已经丧失殆尽，共产主义理想信念几乎荡然无存。

写于 2006 年 9 月 4 日

"亿万富翁"的暴富"捷径"

如何成为亿万富翁？在一般人看来只有通过办企业、做生意，靠诚实劳动一步一步地完成资本的原始积累，才有可能成为亿万富翁。

然而时下，我国有相当一批"亿万富翁"暴富得很奇怪。他们一无科技知识，二无企业实体，三无原始积累，几乎一夜之间就从一个负债累累的穷光蛋，变成一个拥有几亿甚至几十亿元资产的"亿万富翁"。决窍在哪里？在于他们胆大包天采用非法手段侵占、吞并国有资产。这些"亿万富翁"大都是玩"空手道"的高手，是弄虚作假、搞权钱交易的行家。其手段主要有三种：

一靠家庭背景。这种家庭，不是平头百姓、普通群众所拥有的一般家庭，而是在一个地区、一个部门说话算数手握绝对权力的特殊家庭。有了这种绝对权力，就没有摆不平的事。有不少"亿万富翁"，就是靠这种特殊的家庭背景而金榜题名的。如原香港兆泽投资公司注册资本只有5万港元，1999年11月，该公司却全资收购了注册资本为2.46亿元、总资产为21亿元人民币的河南裕达置业有限公司。香港兆泽投资公司董事王某一夜暴富，成了拥有数十亿元资产的"亿万富翁"。为什么会发生这种"小鱼吃大鱼"的奇怪现象？因为王某是时任河南省常委兼郑州市委书记王某某的"公子"。如果没有这个后来成了河南省人大常委会副主任的"老子"作后台，这笔交易会成交吗？当然不可能。

二靠权钱交易。权钱交易是腐败案件最主要的手段和特征，一些"亿万富翁"就是在这种见不得阳光的权钱交易中迅速成长起来的。原四川省乐山市犍为县县委书记田某某受贿3200多万元，其中最大的一笔钱权交易，是向东能集团出卖"犍为电力"的国有股份。2002 年 11 月 27 日，田某某将拥有 4.6 亿元总资产、1.9 亿元净资产的"犍为电力"，作价 4000 万元，出卖给东能集团公司。按事前商定，东能集团董事长王某某将支付田某某 1500 万元。到案发前，实际支付了 1200 万元。权钱交易是催生"亿万富翁"的高速公路，许多不法分子都是在这条高速公路上把不住方向出了事故，被撞得头破血流、车毁人亡的。

三靠疯狂造假。有的"亿万富翁"背景不深，但能量却很大。他们采用虚假注册、挪用资金、违规担保等手段，疯狂侵吞国有资产。顶着"福布斯最年轻富豪"光环的四川明星电力股份有限公司原董事长周某某，在入主明星电力时净资产实际为负数，他靠疯狂造假取得了明星电力价值 3.8 亿元的控股权。其造假手段为：一是花 11 万元买通某会计师事务所为其编造虚假报表，一夜之间虚构出 27 亿元的身价；二是凭着与几个银行高管的"深交"，违法获取银行贷款直接用于收购股权；三是腐蚀国企干部，致使国有股权转让决策草率，引狼入室；四是与国企高管内外勾结，放任其大肆侵吞国有资产。周某某靠这四步并不高明的欺诈术，顺利完成了"空手套白狼"的任务，由"穷光蛋"摇身一变成了拥有几十亿元资产的"亿万富翁"。

发家致富是每一个老百姓心中的期盼。改革开放以来，众多的中国百姓靠自己勤劳的双手、靠诚实劳动过上了殷实安稳的小康生活，有的靠聪明才智和辛勤汗水跻身于富豪榜中，这十分光荣。至于，那些靠走"捷径"、靠非法侵吞国有资产而成就的"亿万富翁"，早晚都会被清算，都要付出沉重的代价！

写于 2006 年 9 月 7 日

"三玩"市长的预言会应验吗?

以"玩权力、玩金钱、玩女人"而臭名远扬的原湖南省郴州市副市长雷某某，在被审讯时感叹："在郴州要数贪官，我算小的，只能排在第 12 位。"言外之意还有 11 位比自己贪的更多的"大鱼"没有被网住，仍然高居官位逍遥法外。贪官为自己排座次，预言比自己更大的贪官，这种做法很耐人寻味。至于这条预言在人们心中尚存不少疑问。

近日，郴州政坛又发生了强烈地震。似乎对预言做了初步印证。

其一，原郴州市委书记李某某与妻子陈某某共同受贿，涉案金额 1325 万元，其家庭存款高达 3200 万元。湖南省纪委和省检察院联合在郴州召开了全市县处级领导干部通报会，针对李某某案的表态是"四个特别"：即涉案金额特别巨大，作案手段特别狡猾，社会影响特别恶劣，案件性质特别严重。

其二，原郴州市委常委、宣传部长樊某某索贿受贿，先后利用分管矿山的权力，疯狂攫取私利，利用宣传部长的职权，充当"矿难新闻灭火队"，大发矿难财，利用职权干预工程建设，从中获得回报，总计涉案金额高达 1000 多万元。

从贪污受贿的金额上看目前抓住的市委书记李某某和宣传部长樊某某的涉案金额都超过了 1000 万元，都比雷某某贪得多。

重建郴州政治生态环境已是迫在眉睫的首要任务。但愿郴州市这次反腐行动能够干净彻底，能够拨云见日、还郴州人民一片晴朗的天空。

写于 2006 年 9 月 19 日

革命理想高于天

70年前的金秋十月，中国工农红军胜利到达陕北，完成了举世瞩目的二万五千里长征，创造了世界军事史上的奇迹。长征途中，红军战士跋山涉水、爬冰卧雪，草根果腹、皮带充饥，无论自然条件多么恶劣，他们都深信只要跟党走，跟着抗日救国的理想走，就会有前途。长征途中，红军战士浴血奋战，不怕牺牲，血战湘江、四渡赤水、飞夺泸定桥，无论敌人多么凶残，他们都始终保持着高昂的斗志。长征途中，红军战士面对张国焘的分裂活动，面对严重的路线分歧，无论党内斗争多么严峻，他们都始终对革命理想充满信心。

是什么让这支队伍一次次从近乎毁灭的打击中转危为安？是什么将二万五千里的漫漫征程、将一段千难万险的艰辛路途，化为地球上最为绚烂的红飘带？一首响彻云霄的革命理想颂歌——《过雪山草地》作了最好的诠释："雪皑皑，野茫茫，高原寒，炊断粮，红军都是钢铁汉，千锤百炼不怕难。雪山低头迎远客，草毯泥毡扎营盘。风雨侵衣骨更硬，野菜充饥志愈坚。官兵一致同甘苦，革命理想高于天。"红军战士就是靠着这样坚定不移的理想信念，以钢铁般的意志，克服了重重困难，创造了一个又一个奇迹。

在新的时代背景下，共产党人的理想信念受到了多方面的更为严峻的考验。在少数党员干部中，共产主义的远大理想动摇了，建设有中国特色的社会主义信念淡忘了，拜金主义、享乐主义、极端个人主义思想严重。有的一切向钱看，滥用职权、贪污受贿、疯狂敛财，大搞权钱交易；有的贪图享受腐化堕落，养情妇、包二奶，吃喝玩乐，追求刺激；有的以自我为中心，只讲索取，不讲奉献，极端个人主义恶性膨胀；有的不信马列信鬼神，不信科学信风水，烧香、拜佛大搞封建迷信活动。在这些人身上共产主义远大理想已经丧失殆尽，建设中国特色的社会主义信念早已荡然无存。

理想信念的动摇，必然导致行为的摇摆，这是十分危险的。许多领导干部由人民的公仆蜕变成人民的罪人，都是理想信念不坚定的结果。今天我们纪念长征，就是要学习和弘扬红军战士对崇高理想矢志不渝、对党和人民无比忠诚、对革命事业锲而不舍的坚定信念，做到在任何时候任何情况下都坚持理想信念不动摇、革命意志不涣散、奋斗精神不懈怠。要自觉树立社会主义荣辱观，增强民族自尊心和自豪感，满怀信心地投身到建设有中国特色社会主义的伟大事业中。

长征的胜利，是理想信念的胜利。广大党员干部担负着实现社会主义现代化和中华民族伟大复兴的历史使命。坚持以人为本，实现科学发展，构建社会主义和谐社会，建设社会主义新农村，建设创新型国家，任务光荣而又繁重，道路广阔而风险犹在，前景壮丽而充满艰辛。我们必须高举革命理想的旗帜，擂响革命理想的战鼓，以革命理想激励前进的步伐。无论时代如何变化，树立坚定的理想信念，依然是对每个共产党员的根本要求。

写于 2006 年 10 月 16 日

惩治乱打旗号的不法行为

一个时期以来，一些人打着中央国家机关和新闻媒体的旗号，给基层单位打电话、发传真、发信函，有的称根据中央指示编辑出版了有关书籍，要求订阅；有的称根据某部委安排，向基层单位领导约稿，要求支付版面费；有的称某机关要组织一项活动，邀请基层单位领导参加，要求提供赞助；有的称根据"举报"线索，已经采访制作了对某地有负面影响的新闻稿件或电视节目，要求拿钱"摆平"此事，等等。

这些不法行为在社会上造成了恶劣影响。一是干扰了基层单位的工作秩序。一些基层单位反映，这样的信件每天接到一大堆，电话每天接十几个甚至几十个，有的已构成骚扰，影响了正常工作。二是严重损害了中央国家机关和新闻媒体的形象。三是无端增加了基层单位的经济负担。上述不法活动都是以营利为目的，一本书索价数百元、上千元，参加一次活动要价数千元、上万元，"摆平"一次负面报道索要几万甚至几十万。四是助长了腐败之风。在其背后大都隐藏着沽名钓誉、损公肥私、权钱交易等现象，影响极坏。

乱打旗号之所以愈演愈烈，既存在相关单位内部制度不健全、管理不到位，给不法人员以可乘之机等原因，又有相关职能部门查处不及时、打击力度不够等问题。最主要的还是个别基层领导干部滥用公款为自己捞取名利，压住本地发生的"丑事"不被曝光。一些不法人员正是抓住这点，才想方设法进行欺诈活动的。

惩治这股歪风邪气需各方面密切配合、共同努力。上级机关单位和新闻媒体应加强对所属工作人员的遵纪守法教育，不得组织参与此类活动；

要建立健全相关制度规定，从源头上堵塞漏洞；加强对印章、文件的管理使用。基层单位要提高警惕，谨防上当受骗。领导干部必须树立正确的世界观、人生观、价值观，正确对待名利，不给不法人员任何可乘之机，在接到要求参与各类活动的通知后，首先弄清事实真相，发现可疑情况及时向有关部门举报。各级公安司法机关、工商行政管理部门对举报线索必须高度重视，发现一起查处一起。只要上下齐心协力，像对待过街老鼠那样毫不留情，这种乱打旗号的不法行为一定会销声匿迹。

《人民日报》2006 年 10 月 24 日第十三版

司法腐败是和谐社会的大敌

近日，曾被媒体指称"以色谋权"的女贪官、曾任安徽省阜阳市中级人民法院院长的尚某涉嫌受贿、巨额财产来源不明一案，在安庆市中级人民法院开庭审理。

随着反腐败斗争的逐步深入，继县委书记岗位成为腐败的"高发区"之后，法院院长、检察院检察长又步其后尘，成了腐败的"重灾区"。仅今年8月份以来，就有原湖北省武汉市中级人民法院院长周某某涉嫌严重违纪被立案调查，原安徽省阜阳市中级人民法院三任院长尚某等涉嫌受贿、巨额财产来源不明被起诉，原天津市人民检察院检察长李某某涉嫌严重违纪被免除职务接受调查。在此之前，还有原湖南省高级人民法院院长等皆因腐败而落马。

综观法院院长、检察院检察长腐败案，其非法敛财的手段主要有以下几种：收受法院内部工作人员的贿赂，为行贿者谋取更好的职位或其他利益；通过采购办公设备、承揽司法机关内部的基建工程收受回扣；通过权力交换为亲属谋取利益。最为突出的是收受当事人、律师的贿赂影响审判和执行的公正，办金钱案、关系案、人情案。法律法规在这些人手里成了任意揉捏的橡皮泥，想捏成啥样就捏成啥样。说抓人就抓人，说放人就放人，想立案就立案，想撤案就撤案，想判刑就判刑，想减刑就减刑。由此造成的冤假错案影响极坏。

司法腐败是和谐社会的大敌。一些法院院长、检察院检察长以及少数司法工作人员政治素质低劣、作风霸道、为所欲为、贪赃枉法、无法无天，陷入了不公、不正、不义之中。其行为严重损害了司法人员的公众形象，破坏了公平正义，败坏了社会风气，损坏了司法机关的公正性和权威性。

公正是法官心中的太阳。构建社会主义和谐社会，公平正义是重要前提，是人们追求的基本社会价值，是社会秩序得以维系的基本理念。司法机关是公平正义的文明殿堂，司法是维护公平正义的最后一道屏障。法官、检察官之所以受到人民的尊重、信赖，是因为他们心中装着公平和正义。失去了公平和正义，就会漆黑一团，就分不清是非、辨不明美丑、闻不出香，为人民主持公道、构建和谐社会就无从谈起。因此，各级司法人员一定要努力提高自身的政治素质和业务能力，不断加强党性锻炼和品德修养，做一名政治坚定、业务精通、作风优良、清正廉洁、品德高尚的优秀执法人员，无论遇到什么情况都要做到秉公执法、不徇私情，努力维护司法的公正，为实现公平正义、促进社会和谐多做贡献。

写于 2006 年 10 月 29 日

"领导书法" 招摇于市背后

　　1948 年 6 月，在解放战争即将展开战略大决战的历史关头，毛泽东主席在西柏坡挥毫为即将创刊的人民日报题写了报头。据一位老编辑回忆，当时毛主席将人民日报这几个字连续题写了四幅，并从每幅字中挑选出一个比较满意的字，在旁边作了圈点。编辑部的同志根据毛主席圈点的字制作的人民日报报头，一直使用至今。

　　毛主席的书法自成一体，如同他的诗词和政论文章一样，给人以气势豪放、潇洒飘逸的美感。凭毛主席的书法造诣，题写一个报头应该是一气呵成，挥毫而就。然而，他在题写人民日报这几个字时，却像绣花一样严肃认真、一丝不苟、精益求精。如今"人民日报"这四个庄重、大方、遒劲、有力的大字成了我党一笔宝贵的精神财富。

　　时下，个别地方的领导干部也热衷于到处题字。行走在市井街头、风景名胜，常听到人们对某些店铺招牌、景点名称指指点点、议论纷纷：这是某某书记的"墨宝"，那是某某官员的"手迹"，言谈话语中流露出很多不屑。仔细"欣赏"这些领导干部的"书法"作品，有的的确不敢恭维，不但谈不上艺术享受，简直是有碍市容。这样的"领导书法"招摇于市，其危害不可小视。

　　首先是不利于书法艺术的传承。一些不够品位的书法作品被到处张贴悬挂，不仅造成视觉污染、亵渎了书法艺术，而且对传统文化的继承、发扬将会起到鱼目混珠的作用，尤其对广大青少年学习书法为害更烈。其次是助长了歪风邪气。一些居心不良的人善于拉大旗作虎皮，他们以"领导题字"作为炫耀的资本，以显示自己有背景、有后台、有能量，做起违法乱纪的事情来就会更加有恃无恐，无所顾忌。第三是催生了权钱交易等腐败行为。个别官员大权在握，想搞权力寻租，又顾及面子，不便直接收钱，于是借题字之机，以辛苦费、润笔费等名义完成权钱交易。如此一来，行贿的理由充分，受贿的心安理得。在胡长清的巨额非法财产中，至少有100万元是以"润笔费"的名义收受的贿赂。

　　领导干部业余时间挥毫泼墨、陶冶情操，是件好事无可厚非。倘若达到一定境界、具有较高的艺术水准，无偿地为社会留下一些墨宝，对弘扬中华优秀传统文化、对社会主义精神文明建设都是一种贡献。如果是技艺平平、水准不高，与其到处悬挂，不如自我欣赏。如果是水平不高却自我感觉良好，毫无顾忌地到处题字，在位时人们可能会碍于面子，给你的大作留个悬挂的空间；如果有一天不在位了，或者出了问题被党纪国法追究了责任，到那时这些大作说不定就给扔到垃圾堆里去了。胡长清在位时曾经以书法家自居，其"墨宝"几乎覆盖了南昌市的大街小巷。倒台后南昌市的酒楼、宾馆、夜总会等都不约而同地刮起了一股"铲字风"，一夜之间这种"胡体书法"便烟消云散了。

　　领导干部题字，不仅仅是艺术层面的问题，而且是个很严肃的政治问题。因此，必须认真对待，谨慎行事。许多领导干部对自己要求非常严格，坚持不题字；有的对待题字慎之又慎，该题的题，不该题的坚决不题；有的题字时严肃认真，所题内容既鼓舞人心、激励斗志，又给人以美的享受。这些都是好的作风，应该传承下去。至于那些既无政治意义，又无书法艺术的涂鸦之作，以及那些散发着权钱交易等铜臭气息的各类腐败招牌，还是不题为好。

《人民论坛》2006 年第 10 期

大拇指、一把手与"三气"作风

小说《白鹿原》中有一段关于土匪的描述。土匪做事一般都按"大拇指"的意图安排，无论是打家劫舍筹集粮草，还是武力械斗争夺地盘，都由"大拇指"说了算。土匪内部即使有规矩，往往也都是按照"大拇指"的意见而订，与社会上的法律条规、道德准则都大相径庭。

在被查处的众多腐败官员中，尤其是手握重权的一把手中，有些人的行为举止、工作作风颇似"大拇指"的风格，集官气、霸气、匪气于一身，想干啥就干啥，想怎么干就怎么干，俨然一个无法无天的"土皇帝"。

有的职务不高，架子不小，走路东摇西晃，讲话装腔作调，自视与众不同、高人一等，唯我独尊，官气十足。对部属盛气凌人，稍不如意就暴跳如雷；对群众居高临下、态度粗暴，甚至恶语相加、大打出手。原天津市大邱庄"庄主"禹某某住豪华别墅，坐豪华轿车，穿名牌西装，一条皮带价值上万。他曾狂妄叫嚣："我去掉一个'土'字就是皇帝。"他不但敢致违抗"圣旨"的群众于死地，而且还敢于公开对抗公安、司法等国家权力机关。

有的主观武断、独断专行，老子天下第一，经常以我为法，以权代法，举手投足都露出一股霸气。原沈阳市副市长马向东曾公开表示："沈阳里的事情，大事和老慕说一声，小事就找我好了！""广西王"成克杰专横跋扈，一言九鼎。市内有块85亩的土地，本已批给自治区民委，准备建广西民族宫。成克杰却硬要批给与其情妇有利益关系的一家公司，他对提醒他的人脸一沉，呵斥道："少啰嗦，我说批给谁就批给谁！"

有的天马行空，飞扬跋扈，胡作非为，无法无天，办事不讲规矩，不计后果，一举一动都酷似土匪习气。湖南省长沙市望城县县委书记王武亮酒后驾车，与交警发生"肢体冲突"后，当着上百名围观群众口出狂言："我是县委书记，是一把手，老子不怕！"天津南开区人民法院行政庭庭长王学林对前来询问案情的律师说："我就是法院，法院就是我。我说不立案，就是不立案。"

　　无论是官气、霸气、还是匪气，都是权力的衍生物。只有肆无忌惮的权力滥用，没有恪尽职守的敬业精神；只有唯我独尊的强横霸道，没有法律制度的监督约束，岂有不产生邪气的？因此，打掉贪官"三气"，必须从加强权力监督入手。

写于 2006 年 11 月 6 日

不看领导脸色行事，到底有多难？

近日，新任国家统计局局长谢伏瞻，在中央财经大学统计学院成立庆典上的讲话中强调：统计人员要对国家忠诚，要对人民负责，能否做到朱镕基同志提出的"不出假数"，是对国家是否忠诚最简单的判别。统计工作要用数据说话，用科学的态度从事，更重要的是不能看地方和部门领导的脸色行事，一就是一，二就是二，在数字面前不能丧失原则。

谢局长的讲话，既是对广大统计人员的鼓励和希望，也是对统计工作提出的最基本的要求。众所周知，真实准确的统计资料是国家实行科学管理和正确决策的基础，是推进经济发展，促进社会繁荣，构建和谐社会的重要保障。统计工作的任务是如实、有效地对国民经济和社会发展情况进行调查、研究、分析，提供统计资料，实行统计监督，保障统计资料的时效性和准确性，发挥统计在了解国情国力，揭示国民经济和社会发展规律方面的重要作用。统计部门只有履行好自己的职责，才能为党和政府提供真实有效的数据资料，才能当好参谋助手。

但是在实际工作中，有些统计人员缺乏一丝不苟、严肃认真的态度，只唯上，不唯实，看领导脸色行事，让怎么干就怎么干，经常出现虚报、瞒报、伪造篡改统计资料的情况。地方官员为了追求"政绩"，违背科学发展观的要求，搞不切实际的高指标，少数基层统计人员就迎合领导意图，参与造假、编造虚假政绩。原安徽省副省长王某某在阜阳任职时，"九五"期间的国内生产总值增长率仅有 4.7%，而王某某授意上报的数字却是22%。为了实现这一高增长率，弄虚作假竟然到了荒唐的地步。某镇无一分钱地税收入，却虚报完成了 306 万元的税收任务。王某某靠这种卑鄙的手段 6 年间从地区行署专员爬上了副省长的高位，成为"官出数字，数字出官"的典型，该地区统计部门是负有不可推卸的责任的。

数字造假由来已久，我们为此吃过的苦头、所付出的沉重代价，可以编成一本厚厚的书，其历史教训是极其深刻的。数字造假不仅破坏了我党实事求是的优良作风、损害了党和政府的形象，更为严重的是还会影响科学决策，迟滞经济发展，危害社会的繁荣进步，人民群众对此早已深恶痛绝。

"不看领导脸色行事"的话题在网友中引起了强烈反响。大多数网友对此表示赞同、支持。但是，也有不少网友担心，不看领导脸色行事就会得罪领导、被穿上"小鞋"，甚至要付出下岗、丢饭碗、蹲监坐牢的惨重代价。这些顾虑和担心并非杞人忧天，现实生活中也确实发生过不按领导意图上报虚假数字，遭到打击报复的案例。但是，作为统计人员首先应该牢记的是实事求是的作风，牢记自己神圣的职责，更应当深知弄虚作假是违法犯罪的行为。有了这些思想基础，如果在工作中不幸遇到了喜欢弄虚作假的领导，就能够在忠于国家与忠于领导当中做出正确的选择。

写于 2006 年 11 月 27 日

遏制矿难，光有"怒斥"还不够

进入 11 月份，媒体上不时地报道各地煤矿发生矿难的不幸消息。从黑龙江省鸡西市的远华煤矿，到山西省的焦家寨、南山、芦苇滩煤矿，再到云南省富源县昌源煤矿，接二连三地发生瓦斯爆炸事故，死伤 200 多人。

面对一连串重大伤亡事故，面对几百条生命在刹那间逝去，国家安监总局局长李毅中又一次"震怒"了。他在近日召开的全国电视电话会议上强调："11 月 25 号、26 号，两天之内连续发生三起特大煤矿事故，性质十分恶劣，后果严重，教训深刻。"每当发生重大矿难，李毅中都亲临现场，都要"怒斥"失职、渎职的官员。然而从近两年的情况看，李局长"怒斥"的效果并不明显，仍然挡不住矿难频频，挡不住地方官员的胆大妄为。

应当承认，近年来国家在遏制矿难方面确实采取了不少措施，打出了不少重拳。从对煤炭行业进行清理整顿，到强令关闭非法小煤矿；从勒令官员退股撤资，到出台安全生产领域违法违纪行为政纪处分暂行规定，件件都很有针对性。但令人遗憾的是，直到今天，瓦斯爆炸的声音依然不绝于耳，各种矿难事故仍在屡屡发生。

毛病到底出在哪儿？李局长在通报情况时分析了两方面的原因。一方面，一些非法矿主利欲熏心，无视政府监管，无视国家法律，无视矿工生命，铤而走险，只顾赚钱，不顾安全，要钱不要命。另一方面，地方政府和相关职能部门监管不力，工作不到位。为了地方利益，一些政府官员甚至弄虚作假，充当非法矿主的后台。如云南省曲靖市昌源煤矿是国家煤监局公开要求关闭的矿井，但曲靖市政府却弄虚作假、偷梁换柱进行非法开采。据了解，在曲靖市有 23 个被判了"死刑"的矿井，却得不到"执行"，仍然在非法生产。

除了上述原因，笔者认为，最主要的是有关部门对矿难事故的处理手段"皮软"，责任追究力度不够，板子打得不够狠，打的不是地方。有的只强调在善后处理工作中，提高对死者家属的补偿费用，以示对矿主的经济惩罚。其实这种处罚无关痛痒，因为羊毛出在羊身上，煤矿可以通过提高煤炭价格，将责任转嫁到消费者身上。有的对非法矿主和应负主要责任的领导干部百般呵护、宽大无边，该杀头的刀下留情，该坐牢的法外开恩，该撤职的仍然稳居官位，缺乏严肃认真、依法从严的精神。有的即使给个处分也是无关痛痒，起不到警醒和震慑作用。由于惩处失当，才使得一些地方官员胆大妄为，不听招呼，搞上有政策下有对策。

由此想到3年前全国上下齐心协力防控"非典"的情况。开始由于组织领导不力，疫情控制不住。中央果断地实施责任追究，才使那些对防控"非典"工作认识不高、责任心不强、组织领导不力的官员受到警醒，从而有效地遏制了失职、渎职行为。战胜"非典"的一条主要经验就是政令畅通，有令则行，有禁则止。党中央号召什么，各级干部就认真负责地落实什么，不敢马虎大意，不敢有丝毫懈怠。遏制矿难，应该借鉴防控"非典"的经验，应该严刑厉法，加大责任追究力度，不妨拿当地主要领导干部的"乌纱帽"作抵押。

写于 2006 年 12 月 4 日

为官莫做"两面人"

"想到广西还有 700 万人没有脱贫，我这个当主席的是觉也睡不好呀！"这是大贪官成克杰在接受中央电视台《东方之子》栏目采访时表露的拳拳"赤子"心、殷殷"公仆"情。然而人们哪里会想到，如此"忧国忧民"的领导干部竟然贪污受贿 4000 多万。像成克杰这样说一套做一套，口是心非，言行不一的腐败官员，人民群众将之形象地称为"两面人"。

"两面人"最主要的特点就是言行不一、说做相悖。其主要表现为：一是言不由衷，用谎话欺骗组织。有的对党的路线、方针、政策，对上级的决策、指示、命令，口头上坚决拥护，贯彻落实中却大打折扣，对自己有利的就执行，否则就不执行；有的做的少说的多，只报喜不报忧，用假数字、假政绩欺骗组织，赢得信任。二是言行脱节，用大话忽悠群众。有的只说不做，满足于坐而论道，不愿意身体力行，整天喊口号、提要求、造声势，干打雷不下雨，不去扎扎实实解决问题；有的大话、空话连篇，对群众慨然承诺，事后则不管不问不落实，失信于民。三是言行相悖，说一套做一套。说要坚持党性原则，但对党的现行方针政策说三道四，听信传播小道消息；说要勤奋敬业，但许多精力花在了托关系找路子、跑官要官上；说要艰苦朴素、清正廉洁，但行为上却贪图享受，腐化堕落；说要反腐败，暗地里却搞腐败，满嘴的仁义道德，一肚子男盗女娼。

党员领导干部的一言一行，关系党的形象和生命。言行一致，既是为人处事的基本道德要求，又是为"官"从政的基本准则。人民群众总是从领导干部的一言一行中来判断、评价党的作风。说真话、办实事、言行一致，就能得到人民群众的信任与支持；相反，说假话、做虚功、言行不一，不仅得不到人民群众的信任与支持，还会毒化社会风气，损害党的形象，给党的事业带来重大损失。

古人云："凡与人言，即当思其事之可否。可则诺，不可则无诺。若不思可否而轻诺之，事或不可行，则必不能践厥言矣。"这是古人对言与行的道德标准。作为党员领导干部也应以此为鉴，在"立言"和"立行"上多下功夫，努力把真理的力量和人格的力量统一起来。首先要加强学习。让科学的理论入心入脑，转化为正确的世界观、人生观和价值观，形成认识和处理问题的立场、观点、方法，升华为言行一致的可贵素养。其次要加强党性修养。要严于律己，自重、自省、自警、自励，自觉接受组织监督、制度监督和群众监督，自觉摒弃言行不一、口是心非的不良行为，努力养成说到做到，言行一致的良好作风。最后要充分发挥表率作用。领导干部是群众的旗帜，凡是教育别人的，首先要教育自己；引导别人追求的，自己首先要向往；要求别人做到的，自己首先做到；要求别人不做的，自己首先不做。只有带头说真话、办实事、表里如一，言必信，行必果，说到做到，才能营造言行一致的良好氛围，才能促进党风和社会风气的根本好转。

写于 2006 年 12 月 12 日

领导干部，应该围着什么转？

近日，海南省委书记卫留成在全省经济工作会议上强调："领导干部要围着百姓转，围着百姓想，只有把群众的事放在心上，群众才会把我们放在心上。"领导干部是人民的公仆，理应认真践行党的宗旨。作为省委书记，在年终岁尾着重强调这一问题，说明我们的一些领导干部在这方面做得还不到位，做得还不够好，需要在新的一年里引起重视，加以改进。

从反腐败斗争惩处的各类腐败官员中不难发现，领导干部腐化堕落，一个最主要的原因就是没有把心思放在为民谋利上，而是把精力用在不该用的地方，严重脱离了群众。主要表现在以下八个方面。

一是围着领导转。只唯上，不唯实，喜欢做领导工作，走上层路线，专门看领导的脸色行事。领导喜欢看什么，就千方百计干什么，领导喜欢听什么，就绞尽脑汁说什么，领导喜欢玩什么，就挖空心思建什么。对群众的困难，百姓的疾苦，则是不闻、不问、不解决。

二是围着会议转。整天忙于奠基、剪彩、开会、作报告，置身于迎来送往，沉醉于酒店宾馆。习惯于以会议落实会议，以讲话落实讲话，以指示落实指示。事过之后，会议上贯彻了什么内容，讲话里谈到了什么精神，指示中下达了什么任务，早已忘得一干二净，更谈不上检查落实。

三是围着文件转。实干无能，空谈有术。喜欢搞文字游戏，在观念上独树一帜，在口号上标新立异，在内容上不切实际。一年到头，文件、简报满天飞，里边全是大话、假话、空话、套话，让人看得头晕目眩，落实起来犹如建造空中楼阁，不知从何下手。

四是围着名利转。名利思想严重，搞形式主义，做表面文章。而且是好大喜功，急功近利，虚报浮夸，玩数字游戏。喜欢搞那些表面上轰轰烈烈、热热闹闹，实际上只开花不结果的"形象工程""政绩工程"，用老百姓的血汗钱为自己树碑立传、打水漂，自己图虚名，老百姓得实祸。

五是围着关系转。没心思干大事，只想着做大官。把精力和心思全都放在跑门子、托人情、拉关系、找靠山上。有的背靠大树春风得意，有的送礼送物花钱买官，有的编织关系网如鱼得水，有的甚至与黑社会勾结称霸一方。

六是围着私利转。干大事而惜身，逐小利而舍命。缺乏政治意识、责任意识、大局意识，置党和人民的利益于不顾，掌权为己，以权谋私，整天为车子、票子、房子、位子、孩子而奔波忙碌。

七是围着老板转。守不住清贫，耐不住寂寞，羡慕有钱人的潇洒生活，整天和老板、大款们称兄道弟，交往甚密，打得火热，搞权钱交易。

八是围着"三子"转。贪图享受，不思进取，整天醉生梦死，歌舞升平，吃喝嫖赌抽全会。近年来官员醉死歌舞厅、赌输公款几千万、情妇一大串的事例屡见不鲜。

上述种种表现，严重脱离了群众，伤害群众感情，损害了党和政府的形象。领导干部只有围着百姓转，心里装着群众，真心实意为群众办实事、解难事、做好事，才能做到权为民所用，情为民所系，利为民所谋，才能始终保持党同人民群众的血肉联系，才能得到人民群众的拥护和爱戴。

写于 2006 年 12 月 20 日

从仿冒书记签名看官场之弊

近日，山东省齐河县警方侦破了一起荒诞离奇的案件。一个只有小学文化程度的无业游民，雇用他人仿冒县委书记的签名，不仅把自己"安排"进了县审计局、将妻子"安排"进了县劳动局，今年以来，他还通过这种手段，将30多名社会上的闲散人员"安排"到该县各党政机关工作，并聚敛了大量钱财。整个案情并不复杂，作案手段也简单得有点出奇，只要模仿了县委书记的大名，相关人员就能顺顺当当地到"县衙"里坐上"铁交椅"、端上"金饭碗"。

一出"假戏"能够演得如此逼真、如此热闹，令人哭笑不得。从这场"假戏"中折射出的深层次问题，更加值得人们深思。

这起案件入木三分地反映了在个别地方和单位仍然存在着一把手独断专行、个人意见决定一切的尴尬现实。如果本案犯罪分子模仿的签名不是一把手的，而是县委领导班子其他成员的，或者是普通老百姓的，可想而知，这样的签名即使再逼真，恐怕也是一文不值。本案只是因为有了县委书记签署的"同意调入"几个大字，相关领导和职能部门才毫不迟疑、积极"领旨照办"的，并没有发出任何不同声音。当一把手的权力恶性膨胀、大到仅仅凭其本人的一个签名，就可以左右一切的时候，问题的焦点必然从签名是否造假，转移到签名决定是否合理上来。

常言道："制度上的漏洞有多大，造假者的胆量就有多大。"此案不仅暴露了该县在组织人事工作制度上的漏洞、缺陷，同时也反映了相关人员唯命是从的奴性心态。通常情况下，党政机关进不进人、进多少人应由组织人事部门召开编制会议进行研究，然后报主管领导签批同意，才能开出工作介绍信，办理调动手续。然而，在这一事件中人们自始至终都没有看到这一程序，看到的只是部分单位领导干部的唯命是从、阿谀奉承。一看有县委书记的签名，就将原则制度抛到了脑后，甚至连去向县委书记问一声、印证一下都不敢，为骗子行骗提供可乘之机。其实该县机关违规进人的问题，群众早有议论，为什么迟迟没有发现？一个小小的县城，平时低头不见抬头见，凭空多出了这么多机关干部，难道会没一点觉察？如果真的不知道，那就是缺乏起码的工作原则，如果是知道了不敢说或不想说，那就是职业道德出现了偏差。

《人民论坛》杂志 2006 年第 12 期

代表不是"护身符"

去年秋季的一天上午，办公室里突然挤进来七八个人，领头的那位双手将一张红底金字的某级人大代表证书高高举过头顶，用十分蛮横且带有命令似的口气说："我们是人大代表某某某派来的，向你们反映某单位的问题，希望你们立即调查处理。"说完，将一沓反映问题的材料放在桌子上，便扬长而去。

望着那张庄重的人大代表证书，我陷入了沉思。众所周知，人大代表是由人民群众选举产生，享有代表人民群众管理国家事务的权力，通过各种渠道向党和政府的各级机关反映问题、提出意见，是职责所系，无可厚非。令人不解的是，这个人大代表为什么要派这么多人用这种居高临下、甚至带有威逼恐吓的方式反映问题呢？经过了解核实，原来他们所反映的问题，涉及这位人大代表本人的切身利益。后来，当地媒体报道，在有关部门宣布这个人大代表被停止职务的当天，该代表所在单位的院子里响起了长时间的鞭炮声。可见，这位人大代表正如那张被高高举起的代表证书一样，平日里颐指气使、高高在上，早已失去了民心。

在加强社会主义民主法制建设、推动社会文明进步的工作中，绝大多数人大代表积极努力、发挥了重要的作用，这是不可否认的主流。但是，也确有极少数人大代表只享受这份荣誉，未尽到工作责任。与会期间，只是举举手、投投票，拿不出自己的建议和主张；休会期间，不深入基层调研，起不到了解民情、为群众排忧解难的作用；极个别代表不能正确对待这份荣誉，平日里趾高气扬、飞扬跋扈，严重脱离了群众；有的则利用自己特殊身份和手中权力，干些违法犯罪的勾当。从近年来新闻媒体披露的一些大案要案中不难看出，在众多腐败分子当中，头上罩有各级人大代表光环的也并非个例。他们凭着这一耀眼的光环，搞起腐败来往往是为所欲为、肆无忌惮。如成克杰等，他们滥用职权，目无法纪，贪污受贿数额惊人，有的甚至堕落成胡作非为、横行霸道、鱼肉百姓的"土皇帝"。这些虽属个别现象，但它严重败坏了人大代表在人民群众心目中的良好形象，在社会上造成了极其恶劣的影响。

作为人大代表，肩负着党和人民的重托，寄托着人民群众的期望，应该时刻站在人民的立场上，行使好自己的职权。要模范遵守国家的宪法、法律和各项纪律规定，时刻和人民群众保持密切联系，听取和反映他们的意见和要求，协助本级政府推行工作，积极向人民代表大会及其常委会提出意见、建议，反映人民群众诉求，认真履行好自己的职责。如果自视清高、骄傲自满、把自己的位置摆在人民群众之上，把手中的权力作为自己谋取私利的资本，把人大代表这种特殊的身份看作逃避法律和党纪追究的"护身符"，那么，这样的人大代表迟早要失去群众的信任、遭到人民的唾弃，最终必将受到党纪国法的惩处。

写于 2007 年 1 月 1 日

"嫖资"计入受贿额的警示意义

近日，浙江省丽水市城市建设发展有限公司副总经理温某，因受贿罪被法院一审判处有期徒刑一年零六个月。报道中称温某没有直接收受现金，只是接收了一些高档衣服、皮鞋、手机等物品，而且价值不大只有2万多元。这起案件之所以引起媒体关注，是因为检察机关将行贿人放在温某所住宾馆房间枕头下的13次嫖娼费，共计9500元计入了受贿额。

将嫖娼费用计入受贿金额，在浙江省检察机关所办案件中堪称首例，其警示意义非常深刻。

近年来，卖淫嫖娼在全国各地滋生蔓延很快，与此相悖的是，作为对违法犯罪打击力度最为严厉的刑事法律，对此却缺乏相应的制约打击措施，以至于对卖淫嫖娼行为只能按《治安管理处罚条例》轻则予以罚款、拘留，重则也只能给予劳动教养。将行贿人提供的"嫖资"纳入受贿范畴，从行政处罚的层面提高到依法打击的层面，有利于对嫖娼行为的遏制，有利于加大对"性腐败"的打击力度。

领导干部生活作风上不检点、不正派，在道德情操上打开了缺口，出现了滑坡，就会降低甚至丧失拒腐防变的能力，就会解除反腐倡廉的思想武装，最终滑入腐败堕落的深渊。从近年来查处的领导干部违法犯罪的案件中不难发现，许多经济犯罪都是由生活作风而引发的。官员腐化堕落需要大量的金钱作后盾，仅凭官员自己的工资是承受不起的。于是，有些人就得挖空心思疯狂敛财，不是贪污受贿，就是拿党性原则、手中的权力作交易。生活腐化是经济犯罪的起点，腐败官员的生活作风问题一经查处，往往就会牵扯出惊人的经济大案。

领导干部的生活作风问题绝不是小事。有些人认为，领导干部应当统揽全局，想大事、抓大事，不应拘泥于生活作风等细微琐碎的小节。只要立场对头，政绩突出，生活作风上放松一点不是问题，无伤大雅。在这种思想的支配下，有的人开始养情妇、嫖娼狎妓。在轻歌曼舞中放松了要求，在红颜知己前丢掉了原则，在石榴裙下丧失了人格。最终是小节不保，大节丧失，为人民所唾弃。

胡锦涛同志在中纪委七次全会上的讲话中，强调要切实抓好领导干部作风建设，提出了"生活正派、情趣健康，讲操守，重品行，注重培养健康的生活情趣，保持高尚的精神追求"的要求。这是中央近年来首次明确对干部生活作风、生活方式提出要求，表明党风廉政建设开始关注小事小节，开始从细微处抓起。每个党员干部应该牢记于心，努力践行，真正做到防微杜渐，警钟长鸣。

写于 2007 年 2 月 2 日

从宣传部长"落马"看教育效果缺失

从近年来查处的大案要案中不难发现，继县委书记、交通局长、法院院长岗位成为腐败的"高发区"之后，宣传部长又步其后尘，成了腐败的"重灾区"。

众所周知，宣传部长是个位高、权重、责任大的职位。担负着党的路线、方针、政策宣传教育的重任，是理论学习、思想教育、政策研究的组织者，是舆论导向、精神文明建设和其他意识形态领域重要工作的领导者。其自身应该具备较高的思想政治觉悟，较深的理论政策水平，较强的道德品质修养，严格的组织纪律观念。按理说，长期从事宣传教育和思想政治工作，其自身的免疫力应该更强，腐败变质的机率并不高。然而，事实并不乐观。

那么，这些肩负着传承党的优良传统作风重任，整天写反腐败文章、提廉洁自律口号的领导干部，为什么会在生活作风上栽跟头、在廉洁自律上出问题呢？应该看到，任何权力腐败都存在制度不健全、监督不到位等方面带有普遍性的原因，但是，作为宣传部长的腐败，最主要的还是要检讨一下在学习教育方面存在的深层次原因，并努力加以解决。笔者认为，至少应该努力克服以下三种不良倾向。

首先，要克服只武装嘴巴，不武装头脑的不良倾向。应当承认，绝大多数宣传部长都很注意学习，理论功底很深，嘴巴上的功夫也很过硬。写起文章洋洋洒洒、长篇大论，讲起话来口若悬河、滔滔不绝。然而，一遇到拉拢腐蚀、财色诱惑等实际问题，往往就分不清是非、辨不明美丑，就经不起诱惑、守不住防线。正如某贪官在检查中所说："近年来我也一直在坚持理论学习，但学习只武装了我的嘴巴，没有武装我的头脑，以至于走上了违法犯罪的道路。"可见，学习教育只做"表面文章"、耍嘴皮子，不真正入心、入脑是达不到学习目、起不到教育效果的。

其次，要克服只教育别人，不教育自己的不良倾向。作为宣传部长开展意识形态领域里任何一项工作，都是很好的受教育过程，本身并不缺少教育。然而，有些人对群众宣传马列主义，自己却理想信念动摇；要求群众廉洁奉公、遵纪守法，自己却利用职权，贪污受贿；号召他人为人民服务，自己却官气十足，当官做老爷；口头上喊相信科学，实际上却求神拜佛，大搞封建迷信活动。这种说做两张皮的教育形式，绝无效果可言。

最后，要克服言行不一，说做相悖的不良倾向。言行一致既是为人处事的道德要求，又是为官从政的基本准则。然而，有的宣传部长言行相悖，说一套做一套，台上像人台下像鬼，满嘴的仁义道德，一肚子男盗女娼。很难设想，让一个言行相悖、腐烂到如此程度的人去搞宣传教育，会产生什么样的说服力和感召力呢？

建立教育、制度、监督并重的惩治和预防腐败体系，教育是基础，被放在了第一位。但是，如何做好教育这篇大文章，如何增强教育的有效性？很值得人们深思！

写于 2007 年 3 月 13 日

人民赋予的权力，应该怎么用？

3月16日，十届全国人大五次会议胜利闭幕。会后温家宝总理在会见中外记者的开场白中，有如下一段感慨："政府工作走过了四个年头，她告诉我们，必须懂得一个真理，这就是政府的一切权力都是人民赋予的，一切属于人民，一切为了人民，一切依靠人民，一切归功于人民。必须秉持一种精神，这就是公仆精神。政府工作人员除了当好人民的公仆以外，没有任何权力。"

温总理的感慨饱含深情、发自内心。这既是他担任政府总理工作的深刻体会，又是对各级领导干部的教诲、告诫和期望。

她像一把尺子，各级政府都应该用她来量一量自己的工作。看一看取得多少成绩，存在什么问题。哪些工作百姓赞成，哪些工作群众不满。最主要的是要找出工作中的差距和不足，是否符合"一切属于人民，一切为了人民，一切依靠人民，一切归功于人民"的要求，以便进一步改进工作，真正为人民掌好权、用好权。

她似一面镜子，每个领导干部都应当用她来照一照自己的形象。看看五官是否端正，手脚是否干净，是掌权为公，还是掌权为私，是一心为民，还是一心为己，是当公仆，还是做老爷。照一照是否保持了理想坚定、作风优良、清正廉洁、公道正派的传统本色，看一看离公仆的要求还差多远，想一想应该怎么办。

她是一杆旗帜，对领导干部如何正确运用手中权力作出了明确的回答，树起了一个标杆。每个领导干部都必须牢记手中的权力是人民赋予的，必须服务于人民，政府工作人员除了当好人民的公仆以外，没有任何权力。各级领导干部只有牢记党的宗旨，秉持公仆精神，才能真正做到情为民所系、权为民所用、利为民所谋。

写于 2007 年 3 月 21 日

什么样的官员怕失去权力

近日，国家环保总局局长周生贤在接受媒体采访时坦言，2006 年共处置环境污染事件 159 起，是 2005 年的两倍，单位 GDP 污染总量约束性指标不但没有下降，反而有所上升这一事实。在回答怎么看待讲真话与保官位之间的关系时，周生贤表示，我不怕丢官，最重要的是把事情做好。

为了把工作干好，周生贤敢于暴露问题、讲真话不怕丢官，体现了领导干部实事求是的作风，以及对工作敢于负责的勇气和决心，令人感慨万千。然而，有些官员却恰恰相反，为了保住官位，不敢暴露问题、不敢讲真话、不敢对问题负责，生怕因此受到牵连，被停权撤职、官位不保。那么，究竟什么样的官员怕丢官呢？笔者认为，至少有以下几种类型。

一是安逸型。享受丰厚待遇，不尽应尽责任，工作让给他人，好处留给自己。在其位不谋其政，每天看报、抽烟、喝茶、聊天无所事事，吃得脑满肠肥，喝得红光满面，穿得雍容华贵，住得宽敞明亮，行则宝马香车，一旦失去职位，一切全无，岂不悲哉。

二是无为型。尸位素餐，碌碌无为，头脑不清，思路不明，不善于做组织领导工作，缺乏驾驭一方的能力，在其位无能力谋其政。对所管事务不懂、不会、又不学，人员管不住，工作推不动，经济上不去，社会不稳定。矛盾屡出，问题不断，度日如年，提心吊胆，生怕因失职渎职而丢官撤职。

三是权欲型。官本位思想严重，权力欲望极强，没心思做大事，只想着做大官。坚信能当官就算有本事，一切活动都为升官。为达升官目的，有的拉关系、找靠山，投机钻营、不择手段，有的大搞"形象工程""政绩工程"，有的甚至花钱买官。这种人视权力如生命，丢官如同掉脑袋。

四是贪婪型。掌权为私不为公，一心为己不为民，以权生财，以财求色，许多腐败官员都是胆大妄为、财色双贪。曾经扬言"把官位卖光，把财政的钱捞光，把看中的女人搞光"的原福建省周宁县的"三光书记"林龙飞就是典型代表。这种人一旦失去权力，就无官职可卖，就无生财之道，就无美女相陪。

　　五是胆怯型。在台上编织一张大网，将腐败罪行掩盖。用权力妨碍公安司法机关依法办案，干扰纪检监察部门行使职权。担心一旦丢掉官位、失去权力，腐败行为就会败露，必将受到党纪国法的严惩。因此，绞尽脑汁保住官位，以防不测。许多腐败官员都是在交出权力之后被查处的事实，足以令这种人胆战心寒。

写于 2007 年 3 月 26 日

揭开高速公路腐败的面纱

3月26日，国家审计署发布2007年第2号审计结果公告，公布对北京六环路、京珠公路等34个高等级公路项目建设管理及投资效益情况的审计结果。审计报告指出了部分项目违反招标投标、建设资金使用规定，违规征地，截留、挪用和长期拖欠农民征地补偿款等方面的问题，从不同角度揭开了高速公路腐败的面纱。

首先，以招标投标之名，行暗箱操作之实。这是高速公路腐败的最大"黑洞"，也是绊倒各地交通局长的最大一块"石头"。因管理制度不健全，监督机制不完善，致使招投标不规范，暗箱操作、幕后交易、商业贿赂盛行。在被审计的34个工程项目中，有20个存在上述问题。有的明着是搞招标投标，暗地里却在分包、转包。如，新疆昆仑路港工程公司等4家单位，在安徽省蚌埠至明光高速公路建设中，将8497万元的工程分包给36个无资质的施工队，收取管理费1946万元。再如，四川省达州市检察院原检察长利用职务之便，干扰招标投标，为其亲属承揽工程，违规获利249万元。

其次，挤占、挪用、套取建设资金。在被审计的项目中，有26个涉及交通主管部门及建设单位挤占、挪用、套取建设资金共计21.58亿元。这些建设资金，有的用于其他项目建设，有的用于招待支出或发放奖金，有的则用于挥霍浪费、中饱私囊。如广西交通厅基建管理局采取通过向施工单位收取"咨询费"等方式，套取、截留并私分建设资金2600多万元。广西河池至南宁高速公路建设单位巧立名目，安排20批共141人次出国，累计支出977万元。

再次，非法截留土地补偿金，损害农民利益。一些地方政府及项目建设单位违规征地，截留、挪用和长期拖欠农民征地补偿款，损害农民利益。有 15 个项目未经审批占用土地或违规多征土地 10.29 万亩，改变土地使用性质或未按规定复垦 1370 多亩；有 21 个项目应支付给农民征地补偿费 51.7 亿元，其中 16.39 亿元被当地政府及征地拆迁部门截留挪用、长期拖欠或扣减。上述行为，损害了农民利益，伤害了群众感情。

　　最后，弄虚作假，多计工程款。在被审查的 34 个项目中，有 10 个项目的建设单位审核不严，少数工程技术人员甚至弄虚作假，导致多计工程款 5.29 亿元。如武汉市绕城高速公路东北段工程建设单位在收受、索取 300 多万元贿赂后，违规套取建设资金 2400 多万元。再如承担贵州省遵义至崇溪河高速公路的一家施工企业，利用伪造的产品质量检验单、采购单据，虚报材料采购量等手段，套取工程款 1905 万元。上述行为，严重损害了国家利益。

　　高速公路腐败的面纱已经揭开，原因已经找到，相关部门应该进一步完善行业管理体制和运行机制，加快投资体制改革，强化行业监管和行业自律；针对久治不愈顽疾固症，一定要下狠心，用猛药，不妨给开个"大处方"。

　　　　　　　　　　　　　　　　　　　　　　　　写于 2007 年 3 月 27 日

"官奴"的双重人格

有这样一个笑话：古代一官员姓王，当拜访比自己官职高的上级时，自我介绍说"卑职姓王，王八蛋的王"；当遇见比自己官职低的下级时，则自我介绍说"本官姓王，王爷的王"。这则笑话，将这位官员对上低三下四、卑躬屈节，对下趾高气扬、盛气凌人的双重人格刻画得惟妙惟肖。在这里，姑且管这类官员称之为"官奴"。

所谓"官奴"，是指既有官员身份，又有奴才品格的官员。"官奴"不能等同于奴才，两者之间既有联系又有区别。传统意义上的奴才，是指心甘情愿受人驱使，帮助主子为非作歹的人。这些人以趋炎附势、俯首帖耳、卑躬屈膝、装腔作势、巧言令色、见风使舵、阿谀奉承为主要特征。他们整天围着主子转，唯主子之话是听，唯主子之命是从，想主子之所想，急主子之所急，做主子之所需，经常挂在嘴边的两句话是"奴才该死""主子英明"，缺乏自己的主见，没有独立的人格。

"官奴"大都具有双重人格。除了具有奴才的特征，其与奴才的本质区别在于其手中握有不小的权力。在上级面前他是俯首帖耳奴才，在部属面前他又成了横行霸道的主子。"官奴"大多权欲膨胀。这些人不会做大事，只想着做大官，一切活动都为升官。为达目的，想方设法拉关系、抱粗腿、找主子，投机钻营、吮痈舐痔、不择手段。"官奴"大多飞扬跋扈。这些人在主子面前奴颜婢膝、奴颜媚骨、奴气十足，但是在下属面前则霸气冲天、独断专行、说一不二。他们只对主子负责，不对组织负责。对主子的意图领会透彻、唯命是从，但对组织的指示、决定，符合自己意愿的就执行，不符合自己的意愿就不执行。"官奴"大多颠倒黑白。这些人缺乏政治意识、责任意识、大局意识，没有党性原则，没有组织观念。对主子依附、顺从、指鹿为马，工作中则是非不分，美丑不辨，黑白颠倒。"官奴"大多拉帮结派。这些人喜欢结党营私，搞团团伙伙，奉行顺我者昌，逆我者亡的原则。对人才打击压制迫害，对奴才则是赏识奖励重用，以至于周围人才寥寥，奴才成群。

奴才乱事，"官奴"乱政。俗话说，有什么样的主子，便有什么样的奴才。主子有一分坏，奴才就会有十分坏。在封建专制统治下，奴才得道鸡犬升天，狐假虎威欺压百姓的例子并不鲜见。相对于无职无权的奴才而言，"官奴"们利用手中的权力，干起坏事来危害就会更大。在反腐败斗争被查处的腐败官员中，有不少是典型的"官奴"，其所作所为给党和国家造成的损失触目惊心。

用人问题，是关系党的事业兴衰成败的大事。因此，在干部选拔任用工作中必须坚持原则，唯才是用，真正让能力强、业务精，作风正派，坚持原则，刚正不阿，廉洁从政，依法办事的干部脱颖而出，尽量不要给那些趋炎附势、奴颜媚骨、曲意逢迎的"官奴"们乱政的机会。

写于 2008 年 5 月 27 日

彻底清除市侩作风

"越看越不像共产党的干部，倒像是资产阶级的市侩"。这是时下人民群众对某些党员干部的辛辣讽刺。尽管这类干部所占的比例很小，但自私、庸俗、虚伪、唯利是图的市侩作风会严重损害着党的形象，却是一个严酷的现实。

党员干部是人民的公仆，本应牢记党的宗旨，吃苦在前，享受在后，时刻不忘为人民谋利益。然而某些党员干部恰恰相反，他们唯利是图、欲壑难填，时刻想着为自己捞好处。其主要表现为：一是见位置就抢。孙中山先生曾说过，要立志做大事，不要立志做大官。某些干部却是立志做大官，根本没想到做大事。他们整天琢磨如何攀龙附凤，依权傍势，极尽物质与精神贿赂之能事，为自己的升迁晋职搞感情投资；有的则跑官要官，花钱买官；更有甚者走"黑道"，雇杀手清除仕途障碍。二是见荣誉就争。某些干部把荣誉视为攫取更大权力的政治资本、当作腐化堕落逃避法律追究的"挡箭牌"。他们为了获取荣誉费尽心机，不择手段。有的拉帮结派，诋毁他人，抬高自己；有的弄虚作假，虚报浮夸，骗取荣誉；有的搞劳民伤财的"形象工程""政绩工程"。三是见财物就捞。某些干部干大事而惜身，逐小利而舍命。他们根本没有把心思用在工作上，而是整天想着自己的房子、票子、妻子、孩子。有的利用职务之便贪污、挪用、挥霍公款；有的搞权钱交易，索贿受贿；有的滥用职权，吃拿卡要；有的利用职务上的影响千方百计敛取钱财。四是见美色就猎。某些干部不仅在名、权、利上贪得无厌，而且在对美色的追逐上也欲壑难填。他们不仅包二奶、建家外之家，有的还出入色情场所，嫖娼狎妓。目前栽倒的腐败分子中大都有这种"艳事儿"。

很难想象，这些在权力、荣誉、金钱、美色面前积极攫取的市侩们，在困难和责任面前会是什么样子？是见困难就上，还是见困难就躲？倘若将他们置身于血雨腥风的战争年代，又会是什么样子？我想这些人肯定成不了黄继光、董存瑞式的英雄，八成会成为甫志高、王连举式的叛徒。这些沾染上资产阶级市侩作风的干部好比一个个毒瘤，正散发着臭气，传播着病毒。他们心理阴暗，手段卑鄙，其所作所为严重腐蚀着党的肌体和干部的灵魂，败坏了党的作风。

加强和改进党的作风建设，必须清除这种唯利是图的市侩作风。广大党员干部，要自觉加强党性锻炼和思想道德修养，树立正确的世界观、人生观、价值观；要确立健康向上的人生追求，保持共产党人的高尚情操与革命气节；要时刻牢记全心全意为人民服务的宗旨，先天下之忧而忧，后天下之乐而乐；要重奉献轻索取，该得到的受之无愧，不该得的分文莫取；要正确行使手中权力，为人民办实事谋利益，绝不能滥用权力以权谋私；要自重自省自警自励，严以律己防微杜渐，自觉抵制拜金主义、享乐主义和极端个人主义的侵蚀，筑牢拒腐防变的思想长城，彻底清除资产阶级市侩作风。

写于 2008 年 8 月 5 日

人民群众得实惠

当前，正在全党开展的深入学习实践科学发展观活动，提出了"党员干部受教育，科学发展上水平，人民群众得实惠"的总要求。这个要求文字简练、概括精辟、便于记忆，只用了三句话、二十一个字，就将这次学习实践活动的对象、内容、目的表达得清清楚楚。随着学习实践活动的进一步深入，三句话的总要求已经家喻户晓，深入人心。人民群众感受最强烈、记忆最深刻的当数"人民群众得实惠"这句话。这既是学习实践活动的根本目的，更是人民群众的热切期盼。

纵观中华民族五千年文明史，没有任何一个朝代、一个政党能够像中国共产党这样把老百姓的利益放在如此突出的地位。在普天之下莫非王土，率土之滨莫非王臣的封建王朝，老百姓是统治阶级的奴隶，没有尊严，没有地位，更没有自身的利益。"春种一粒粟，秋收万颗子。四海无闲田，农夫犹饿死。"这是唐朝诗人李绅对农民悲惨遭遇的感叹。"峰峦如聚，波涛如怒，山河表里潼关路。望西都，意踌躇。伤心秦汉经行处，宫阙万间都做了土。兴，百姓苦；亡，百姓苦。"这是元代诗人张养浩对身处苦难与战火之中老百姓的伤感。伟大的革命先驱孙中山先生领导的辛亥革命，尽管推翻了统治中华民族数千年的封建王朝，但是由于种种原因，其"天下为公"的政治理想，以及"民族、民权、民生"的三民主义政治纲领并没有得以实现。

只有中国共产党始终把实现好、维护好、发展好广大人民群众的根本利益时刻挂在心上。从"全心全意为人民服务"，到"三个有利于"，到"三个代表"，再到当前正在开展的"学习实践科学发展观活动"，无一例外地都把人民群众的根本利益放在了最高的位置。在共产党的领导下，中国人民不但翻身当家做了主人，而且过上了富裕美满的好日子。正如歌词中所唱的，没有共产党就没有新中国，没有改革开放就没有人民群众的幸福生活。

当然，历史的发展是曲折的，做任何事情也不是一帆风顺的。中国共产党在实现最广大人民群众根本利益的进程中，也难免出现一些新情况、新问题。例如，当前少数党员干部缺乏宗旨意识、大局意识、忧患意识、责任意识，作风漂浮、管理松弛、工作不扎实。有的罔顾民意，盲目决策，搞"政绩工程"；有的贪图享受，与民争利，修"安乐窝"；有的麻木不仁，无视生命，挣"血汗钱"；有的为政不勤，为官不清，贪污腐化；等等。上述问题，必须引起高度重视，并认真加以解决。解决这些问题，是学习实践科学发展观活动的重要内容，解决这些问题，人民群众才能真正得到实惠。

人民群众能否得到实惠，是检验这次学习实践科学发展观活动是否取得成效的"试金石"。这次学习实践活动，党员干部受教育是关键。每个党员干部都要自觉把学习实践活动的成果体现在为人民服务的本领上、态度上和作风上。首先，要努力提高为人民服务的能力。要用科学发展观武装头脑、谋划发展、解决问题、推动工作，进一步提高实现、维护、发展广大人民群众根本利益的能力水平。其次，要努力端正为人民服务的态度。要胸怀百姓，心系群众，努力增进与人民群众的感情，密切同人民群众的联系；要先天下之忧而忧，后天下之乐而乐，吃苦在前，奉献在前，为民解难，为民造福。最后，要严格要求廉洁自律。要努力加强党性锻炼和思想道德修养，努力转变工作作风；要常修为政之德，常思贪欲之害，常怀律己之心，努力做到一身正气，两袖清风。只有党员干部真正受到了教育，人民群众才能得到更多、更好、更大的实惠。

写于 2008 年 12 月 2 日

"腐败文件"为何频频登场?

近日，湖北省公安县政府出台了"红头文件"，对行政事业单位、服务中心、企业公务接待抽什么烟、抽多少、完不成任务怎么处理都作了明文规定，要求全县一年要完成23000条的抽烟任务。而该县章田寺乡则成立卷烟市场整顿领导小组，深入到学校老师办公室，看烟灰缸、翻垃圾桶，找出不符合规定的外地品牌香烟烟头，就加以处罚。

看了这条荒唐的新闻真是哭笑不得。记得早在2006年，湖北省汉川市政府办公室就下发过关于倡导公务接待使用"小糊涂仙"系列酒的通知，大力倡导喝"小糊涂仙"酒，并将全年需要完成的200万元"喝酒任务"分配到了各单位。这份带着"醉意"的红头文件下发后就遭到社会和新闻媒体的共同讨伐，该政府不得不收回文件向社会公开道歉。时隔三年，同样在湖北，"喝酒文件"的酒味还没散尽，"抽烟文件"的烟味又弥漫在荆州大地，真是令人不可思议、目瞪口呆。

"喝酒文件""抽烟文件"统统都是腐败文件。用红头文件来倡导喝酒、抽烟，无论理由多么充分，都存在实行地方保护主义、扰乱市场经济秩序之嫌，而且更难逃为公款吃喝推波助澜、挥霍浪费纳税人血汗钱的罪责，是党纪国法所不容的。众所周知，红头文件是除国家法律法规及地方性法规以外的具有行政效力的规范性文件，在地方决策及行政中起着不可忽视的作用。红头文件是党和政府意志的体现，事关国计民生、人民福祉。在普通百姓的眼中，红头文件是神圣而又庄严的，是正义和公正的象征。因此，下发红头文件是件严肃认真的大事，不能有半点马虎。红头文件泛滥，影响恶劣、危害无穷。首先，降低了红头文件的威信。时下有的地方政令不畅，上情不能下达，下情不能上报，一个主要原因，就是一些地方的红头文件太多、太滥、太随意，人们对红头文件失去了信任。其次，损害了党和政府的形象。有的红头文件与法律法规相抵触、与社会公德相矛盾，差错不断、漏洞百出，严重损害了党政机关的威信。最后，损害了人民群众的利益。一些部门为了自身利益，用红头文件将乱罚款、乱收费、乱摊派、公款消费等行为合法化，助长了不正之风，侵害了人民 群众的利益。防止红头文件泛滥，当从制定文件着手。首先，红头文件要符合法律精神，不能与法律法规相冲突，在颁发前要征求司法部门的意见。其次，红头文件要符合民意，要有利于社会的发展 稳定，符合人民群众的根本利益。要广泛征求群众意见，集思广益、集中民智，以减少失误。最后，红头文件要符合程序，要严格红头文件的审查程序和批准权限，凡未经审查批准的红头文件不准下发。当然，最重要的还是要树立执政为民的思想，只有真正做到了权为民所用、情为民所系、利为民所谋，才能从根本上防止权力错位现象的频频发生，才能防止红头文件变成"腐败文件"。

写于 2009 年 5 月 5 日

莫将百姓当"敌人"

据报道，在河南省郑州市须水镇西岗村，一块原本被划拨为建设经济适用房的土地，竟然被开发商建起了12幢连体别墅和两幢楼中楼。面对新闻媒体的舆论监督，郑州市规划局副局长逯军却反问记者："你是准备替党说话，还是准备替老百姓说话？"这句荒唐的质问，引发一场轩然大波，讨伐之声不绝于耳。

面对群众利益受到损害这一客观事实，作为主管部门的领导，本应积极化解矛盾，妥善解决问题，为民做主、为民撑腰，自觉维护人民群众的合法权益。然而，令人遗憾的是，这位受党培养教育多年的政府官员，竟然把党和人民群众密切相连的血肉关系完全彻底地割裂开来，把老百姓视为对立面、当成了"敌人"。这种对待人民群众的态度着实令人震惊，非常值得深思。

近年来，媒体披露的一些官员从内心看不起群众，将老百姓看成"麻烦制造者"，甚至当作"刁民"、当成"敌人"的例子还有许多。如，原陕西省府谷县副县长祁某某，面对找其反映问题的农村妇女，瞪着眼睛大骂："躲开！我不想和你说，我看见你恶心！"。又如，原湖南省望城县县委书记王某某，因交通纠纷连续殴打多名警察，并疯狂叫喊："我是县委书记，一把手，你算什么东西？"再如，深圳海事局党组书记林某某还狐假虎威、口出狂言："你知道我是谁吗？我是北京交通部派下来的，级别和你们市长一样高。我卡了小孩的脖子又怎么样，你们这些人算个屁呀！敢跟我斗，看我怎么收拾你们。"

上述种种行为，性质恶劣、影响极坏。不但严重损害了党和政府的形象，而且还深深地伤害了老百姓的心。

众所周知，党和人民的利益是一致的，党的一切奋斗和工作都是为了造福人民，除了最广大人民群众的根本利益，党没有自己的特殊利益，党的根本宗旨是全心全意为人民服务。时下，这些基本常识在少数官员的头脑中被模糊、被淡忘、甚至被丢掉了。一些官员错误地认为，自己手中的权力是上级领导给的，跟群众毫无关系。他们对上级溜须拍马、阿谀奉承，绞尽脑汁、投其所好；对群众则态度蛮横、飞扬跋扈，甚至恶语相向、拳脚相加。这种现象如果不加遏制、任其发展是十分危险的。

加强领导干部作风建设，关键要密切同人民群众的血肉联系。各级领导干部必须时刻牢记党的宗旨，真正把精力和心思放在为人民谋利益上。只有放下身段、丢掉架子，真正视百姓为父母，把人民当主人，想群众之所想，急群众之所急，办群众之所需，才能配得上"人民公仆"这个光荣的称号。

写于 2009 年 6 月 25 日

从政"四忌"

最新印发的《中国共产党党员领导干部廉洁从政若干准则》，对党员领导干部从政行为做出 8 个禁止、52 个不准的规定，给从政官员划出了警戒线、标志了禁行区，非常必要。这些条款，从细微处着手，与具体事挂钩，条条有所指，款款都有针对性。各级从政官员应熟记于心、认真遵守，倘若违禁越线，将要受到惩罚。除了这些具体的禁忌，从政官员在思想作风、工作作风、生活作风等方面，还应做到如下"四忌"：

一忌朝三暮四。朝秦暮楚、见异思迁是少数从政官员的通病。一些官员对待职务永不满足，总是这山望着那山高，不安心、不尽职。整天想着当大官、握重权、捞好处，热衷于找靠山、拉关系、造政绩，一门心思往上爬。倘若事与愿违，其为官一任，或平庸无为面貌依旧，或贪污受贿蜕化变质，或横行乡里祸害一方，严重败坏了党和政府的形象。为官从政，爱岗敬业是本分，勤政为民是天职。只有安下心来真抓实干，把全部精力放在为老百姓办好事、实事上，才会赢得党的信任、人民的拥戴。

二忌颠三倒四。说话做事次序错乱、杂乱无章，是能力不足的表现。个别从政官员思路不清、方向不明，净打瞎仗滥仗。讲话作文语无伦次、没有条理，无主题、无观点、无逻辑，受众不知所云、无所适从；工作朝令夕改、反复无常、四面出击，无目标、无方法、无结果，所做之事不是半途而废就是劳民伤财，严重损害了党和人民的利益。头脑清醒、工作扎实、作风稳健是从政官员应该具备的基本素质。正确的决策做出之后，就应该保持工作的连续性，发扬锲而不舍的实干精神，坚定一张蓝图绘到底的决心，就应该扑下身子抓落实，不达目的不罢休。

三忌说三道四。信口开河、胡乱议论危害无穷。有的人自己不愿干事、不会干事、干不成事，却会横三竖四挑别人的毛病、找他人的缺点。喜欢对国策方针、社会热点指手划脚、夸夸其谈，擅长对同事关系、邻里纠纷眉飞色舞、品头论足，有的甚至专门嗜好挑拨离间、搬弄是非。长此以往，一个团结的班子就会被拆散，一个向上的集体就会被搞滥。谨言慎行是品德修养的体现，从政官员应该言而有据，言而有信，言必有益，绝不能不负责任地说东道西、胡乱议论。

四忌不三不四。品行不端、不伦不类影响恶劣。从政官员代表党和政府的形象，无论在任何情况下，都应举止文明、端庄大方，坚持原则、办事公道，严于律己、作风清廉。绝不能将自己等同于社会上的渣子，着非僧非俗的衣，说不阴不阳的话，做不伦不类的事。尤其是不能交不三不四的朋友，要讲政治、讲原则、讲党性，要权衡利弊、仔细掂量，慎交友、交好友。如果良莠不分滥交朋友，整天和那些腰缠万贯唯利是图、不守规矩无法无天、不知廉耻荒淫无度的人混在一起，迟早要栽跟头。

从政官员位高权重责任大，面对复杂的社会环境，稍有疏忽便会权力错位有辱使命。上述四点，注意了、做好了，对于加强自身修养、提高能力素质，对于改进领导作风、维护党和政府的形象都会大有益处。

写于 2010 年 8 月 2 日

官员霸气"辐射"之忧

近日，媒体上先后披露了两件令人发指的案件。一件是沈阳市一工商局长家人开的面包房卖长毛粽子，被媒体曝光后，其妻子带人大闹报社，寻衅滋事，殴打记者；另一件是山西省一副县长的四名亲属，夜闯民宅、将他人打成重伤，其子还扬言："我爸是县长，在永和我爸就是国法。"这两件荒诞的事件背后，都让我们看到了官员霸气"辐射"结出的毒果。

旧社会，霸气多依附于土匪流氓、乡绅恶霸、兵痞军阀、西方列强们身上。这群人依权仗势、无恶不作。新中国成立后，党和人民政府下决心荡涤了旧社会遗留的污泥浊水，霸气也随着这些腐朽的东西一起付之东流、销声匿迹了。

时光荏苒，斗转星移。这种沉寂多年的残渣余孽表现主要有如下几张嘴脸：一是居高临下、盛气凌人、唯我独尊、老子天下第一；二是自我膨胀、独断专行、刚愎自用、为所欲为；三是以权代法、以我为法、胡作非为、有恃无恐。上述种种情形，早已由被查处的腐败官员们的"事迹"所一一印证。如去年被查处的辽宁抚顺"土地奶奶"，不但敢与拆迁户公开对骂，而且还敢冲着政府办公楼大骂："是老娘弄来的钱给你们开支，没有我来赚钱，你们只能去喝西北风。"其野蛮霸道的作风，比红楼梦中的王熙凤更加泼辣。

近年来，这种存在于少数官员身上的霸气，开始向社会上漫延。有的"传染"给了部属、秘书、司机等身边工作人员，他们凭借主子的权势，狐假虎威、呼风唤雨、兴风作浪。有的"传染"给了三姑六舅、亲朋好友，他们打着某某官员的旗号招摇于市，目中无人横冲直撞，干一些违法乱纪伤天害理无人敢管的勾当，真可谓一人得道鸡犬升天。有的"传染"给了妻子、儿女等家庭成员，他们常常打出"我爸是国法！"一类标语口号，无法无天、胡作非为。

霸气犹如浓缩的核燃料，泄漏之后辐射强、污染重、危害大。轻则会污染一个家庭、一个群体，重则会污染一个班子、一个单位、一个地区，乃至整个社会风气，控制不好就会形成灾难。霸气倘若仅仅存在于个别官员身上，通过思想教育、作风整顿，尚可控制。如果任由其泛滥，致使依仗权势蛮横无理的人越来越多、不受法律制度约束的群体无限扩大，由此造成的践踏民主法治、破坏公平正义、伤害民众尊严、影响社会和谐稳定的案件也就会多发频发、愈演愈烈，对此绝不能掉以轻心。

霸气是权力的衍生物，是特权思想作祟，是权大于法的具体表露。在权力炙手可热、无处不在、无所不能，且被滥用到极限而无人问责的政治生态环境中，产生这种仗势欺人的霸气是必然的。当公权力变成私器，谁敢与权力抗争、与官员叫板？与"衙内"们对抗，岂不是以卵击石，结果必然是粉身碎骨。

因此，防止霸气"辐射"，关键要治本、抓源头。最主要的就是要管住领导干部手中的权力。没有道德约束的权力必然会飞扬跋扈，失去有效监督的权力岂能不霸气冲天！正如西方一位名人所说："权力一旦失去制约，就会像一匹脱缰的野马，肆无忌惮地践踏一切。"所以，一定要加大对权力的制约力度，把权力锁进笼子，真正做好权力监督这篇大文章。

《人民论坛》杂志 2011 年第 14 期

官德缺失应该补什么？

官德，即为官者的从政道德。是一个人的政治信仰、道德品行、思想修养、工作作风、生活情趣的综合反映，体现于领导、管理、服务、协调等各项工作之中。官德是为官之魂、从政之本、用权之道。

古往今来，历代政治家都十分重视官德。选用人才时，大多能够坚持德才兼备、以德为先的标准。史学家司马光在《资治通鉴》中论述道："德才兼备是圣人，德胜于才是君子，才胜于德是小人，德才双亡是愚人。"寥寥数语，道出了德与才的轻重关系。然而，历史也常常跟人们开玩笑，按照德才兼备标准选出来的"圣人"，经过官场熏染，往往会变成才胜于德的"小人"，以至于在史册上留下骂名的奸佞比名垂青史的忠良还要多。

近年来，随着反腐败斗争的逐步深入，被查处的才胜于德的"小人"层出不穷。这些人大多因经济错误被查处，触犯了法律这条高压线，但究其根源是从道德滑坡开始，丧失了从政道德这条底线。官德缺失的主要表现是理想信念动摇，党性原则丧失，工作作风漂浮，领导作风霸道，法律意识淡薄，生活作风糜烂，大搞权钱交易，涉案金额令人错愕。

官德缺失，犹如人体缺乏营养。轻则患贫血病、软骨病等影响肌体健康，重则患癌症、不治之症危及人的生命。养生学有个理论，叫做缺什么补什么。按照这个说法，医治官德缺失，不妨开出如下几副"补药"。

用理想信念补"精神空虚"。理想信念犹如人之气血。气血空虚，则神疲乏力、面色不华，歪风邪气便会乘虚而入。理想信念支配人的思想活动，是世界观、人生观、价值观的"总开关"。理想信念动摇，必然导致思想扭曲、行为摇摆、精神懈怠、道德滑坡。只有把坚定共产主义理想信念作为一个永恒课题常抓不懈，才能不断提高党员干部的政治觉悟、道德修养，才能抵御各种不良思潮的侵蚀，永远保持党员干部队伍精神风貌健康向上、充满活力。

用传统美德补"营养不良"。传统美德是精神营养。营养不良，则骨瘦如柴，四肢无力，精神萎靡，百病缠身。中华民族传统美德博大精深、营养丰富，是最好的精神食粮。多读孔孟之书，多学传统文化，就会知礼义廉耻，懂忠孝节义，增仁爱之心、补正义之气、守礼仪之规、长智谋之力、厚诚信之品。只有不断吸取中华民族传统道德之精髓，才会"腹有诗书气自华"，才能驱逐病魔，身强体壮、精神焕发。

用优良作风补"民心流失"。人心向背关系党的生死存亡。"得民心者得天下，失民心者失天下"、"水可载舟，亦可覆舟"这些古训须永远铭记。党的优良作风是战胜一切困难的重要法宝。只有时刻牢记党的宗旨，坚持一切为了群众、一切依靠群众，从群众中来、到群众中去的优良作风，才能正确使用手中权力，真正做到权为民所用，情为民所系，利为民所谋，才能赢得民心、受到百姓拥戴。

用法纪条规补"自律意识"。自律意识是人与动物的本质区别之一。法律法规、党纪条例、廉政准则，以及文明公约、道德规范等各种法规制度，是党员干部必须遵守的行为准则。失去这些条条框框的约束，就会变得贪婪无度、骄奢淫逸、无法无天、胡作非为。只有不断增强法纪观念、自律意识，做到自重、自省、自警、自励，慎微、慎欲、慎独、慎权，才能不被财所惑、不为色所迷、不受权所累，才能坦坦荡荡做人，清清白白为官。

上述四副"补药"，对在官德上处于亚健康状况的轻微患者，坚持长期服用，必能收到较好的"疗效"；对那些身患绝症、病入膏肓的患者，必须剐骨疗毒，下狠心清除党的机体，绝不能养痈为患，祸国殃民。

写于 2012 年 8 月 18 日

眼睛的功能

　　眼睛是人的视觉器官。普通人的眼睛是用来认知世界万物，分辨东西大小，区别颜色黑白，主要发挥看的功能。但是，在官场上一些官员的眼睛又强化了另一种功能，那就是专门辨别地位高低、权力大小，把人分成三六九等，不同层次不同对待，或颐指气使，或奴颜婢膝，对上对下完全是两种截然不同的态度。

　　古代有位官员姓王，当见到比自己职位高的官员时，就自我介绍说"卑职姓王，王八蛋的王"；当见到比自己官职低的人员时，则自我介绍说"本官姓王，王爷的王"。这则笑话，把以等级地位取人，对上恭恭敬敬、对下盛气凌人的势利小人，刻画得入木三分、惟妙惟肖。尽管人们对这种现象极尽讽刺挖苦，但古往今来，官场上"看人下菜碟"的风气一直没有绝种。

　　时下，这种风气似乎有愈刮愈猛之势。一些官员更是深谙此道，火候分寸拿捏得恰到好处，玩起来得心应手、游刃有余。平时，这些官员口袋里装着两幅眼镜，一副是"放大镜"，一副是"缩小镜"。对领导则用"放大镜"仰视，摇尾巴示好，极尽阿谀奉承、溜须拍马之能；对群众则用"缩小镜"俯视，尽显高高在上、唯我独尊之态，有时还会露出狰狞的面容。有位朋友随团到某地参加一个考察活动，负责接待的地方官员眼睛只会向上看，一切围着领导转，吃喝住行都区别对待。整个活动下来，不知这位地方官员高姓大名，也没听到一句寒暄问候。朋友感慨地说："跑出几百里地，当了回要饭的"。

　　近年来，媒体上披露官员欺负百姓的事例也不少见，有的对群众恶语相加，有的则大打出手。表面上看，毛病是出在嘴上，表现在肢体上，但根源却在眼睛上。因为这些官员的眼睛出了问题，只会向上看，不会向下看。如几年前，陕西府谷县一农妇的三轮车被扣，找到分管城建的副县长反映情况，得到的回答是："我没空，我还有工作，躲开！"后来这位副县长更是瞪着眼睛大骂："我不想和你说话，我看见你就恶心！"这种飞扬跋扈的态度着实够吓人的。可怜的农妇！如果是他的上司找到这位副县长大人，我想借他一百个胆也不敢如此撒泼使横，说不定还要满脸媚笑呢。再如近日曝光的，河北省故城县交通局的两位官员，在听取客车运营代表反映问题时，竟然脏话连篇、满嘴喷粪、不堪入耳，甚至要求上访者"有意见去厕所提"。这样野蛮粗暴的态度，离把人民群众放在心坎上，和老百姓坐在同一条板凳上的要求相去甚远。

民间有句俗语，叫做"狗眼看人低"。据说狗看东西时，都是把大东西看小、高东西看矮。因此，它才天不怕地不怕，多大的动物都敢追敢咬，多么危险的环境都奋勇当先，誓死忠于主人。正是由于狗具备这种生理特性，才使它成为人类最忠实的朋友。不知从何时开始，人们把以等级地位取人的势力小人，骂作"狗眼看人低"，这样似乎对狗太不公平了。

写于 2013 年 6 月 9 日

金台杂谈

第二章 杂文随笔

非才而居，咎悔必至

　　"工作是灾难，休息是贡献。"这是广大群众对那些在其位无能力谋其政的领导干部所做的辛辣讽刺。

　　古语曰："非才而居，咎悔必至。"意思是不具备某项才能而担任某个职务，会表现出各种各样的无能，因而失误和过错会接踵而至。在古代的封建社会，因皇朝世袭，大臣钦命，无能而治的例子并不鲜见。三国时期，蜀后主刘禅无能无为，国破家亡后寄人篱下，留下了"乐不思蜀"的笑话。晋惠帝司马衷更是一个无知无能的典型。一次司马衷率随从游华林园，听到蛤蟆叫声问左右道："此鸣者，为官乎，为私乎？"左右只好无奈地答道："在官家的地里叫，就是官家的；在私人的地里叫，就是私人的。"当天下饥荒各方告急时，他居然反问臣下："老百姓没饭吃，何不吃肉糜呢？"这样的皇帝，不要说指望他治国兴邦平天下，恐怕连生活也是低能的。在司马衷执政期间，因"权在群下，政出多门，纲纪大坏，货赂公行"，"忠贤绝路，谗邪得志"，造成了外敌侵犯、"五胡乱华"，晋室被迫东迁的恶果。

　　历史进入 21 世纪了，而从我国目前查处的一些失职渎职、贪污腐败的案件中可以看到，在一些领导岗位上，不能胜任本职，干不出政绩，甚至光会以权谋私干坏事儿的也不乏其人。有的尸位素餐，碌碌无为，无能力带领群众艰苦创业，开拓进取，而是看摊守业，做一天和尚撞一天钟，为官一任，山河依旧，面貌未改，贫穷还是贫穷，落后还是落后；有的没有能力为人民群众办实事、办好事，而是极尽虚报浮夸之能事，弄虚作假，欺上瞒下，在数字上做文章，大搞坑民害民的形式主义；有的无德无才，滥用职权，目无法纪，胡作非为，横行霸道，鱼肉百姓。

原山西省绛县法院副院长姚某某，小学没毕业，差不多是个文盲，对法律知识一窍不通，又是个法盲，这样一个有劣迹，被公安机关除名，根本不具备司法干警基本的政治素质和业务能力的人，却堂而皇之地当上了法院的副院长。他把手中的权力看作向人民滥施淫威的资本，自己的流氓本性借以发挥得淋漓尽致。

　　原某报社社长兼总编辑陈某某，竟是个只有小学四年级文化的半文盲，靠溜须拍马，投机钻营，爬上了这个位置。他因经济犯罪被司法部门刑事拘留，在签字时，他竟不认识"拘留犯罪嫌疑人"这几个字。

　　防止和避免无能而治的现象发生，关键是要建立完善的用人机制。组织人事部门必须坚持德才兼备的原则考察干部，坚持任人唯贤，反对任人唯亲，坚持公道正派、实事求是地评价每一个干部。要打破论资排辈、迁就照顾、求全责备等陈旧观念的束缚，不拘一格选人才。各级党委应当认真实行民主集中制，充分发扬民主，坚持集体讨论，按照少数服从多数的原则作出决定，决不能个人或少数人说了算。要把政治觉悟高、业务能力强的人才选拔上来，把缺德少才、要官买官的平庸之辈、无赖之徒拒之门外。同时，还要发挥各级组织的监督作用，坚持任前公示，把权力交给人民，采取民主推荐、民主评议、民主测评等多种形式，广泛听取群众的意见，对群众不满意、反映强烈的人坚决不用。此外，还要坚持能上能下的原则，那些不称职、无政绩，靠虚报浮夸，做表面文章混日子、滥用职权干坏事的干部，要果断地让其"休息"！

《人民论坛》杂志 2000 年第 8 期

腐败贪官的五大特征

给腐败官员画像，抓住以下五个特征，大概能画得逼真、传神，活灵活现、栩栩如生。

一是贪功玩虚的。靠"形象工程""政绩工程"，虚报浮夸、弄虚作假、欺骗组织而官运亨通。许多腐败官员都是"官出数字，数字出官"的典型。原湖北省天门市的"五毒"书记张某某公开叫嚣"不吹牛不是好干部"，并传授"干枯水塘鱼丰收""畜牧收入野鸡凑"等弄虚作假手段，形成了一个村庄就是一个"数字卫星"组装基地。某村一份年报表中，3个理发匠的年服务收入为65万元。村民算了一笔账：该村理一次发要2元钱，为了凑齐这65万元，全村900口人每天必须配合理一次发。

二是贪财玩实的。腐败官员大都采取贪污、受贿、非法侵占等手段，利用生病住院、升迁祝寿、婚丧嫁娶之机疯狂聚敛钱财，数额巨大，动辄几百万、数千万。原沈阳市市长慕某某第二次结婚时，分别在深圳、北京、大连举办了三次婚礼，收取了大量礼金。原黑龙江省绥化市的卖官书记马某因病住院，一周之内就收受贿赂240多万元。腐败官员的"政绩"大都是假的，但通过非法手段攫取的不义之财却是实打实的，都是一串串的天文数字。

三是贪权玩黑的。腐败官员手中的权力大都与黑恶势力有染，从厦门远华案的主犯赖昌星到黑土地上的黑社会老大刘涌无一不与当地的高官称兄道弟，互相勾结，互相依存。前者可以得到权力的庇护，后者则可得到巨额利益回报。与黑道的勾结，使得腐败官员更加作风霸道，独断专行，飞扬跋扈，有恃无恐，党和人民赋予的权力几乎到了滥用的地步。王某某在阜阳有几个关系非常密切的企业老板，在当地形成了一霸。几年间，一共批出了 38461 亩土地，应收出让金是 13 亿 1117 万，可实际只收了 3 亿 5674 万元，将近 10 个亿的国有资产流失到其党羽手中。

四是贪色玩"白"的。几乎每个腐败官员的"事迹"中，都有一节风流韵事。成克杰、胡长清等都无一例外。在此方面表现最为突出的当数"五毒"书记张某某，媒体上披露他与 107 个女人有染，据说这是从其日记上一个个加起来得出的数字。是否有遗漏不得而知。

五是贪生玩软的。腐败官员在春风得意时颐指气使、趾高气扬，面对正义的审判，却变成了稀泥软蛋，一副贪生怕死的嘴脸。原广西壮族自治区政府副主席徐某某在悔过书中异想天开"我受贿那么多钱，官是不能当了，希望能给我几十亩试验田，我用高科技来种田，为国家做点贡献。"原江西省副省长胡长清临死还不失时机地卖弄他那门手艺"我是书法家，求你们不要杀我，我就留在这里给你们写字"。人之将死其言也善。腐败官员死到临头才人性复活，才想起了"种田""写字"等"为人民做点贡献"的事，可惜为时已晚！

写于 2005 年 10 月 30 日

领导干部的八种"不在状态"

12月22日，国务院国资委主任李荣融在新闻发布会上强调，国资委要"管住账本管住人"，国企领导不在状态就得换人。

如何界定领导干部"不在状态"？恐怕仁者见仁智者见智，很难有统一的标准和答案。笔者斗胆列出以下几种"不在状态"的表现形式，仅供参考。

尸位素餐，碌碌无为。有的领导头脑不清，思路不明，方法不当，不善于做组织领导工作，缺乏驾驭一方的能力，在其位无能力谋其政；有的因循守旧，墨守成规，看摊守业，求稳怕乱，无创新，无发展，做一天和尚撞一天钟；有的对所管事务不懂、不会、又不学，人员管不住，工作推不动，经济上不去，社会不稳定。

官僚主义，高高在上。整天忙于奠基、剪彩、开会、作报告，置身于迎来送往，沉醉于酒店宾馆。喜欢做领导工作，走上层路线，对职权范围的工作，不知情、不熟悉、不掌握，对存在的问题不调查、不研究、不解决，对中央的文件精神不学习、不传达、不落实，凭想当然做决策、发号施令瞎指挥。

作风霸道，独断专行。搞家长制，树个人威信，听顺耳谗言，不听逆耳忠言，喜欢被人吹着、捧着、抬着、孝敬着。讨论问题、决策事情，不顾民主、不讲科学，不充许有不同意见，总是个人说了算。人财物大权独揽，人想怎么用就怎么用，钱想往哪儿花就往哪儿花，不受任何约束，无人敢监督。

形式主义，表面文章。名利思想严重，好大喜功，急功近利，弄虚作假，虚报浮夸，玩数字游戏。喜欢搞哪些表面上轰轰烈烈、热热闹闹，实际上只开花不结果的"形象工程""政绩工程"，用老百姓的血汗钱为自己树碑立传、打水漂，自己图虚名，老百姓得实祸。

追逐利益，不甘清贫。喜欢攀比，总认为自己贡献大，得到的回报少，总觉得社会不公，心理失衡。羡慕有钱人的潇洒生活，整天和老板、大款们称兄道弟，交往甚密，打得火热。有的甚至利用职权贪污受贿、搞权钱交易。

贪图享乐，歌舞升平。工作不思进取，享乐思想严重，吃喝嫖赌抽全会。有的领导上午围着会议转，中午围着酒杯转，下午围着色子转，晚上围着裙子转。白天满嘴烟酒气，晚上浑身胭脂气。

投机钻营，跑官要官。没心思干大事，只想着做大官。把全部精力用在跑关系、找门子、拉靠山上。有的弄虚作假欺骗组织；有的送礼送物花钱买官；有的如丛福奎、韩桂芝之流在大师的指点下求仙拜佛、误入歧途。

精神萎靡，心不在焉。整天精神恍惚，萎靡不振，问题屡出，差错不断，做什么事都打不起精神。这种人八成心理有鬼，或是听到什么风声，担心腐败行为败露，整天提心吊胆，惶惶不可终日。

以上所列，可能挂一漏万，望有识人士予以补充完善。

写于 2005 年 12 月 26 日

领导干部退休以后忙什么？

原海南省副省长陈苏厚，2003年从省人大常委会副主任岗位上退休后，回家扛起了锄头。这个成天乐呵呵的老头，称自己是"来自农民，回归农民"。他的家乡海南省临高县南宝镇松梅村，却因有了这位"回归"农民，两年之间发生了天翻地覆的变化。

陈苏厚回家忙了些什么？报道中说他在村中有两个"头衔"：一个是"香蕉顾问"，一个是"编外村官"。为了摘掉贫困帽子，他带领村民种香蕉，帮助借贷款、请技术专家、寻找销售渠道，使全村农民出售香蕉的年收入达到300万元。他带领大家修桥铺路、完善水利基础设施、改造农村电网、建设农贸市场、开展联乡帮扶活动、修建卫生院、建设镇离退休干部和老年活动场所及镇中心幼儿园、创建文明生态示范村、改造危房、建立"香蕉合作社"等，办了十件实事。件件都顺民意、得民心，深受乡亲们的拥护和支持。

其实，像陈苏厚这样"退亦有为"，回到家乡、深入群众当中发挥余热的领导干部无计其数，他们用实际行动践行了党的宗旨，彰显了共产党员的光荣本色，是深得人民群众拥戴的。

与此形成鲜明对比的是，个别领导干部从高位上退下来后，权力一交，心理失衡，不甘清闲，耐不住寂寞，于是"忙"出一些不太符合身份事儿。有的充分"发挥"职务和身份的影响力，违反规定在自己熟悉的领域做起了生意，由领导变成了老板；有的甚至为了一己私利，违法乱纪，误入歧途，晚节不保；有的认为自己干了一辈子，付出的太多，得到的太少，心里空落落的，于是忙着抢房子、要车子、争待遇；有的组织上退了，思想上却没有退，整天忙着打电话、批条子，把自己身份和职务的影响力发挥到极限。或为亲戚、子女谋取不当利益疏通关系，或为部属、亲信提升职务请人帮忙，或为秘书、司机、身边工作人员铺垫后路，千方百计施展自己的余威。上述种种现象，严重损害了党员领导干部的良好形象，污染了社会风气，妨碍了继任班子的正常工作，与我党全心全意为人民服务的宗旨格格不入。

　　领导干部从重要岗位上退下来做什么？每个人根据自己的身体情况、精神状态、兴趣爱好都有不同的选择。有的练功舞剑，强身健体；有的养花遛鸟，闲情逸致；有的挥毫泼墨，陶冶情操；有的回顾历史，著书立言；有的旅游度假，颐养天年。这都无可厚非。像陈苏厚这样不图城市的繁华和安逸选择回乡当农民，带领群众发家致富奔小康，体现了更高的思想境界。总之，领导干部退休以后应该是退有所乐，退有所为，而且要有所为有所不为。要散发余热，不要施展余威！

写于 2006 年 1 月 3 日

当官莫学灶王爷

"上天言好事，下界降吉祥"，这是民间贴于灶台上的一副对联。旧时人们信仰灶神，供奉于灶台旁，被认为能掌管全家的祸福。每年的腊月二十三，灶王爷要回天宫向玉皇大帝汇报民情。在送灶王爷上天的仪式上，各家各户从灶台上揭下灶王爷的画像，用糖瓜堵住灶王爷的嘴，然后把画像点燃，放挂鞭炮，就算把灶王爷送回天宫了。

用糖瓜堵住灶王爷的嘴，意思是给他点甜头，让他在玉皇大帝面前只说好话不说坏话，以求来年过上踏实安稳的日子。至于灶王爷是否因一颗糖瓜而丧失原则，在玉皇大帝面前为各家各户大唱赞歌，恐怕谁也说不清楚。其实，人们对灶王爷的虔诚只是一种精神寄托、一种心理安慰。

然而，在现实生活中，因得了人家的好处而不讲原则、丧失人格、背叛立场的"灶王爷"式的官员却并不少见。在检查评比中，只要酒喝好、礼送足、"服务"工作做到位，就上上下下好声一片。检查验收成了酒席"宴收"，不合格的也合格，没达标的也达标，不过关的也过关。"豆腐渣"工程可以授"鲁班奖"，危矿险矿照样发安全生产合格证。在调查采访中，只要有孔方兄出面，事迹平平，可以吹成惊天动地；矛盾成堆，也能粉饰为太平盛世。在考察干部中，"酒杯一端条件放宽，筷子一举可以可以"。明知能力不强，品德欠佳，修养不够，群众基础不牢，毛病缺点一大堆，却睁一只眼闭一只眼，想怎么用就怎么用。有的甚至将考察变成"运作"，用不正当的手段提拔"带病"干部。在查办案件中，有的受利益的驱使竟放弃原则背叛立场，变调查为"掩盖"，变严惩为"保护"。或帮助被调查人隐瞒违法犯罪事实，或为其通融说情开脱罪责，有的甚至为腐败分子通风报信、安排潜逃。在查处哈尔滨国贸城和厦门远华集团的案件中，就有一批执纪执法人员被金钱堵住了嘴，扮演了极不光彩的角色。

俗话说"吃了人家的嘴软，拿了人家的手短"。由于自身不廉洁，以至于出现了对原则标准不敢坚持，对歪风邪气不敢斗争，对违法乱纪行为不敢揭露，对腐败分子不敢严惩的尴尬局面。该向上级反映的问题缺乏足够的勇气，该说硬话的关节语调软绵绵的，该下狠手处理的问题总是高高举起轻轻放下。有的甚至混淆是非，颠倒黑白，把丑的说成美的，把坏的说成好的，把臭的说成香的，严重歪曲事实真相。上述种种表现，严重损害了党员干部的良好形象，妨碍了构建社会主义和谐社会各项事业的健康发展，对不正之风和腐败行为起到了推波助澜的作用。

反腐倡廉，净化社会风气任重道远。每个党员干部都要大力弘扬实事求是的优良传统和作风，坚持一切从实际出发，察实情讲实话办实事，要头脑清醒，是非分明，功是功过是过，既不能随意夸大成绩，更不能掩盖缩小问题。要严格要求，廉洁自律，不该吃的不吃，不该拿的不拿，不该去的地方不去，自重自省自警自励，堂堂正正做人，干干净净做事。要坚持原则，不徇私情，刚正不阿，秉公办事，不被情所扰，不为欲所惑，绝不当不讲原则、出卖良心、失身辱节的"灶王爷"。

写于 2006 年 1 月 16 日

少一点愧　多一点爱

在山西平遥古城旧县署的二堂上，有这样一副对联："与百姓有缘才来到此，期寸心无愧不负斯民。"此联中的"愧"字少写了一点，"民"字多写了一点，意思是对老百姓要少一点愧，多一点爱。此联为何人撰写？笔者没有考证。作为古代官吏，能够以联明志，时刻提醒自己要无愧于民，也算是用心良苦。

怎样才能做到无愧于民？该县署的衙门口也有一副对联：上联是"莫寻仇、莫负气、莫听教唆，到此地费心、费力、费钱，就胜人，终累己。"旨在告诫百姓如何做人。下联是"要酌理、要揆情、要度时世，做这官不勤、不清、不慎，易造孽，难欺天。"意在忠告官员如何做官。这副下联权且当作对无愧于民的诠释吧。

"勤""清""慎"虽然是封建时代对官吏的要求，但对当今从政的官员如何做人，如何为官，如何用权，如何做到无愧于民，仍有借鉴意义。

"勤"，是指勤政。就是勤奋工作，勤政为民，为官一任，造福一方。勤政是一种素质，是党和人民的期望与要求。各级领导干部必须克服懒惰思想，做到脑勤多想，腿勤多跑，手勤多干。脑勤，要谋长远发展大计，思改革创新之举，想共同富裕之策，绘和谐社会蓝图；腿勤，要面向基层，深入群众，调查实情，了解民意，倾听群众呼声，关心百姓疾苦；手勤，要扑下身子真抓实干，真心实意为老百姓办好事、实事，让人民群众真正得到实惠。

"清"，是指清廉。就是清白廉洁不染污点，一身正气两袖清风。清廉是一种操守，须从点滴小事养成。要努力加强党性锻炼和思想修养，常修为政之德，常思贪欲之害，常怀律己之心。守得住清贫，耐得住寂寞，经得起诱惑，保得住气节。牢记"且夫天地之间，物各有主，苟非吾之所有，虽一毫而莫取"的古训；常念"莫申手，伸手必被捉"的警言。要严于律己廉洁奉公，绝不能损公肥私、贪赃枉法让老百姓戳脊梁骨。

"慎"，是指谨慎。就是谨言慎行，谨小慎微。谨慎是一种修养，应体现在方方面面。要慎微、慎欲、慎独、慎权。作为领导干部，尤其是慎"权"。要始终牢记手中的权力是党和人民赋予的，只能用来为党和人民努力工作，绝不能用来为自己谋取私利。要自觉摒弃私心杂念，不当那种拍脑袋创意、拍胸脯决策、拍屁股走人的"三拍"干部，也不搞那种自己图虚名老百姓得实祸的"政绩工程""形象工程"。要用人民赋予的权力造福于人民，做到为公不为私，为民不坑民，有所为有所不为。

在新的历史时期，面对着构建社会主义和谐社会的艰巨任务，各级领导干部必须努力做到勤政为民、清正廉洁、谨慎用权。要向焦裕禄、孔繁森、郑培民、牛玉儒、吴仁宝那样常怀亲民之情、常存爱民之意，时刻把人民群众的安危冷暖挂在心上，真正做到权为民所用、情为民所系、利为民所谋，真心诚意为老百姓排忧解难、办好事实事。这样，才能真正做到亲民爱民无愧于民。

写于 2006 年 2 月 6 日

由寡妇扇坟看贪官的急性子

《警世通言》中有这样一则故事：一日，庄周下山出游，见一座新坟旁，坐着一个身着缟素的少妇，手拿扇子不停地扇向坟土。庄周好生奇怪，便上前问道"坟中所葬何人？为何举扇扇土？"少妇答曰"坟中乃妾之拙夫，不幸身亡，埋骨于此。生前与妾相爱，死不能舍。遗言教妾如要改适他人，直待葬事毕后，坟土干了，方才可嫁。妾思新筑之土，如何得就干，因此举扇扇之。"庄周听后，感慨万千，心里想"这妇人好性急！亏他还说生前相爱。若不相爱，还要怎样？"

看了这则故事，突然使人联想到时下的某些贪官，他们的言行与这个扇坟少妇相比，似乎有许多可比之处。一是迫不及待。扇坟少妇在丈夫新死便耐不住寂寞，为改嫁求新欢火急火燎迫不及待。而时下的某些贪官，大多是刚一上任便一朝权在手就把钱来捞。这种如饥似渴的欲望，较之扇坟少妇真是难见伯仲。如最近被查处的原山西省翼城县县委书记武某某上任8个月，就疯狂卖官鬻爵非法敛财500多万元。二是忘恩负义。俗话说"一日夫妻百日恩，百日夫妻似海深"。可是这个扇坟少妇在其丈夫坟土未干之时，就把生前相敬如宾、海誓山盟的情谊忘得一干二净，产生了背信弃义的念头，做出了令人耻笑的蠢事儿。正如时下的某些贪官，他们从小沐浴着新社会的阳光雨露，接受着党的教育培养，入党提干做了高官。他们本应为党和人民扎实工作，多干实事。可实际上他们把党和人民赋予的权力，看作为自己捞取好处的资本，大搞权钱交易发不义之财。这种知恩不报、忘恩负义的行为较之扇坟少妇，可算是有过之而无不及。三是善于伪装。扇坟少妇说"生时相爱，死不能舍"。既然爱到死不能舍的程度，为何又要改嫁他人呢？可见这种爱是有水分的。这说明扇坟少妇会演戏，花言巧语善于伪装。正如时下的某些贪官，个个都是好"演员"。在台上，他们提起腐败来都是义愤填膺慷慨激昂；在台下，则是贪得无厌腐败透顶。这种口是心非人前一套背后一套的作风，较之扇坟少妇可以说是不分上下。原安徽省阜阳市市长肖某某，在他就任市长回答记者提问时曾慷慨陈词："反腐倡廉是摆在我们面前的一项长期任务，要坚决惩治腐败现象，严厉查处贪污贿赂、弄权渎职、敲诈勒索、以权谋私等不法行为。"可就在当天晚上，肖某某却笑纳了来祝贺他荣升的 40 多个红包近 100 万元。肖某某上任仅 17 个月，贪污受贿金额高达 2000 多万元，创下了当时贪污受贿的最高速度。

尽管扇坟少妇与时下的某些贪官有许多相同之处，但二者之间还是有区别的。那就是扇坟少妇尚能遵照其夫待封土干了后再嫁他人的遗嘱，努力做扇坟的工作。而时下的某些贪官，早就把自己应尽的职责抛到了一边，一上来就肆无忌惮地横征暴敛，几乎到了疯狂的地步。仅凭这一点，就足以令那些大大小小的贪官们感到汗颜而无地自容了。

反腐败抓贪官，尤其要盯住哪些善于伪装、背信弃义的急性子。

写于 2006 年 2 月 12 日

我们需要什么样的"情人节"

2 月 14 日，是有些国家的节日——"情人节"。许多沉浸在爱情中的男女正在准备庆祝活动，有关媒体也竖起"我们需要什么样的情人节"的评论靶子，提出到底谁是我们的"情人"的疑问。

到底谁是我们的"情人"？对于这个问题，不同的人会有不同的标准和选择。现代汉语词典中对"情人"的解释是指相爱中的男女一方；现实生活中人们把"情人"常常理解为婚姻关系之外的男女关系。由于概念混淆，大张旗鼓地过"情人节"似乎有不妥之处。在这里不妨把"情人"的概念偷换成"有友情、感情、亲情、情意之人"，这样过"情人"节就可以名正言顺、理直气了。

作为普通百姓，首先要学会感恩，做有情有义之人。要把父母亲人、兄弟姐妹、同事朋友当作"情人"，要学会报答父母的养育之情，珍惜兄弟姐妹的手足之情，爱护同事朋友的革命友谊。很难设想一个连孝敬父母、尊敬长辈、乐于助人这些基本行为都做不到的人，会为人民利益牺牲自我，会为民族大义赴汤蹈火？

作为党政官员，应该是"情为民所系"。革命战争年代，人民群众用小米养育了我们这支战无不胜的军队；和平建设时期，人民群众仍然是我们的衣食父母。各级领导干部应该把全部的情和爱奉献给人民，想群众之所想，急群众之所急，办群众之所需。要关心群众疾苦，倾听群众呼声，要给生活困难的群众送去温暖、为致富无门的群众送上发财致富的好路子。要正确处理人民内部矛盾，绝不能把群众正当要求当作无理取闹、把反映问题的群众当成"刁民"，更不能违反党的政策，随意征收各种税费增加群众负担。

　　作为学校、医院、厂矿，应该把学生、患者、矿工当作"情人"。在学校，老师要教书育人，既要关注学生的学习成绩，又要关心学生的生理和心理健康。既要采取有效措施让交不起学费的孩子都有学上，又要加强安全防范绝不能让学生出现事故。在医院，应该大力弘扬救死扶伤的革命人道主义精神，真正把患者当"情人"。既不能因"穷人"交不起住院费而将病人拒之门外，又不能因病人家里有钱而随意乱收费。所收每一笔费用都要合情合理、都要让病人家属认可。在厂矿，要把矿工当"情人"，要把安全生产作为第一要务，倍加珍惜矿工的生命，要严格安全生产措施，严防瓦斯爆炸、矿井透水、毒气泄露等事故发生，绝不能把矿工的生命当儿戏。

　　当物质利益日益成为某些人唯一的追求目标时，过一把"情人节"，以此来唤醒人与人之间的友爱真情很有必要。笔者所理解的"情人节"，实质上是一种爱。这种爱不应只限定在某一天，也不应只局限于两性之间，而应是一种很传统、很古典、不带任何一点洋味的大写的爱。把这种爱不断播洒人间，党和人民群众的血肉联系就会得到进一步加强，和谐社会的美好愿景就会逐步得以实现。

写于 2006 年 2 月 14 日

考场作弊　令人担忧

一位多年从事教育工作的朋友介绍，在不同的考场上监考，听到的声音是不同的。在有的院校监考，考场上听到的是笔尖接触试卷时发出沙沙的声音。考生自始至终都聚精会神，脑海中储存的知识如奔流的泉水，急匆匆流洒在卷面上。在有的院校监考，考场中听到的是此起彼伏的翻阅试卷时发出哗哗的声音，有的考生从头至尾都在东张西望，眼睛的余光时刻都在监视监考老师的行踪。

考生为何频繁翻阅试卷？因为在试卷的下面大多掩盖着行距近、字号小、内容丰富、形状多样的参考答案，有的展开后竟然有 3 米多长。对这种明目张胆的作弊行为如何处置？朋友解释说，除个别动静太大的给予敲敲桌子以示警告外，大多情况下是睁一只眼，闭一只眼。因为考生交了高额学费，总不能不让毕业吧。监考太严了会影响考试成绩，考生不满意。最终将影响到学校的招生数量和生存发展。

听了这番解释，心里很不是滋味。

众所周知，无论是公立学校还是私立学校，无论是在校教育还是函授教育，都是以培养人才为根本目标的。教书育人是学校的神圣职责。教书，就是要把科学文化知识传授给学生，培养具有真才实学的合格人才；育人，就是要培养学生崇高的理想信念、良好的道德修养和健康的人格品质。这种通过宽容考试作弊来帮助学生完成学业的教育，既不教书又不育人，有百害而无一利。学生学不到真正知识，却学会了各种作弊方法，毕业后政治素质、思想觉悟、工作能力、知识学问不见提高，弄虚作假、偷奸取巧的手段倒胜人一筹，这绝对不是教育的初衷，而是教育的悲哀。这种做法，学校可能会保持住一定的生源数量，获得一时的经济利益，但最终将会因教学质量差、学生素质低而声誉扫地、身败名裂。如果学校真的走到了非要靠纵容学生考试作弊来维持生存的地步，这样的学校不办也好。

考场上哗哗的考试作弊之声让人恐惧、使人毛骨悚然，是一种不祥之兆。通过宽容考试作弊而发放的"注水文凭"，虽然没有假冒农药、伪劣食品对社会的危害那么直接、那么显而易见，但他的潜在危害却不可低估，对此绝不能掉以轻心。轻者会因一批"注水文凭"的流入，而搅乱人才市场，影响公平竞争；重者则会因一批"南郭先生"占据重要的领导岗位，而延误社会的发展进步、危及民族的生死存亡。

教育是一个民族最根本的事业，是影响民族未来的长远大事。提高全民族的科学文化素质，当从端正教育目的、遏制教育腐败、严格考场纪律、打击考试作弊抓起。

写于 2006 年 2 月 27 日

假"院士"为何受欢迎?

近日，中央电视台《焦点访谈》节目揭露了一桩兜售院士头衔的内幕。河北人关某某盗用一个在香港注册的公司下属中国管理科学院的名称，通过大量邮寄院士评审通知书，向社会各界人士兜售院士头衔。所售院士头衔分为普通院士、资深院士、终身院士三个等级。价格从 2.5 万元到 3.5 万元不等。截止案发，已有 550 人花钱购买了所谓的院士头衔。

一个小小的圈套，竟然有五百多人往里钻，着实令人匪夷所思。是骗子的骗术高吗? 不是。仅凭标价兜售、还可讨价还价就不难识破骗局。是受骗者智商低吗? 当然也不是。在五百多购买者中既有大学校长、知名教授，又有普通科研人员、知识分子，还有国企领导和私企老板。这些人无论凭学历、经历，还是凭智商、情商完全能够判断真伪、看出破绽。这些人上当受骗，纯属周瑜打黄盖——一个愿打一个愿挨。

那么，这五百多名"院士"为何心甘情愿上当受骗呢? 笔者认为，不外乎以下原因: 一是虚荣心作祟。为了人前显贵，不择手段、走旁门左道。近年来学术界乱象丛生，有的剽窃他人学术成果，有的制造假学历，有的干脆花钱买文凭、买院士，其目的都是为了往脸上贴金、装点门面。二是受利益驱使。院士头衔是崇高的荣耀，没有丰硕学术成果和重大科研贡献是无法企及的。正是因为院士头衔含金量很高，靠此光环可以捞取更多好处，一些人才垂涎三尺、趋之若鹜，不惜本钱、自愿上钩。三是荣辱观错乱。改革大潮，泥沙俱下，使得一些人是非不分，美丑不辨，花钱买院士被当作公平交易、正大光明。荣辱观的颠倒，使得一些人乱花迷眼，荣辱不辨，于是自愿上钩戴上了"院士"头衔。

众所周知，学历学位、教授院士是衡量一个人能力素质的重要标志，一旦造假作伪后果十分严重。轻者亵渎教育、败坏学风，搅乱人才市场，影响公平竞争；重者则因一批南郭先生占据重要岗位，而延误社会发展进步、危及民族生死存亡。对此，决不能掉以轻心。

医治教育乱象，当从治理假文凭、假院士抓起。要强化思想教育，树立正确的世界观、人生观、价值观，牢记"八荣八耻"，加强道德修养，增强自律意识，自觉抵制弄虚作假行为。要加大监管力度，相关职能部门，要严格对文凭、学历、职称的评审发放条件，严格审核把关，不给制假造假者以可乘之机。要加大惩处力度，对买卖假文凭、假院士行为，不但要从经济上严惩，而且要追究法律责任。要加大舆论监督力度，发现一起、曝光一起，使之臭名远扬、声誉扫地，成为过街老鼠人人喊打，绝不容忍卖假买假的丑陋行径招摇于市。

写于 2006 年 4 月 8 日

作弊耳机热卖与诚信教育缺失

近日，一种仅有硬币 1/4 大小、能放入耳道内，具备抗干扰、反探测、抗屏蔽功能的隐形无线耳机热卖。购买者大多是在校大学生及参加成人高考的群体，主要用于四六级英语考试作弊。据介绍，这种作弊耳机效果很好，只要把手机调节成自动接听，不管在什么地方都可以收到清晰的信号。（《市场报》2006 年 4 月 10 日第 3 版）

一个时期以来，考试作弊成了沾染在教育肌体上的顽固病毒、久治不愈。作弊手段也在不断翻新，从夹带书籍纸条等文字材料，到利用传呼机、手机等电子设备，再到今天的隐形无线耳机，可谓手段多多、花样百出。尽管监考方采取了在考场中安装电子屏蔽设备等防范措施，但是，随着科技水平的日益进步，作弊手段更加隐蔽、更加现代化，实在是防不胜防。

采取有力措施防止、打击考试作弊很有必要。但这只是治标之举，非治本之策。面对疯狂的考试作弊，似乎应该很好地检讨一下在诚信教育方面存在的问题。

教育的根本目的是育人。然而，有的学校重教书，轻育人，在培养学生诚实守信的优良品德方面存在不少误区。一是课堂教育与校园教育脱节。在课堂上读的是加强道德修养的书，讲的是诚实守信的话，作的是反对弄虚作假的文。在校园里一些领导教师为了出名挂号争荣誉，却干些涂脂抹粉、往脸上贴金的事，弄虚作假、蒙蔽上级、应付检查。这种理论与实践相脱节的教育，很难形成良好效果。二是言教与身教相脱节。个别教师道德品质不高，说一套做一套，课上与课下不一样。在大众面前，议论腐败、针砭时弊、慷慨激昂、义愤填膺，私下里却弄虚作假、不守诚信。

有的为了评职称剽窃他人学术成果、制造假学历；有的为了提高升学率，帮助学生考试作弊；有的帮助学生开假文凭、假成绩、假证明。三是社会教育与家庭教育脱节。在社会上学生是诚信教育的主体，要求广大青少年言行一致、不说谎话，讲道德、守诚信。但个别家长却对孩子灌输"诚实就是傻瓜""考试时别人抄你不抄就等于吃亏"等歪理邪说。有位学生家长透露，从孩子上幼儿园开始就注意和老师培养感情，给老师送礼，除了清明节不送，其他节日都送。这些言传身教、耳濡目染，对学生诚信品德的培养是极大的伤害。

诚信是优秀品德和内在素质，也是立身之本、成事之道。诚信需要教育，更需要养成。杜绝考试作弊，当从培养诚实守信的优良品德做起。首先，学校要强化思想品德教育，改进教育方法，增强教育效果，努力在培养学生诚实守信优良品德上下功夫。其次，教师要为人师表，用自身的品行人格影响学生、取信学生。叶圣陶先生曾经指出：教育工作者的全部工作就是为人师表，凡希望学生去实践的，自己一定去实践；凡劝诫学生不做的，自己一定不做。最后，要树立正确的社会主义荣辱观，牢记胡锦涛总书记倡导的"八荣八耻"，真正使之入心、入脑、入行，自觉做诚实守信的模范。

写于 2006 年 4 月 13 日

狗不教人之过

近日一位老同志致函精神文明办公室，反映一些违规遛狗、污染环境、影响居民生活等问题。信中说："我是一个70多岁患有心脏病的老年人，住在一层。我家窗外的空地上经常有一些小狗来戏耍打闹，吵得我心烦意乱睡不好觉。更为严重的是，它们还在我家的阳台、厨房的窗户墙根下随意撒尿，致使墙上尿迹斑斑，砖都变黑了。冬天关着窗户还过得去。一到夏天，窗户外边臭烘烘的，苍蝇蚊子满天飞。我衷心希望有关部门尽快解决这一问题！"

这位老同志的来信，道出了绝大多数居民的心声。

改革开放政策使我们走上了小康之路，人们在追求物质富有的同时，在精神生活上也出现了不同层次的需求，时下养宠物犬成了某些人追求的时尚。这本来无可厚非，但是，有些人在遛狗时，不加看管，任小狗在居民生活区里到处乱跑，随地便溺，随意在草地上、居民楼前打闹狂吠，致使环境受到污染，草坪受到践踏，影响了居民的正常生活，这就难免让人有看法。

这种现象久已有之，人们似乎已经司空见惯了。遛狗的人并没感到这样做有何不妥，有意见的也不知这样遛狗究竟错在何处？其实，只要找一本《北京市严格限制养犬规定》读一遍，就全清楚了。该规定明确指出："遛狗时必须挂犬牌、束犬链，并由成年人带领；携犬出户的时间为20时至次日7时之间；犬在户外排泄的粪便，携犬人应立即予以清除；养犬人不得侵扰他人的正常生活；不得携犬进入商场、公园、绿地等公共场所。"俗话说"己所不欲，勿施于人。"养狗的人在从养狗中得到欢乐的时候，不要忘了其他人的感受，至少不应该给他人带来不便。真诚希望哪些养犬的人都能够仔细看一看这个规定，并认真加以落实！

狗是人类最忠实的朋友，也是最有灵性的动物之一。只要主人耐心加以调教，就会使之养成温顺的性格和良好的卫生习惯，从而也就会减少不必要的麻烦，给人们带来更多的欢乐。当然，一个法规的落实，一个良好习惯的养成都需要有一个过程。希望那些被狗影响了正常生活的人再多一些耐心和宽容。

《社内生活》2006 年 4 月 15 日第三版

汽油涨价，"倒霉"的不应仅仅是乘客

据媒体报道，2006年4月18日，北京市发改委网站公布了出租车调价申请方案，拟将租价由每公里1.6元，调整为每公里2元。并定于4月26日召开价格听证会，公开听取意见。

这个申请方案，准备将汽油涨价造成的负担全部转嫁到乘客身上，这种做法十分不妥。首先来看看汽油涨价对出租车收入的影响。以93号汽油为例，目前每公升售价4.65元，在此之前每公升售价4.26元，也就是说这次调价每公升上涨了0.39元。按出租车每百公里耗油10公升计算，这次调价出租车每百公里要多付油费3.9元，每公里多付油费不足4分钱。其次再看看出租车调价后对乘客的影响。这次调价申请方案中，拟将租价由每公里1.6元，调整为每公里2元。也就是说乘客每公里要多花4毛钱。

人们不禁要问，为什么出租车因每公里多掏4分油钱，却要让消费者多付4毛钱的打车费呢？消费者多付的钱将用到哪儿呢？申请调价方案中介绍，租价调整增加的收入，主要将用于企业取消对驾驶员的燃油补助费、企业为驾驶员办理社会保险和车辆第三者责任强制保险增加的费用。这些本应由企业支出的费用，却要通过调整价格来解决，明显不合情理。如果按这个方案调价，就不仅仅是转嫁油价上涨负担问题，而是想借汽油涨价之机，提高出租车企业的经营利润。

众所周知，出租车企业是政府特许经营行业。据知情人士介绍，即使在油价不断上涨的情况下，出租车公司仍有很大的利润空间。这种借油价上涨之机，转嫁企业经营成本、并趁机提升企业利润空间的方案，老百姓是难以接受的。作为消费者，对能源涨价应负一定责任，但不应负全部责任。在合情合理、适当范围内调整一下价格，广大消费者是通情达理、能够接受的。但是，如果以能源涨价为借口，大施垄断行业之淫威，就难免引起广大消费者的不满。

应对能源涨价政府有不可推卸的责任。相关职能部门应该站在公正的立场上，认真负责地协调好各方面的利益关系。既要充分考虑企业、出租车司机、广大消费者之间的不同诉求，又要认真听取专家、学者和普通百姓的意见。要客观公正，不偏听偏信，不能被某一方的意见所左右。要通过广泛的听证论证，找到一个恰当合理的平衡点，维护好各方利益。

写于 2006 年 4 月 21 日

从八哥学舌看官员交友

最近，听中纪委一位领导讲课。在讲到"官商互傍"这一腐败特征时，他举了一个非常生动的例子：原沈阳市市长慕某某养了一只八哥，只要家里来了身穿高档服装的男士，它就谄媚地叫道："老板，您好，恭喜发财！"叫得客人眉开眼笑、心花怒放。直到慕某某东窗事发，办案人员在"慕府"进进出出，这只呆鸟，仍然不识时务地对着检察官一而再、再而三地高叫："老板，您好，恭喜发财！"搞得办案人员一脸尴尬、哭笑不得。

慕某某的八哥为何爱说这句带着铜臭味的恭维话？因为经常出入"慕府"的，除了全身上下都是名牌服装的慕某某，就是那些与慕某某打得火热，且衣着讲究、利欲熏心的大款老板。他们见面后相互间的问候和祝愿就是"老板，您好，恭喜发财！""慕府"的八哥听多了，久而久之也就学会了。

"老板，您好，恭喜发财！"这句出自"慕府"八哥之口的"妙语"，是对"官商互傍"现象的辛辣讽刺。综观反腐败斗争中揭露出来的大案要案，官商勾结、相互利用、共同腐败是一个突出特点。一个腐败官员的身后，往往都有一群追腥逐臭的大款老板；一个不法商人的倒台，常常也牵连到一群见利忘义的腐败官员。许多腐败官员在忏悔时都痛哭流涕、大发感慨："我就是因为交友不慎才落得如此下场！"

为官交友，自古以来都是一门学问，而且是一门很深的学问，交什么朋友，不交什么朋友都是很有讲究的。领导干部掌握一定的权力，在社会交往中稍不注意，就很容易迷失方向，就会被他人所利用。因此，领导干部交朋友，要讲政治、讲原则、讲党性，要权衡利弊、仔细掂量，慎交友、交好友。

　　"近朱者赤，近墨者黑""亲君子，远小人""交益友、挚友、净友，莫交损友、佞友、酒肉朋友"这些老生常谈的话，古往今来都是不刊之论、金石之言。领导干部是人民公仆，应该情系百姓，多和工人、农民、知识分子交朋友，听听他们的心里话，真正和人民群众打成一片，做老百姓的知心朋友。绝不能像陕西省府谷县副县长祁万才那样看到老百姓就恶心。领导干部肩负着人民的重托，就应该为人民掌好权、用好权，要时刻保持清醒头脑，警惕个别人的感情投资和形形色色的公关招数，对那些别有用心的朋友不能心太软，应该当断则断，切忌不分良莠，不讲原则，失控失度，滥交朋友，滥用权力。

　　领导干部与企业老板之间是服务与被服务的关系。领导干部要积极引导他们走正道，合法经营、合法致富，帮助他们出谋划策、解决实际困难，鼓励他们为本地的经济建设多做贡献。领导干部和企业老板交朋友，应当是君子之交，不能掺杂任何私心杂念、谋取任何不正当利益。如果是朝着灯红酒绿石榴裙、哥们义气孔方兄而去，最终将成为人民的罪人。

写于 2006 年 6 月 5 日

游客"三戒"的启示

位于青岛崂山南麓老君峰下的太清宫，分为三个单开山门的独立院落。三官殿供奉天官、地官、水官三神像；三清殿供奉道德天尊、元始天尊、灵宝天尊；三皇殿供奉伏羲、神农、轩辕三帝。在太清宫参观游览，值班道童会及时提醒游客，在道教圣地要"戒言""戒心""戒行"，以示对天地神明、道教鼻祖、华夏祖先们的尊重与崇敬。

道教是一种信仰，提倡广积阴功，济世度人，想往平等、友爱的太平社会，是中华民族传统文化的重要组成部分。汲取传统文化精华，才能拥有牢固的根基。道教作为一种宗教信仰，有些健康向上的教义理念，不妨采纳吸收、古为今用，并在此基础上将其提炼升华，这对于党员领导干部修炼德行、砥砺操守将会起到积极的促进作用。

"戒言"，就是说话要谨慎，不能口无遮拦、胡言乱语。要做到实事求是，有一说一，有二说二，不说假话大话空话套话，切忌哗众取宠，夸夸其谈，弄虚作假，欺上瞒下。要严格遵守政治纪律、组织纪律，严守党和国家的机密，不跑风漏气，不传播小道消息。要营造文明健康的语言环境，不信妄言谵语，不传播低级庸俗的黄色段子。当然，"戒言"不是明哲保身，对歪风邪气、腐败现象，对损害党和人民利益的事情，要理直气壮地批评，义正辞严地指责，不能搞好人主义。

"戒心"，在此不是指警惕、防备之心，而是指加强修养、自我约束的心理活动。做事情想问题要思想纯洁，公道正派，无私心杂念，不胡思乱想。要常修为政之德，努力加强党性锻炼和思想修养，牢记党的宗旨，把主要精力用在思考工作、为民谋利上，为经济发展、社会繁荣、人民幸福出谋划策、殚精竭虑，不能整天琢磨车子、位子、房子、票子、孩子等个人私事。要常思贪欲之害，常怀律己之心，牢记"欲如水，不遏则滔天；贪如火，不灭则燎原"的古训，要心静如水，守得住清贫，耐得住寂寞，在任何情况下都要严格要求自己，不能有非分之想。

"戒行"，就是品行端庄、举止大方，走得直、行得正，不能滥用职权、胡作非为。领导干部是群众的表率和旗帜，其一举一动都会对群众产生深刻影响，因此必须认真地对待自己的行为。要老老实实做人，扎扎实实做事，清清白白做官，不做贪污受贿、腐化堕落等对不起党和人民的事。要谨小慎微，严于律己，清正廉洁，不该吃的不吃，不该拿的不拿，不该去的地方不去。要权为民所用，情为民所系，利为民所谋，始终牢记手中的权力是党和人民赋予的，只能用来为党和人民努力工作，绝不能用来为自己谋取私利。要自觉摈弃私心杂念，不搞那种自己图虚名老百姓得实祸的"政绩工程""形象工程"。要用人民赋予的权力造福于人民，做到为公不为私，为民不坑民，有所为有所不为。

游客"三戒"，是教化民众、劝人行善的一种规诫。如果牢记于心，并在工作和生活之中处处践行，对于提高党员领导干部的思想修养和能力素质都会大有益处。

写于 2006 年 7 月 15 日

警惕"衙内"周围的"陆虞候"们！

　　《水浒传》中高太尉府里有个工作人员叫陆虞候。此人奴性十足，一肚子坏水。自从花花太岁高衙内看上林冲的妻子得了相思病之后，陆虞候便千方百计为其出谋划策，企图逼良为娼。先是设调虎离山计，将林冲叫出来喝酒，骗林冲妻子到自家楼上，让高衙内调戏。然后设卖刀计，使林冲误闯白虎节堂，被发配沧州，并安排押解人员中途结果林冲性命。最后又设火攻计，趁大雪之夜，火烧草料场。林冲命大，虽然没被害死，但被害得家破人亡，妻离子散，最终走投无路，被逼上了梁山。

　　《水浒传》是根据历史题材加工而成的文学作品，是源于生活而又高于生活的艺术创作。至于历史上是否有陆虞候其人？笔者没有考证。但是，现实生活中，在腐败官员的周围类似陆虞候式的人物并不鲜见。

　　这种人大多患软骨病，挺不起胸，抬不起头，整天看"主子"脸色行事。为讨"主子"喜欢，可谓搜肠刮肚、费尽心机，什么下三滥的事都干得出来。一是厚颜无耻，充当"皮条客"。腐败官员大多贪财又好色，其周围的人除了大把大把地送钱，还不失时机地送女人。胡长清案中有个公司老板，他不惜花重金先后从珠海物色了两个年轻美貌的妓女，来孝敬这位"主子"。二是助纣为虐，充当"爪牙"。这种人整天围着"主子"的指挥棒上蹿下跳，削尖脑袋找门路、拉关系，结党营私，无恶不作。原安徽省副省长王某某被组织审查后，其身边的"八大金刚"就忙前跑后，张罗着要花钱摆平中纪委。三是徇私枉法，充当"裁判"。有些人官居要职，手握"裁判"大权。为了维护"主子"利益，轻者大事化小、小事化了，帮"主子"消灾解难；重者颠倒黑白，倒打一耙，致使许多群众有理没处讲，有冤没处申。

胡长清等人都受到了党纪国法的制裁。但是，帮助他们干坏事的"陆虞候"们有的受到了处理，有的却逍遥法外。一旦这些人傍上了新的"主子"，他们还会兴风作浪，助纣为虐。为此，人们还须提高警惕！

写于 2006 年 8 月 29 日

从李鸿章滥用老乡谈起

李鸿章是中国近代史上最具争议的人物之一。他开工厂、修铁路、创建北洋舰队，是洋务运动的领袖。他代表清政府签订了《中法新约》、《马关条约》等一系列不平等条约，被认定是个卖国贼。对于李鸿章的功过是非一直是毁誉参半、褒贬不一。他对自己的评价是："我是大清朝这座破屋的裱糊匠，处于内忧外患的夹缝里，不能挽大厦于将倾"。"裱糊匠"的比喻道出了他的无奈与自责。

参观坐落于合肥市淮河路中段的"李府"，解说员还"揭露"了李鸿章的另一处"疮疤"，那就是老乡观念太重。李鸿章作为淮军的最高将领，队伍中流传着这样一句顺口溜："只要会说合肥话，马上就把长枪挎；只要认识李鸿章，长枪马上换短枪。"李鸿章作为清政府的重臣，集军事、政治、外交大权于一身，当时清政府里"副部级"以上的官员多一半是李鸿章提拔起来的安徽老乡。

前事不忘，后事之师。李鸿章滥用老乡的教训非常深刻。

时下，在干部选拔任用工作中，尽管有条例规定、原则标准，但是在实际操作中，个别地方仍然存在着像李鸿章滥用老乡那样的诸多弊端。一是任人唯亲搞裙带关系。"君王舅子三公位"，有的领导一朝权在手便把亲戚提，老子做市长子女做处长，老子当县长子女当科长，三姑六舅都跟着沾光，真是一人得道，鸡犬升天。二是独断专行乱用身边人。"宰相家人七品官"，个别领导干部对秘书、司机等身边工作人员特别关照，千方百计转干、安排职务，部长的秘书升局级，局长的司机提处级并非个别现象。三是拉帮结伙搞宗派。个别领导看干部不是看能力、政绩，而是分拨划线、看跟谁跑。只要是圈子里的人，就想方设法提拔重用，不是圈子里的人，就百般刁难打击排挤。四是卖官敛财搞权钱交易。"要想富动干部"，个别官员利用手中权力卖官敛财，有的已经到了疯狂的地步。

上述用人上的不正之风和腐败现象，严重影响了党和政府的形象，侵蚀着党的机体，早已为人民群众所不满、所痛恨，必须引起高度重视。

用人问题是事关党的事业兴衰成败的根本问题。用什么人，不用什么人，对党的作风建设具有重要的导向作用。提拔一个干部，等于树立了一面旗帜。它明确地向大家昭示，党组织使用什么样的干部，不使用什么样的干部。作风正派、清正廉洁、真心实意为群众办实事的干部被提拔起来，大家就争先恐后地去为群众办实事；拉关系、找靠山、花钱买官的干部受到重用，实际上就等于怂恿大家去搞歪门邪道。用对了一个干部，等于给大家加了一次油、鼓了一次劲；用错了一个干部，等于给大家下了一次霜，泄了一次气。因此，各级党组织一定要严把用人关。要坚持党管干部、群众公认的原则，让群众真正享有知情权、参与权、选择权、监督权。要坚持民主集中制的原则，充分发扬党内民主，建立公开、平等、竞争、择优的选人用人机制，真正让优秀的人才脱颖而出，把好干部放在重要岗位。对在干部选拔任用工作中搞不正之风，拉帮结派、任人唯亲、卖官敛财的相关人员，应该严惩不贷。

《是与非》杂志 2006 年第 12 期

《人民论坛》杂志 2006 年第 10 期

个人意见与决策失误

　　民主缺失，个人意见得不到应有的、正确的尊重，主要表现在两个方面。一方面，领导班子多数成员的个人意见受到排挤，人民群众的建言献策受到冷落，正确的合理化建议不被采纳。另一方面，一把手的个人意见恶性膨胀，无论大事小情，都由一把手拍板决断，无论正确与否，都按一把手的指示执行。

　　在被查处的众多腐败官员中，尤其是手握重权的一把手中，有一个共同的特点，就是官气十足，霸气冲天，独断专行，缺乏民主作风，听不进不同意见，自己想干啥就干啥，说怎么干就怎么干，俨然一个无法无天的"土皇帝"。一是在重大决策上说一不二。有的不顾客观实际和群众反对，大搞"形象工程""政绩工程"，并疯狂叫嚣"出了问题我负责"，结果常常是劳民伤财、代价惨重，自己则拍屁股走人。二是在选拔干部上一锤定音。有的选干部用人才不看群众基础，不管能力素质，不论有无政绩，不走组织程序，想提拔谁就力排众议非他莫属，结果往往是奴才、庸才受重用，人才、英才被冷落。三是在谋取私利上一言九鼎。有的滥用职权，大搞权钱交易，尤其是在有油水可捞的重大工程项目上更是当仁不让。"广西王"成克杰专横跋扈，市内有块85亩的土地，本已批给自治区民委，准备建广西民族宫。成克杰却硬要批给与其情妇有利益关系的一家公司，他对提醒他的人脸一沉，呵斥道："少啰嗦，我说批给谁就给谁！"

　　一把手个人意见恶性膨胀，说话办事不讲党性原则、不讲科学民主、不守党纪国法，唯我独尊，老子天下第一，这是对党内民主的无情践踏。长此以往必将破坏党内团结，损害党的形象，影响党的建设。个人意见凌驾于集体领导和民主集中制原则之上，往往会使正确的意见受到打压，错误的意见占据上风，这是造成决策失误的根源所在。

防止决策失误，关键要监督和制约一把手的个人意见。我党一贯坚持和倡导健全完善民主集中制，扩大党内民主，推进党务公开，严格党内生活，严肃党的纪律，坚持集体领导的原则。各级党组织，尤其是领导班子内部，只有营造一种平等相待、平等共事、平等协商的政治生态环境，才能摆脱一把手以正压副、以上欺下、以强凌弱的不正常状态，才能消除隔阂，增进团结，形成合力。只有这样，才能实现依法决策、科学决策、民主决策，才能减少决策失误、避免重大损失。

写于 2006 年 11 月 19 日

132名教师伪造文凭，为了什么？

近日，媒体上披露了湖北省随州市曾都区 100 多名教师伪造文凭的案件。从 2004 年至今，该区在评审教师职称工作中发现了 132 名教师用伪造的本科、大专、中专等假文凭参与职称评定。事发后，该区教育局对这些伪造文凭的教师作出如下处罚：没收假毕业证，师德量化考核做不及格处理，三年内不得再评职称，且不能获得任何形式的荣誉和奖励，并将在全区内通报批评。

这种处罚，对于遏制虚假文凭应该说是有一定积极意义的。但是，人们不禁要问，这些人类灵魂的工程师，为什么要无所顾忌地疯狂伪造文凭呢？

报道中称，导致这些教师造假的直接原因是该区教育局从 2004 年开始对教师实行"评聘分开"制度。也就是说只有评上职称的老师以后才有提升岗位、增长工资的机会，评不上职称的老师将永远失去这种机会。面对这种改革，许多老师一脸茫然、不知所措。为了能够评上职称、涨点工资，于是才不顾师道尊严，做出很没面子的事来。用他们为自己辩解的话说："我们年纪大了，学点东西很困难，实在是没有办法才出此下策。"

上述说法只是原因的一部分，是事物的表面现象。笔者认为，问题的深层次原因是这些教师的荣辱观出了偏差。时下，在学术界、在教育领域一些人心浮气躁，为了获得某一"荣誉"，不是通过正当的手段和途径、靠自己的努力拼搏来获取，而是抄近道、走捷径，靠剽窃他人学术成果、制造假档案假学历、甚至花钱买文凭来往脸上"贴金"。对于这些丑陋行为，有些人不以为耻，反以为荣，并将它视作能力水平的一部分。随州市伪造文凭案件发生后，有的老师对此感到很羞愧，有的则不以为然，认为都是环境逼的，并不觉得可耻。一位教师面对伪造文凭事件直言不讳："我很理解那些老师，他们都是为了谋生，为了教师的荣誉感，有个高级职称心里就踏实很多。"为了谋生、为了荣誉不惜采用弄虚作假、伪造文凭的手段，这样的荣誉不要也罢。

人民教师担负着培养高素质合格人才的神圣职责，其自身应该具备较高的知识水平和品德素养。学历、职称是评价和衡量教师能力素质的一个重要标志。一旦造假作伪，就宛若病毒侵入社会机体，亵渎教育，败坏学风，轻者会搅乱师资队伍建设，影响公平竞争；重者则会因一批"南郭先生"占据重要的岗位，而影响教育效果，延误社会发展，危及民族的存亡。

报道中没有提及随州市曾都区总共有多少人民教师，也没说明这 132 名伪造文凭的教师占该区教师总数的比例有多大？不管说与不说，这 132 也不是一个很小的数目。很难想象，一批荣辱不分、弄虚作假、伪造文凭的师资队伍，怎么能够培养出知荣知耻、光明磊落、诚实守信的合格学生呢？

医治教育乱象，当从治理假文凭、假职称抓起。

写于 2006 年 11 月 20 日

从猪八戒修成正果谈起

　　猪八戒在小说《西游记》中是个重要的角色，被作者刻画得惟妙惟肖、栩栩如生。论相貌，大腹便便人身猪头奇丑无比；论能力，武艺平平敌我不分尽吃败仗；论人品，胸无大志馋懒奸猾贪财好色。如此一身毛病的猪八戒，面对妖魔鬼怪的勾引腐蚀，不但没有成为腐败分子，而且还陪伴师傅历经九九八十一难，圆满完成了取经任务，终于修成了正果。

　　猪八戒能够抵御住形形色色的诱惑，主要得益于以下几个方面。首先，有师傅唐僧苦口婆心的教育。针对猪八戒意志消沉、怕苦畏难、好吃懒做、贪图女色的性格特点，师傅唐僧一路上不厌其烦地进行深入教育，帮助他树立正气，驱除邪念，增强信心，虔诚向佛，使之能够心甘情愿地献身于取经事业。其次，有八条清规戒律的严格约束。佛教有不杀生、不偷盗、不淫欲、不妄语、不饮酒、不眠坐华丽之床、不打扮及观听歌舞、正午过后不食等八条清规戒律。入教之徒必须严格遵守，不得违犯。尽管猪八戒对清规遵守得不那么规矩，对戒律戒除得也不那么彻底，但是有这些条条框框的约束，其行为要收敛得多，没有犯大错误。另外，有孙悟空的有效监督。取经路上猪八戒犯错误的机会不少，都被孙悟空及时制止，不是被恶作剧般捉弄一番，就是被揪住耳朵"呆子""蠢货"地教训一顿。大师兄的有效监督，使得懒馋好色的猪八戒，稍有腐败念头，就想起了猴哥的火眼金睛，做起坏事来就顾虑重重。

　　猪八戒修成正果的成功经验，对做好领导干部廉洁自律工作有着深刻的启示。

　　时下，一些官员本来是根红苗正，能力强、素质好。然而，一旦走上领导岗位，很快就思想滑坡，就滥用权力腐化堕落，就由人民的公仆蜕变成人民的罪人。毛病到底出在哪？主要出在教育、制度和监督上。一是有教育无效果。按理说，领导干部经常参加会议、学习和培训接受各种教育，本身又经常下达指示、命令，发表各种讲话教育别人，本身并不缺少教育。但是有些人只武装嘴巴，不武装头脑，只教育别人，不教育自己。有的甚至变成了台上像人，台下像鬼，说一套，做一套的"两面人"。二是有制度无遵循。从党章宪法到方针政策，从法律法规到党纪条例，从行为准则到规范要求，各种制度规定可谓林林总总、方方面面。然而有些人对此却熟视无睹、置若罔闻，根本不受这些制度规定的约束，常常以权代法、以言代法，老子天下第一，想干啥就干啥。三是有监督无力度。在对领导干部，尤其是"一把手"的监督上，一些地方确实存在着"上级监督太远，同级监督太软，下级监督不敢"的现象，致使个别官员变成了作风霸道、独断专行、无法无天、胡作非为的"土皇帝"。用胡长清的话说"党内监督对我来说犹如牛栏关猫——出入自由。"

由此可见，建立健全教育、制度、监督并重的惩治和预防腐败体系，面临的问题还很多、困难还很大。只有严肃对待、努力克服，才能进一步加强党风廉政建设、做好领导干部廉洁自律工作。

猪年将至，党政官员廉洁从政不妨以猪八戒为鉴，虚心接受教育，认真遵守制度，自觉接受监督。

写于 2007 年

获《是与非》杂志 2007 年度好稿一等奖

"说假话"杂谈

近日，媒体上披露了贵州省六盘水市副市长叶某某，在向国务院七部委环保专项行动督查组汇报工作时，隐瞒了该市存在的煤化工企业污染、饮水安全隐患等事实真相，明确表态"在六盘水境内没有任何煤化工企业"。但是，经督查组调查，却发现了六盘水市目前有30余家焦化厂等污染严重的化工企业。叶某某因说假话欺骗督查组将被追究行政责任。

堂堂一个副市长，面对督查组的询问，不是实事求是地反映问题、汇报情况，而是面不改色心不跳、斩钉截铁地以假话应对，能做到这一点，也真是不容易。

一些官员为何要说假话？大概有以下原因。一是为了掩盖问题。工作中出了纰漏，捅出去影响声誉，于是一边封锁消息，一边报假情况。重大矿难，报平安无事；严重污染，报山清水秀。官员们不愿暴露实情、不敢说真话，犹如长了一头癞疮疤的阿Q，不但忌讳"秃"呀、"亮"呀等字眼，甚至连"光"和"热"也都忌讳。二是为了捞取"政绩"。个别官员不会干大事只想着做大官，本无政绩可言，却鼓足劲猛吹，靠弄虚作假、虚报浮夸而官运亨通。三是为了树立形象。个别官员贪图享受，腐化堕落，台上像人，台下像鬼，说一套，做一套。本来是贪污受贿惊人，却要大树清正廉洁形象，本来是吃喝嫖赌全会，却硬要立贞节牌坊，以假象蒙蔽群众。

官场上说假话的另一个重要原因就是一些领导干部喜欢听假话。上有所好，下必甚焉。官场风气不正，领导好大喜功，喜欢听成绩，不喜欢听问题，部属就会欺上瞒下、假话连篇。一些人为了讨好、取悦领导，专门看领导的脸色行事，嘴巴长在自己头上，所有权是自己的，使用权却是领导的，领导喜欢听什么就说什么。领导头脑一热，部属都跟着感冒。在"大跃进"那个疯狂的年代，某县就曾发射过山药亩产 120 万斤、小麦亩产 12 万斤、皮棉亩产 5000 斤、一棵白菜 500 斤的高产"卫星"。今天重读这条新闻，就像吃了个苍蝇。在说假话盛行的地方，说真话是有风险的。轻者会因挫伤领导的自尊、降低领导的威严而遭人白眼、被人冷落；重者则会因抓破领导的脸皮、暴露领导的错误而引火烧身、付出沉重的代价。

假话如毒草，有肥沃的土壤、适宜的环境就会疯狂生长、四处蔓延；假话似瘟疫，控制不住就会大范围传染，泛滥成灾。说假话之风盛行，将会带坏社会风气，破坏党的公信力、凝聚力，将会危害党的执政基础、将会误国误民。遏制说假话之风，各级领导干部应当率先垂范、以身作则，应当从营造科学民主、求真务实的政治生态环境抓起。

《是与非》杂志 2007 年第 1 期
《杂文报》2007 年 3 月 2 日第五版

从奢华的理由谈起

长篇历史小说《曾国藩》里有一段关于洪秀全大兴土木的描述。洪秀全定都天京后，便耗巨资修建了天王宫。当有人指责洪秀全豪华奢侈时，他借用萧何为刘邦建造未央宫的典故狡辩说，天下未定，不豪华壮丽，不足以"威重天下"

时下，一些地方官员为了树立个人形象、建立领导威信，不是把功夫下在为老百姓办实事、谋利益上，而是把精力用在了贪图安逸、追求享受上。有的吃讲高档，穿讲名牌，行讲豪华，住讲宽敞，似乎不如此不足以"威重一方"。尤其是一些贫困地区不顾当地财政困难和群众反对，以树立政府形象为借口，不惜斥巨资大造楼堂馆所、修建安乐窝。例如，重庆市忠县黄金镇政府超标准建造了一座外形酷似"天安门"的办公大楼，成了舆论的众矢之的，闹得满镇风雨。再如，河南省濮阳县是个每年需要上级拨款数亿元维持财政运转的省级贫困县，竟然也敢斥资数千万元修建濮阳的"天安门"。又如，安徽省阜阳市颖泉区耗资3000多万元，占地40多亩，建造了一座"欧式风格"的政府办公大楼，被群众讥讽为阜阳的"白宫"。

这些"天安门""白宫"真能帮助当地官员们树立形象、威信吗？事实恰恰相反。由于这些豪华建筑违背了民意，结果是大楼盖起来了，形象倒下去了。有的遭到了当地群众的讽刺、挖苦，有的引发了纠纷、激化了矛盾，形成了干群关系紧张、群众对政府不满的尴尬局面。

以史为鉴，可知兴替。革命战争年代，毛泽东同志等老一辈无产阶级革命家吃草根树皮，穿补丁衣服，住茅屋窑洞。条件异常艰苦，丝毫没有影响他们的革命斗志。和平建设时期，焦裕禄等领导干部，带领群众艰苦创业，共建家园，成为党的好干部，人民的好儿子，立起了永久的丰碑。改革开放以来，涌现出的孔繁森、郑培民等先进模范，以民为本，清廉从政，成为共产党员的表率，领导干部的旗帜，人民群众永远不会忘记。

政声人去后，民意闲谈中。领导干部的威望来自其良好的品德、优秀的作风和突出的政绩，要经过历史的检验，老百姓的认可。如果罔顾民意，把主要精力和心思放在讲排场、比阔气、贪图享受上，那么，办公楼盖得越高、越豪华，其形象就越坏，威信就越低，留下的骂名也就越多。

《杂文报》2007 年 3 月 9 日第五版

李毅中"六亲不认"说明了啥？

3月13日，国家安全生产监督管理总局局长、党组书记李毅中做客人民网强国论坛，就安全生产形势及监督管理问题与网友进行了在线交流。在回答网友提问时，李毅中表示，对安全生产事故中的相关责任人，应该"六亲不认"。

在笔者记忆中，李毅中说"狠话"，已经不止一次两次了。从"斥责""震怒"，到"六亲不认"，"狠话"说了一大串，态度一次比一次强硬。李局长对重大安全生产责任事故态度的逐步升级，至少说明以下三个问题。

一是表明了安全生产形势不容乐观。李局长在回答网友提问中透露了如下一组数字：我国目前在井下工作的矿工有550万人，2006年发生各类事故高达627000起，致使112822人付出了生命代价，70多万人受伤致残，每年有近100万个家庭因为安全生产事故受到伤害。另外，还有一些从业人员受到职业病的危害。尽管去年在伤亡人数、重特大事故数量上较前年有所下降，但是，看了这组数字，心里还是十分沉重、十分震惊。11万人，在我国相当于一个中小市县的人口，在太平洋群岛相当于几个小国家人口的总和。这么大的伤亡数字，足以说明目前安全生产形势依然严峻，安全监管工作责任依然艰巨，绝不能有半点马虎、丝毫懈怠。

二是表明了安全监管工作任务艰巨。发生重大事故，有技术上原因，更有人为因素。技术上原因好解决，人为因素难处理。安全监管工作既牵扯到当地的经济增长方式、各部门的行业利益，又牵扯到历史欠账、大量农民工劳动力转移等多种因素。当然还牵扯到重大安全事故背后的权钱交易、官商勾结等腐败行为。解决这些问题需要标本兼治、综合施策，更需要响鼓重锤、从严惩处。尽管当前安全生产呈现总体稳定、趋向好转的发展态势，但李局长却始终秉持"慎言成绩，不轻言好转"的态度，务必谨言慎行，如履薄冰。

三是表明了整治安全生产事故的坚定信心。安全监管人员要时刻把人民群众生命财产安全牢记心上，真正做到权为民所用、情为民所系、利为民所谋。要正确使用党和人民赋予监管权、执法权，真正做到公正执法、严格执法、廉洁执法。对在重大安全生产事故中发生的非法违法、失职渎职、权钱交易、官商勾结等行为，以及当地政府和相关职能部门存在的地方保护主义，不作为、乱作为等问题，不管是什么单位、不管是什么人，都应该六亲不认，严肃惩处，严厉问责，该给予党纪政纪处分的给予党纪政纪处分，该追究刑事责任的依法追究刑事责任。

但愿李局长的"狠话"，能够再一次对从事生产及安全监管工作的人员有所触动，能够积极促进安全生产形势根本好转。

写于 2007 年 3 月 17 日

"王爷"遍地走与"副职"一大片

时下，有些地方在"精官简政"工作中，出现了副职越简越多、越简越滥的不正常现象。一个市县四五个副书记、六七个副县长，各委、办、局的副职则更多。有的地方更加严重，由于"一把手"独断专行，乱提干部，个别部门的副职竟然达到十几个、几十个，可以说是站着一大串，坐下一大片。如原安徽省副省长王某某在阜阳主政期间，市直机关超编46.5%，事业单位超编27.8%，光市委副秘书长一职最多时就配了23个。

副职过多过滥，危害无穷。首先，增加了财政负担，影响了经济发展。多一个副职，就要多一份待遇和职务消费。致使在住房、用车、交通、通讯、工资、福利等方面的费用大增，行政成本提高。许多贫困地区的财政收入仅仅够维持发放官员们的工资，根本没有资金投入经济建设和社会公益事业。

其次，造成了班子臃肿，影响工作效率。由于副职过多，为争得有限权力，彼此间钩心斗角，甚至互相指责、拆台，不利于团结，很难形成合力；由于副职过多，造成人浮于事，工作中出现问题，往往会互相推诿、扯皮，无人愿意承担责任；由于副职过多，容易形成职责交叉重叠，造成班子内耗，导致了会议多、文件多、请示多、报告多，无端增加了许多环节，不利于政府职能的转变和工作效率的提高。

最后，影响干群关系，损害党的形象。有些地方的副职大都没有具体分工，没有具体的职责，处于"听用"状态，有的实际上只是一个光享受待遇，无责任可尽的"摆设"。在群众眼里这样的领导干部只吃闲饭、不干工作，起不到带头、表率和领导作用，从而引起群众不满，挫伤群众的积极性，影响干群关系。此外，副职过多过滥，容易无事生非，腐化变质，最终将会损害党和政府的形象。

以史为鉴，可知兴替。"王爷"遍地走，加重百姓负担，让群众伤心落泪，这是太平天国灭亡的重要因素之一。"副职"一大片，同样空耗财政资金，损害人民利益，助长官僚主义，滋生腐败现象。因此，减少副职人数，必须打破干部提拔工作中的乱象，走出精简、膨胀、再精简、再膨胀的怪圈。

写于 2007 年 3 月 25 日

毕业证"管"结婚证，"荒唐令"暴露了啥？

据媒体报道，福建省平和县为遏制初中学生辍学，在今年3月初，以县人民政府办公室的名义下发了《关于加大执法力度严格控制初中辍学的通知》，作出了对未取得初中毕业证书的青少年，有关部门不得给予办理劳务证、结婚证和驾驶证等规定。通知下发后，在当地掀起了轩然大波，遭到了社会的广泛质疑。3月28日，该县又重新下发通知，废止了这一被群众戏称为"没有毕业证不办结婚证"的"荒唐令"。

平和县的"荒唐令"从下发到废止不足一个月时间，政令如此朝令夕改，至少暴露了以下问题。

首先，暴露了相关人员法律意识的淡薄。从文件的起草、修改、制定，到通过、批准、下发，要走好几道程序，要经过层层领导把关。难道这些相关人员连基本的法律常识都没有吗？我国《婚姻法》明确规定，婚姻自由，男女双方完全自愿，不许任何一方对他方加以强迫或任何第三者加以干涉。办理结婚登记手续，并没有要求当事人必须达到什么文化程度，拿什么毕业证书。而该县为落实《教育法》竟然践踏《婚姻法》，可见相关人员的法律意识淡薄到何种程度。

其次，暴露了依法行政理念的缺失。依法办事、依法行政是各级政府开展工作基本准则，唯有如此，才能将好事办好。当前，一些地方政府依法行政的理念还未建立，依法决策、科学决策、民主决策的观念还没形成。有的地方仍然是"一把手"说了算，以致"拍脑袋决策"不断，"荒唐政令"频出，胡作为、滥作为的事件时有发生。平和县这起"荒唐令"很具有代表性，反映了依法行政在一些地方仍然是一句空洞的口号。

最后，暴露了政府发文的草率和随意。众所周知，政府下发的文件，是除国家法律法规及地方性法规以外的具有行政效力的规范性文件，在地方决策及行政中起着不可忽视的作用。制定文件要符合法律精神，不能与法律法规相冲突；要符合民意，有利于社会的繁荣稳定，符合人民群众的根本利益。红头文件是党和政府意志的体现，事关国计民生、人民福祉，必须严肃认真不能有半点马虎。目前，有些地方下发的文件太多、太滥、太随意，有的甚至是差错不断、漏洞百出，使人们对文件失去了信任。平和县的朝令夕改，暴露了政府发文的草率和随意，降低了红头文件的威信，损害了党和政府的形象。

平和县的"荒唐令"，给人们敲响了警钟。各级政府必须引以为戒，吸取教训。在制定政策规定时，必须遵循依法决策、科学决策、民主决策的原则，只有增强法律意识，树立起依法行政的观念，才能从根本上防止权力错位、避免"荒唐令"的发生。

写于 2007 年 4 月 9 日

农民告省长，几多辛酸泪！

　　这是一份比较少见的判决书：在这份由浙江省高级人民法院宣判的判决书中，被上诉人是浙江省人民政府，被上诉的法人代表是浙江省省长；而上诉人则是以张召良为代表的浙江奉化市的 12 位农民。判决结果是，"浙江省政府法制办公室应诉处，于 2005 年 9 月 1 日所作的被诉具体行政行为违法"。这就意味着，上诉省政府的 12 位农民胜诉了。（2007 年 4 月 12 日《央视新闻会客厅》）

　　12 位农民胜诉了。在张召良等人为"国家能够依法行政，能够按照法律来判决"感到高兴的笑容背后，却是隐藏在心底深处的那些数不清的委屈、酸楚和痛苦。"老百姓天生不是告状的，也没有一个老百姓天生就喜欢告状。"为了打官司，张召良不顾亲戚朋友们的劝说，冒着鸡蛋碰石头的风险，顶着来自方方面面的压力，被人不理解，让人看不起，遭到不少白眼、议论，甚至被当成怪物、疯子；为了打官司，家里每年数万元经济收入没有了，其乐融融三口之家离散了，张召良怕连累妻子，连累孩子，连累整个家庭，和妻子办了离婚手续；为了打官司，张召良买了《行政诉讼法》、《土地管理法》、拆迁方面相关的法律政策书籍 70 多本，大部分时间都投入到学习法律政策上，从一个种地的农民，几乎成了一个法律专家。

　　一场艰难的诉讼，起因其实很简单。2004 年 5 月，按照当地一个地方性规定，长汀村所在地段被划拨给市土地流转中心，并出让给某地产公司作为开发"商住"用地，这一项目获得了省政府等各级职能部门批准。张召良等人认为，当地干部态度粗暴、哄骗百姓，政府补偿不足、损害群众利益，省政府批准这一项目不符合国家相关规定。经过三年努力，最终在省高级人民法院获得胜诉，宣布当地政府原行政行为不符合《土地管理法》，予以撤销，涉及 1000 多户村民的撤村建居工程被省政府叫停。

旧城改造，改善老百姓的居住生活环境本来是件好事。假如当地政府能够依法行政，真正按照国家法律政策、法律程序办事，老百姓是欢迎的，也会给予支持。假如当地政府不打白条，不损害群众利益，使他们该得到的补偿费用及时到手、补偿到位，能够安居乐业，老百姓也不会上访告状。假如当地干部能够以人民利益为重，对群众态度和蔼一些，多做耐心细致思想工作，老百姓会通情达理的。假如当群众开始上访时，当地政府能高度重视，积极化解矛盾，解决问题，也不会历时三年，经过十几场诉讼。

这场民告官的胜诉，在体现我国法制建设取得明显进步的同时，留给人们的反思更加深刻、更加沉重。各级政府应当引以为戒，在依法行政的理念上要认真找找差距；每个官员也当吸取教训，在为民服务的态度上要仔细查查不足。

写于 2007 年 4 月 16 日

从温总理写演讲稿谈起

4月12日，温家宝总理在日本国会发表题为《为了友谊与合作》的演讲，在日本朝野及世界主要新闻媒体引起了强烈反响。舆论普遍认为温总理的演讲，以理服人，以情动人，以事实说话，既坚持了原则，又入情入理，达到了融冰的目的。温总理发自肺腑的演讲，使在场人士感动万分，议员们多次报以热烈的掌声。日本首相安倍晋三评价说："温总理在国会的演讲非常成功，可以载入史册。"

一次演讲成功与否，主要取决于演讲的内容。温总理在会见驻日使馆工作人员时，声情并茂地说："为了这次破冰之旅，我做了充分准备。演讲稿的每一段，几乎都是自己写的。演讲完后，第一个给90多岁的母亲打电话，母亲肯定说：'孩子，你讲得很好！'因为从小她就要求我讲真话、讲心里话，她认为我今天是用心在说话！"

自己写演讲稿，讲真话，讲心里话，是温总理演讲取得成功的主要原因。

俗话说："言为心声"。写文章实际上就是用笔去完整地表达自己的心声。领导干部只有亲自动笔写文章，才能用自己的语言准确地去表达自己的思想。才能将自己对社会、工作、生活的认识折射出来，才能将自己的世界观、人生观、价值观表露出来，才能将自己的思想境界、政治觉悟、文化修养展示出来。温总理这次演讲，以历史眼光看待中日关系，着眼未来去考量两国间的问题。讲历史教训，分寸拿捏恰到好处，讲未来愿景，高瞻远瞩尽展宏图，表达了中国人的心声。

既拿枪杆子又拿笔杆子，是我党我军的优良传统。老一辈无产阶级革命家，不仅以卓越的功勋名垂青史，更以其丰富的精神著述滋润后人。毛泽东同志不仅自己写文章，而且要求越是党的高级领导干部，越要自己动手写文章，不要总由秘书代劳。邓小平同志强调，拿笔杆子是实现领导的主要方法，不懂得用笔杆子，这个领导本身就是很有缺陷的。然而时下一些领导干部动嘴点题的多了，动手操作的少了，有的地方甚至连县、乡一级的领导，都配备专职秘书，领导的汇报材料、发言稿子、调查报告都要由秘书准备，甚至连考试、学习笔记、体会文章、读书札记等都由秘书或下属"捉刀"。有的领导干部讲五分钟话都要人写成稿子照着念。这些都是不可取的做法。

写文章是提高自身素质的过程。通过自己动手写文章来丰富知识，陶冶情操，贴近群众，凝聚智慧和力量，提升品格和境界，促使自己关注全局、吃透政策、注重实践、重视学习、勤于思考，从而理清思路，不断提高工作能力和领导水平。不少领导干部胸怀坦荡、淡泊明志，多年来笔耕不辍，讴歌正义、鞭挞丑陋，既张扬了自己的个性，又丰富了自己的生活，充实而有意义。

写于 2007 年 4 月 29 日

解决交通拥堵，该施治本之策！

　　近日组织参加一个会议。几公里的路程，打一个半小时提前量，结果还迟到了半小时。本来很庄重的会议，被我们这群突如其来的迟到者搅得一片喧哗、有失庄重。我们在感到脸红、耳热、难为情的同时，不得不报怨北京的交通状况，真是太糟糕了。

　　汽车在给市民工作生活带来诸多方便的同时，也给这个城市带来不少烦恼。车多了，人们自由活动的空间减少了；车多了，人们出行的安全感降低了；车多了，生活区内的绿地变少了；车多了，空气的质量变差了；车多了，人们出门办事的效率降低了。从小胡同到大马路，从皇城根到长安街，从二环、三环到四环、五环，几乎都变成了停车场。从空中俯瞰，整个北京城区，除了"水泥森林"，就是蠕动在交通线路上的"蚂蚁"。汽车，这个以加快速度、提高办事效率为初衷的现代化交通工具，此时却成了减缓速度、影响工作效率的障碍。

　　解决交通拥堵，北京人也想了不少办法，也做了许多工作。比如建环城路、城市铁路，拓展路面、架立交桥，设立公交专用线、改造不合理的交通设施等。然而，方法想了一大堆，工作做了一大片，仍然不能彻底解决交通拥堵问题。环线路建得再多，路面拓得再宽，立交桥建了一座又一座，依旧容纳不下每月以几万、十几万数量增加的车辆。

　　尽管北京人为解决交通拥堵问题绞尽了脑汁，但最终还是没有达到预期的效果和目的。俗话说："打蛇要打七寸。"不论是遏制房价上涨，还是解决交通拥堵，都要找到矛盾的焦点、问题的症结，如此才能对症下药。

写于 2007 年 5 月 6 日

井冈山上有真经

　　井冈山位于湘赣边界的罗霄山脉中段，这里山高林密，地势险峻，主要山峰海拔都在千米以上。雄伟的山峦、怪异的山石、参天的古树、神奇的飞瀑、磅礴的云海、瑰丽的日出、烂漫的杜鹃、奇异的溶洞，构成了井冈山优美的自然景观，井冈山素有天然动物园和绿色明珠之称。

　　然而，游览过井冈山的人对这些自然景观的记忆并不是那么深刻。因为井冈山是中国革命的摇篮，在游客脑海中烙印最深的是朱毛挑粮走过的羊肠小路、是黄洋界保卫战中那隆隆的炮声、是小井哪个简陋的红军医院、是茨坪毛泽东同志故居等多处革命旧址，以及双雄相会、张子清献盐、毛泽东夜读等鲜为人知的红色故事。

　　从这些鲜活生动的史实资料中，人们感受最深的是红军战士在艰苦岁月中那种不畏艰难、奋斗不息的精神。81年前，以毛泽东、朱德为代表的老一辈无产阶级革命家在这里创建了第一个农村革命根据地，走出了农村包围城市，武装夺取政权的井冈山道路，形成了以胸怀理想、坚定信念，实事求是、勇闯新路，艰苦奋斗、敢于胜利，依靠群众、无私奉献为主要内容的红色基因。

　　到井冈山参观学习，最为紧要、最为迫切的任务就是深刻领会井冈山精神。第一，要胸怀理想、坚定信念。在井冈山斗争时期，以毛泽东同志为代表的共产党人，以崇高的理想信念和顽强的革命意志，克服重重困难，有力地回答了"红旗到底能打多久"的疑问，最终实现了民族独立、人民解放，建立了新中国。今天，弘扬井冈山精神，必须高举中国特色社会主义伟大旗帜，团结带领全国各族人民奋发图强、努力拼搏，不断把中国特色社会主义事业推向前进。第二，要实事求是、勇于创新。井冈山时期，我们党把马克思主义基本原理与中国革命具体实际相结合，开辟了农村包围城市、武装夺取政权的革命道路。今天，弘扬井冈山精神，必须坚持解放思想，实事求是，不断研究新情况、解决新问题，为夺取全面建设小康社会新胜利而不懈奋斗。第三，要艰苦奋斗、敢于胜利。井冈山军民面对强大的敌人，团结一致，敢于斗争，善于斗争，战胜各种艰难困苦，建立了井冈山革命根据地。今天，弘扬井冈山精神，必须始终牢记"两个务必"，着力加强作风建设，自觉抵御拜金主义、享乐主义、极端个人主义侵蚀，自觉做到一身正气，两袖清风。第四，要依靠群众、无私奉献。在井冈山艰苦卓绝的革命斗争中，红军官兵和人民群众保持密切血肉联系，关心群众、爱护群众、帮助群众，赢得了人民群众拥护，组织群众、发动群众、依靠群众开展对敌斗争。今天，弘扬井冈山精神，必须立党为公、执政为民、求真务实、改革创新，真正做到权为民所用、情为民所系、利为民所谋。

西天尽头有佛祖，井冈山上有真经。唐僧师徒到西天取经，历时17年，行程5万里，历经九九八十一难，终于修成正果。相信每个到井冈山参观学习的同志一定能够克服困难，排除干扰，受到教育，得到锤炼，学到本领，取到真经。

写于 2008 年 3 月 11 日

花钱　受罪　浪费

近日天气骤暖，室外最高气温已经达到十八九度。但是由于没到停止供暖的法定日期，室内的暖气片仍然被烧得烫手。一进室内便感觉到干燥、闷热，很不舒服，以至于影响健康、影响情绪。这几天的情况是：户外暖融融，屋里似蒸笼。

暖气是居民花钱买来的，但是钱交完之后，家里何时用暖、用多少暖、怎么用暖，自己却无权做主、无法支配。天气冷得早想提前供暖不行，室内温度不够想增加温度也不行，天气变暖了想调低温度还是不行。一切都要由供暖部门决定，他想怎么供就怎么供，想供多少就供多少，用户只能是无条件接受，用句天桥的老话叫作力巴头摔跤——给什么吃什么。

供暖的目的是为了给居民提供一个温暖、舒适的生活环境，但是现在的供暖方式，无法满足每个用户家庭的个性化需求。家里有老年人的怕冷，想提高室内温度，只能一边开暖气，一边开空调；天气变暖了有的人嫌热，也只好一边开暖气，一边开窗户。

这样的供暖方式，既给居民生活带来不便，又造成能源的浪费，而且是惊人的浪费。在煤炭供应不足，电力供应吃紧，油价连续上涨的情况下，眼看着热气白白跑掉，实在是太可惜了。

当前北京正在召开两会，代表委员们的提案也是五花八门，有的提议把京剧纳入小学教育课程，有的提议学校要教学生识繁体字，还有的提议将孟子母亲的生日定为母亲节。这些提案有人说好，有人说扯淡，能否被采纳就很难说了。不知两会代表委员们有没有人提出改革供暖方式的提案？把当前浪费严重的供热方式，改成"分户计量，分室控温"的供热方式，这样既能满足用户的个性化需求，又能节约大量的能源，是利国利民的好事。如果有这种提案，我想一定会被采纳。

写于 2008 年 3 月 14 日

给"大口罩"消消毒

近日有媒体报道说，美国奥委会出于对北京空气质量的担心，将向美国奥运代表团 600 多名成员发放用高科技秘密研制的"大口罩"。随后，英国、日本等国奥运代表团也随声附和，一样表示要戴着"大口罩"来参加北京奥运会。

对于这种不友好的企图，北京市环保局新闻发言人表示："我想大家没有这个必要考虑戴口罩的问题，如果一定要戴口罩，那就是给你的行囊当中多增加了一点分量，我想它是用不上的。"这位发言人的谈话，尽管语言显得有点软弱无力、缺乏自信，但不欢迎戴口罩参加北京奥运会的意思表达得还是非常明确的。

为了完成国际奥委会赋予的艰巨任务，承办好北京 2008 奥运会，中国人做了大量的工作，付出了太多的汗水。在空气质量问题上，搬迁高污染企业、栽防护林、建防沙网、实施城市绿化美化工程，实行机动车单双号措施，这一切都是为了改善北京的空气质量。目前，北京的天空已经是蓝天白云、空气清新，北京的大街小巷已经是满眼翠绿、百花争艳。从最近的监测结果看，中国政府已经能够兑现自己作出的庄严承诺，保证奥运会期间空气质量良好，能够为运动员提供良好的、合格的大气环境。

从这一点来讲，国际奥委会应该感谢中国、感谢北京。各国体育代表团也应该懂得感恩，感谢中国人民为大家提供了一个良好的比赛环境。倘若如报道中所说，个别代表团戴着"大口罩"来参加奥运会，则可被视为是对东道主的羞辱、冒犯，那就是不知感恩、太不懂事、太无礼节了。

中华民族有一种传统美德就是热情好客。我想绝大多数国家的奥运代表团来到北京，一定会感受到这座古老城市的美丽整洁，感受到东方文化的博大精深，感受到北京人民的热情友善。中华民族还有句古话叫礼尚往来。我想那些戴着"大口罩"来参加北京奥运会的代表团，一定感受不到北京人民的热情友善，感受到的只能是横眉冷对。

中华民族是个多灾多难的民族。今年，在经历了春天的冰雪灾害之后，又遭受"5·12"大地震的重创。为了表达对生命的尊重，联合国秘书长来了，各国的救援队来了。他们没有戴口罩、没有任何防护措施，在非常恶劣的环境下不顾危险抢救生命，他们的行动赢得了中国人民的尊敬。眼下就要开奥运会了，个别人要戴口罩来北京参加奥运会，这说明了什么呢？说明这些人有病。不是身体有病，就是心理有病。对于这样的人我们要给他们消消毒，以防止"疫情"扩散，病情严重的还要进行隔离，以确保奥运会的安全。

写于 2008 年 8 月 1 日

有感于"君子不过文德桥"

　　到过六朝古都南京的人，大多都要挤出时间去看一看夫子庙的繁华景象，欣赏一下内秦淮河的美丽夜色。在风光迷人的内秦淮河上，有一座故事颇多的古桥，名叫文德桥。其中"秦淮分月"是文德桥的天象奇观。每年农历11月15日夜，站在文德桥中央俯视，就能看到河水中左右各映半边月亮。有一首绝句提及这一现象写道："一拱青虹两岸花，二分明月落谁家？香君脂粉侯生砚，半入清波半入沙。"这首诗的前两句指的就是"秦淮分月"这一天象奇观。

　　文德桥坐落于夫子庙的西南侧，是横跨内秦淮河南北两岸的咽喉要道。此桥建于明代万历年间，据说由于内秦淮河西流不息，聚不住文气，因此在这里建了一座木桥阻挡水流，以聚住文气。文德桥名称的由来是因为地处文庙之前，取文以载德和文章道德圣人地之意；又因为与武定桥相望，因武定、文德两名相对应，所以称之为文德桥。

　　文德桥的北岸是夫子庙、聚星楼、江南贡院、状元楼等建筑，是历代才俊读书考试、争取功名的地方。每到科举之年各地才子纷纷汇聚于此，刻苦读书、积极备考，高谈阔论、结朋交友。文德桥的南岸则是有名的烟花之巷，在这里产生了以寇白门、马湘兰、卞玉京、顾横波、董小宛、柳如是、陈圆圆、李香君这秦淮八艳为代表的众多江南名妓，是达官贵人、少爷公子寻欢作乐的处所。南岸妖娆佳人，北岸文人墨客，两个不应为邻的场所只有一桥之隔。烟花柳巷的灯红酒绿、轻歌曼舞、纸醉金迷，对读书人不能说没有诱惑力，当时也没有什么清规戒律不许他们过文德桥，但大多数读书人能够自我约束、严格自律，自觉不过文德桥。前面那首诗的后两句便是对这一现象的描述，"香君脂粉侯生砚，半入清波半入沙"，可谓是清者自清，浊者自浊。还有一首诗写道："夫子庙前飞晚鸦，香君阁上酒旗斜。行人无意真君子，独过长桥看草花。"这可能是作者对行人过客的善意提醒吧！

"君子不过文德桥，过文德桥非君子"。这是对参加科举考试的江南才子们的谆谆告诫。做到这一点靠的是坚守道德底线，严格的自律意识。在发展社会主义市场经济的今天，大河奔流，泥沙俱下，各种诱惑接踵而至，人们的世界观、人生观、价值观面临着严峻考验。少数领导干部，经不住金钱、美色的诱惑，不能固守情操，不知不觉地越界过线，坠落成人民的罪人。针对这种情况，各级党组织要高度重视制度建设，认真贯彻落实各项党内法规，每个党员干部要自觉在头脑中建立一座"文德桥"，面对形形色色的诱惑，在任何情况下都要保持清醒头脑，自觉遵守党内法规制度，自觉做到不过桥、不越界。

写于 2008 年 8 月 7 日

读毛泽东文稿手迹有感

为了纪念《人民日报》创刊六十周年，有关部门印制了毛泽东、周恩来、刘少奇、朱德、邓小平、陈云等老一辈无产阶级革命家为《人民日报》撰、审稿手迹选。该书分上下两册，仿古线装，精美典雅，是一部内容丰富、弥足珍贵的历史资料。该书精选了毛泽东同志为《人民日报》撰、审稿手迹二十篇。其中，包括为《人民日报》题写的报头、为儿童节的题词等珍贵墨宝，以及撰写并修改的《论人民民主专政》《实践论》等重要文章手迹。

欣赏着那洒脱漂亮的书法，看着那密密麻麻的文稿，再仔细品味那些修改过的内容，既感受到毛泽东同志超群的政治智慧、卓越的理论才华和扎实的文字功底，又体会到他那精益求精的工作态度和严谨认真的文风。毛泽东同志在修改《实践论》一文时，在清样上提示校对："除第一页附注移至题下外，其他九条附注均移至文尾，请校对勿讹。"笔者作了大概统计，毛泽东同志在送审的《论人民民主专政》一文的清样上，一共改动了116处。从文章标题到论点论据，从语法修辞到语气力度，从标点符号到的地得的运用，所修改的每一处，都经过认真思考、反复推敲，力求精准无误。《论人民民主专政》是毛泽东同志自己写的文章，写作过程中不知修改过多少次，但是在发表前还那样仔细修改，不放过任何一个细节。

时下，许多影视作品大都着力表现毛泽东同志热情奔放、气势恢宏、波澜壮阔的一面，在人们的脑海中印象最深的是他那指点江山激扬文字的豪情壮志，是他那运筹帷幄决胜千里的雄才大略，是他那傲视群雄永不言败的铮铮傲骨。读了毛泽东同志为《人民日报》撰、审稿手迹选，才真正体会到在毛泽东同志伟岸的身躯背后，还有认真仔细、精益求精的另一面。这种认真仔细、精益求精的作风，是我党一笔宝贵的精神财富。

老子曰："天下难事，必做于易；天下大事，必做于细。"它精辟地指出了想要成就一番大事业必须从最简单的事情做起，从细微之处入手，必须认真仔细对待每一个细小的环节。一心渴望伟大，伟大却了无踪影；甘于平淡，认真做好每一个细节，伟大就会不期而至。毛泽东同志正是把伟大的理想信念同严谨认真的工作作风结合在一起，才成就了其伟大的一生。

"世界上怕就怕认真二字，共产党最讲认真。"这是毛泽东同志的主张，也是他一贯践行的作风。中国革命取得伟大胜利，中国社会主义建设取得辉煌成就，与老一辈无产阶级革命家严谨认真的工作作风，精益求精的工作态度是密不可分的。认真是人们做事必备的品质，是事业成功的前提和保证。时代进步了，社会发展了，但是做任何事情仍然离不开认真二字。只有从小处做起，从细微之处着手，以高度负责的精神，一丝不苟的态度，精益求精的作风，才能把事情办好、办成功。

写于 2008 年 8 月 26 日

奥运过后仍需空气清新、道路畅通！

2008 年中国人很争气。在战胜了严重冰雪灾害和汶川大地震之后，又成功地举办了第 29 届奥林匹克运动会。奥运会开幕式精美绝伦、撼人心魄超乎常人想象，闭幕式绚烂夺目、激情奔放令人留连忘返。世界给中国一个机会，中国还世界一个惊喜。来自 204 个国家和地区的体育健儿奋力拼搏、挑战极限，打破了 38 项世界纪录、85 项奥运会纪录。国际奥委会主席罗格称赞说："这是一届真正的无与伦比的奥运会。"

为了这个"无与伦比"，我们付出了许多许多的艰辛。且不说建造"鸟巢"等大型体育场馆所花费的人力物力财力，光是治理北京的大气环境，我们就想了不少办法，采取了许多措施。比如：搬迁高污染企业、栽防护林建防沙网、实施城市绿化美化工程、实行机动车单双号制度，等等。通过采取一系列措施，奥运会期间北京的天空干净清洁，蓝天白云、空气清新，北京的大街小巷美观漂亮，满眼翠绿、百花争艳。中国政府兑现了自己的承诺，保证了奥运会期间的空气质量，为参加奥运会的各国朋友提供了良好的、合格的大气环境。

应当承认，北京市政府以奥运会为契机，把不达标的大气环境治理好了，把十分拥堵的交通状况搞畅通了，这是很了不起的政绩，值得骄傲，值得自豪。然而，如何把这一政绩巩固好、坚持下去，是摆在我们面前的一个崭新课题。比如，对于汽车实行单双号制度，有人提出了要将单双号进行到底的建议。对此，有人赞成也有人反对，赞成有赞成的理由，反对有反对的理由。此外，在享受清洁安全的大气环境、享受畅通无阻的交通道路方面，中国人同外国人一样，享有平等的权利。我们不能自己瞧不起自己，自己矮化自己，不能低外国人一头。外国人走了，我们也要呼吸清洁达标的空气，我们也要享受畅通无阻的道路！

同一个城市，同一个梦想。奥运会后，享受畅通无阻的道路，呼吸清洁达标的空气，是广大北京市民的一个共同梦想，也是考验各级政府执政能力、考验以人为本执政理念的重大课题。笔者认为，能够把奥运会办得如此精彩的人民政府，一定能够找到解决这个问题的最好办法！

写于 2008 年 8 月 28 日

牛年，中国人更要牛起来

　　迈进牛年门槛已经一月有余，在这段充满新春气息的时光里，国内外大事小情发生了许许多多，但真正让中国人感到牛气冲天的事情并不多。在已经发生的事件中，总体来讲是忧愁多于欢乐、麻木大于激情。从笔者关注的视角看，面对愈演愈烈的金融海啸，各国政府束手无策，经济复苏前景堪忧。在宝岛台湾，扁家弊案深不见底，相关报道连篇累牍，几乎成了一部絮絮叨叨的连续剧。央视春晚小沈阳着实让观众欢乐了一把，但半月之后央视新楼的一场大火又令人痛心疾首。

　　在忧愁和麻木中盼到了二月初二，这个民间认为是"龙抬头"的日子。这一天终于发生了一件令振奋的事情：中国国务院新闻办公室发表了《2008年美国人权纪录》。《人权纪录》从美国暴力犯罪严重，危及公民的生命、财产和人身安全；警察滥施暴力，侵犯公民权利；经济、社会和文化权利缺乏应有的保障；种族歧视渗透到社会生活的各个方面；妇女儿童状况令人担忧；侵犯他国主权、践踏他国人权等六个方面，列举了美国在人权方面存在的大量问题。《人权纪录》指出：长期以来，美国将自己凌驾于其他国家之上，年复一年地发表《国别人权报告》，对其他国家的人权状况进行指责，对别国进行干涉和丑化，而对其自身存在的严重的人权问题置若罔闻、熟视无睹，对自己糟糕的人权纪录只字不提。这种自己住在玻璃房里还向别人扔石头的做法，暴露了美国在人权问题上的双重标准和虚伪本质，损害了美国自身的国际形象。我们奉劝美国政府改弦易辙，正视自身的人权问题，停止在人权问题上搞双重标准的错误做法。

　　读了这篇《人权纪录》，内心激动万分，感到解恨又解气。以往都是美国人对我们指手画脚无理干涉，我们则十分被动，只有招架之功并无还嘴之力。现在不同了，经过 30 年的改革开放，我们富强了，面对这样一个浑不讲理的超级大国，中国人终于可以挺起腰杆说话了！

今天，《环球时报》头版刊登了"中国买家戏耍佳士得"的报道，读后更是令人兴奋不已。流失海外多年的圆明园兔首和鼠首铜像，在 2 月 25 日佳士得拍卖会上以 3149 万欧元落槌。3 月 2 日，神秘买家现身，他就是中华抢救流失海外文物专项基金国宝工程收藏顾问蔡明超。在通报会上，蔡明超先生表示："当时我想，每一位中国人在那个时刻都会站起来，只不过是给了我这个机会，我也只是尽了自己的责任。但我要强调的是，这个款不能付。"

好一句"这个款不能付"，真是掷地有声，语惊世界。

从鸦片战争到抗战胜利，中华民族遭受了百年屈辱，不但割地赔款，还有大量文物国宝被列强掠夺。圆明园兔首和鼠首铜像就是这段屈辱史的物证。这些文物的最大价值，就是它证明了帝国主义列强侵略中国时所犯下的滔天罪行。被掠夺的东西通过法律途径不能完璧归赵，通过技巧使拍卖流拍，为妥善解决国宝回归赢得时间，不失为一招妙棋。这种做法不是中国人的背信弃义，而是百年屈辱被长期压抑后的爆发，是强烈爱国热情的喷涌。无论从道德上、法律上、还是外交上中国人都不屈理，无条件收回国宝，我们应当理直气壮。

牛年，中国人更要牛起来！

写于 2009 年 3 月 3 日

浅谈"心态"

心态是指人们的心理状态。现实生活中，人们的心理状态是在不断地发生变化的。人在不同时间、不同地点、不同场合面对不同的事情，都有不同的心理状态；面对同样的环境、同样的事情，每个人的心理状态也是千差万别、不尽相同的。良好的心理状态是干好工作、做好事情的重要前提。在工作和生活中，无论环境发生什么变化，我们都应该有一个良好的心理状态，永远保持平心、细心和进取心。

平心即平常心，是具备一定修养才可经常持有的一种较高的思想境界。保持平常心，要求我们做任何工作都要尊重规律、规则，尊重客观现实。要有从容淡定的自信心，不高估或低估自己的能力。要积极主动，尽力而为，顺其自然，不苛求事事完美。还要淡泊名利，不心浮气躁，不计较得失。在工作中，面对不同目的、不同要求、不同态度的人，要心平气和，耐心解释、热情接待，以平常之心，对待不平常之人。

细心就是认真仔细一丝不苟。细心是一种素质，又是一种修养，更是一种责任。老子曰："天下难事，必做于易；天下大事，必做于细。"它精辟地指出了想要成就一番大事业必须从最简单的事情做起，从细微之处入手，必须认真仔细对待每一个细小的环节。纪检工作情况复杂、责任重大，不细心就是不负责任。因此，在工作中必须倍加小心谨慎，倍加认真仔细。

进取心是指不断要求上进、立志有所作为、坚持不懈地向新的目标追求的心理状态。人没有进取心，就会在低水平上徘徊；人类如果没有进取心，社会就不会发展进步。作为刚刚走出校门的时代青年，应当志当存高远，要有理想，有志气，有强烈的进取心。要干一行，爱一行，专一行，积极工作，不怕困难。千万不要好高骛远，眼高手低，大事做不好，小事又不愿做。

保持良好的心理状态，关键是用好三心。要把平心用在名利上，细心用在工作上，进取心用在事业上，这是当前应该大力倡导的一种精神状态。

写于 2009 年 3 月 8 日

谈谈叶挺将军的"胸无城府"

近日，看了央视一台播放的电视连续剧《叶挺将军》，心情非常复杂。在为叶挺将军坎坷而不幸的一生感到悲愤、惋惜的同时，更被这位北伐名将的崇高品格和革命气节所感染、所激励。

抗战胜利后，叶挺被共产党营救出狱。1946 年 4 月 8 日，在由重庆飞赴延安的途中，因飞机失事不幸殉难。陈毅在《哭叶军长希夷同志》一文中写道："人民之世纪，震撼魔王宫。狡魔不敢拒，出狱在巴东。欢声腾薄海，君立万山峰。何期临关陕，一痛坠高空！沉默寡言，深沉不露，令我忆君之丰采。勇迈绝伦，倜傥不群，令我忆君之将才。胸无城府，光风霁月，令我忆君之天真有如提孩。"

叶挺为什么会做到胸无城府，天真得像个孩子？

首先，他崇拜英雄，志向高远。叶挺从小就崇拜岳飞、文天祥等爱国英雄和邹容、秋瑾等革命志士，立志献身于中华民族，做一个高尚的人。参加革命后，他驰骋疆场，屡建战功，威震华夏，被誉为北伐名将。他以"三军可夺帅、匹夫不可夺志"为座右铭，威武不屈。一个志向远大、胸怀全局的人，绝对不会在为人处事等琐碎的事情上玩什么心机。

其次，他坚持真理，是非分明。在皖南事变中，叶挺被无理扣押。国民党力劝叶挺，只要发表一个皖南事变是共产党责任的声明，就可委以第六战区副司令长官甚至司令之职。面对国民党当局的威迫利诱，叶挺拍案而起，怒斥他们的卑鄙行径，表示头可断，血可流，志不可屈，国民党围剿新四军的历史事实不容篡改。一个坚持真理，是非分明的人绝对不会干那些颠倒是非，混淆黑白的事情。

最后，他为人坦诚，品格高尚。叶挺胸怀坦荡，性格秉直，宁折不弯。他视革命气节重于生命，意志操守坚如磐石。他先后被囚禁于江西上饶、四川重庆、湖北恩施及广西桂林等地，时间长达五年之久，受尽了百般折磨，但他永不变节。他曾宣告个人之操守至死不可变，人如果没有名节，没有人格，活着没有意义，死后也要受到历史的裁决。他宁愿把牢底坐穿，保其真情而入地狱，也不愿苟且偷生。襟怀坦白、光明磊落的人，从来就鄙视那些心怀鬼胎、玩花花肠子的人，更不会做这样的事情。

为人进出的门紧锁着，为狗爬出的洞敞开着，一个声音高叫着：爬出来啊，给尔自由！我渴望着自由，但我也深知道——人的躯体哪能由狗的洞子爬出！我只能期待着那一天，地下的火冲腾，把这活棺材和我一齐烧掉，我应该在烈火与热血中得到永生！叶挺将军在狱中作的这首《囚歌》，浓缩着牢狱生涯的深切体验，是对生命、自由和尊严之辩证关系的悲壮思考，是叶挺将军坦诚的个性、崇高的品格、大无畏的革命气节的直接真实表露。这首《囚歌》，激励了无数仁人志士为中国革命的胜利而坚贞不屈英勇牺牲。至今，仍然是我党乃至整个中华民族的一笔宝贵的精神财富。

写于 2009 年 3 月 8 日

谈谈官员的"业余形象"

官员形象是官员个体行为能力及内心世界展示在众人面前的外在表现。从某种意义上说，官员形象代表着党的形象，是一种表率，一种品质，一种榜样，更是一面旗帜。它体现在官员的工作、学习和生活之中，既表现在八小时之内，也渗透于八小时之外。

总体来说，目前绝大多数官员的形象是好的。他们以自身的人格魅力，赢得群众的拥护和信任，赢得部属的青睐和支持，赢得团结一致、万众一心、众志成城的工作氛围；他们用自己良好的形象增强凝聚力、向心力和感召力，影响、带动、激励周围的群众，为当地的经济繁荣、秩序稳定、社会和谐做出了积极的努力和贡献。

然而，有些官员工作时间、在有人监督的情况下其形象尚可，但是业余时间、在无人监督的情况下，就无所顾忌，甚至胆大妄为。比如：有的生活不检点，大吃大喝，挥霍浪费；有的以权谋私，多吃多占，收受贿赂；有的养情人、包二奶，经常出入娱乐场所，等等。老百姓对这些形象不端的官员早就议论纷纷，并将那些口是心非、言行不一，台上说一套台下做一套的官员，形象地称之为"两面人"。

由于一些官员的违法乱纪行为，大都是在业余时间进行的，于是人们对这类官员的"工作形象"和"业余形象"作了深刻的分析比较，并给予了高度概括。比如：将作风霸道，胡作非为的官员，概括为"白天像教授，晚上像野兽"；将酒后失态，酗酒闹事的官员，概括为"白天像包公，晚上像济公"；将以权谋私，贪污受贿的官员，概括为"白天反腐败，晚上搞腐败"；将嗜赌成性，挥金如土的官员 ，概括为"白天是公仆，晚上是赌徒"

　　腐败官员的"业余形象"，不但给官员形象了抹黑，而且严重败坏了党的形象。因此，加强领导干部作风建设，必须从官员的"业余形象"抓起。

　　　　　　　　　　　　　　　　　　　写于 2009 年 3 月 29 日

绰号，腐败官员的重要标记

绰号，乃诨号、外号也。《水浒传》中，梁山一百单八将人人都有绰号。如：及时雨宋江、霹雳火秦明、鼓上蚤时迁、神行太保戴宗，等等。这些绰号是对书中人物品德、性格、特点、能力的精准概括，起得恰如其分、栩栩如生。

古往今来，人们都喜欢用绰号给官员"画像"，以表达心中的爱与恨。如：汉灵帝时会稽太守刘宠，在任时兴利除弊，政绩显著，郡内太平，黎庶安居乐业。后刘宠奉调进京，路过山阴时几位老者拦住去路，一定要各送一百钱，以感谢他在会稽办的好事，不收下就不让离开。刘宠无奈地说："既然如此，我就各拿你们一枚铜钱作个纪念吧！"于是留下"一钱太守"的美名。与此相反，北魏时期的元庆智，作太尉主簿时，事情无论大小，总要先收贿赂，然后再办事，或者十来个钱，或者二十来个钱都收，被人称为"十钱主簿"。又如：南朝时期的梁鱼泓，做过永宁等地太守，他经常对人说："我当一郡太守，要搞他个四尽。即水中鱼蟹尽，山中麋鹿尽，田中米谷尽，村里百姓尽。"梁太守这副贪纵的嘴脸，被百姓讥之为"四尽太守"。

从反腐败斗争中查处的典型案例中不难发现，一些官员在位时的所作所为，老百姓都看在眼里、记在心上，并根据这些官员的不同嘴脸，赐之以恰如其分的绰号，用来讽刺挖苦、以解心头之恨。如：原湛江市委书记陈某某，不仅支持儿子走私赚大钱，更喜欢喝每瓶近千元的"蓝带"酒。于是，人们私下里称其为"蓝带书记"。又如：原湖南省郴州市副市长雷某某，利用职权贪污贿赂，挪用公款，玩权力、玩金钱、玩女人，被群众称之为"三玩市长"。再如：原福建省周宁县县委书记林某某，在干部提拔、人事调整、工程发包、土地开发过程中贪污受贿，而且还公款赌博、乱搞女人，被当地群众称之为将官位卖光、财政的钱花光、看中的女人搞光的"三光书记"。还如：原安徽省副省长王某某，在职期间滥用职权、弄虚作假、索贿受贿、道德败坏，当地流传着"只要反腐不放松，早晚抓住王某某"的顺口溜，被老百姓赐予了"王坏种"的绰号。

近年来披露的案件中，类似这样的绰号还有很多。诸如："二子市长""三氓院长""三宝部长""三贪书记""五毒书记""红包书记""春药局长""花花公子""米老鼠"，等等。这些绰号，都形象地勾勒出腐败分子的显著特征，几乎达到了惟妙惟肖的程度。

一个绰号，犹如一条神秘案件线索；一个绰号，好似一封匿名举报材料。各级反贪反腐机关对此不应熟视无睹。只要耳朵不聋，就应该听到这种无奈的幽默；只要眼睛不花，就能够看到这些入木三分的民意符号。然后，再顺藤摸瓜，认真破解绰号中的腐败密码，最终一定会揪住腐败分子的狐狸尾巴。

写于 2009 年 5 月 31 日

王瑛是面镜子

7月14日下午3时，在长安大戏院上演了由四川人民艺术剧院创排的、反映原四川省南江县纪委书记王瑛同志先进事迹的话剧《红叶旅途》。

该剧以王瑛母子的心灵对话为纽带，撷取了王瑛光辉而短暂人生的几个片段：面对查办案件中的重重困难、各种阻力，以及不法分子的威胁恐吓，她没有屈从、妥协，而是更加从容镇定，她斩钉截铁地说"有背景有后台的更要查"；面对形形色色的诱惑，她严格要求，廉洁自律，掌权为民，不徇私情，坚守"自己只是一个人民权力的保管员"；面对人民群众的痛苦、困惑，她慷慨解囊，热情相助，心系百姓，甘作公仆，积极为群众排忧解难；面对晚期肺癌的折磨，她乐观开朗，加倍工作，依然向人们传递着积极向上的信心和勇气。剧中一幕幕生动的情节，一场场感人的事迹，使现场观众眼含热泪，深受教益。

春雨润物，爱心无声。王瑛是一个普普通通的女人，是个一生都在路途上的女人，是一个一生都在追求完美的女人，是一个用生命捍卫公平法则的女人，是一个值得我们铭记的优秀共产党人。她无怨无悔地把青春奉献给了崇高的纪检监察事业，以自己的模范行动践行了全心全意为人民服务的宗旨，诠释了做党的忠诚卫士，无私奉献、无怨无悔的人生追求。

以铜为镜，可以正衣冠，以史为镜，可以见兴替，以人为镜，可以知得失。王瑛就是一面镜子，每个领导干部都应该好好照一照，看看自己的五官正不正、形象好不好。在原则上，能否做到公道正派、铁面无私？在用权上，能否做到立党为公，掌权为民？在工作上，能否做到严肃认真、一丝不苟？在作风上，能否做到严于律己、廉洁奉公？对待群众，是不是像春天般的温暖？对待邪恶，是不是像秋风扫落叶一样残酷无情？

对照王瑛同志的先进事迹，每个党员干部如果能够经常照照镜子，检讨一下自身修为，找找差距和不足，弥补缺点和失误，我们党的形象就会日益改善，领导干部的威信就会日益提高，党和人民群众的血肉联系就会更加密切坚强。

写于 2009 年 7 月 17 日

说 "试"

　　"试"者，试验、尝试之意也。为了察看谋事的结果或某物的性能，而从事的某种活动曰"试"。工作和生活中，与试字相连的常用词汇有试验、试行、试点、试用、试航、试车，等等。这些词汇大多和政策法规、科学发明、技术创新等内容有关。"试"是为了推广、为了普及、为了应用，是推动人类社会文明进步的一种有效手段。

　　"试"不是一件轻而易举的事情，需要反复钻研、付出代价、承担风险才会结出硕果。如，居里夫人发现化学元素镭、爱迪生发明电灯，都是经过千百次科学试验才取得成功。再如，"两弹一星"的制造，也是经过钱学森、邓稼先等科研工作者的艰辛探索才取得成功。又如，农村改革，实行家庭联产承包责任制，是经过安徽省奉阳县小岗村十三户农民，冒着风险进行试点后才逐步推广的。

　　随着时间的推移，伴随"试"字的词汇不仅仅局限于那些沉重、艰辛和困苦的事情。时下，与"试"字相连的词汇以轻松、愉快、高兴的事情居多，与权力交从甚密。比如，新餐厅建成后，领导们觥筹交错、开怀畅饮，名曰"试吃"；新衣服做好后，找领导做品牌代言，名曰"试穿"；新房子建成后，将钥匙给领导呈上，名曰"试住"；新车买来后，开到领导家门口，名曰"试驾"。总而言之，从吃穿住行到健身娱乐，从物质生活到精神享受，"试"字无所不及、无处不在，几乎渗透到社会生活的方方面面。

　　从形式上看，上述种种"试"法大多呈被动式。面对送到嘴边的"肥肉"，面对天上掉下来的"馅饼"，那些经不住诱惑的领导，一般不好意思拒绝，大都会被动笑纳。此时，"试"字既是行贿的最好理由，也是受贿的最佳借口。倘若被追究责任，"试"字又是一张既厚又结实的挡箭牌。

　　还有一种"试"法是主动式的。通常以命令的口气、强制的手段、霸道的作风来实现。逢年过节，对所辖地区、所管单位不是电话慰问就是短信祝福，话里话外免不了一些提醒、暗示，有什么新鲜东西送过来"尝试"一下？假如遇到了老实规矩、不通事理的下属不让其"试"，则要采取达标评比、检查验收等手段，经过一番吹毛求疵、鸡蛋里面挑骨头，结果，不是被罚款就是被没收，想不让"试"都难。对于那些飞扬跋扈、横行一方的官员来说，"试"起来更是无法无天、肆无忌惮。原安徽省亳州市特警支队队长白玉岭，长期在其辖下的数个色情洗浴中心免费"试睡"。每个浴场都要定期"进贡"以获得保护，否则就要被罚款甚至被判刑。对于这些滥权枉法的"试"，人民群众早就嗤之以鼻、恨之入骨。各级官员似应引以为戒，绝不可视而不见，掉以轻心，盲目效仿。

　　"试"字里面有名堂，"试"字里面有学问，"试"字里面有政治。面对形形色色的诱惑，各级官员头脑一定要清醒，是非一定要分明，一定要弄清楚哪些事情该"试"，哪些事情不该"试"。对党和人民有益的事情，就该大胆地"试"，义无反顾地"试"，不达到群众满意不罢休；对党和人民无益的事情，就该主动地"避试"、毫不留情地"拒试"，不能让群众戳脊梁骨。绝不可不分青红皂白来者不拒、啥都敢"试"，更不能为了一己私利去主动"要试""索试"。

写于 2010 年 2 月 12 日

足球，踢上法庭才"精彩"

9月12日，公安部治安管理局在发布的消息中称："在侦办涉嫌利用足球比赛贿赂、赌博系列案件中，公安、检察机关多渠道获取对原中国足协副主席谢亚龙、原中国足协裁判委员会主任李冬生、原国家足球队领队蔚少辉等人涉案的线索和举报。在国家体育总局的配合下，专案组已依法对谢亚龙、李冬生、蔚少辉三人立案侦查。"至此，在亿万球迷视线中"失踪"多天的原中国足协副主席谢亚龙等人终于水落石出。

这是继南勇、杨一民、张健强等足球官员被公安机关立案侦查之后，中国足坛的又一次强烈"地震"。第一次"地震"，南勇等人涉嫌利用足球比赛贿赂、赌博等问题，涉及人员较多，被定性为窝案。这次"地震"，又抓了三个"主角"，还不知有多少"配角"要依次登场，也不知这三位官员涉案的具体内容、如何定性。公安机关称，是在侦办南勇等人系列案件中，多渠道获取了谢亚龙等人的涉案线索和举报材料，没谈具体涉案内容。有媒体猜测，谢亚龙等人被立案侦查，一是可能与南勇等人案件有关，二是可能与中超联赛赞助问题有关，三是可能与中国队项目问题有关，四是可能与国家队"小金库"问题有关。笔者认为，事已至此，涉案内容无须猜测，既然公安机关已经决定立案侦查，想必一定掌握了大量确凿的证据材料，否则是不会轻易抓人的，尤其是对这些社会知名度较高的名人、要员，更不能随便下手。等到公安机关立案侦查完毕，移送司法机关进行审判之时，涉案内容自然会公之于众。

如果不出意外，在不久的将来，中国足坛将迎来一次历史性的"盛会"、上演一场精彩纷呈的"赛事"。可惜，这场比赛不是在绿茵场，而是在庄严的法庭之上。届时，南勇、杨一民、张健强，谢亚龙、李冬生、蔚少辉等众多足球官员，将会一个个粉墨登场，公辩双方将有一场唇枪舌剑、打一场你死我活的全攻全防。场上"队员"肯定不甘落后，也会使出杀手铜，或"耍赖"、或"群殴"、或"围攻裁判"，也许还会出现"狗咬狗两嘴毛"等戏剧性的场面。到那时，饱受中国足球折磨的广大球迷尽量不要错过这场精彩"赛事"，要伸长脖子、踮起脚、瞪大眼睛，全神贯注地看，聚精会神地看，不要放过任何一个细节。到那时，这些足球官员贪婪的嘴脸便会原形毕露，中国足球堕落的原因也会不查自明。

权力腐败令人痛恨，足球堕落使人惋惜。中国足坛的强烈"地震"给人们敲响了警钟。如何在震后的废墟上建设一个公平、公正、干净、环保的"足球乐园"，值得广大足球人深思！

写于 2010 年 9 月 12 日

领导，您识数吗？

网上有一则笑话：记者采访一位分管经济工作的领导："社会上传言您不识数，对此您有什么看法？"领导不屑一顾地伸出三个手指头，我送他们五个字："一派胡言！"笑话终归是笑话，不可当真。大凡能当上领导的人，智商和情商似乎都是出类拔萃、高出一筹的。最起码，十以内的加减法应该对答如流、不会出错，不可能弱智到三五不分、四六不辨的程度。

然而，在现实生活中，面对复杂的社会环境、人际关系和利益纠葛，一些领导也经常表现出自己正处在晕头转向、头脑不清的状态之中，给人以"不识数"的印象。例如，在 20 世纪的"大跃进"时期，全国上下热火朝天搞建设，各省市都争相在粮食产量上"放卫星"：山药亩产 120 万斤，早稻亩产 13 万斤，皮棉亩产 5000 斤，一棵白菜 500 斤。这些数字，都曾经堂而皇之地刊登在主要媒体上。在那个年代，各级领导大多是种过田的农民出身，难道他们真的"不识数"，不知道一亩地能产多少斤粮食？非也。当时这些人都得了一种病、患了政治上的"狂热症"，都在发呓语、说梦话。

时下，当年的政治"狂热症"早已病去根除，取而代之的却是无影、无踪的"潜规则"。由于"潜规则"发作，使得一些手握一支笔、掌控决策权的领导仍然处在"不识数"的状态之中。比如，在工程建设上，一些项目作出的预算要高出实际成本几倍、甚至几十倍，大把大把地花银子不心疼。即便是搭个狗窝，造个鸡舍，也要几十万上百万地往里扔钱。有的还边建边追加投资，工程项目成了深不可测的无底洞，糟蹋起钱来没完没了。今年某地建了一座号称世界上最大的机械钟塔，耗资高达 2.9 个亿，此举招来网民们的一片骂声，有的质问这不是明显地欺负咱们老百姓"不识数"吗？

按理说，任何一个建设项目，都应该是为民造福的好事。但是，由于"潜规则"作怪，一些工程一立项，便成了个别领导的政绩工程、致富工程、腐败工程。一个工程搞下来，就可以轻而易举地扬名得利，赚他个盆满钵满、腰缠万贯，这种名利双收的事何乐而不为？看来这些领导并非"不识数"，而是患了"贪婪症"，是在明明白白地"装糊涂"。

近年来，因"不识数"而锒铛入狱的领导干部层出不穷，教训深刻。各级官员一定要时刻保持清醒头脑，算好当官为什么，掌权做什么，身后留什么这三笔账。扎扎实实做事，清清白白做人，既要拒绝"狂热症"更要预防"贪婪症"。如果为了一己私利，整天处于"不识数""装糊涂"的状态之中，那么，迟早有一天要栽大跟头。

写于 2010 年 9 月 19 日

掌权，为民乎？为己乎？

近日，安徽省望江县成了社会舆论的众矢之的。有网民爆料称：望江县委、县政府占用 182 亩耕地，兴建超豪华办公大楼，总建筑面积达 43600 平米，可容纳 2180 个正县级官员办公。一个县级政府办公大楼，相当于 8.5 个美国白宫的筑面积。这是继该省阜阳市颍泉区政府建造"白宫"之后，境内被曝光的又一个"白宫"。近年来，各地被曝光的楼堂馆所、"安乐窝"为数不少。如：河南省濮阳县政府、重庆市忠县黄金镇政府，都曾超标准建造了外形酷似"天安门"的办公大楼，在当时闹得满城风雨，民怨极大，影响恶劣。

倘若这些"白宫""天安门"出现在经济发达地区，政府财政强大、百姓生活富裕，政府官员改善一下办公条件，盖个标志性的建筑，似乎无可厚非。然而，这些事件大多发生在贫困地区。如河南省濮阳县是个每年需要上级拨款数亿元维持财政运转的省级贫困县。安徽省望江县也是一个贫困县，2009 年财政收入在全省 61 个县中排名第 49 位，当年财政净结余只有 21 万元。目前，该县大湾小学的 300 多名师生，还整天提心吊胆地在 D 类危房里上课。

这些穷得叮当响的贫困县，为何要盖如此奢华的办公大楼？人们有权利质疑当地官员的执政理念是否存在问题，他们到底在为谁掌权、为谁执政？

时下，一些地方官员的执政理念严重错位，他们不是把权力用在为老百姓办实事、谋利益上，而是用在贪图安逸、追求享受、贪污腐化上。无论是制定政策规定、还是决策工程项目，首先考虑自己能得到多少实惠、拿到什么好处。有的为官一任如狼似虎，恨不得将纳税人的血汗钱吃光花净、贪饱捞足，似乎不如此就对不起头上的乌纱帽，就辜负了手中人民赋予的权力。个别腐败官员早已将胡锦涛总书记提出的"权为民所用、情为民所系、利为民所谋"，异化为"权为我所用、情为我所系、利为我所谋"，一切都是为了维护好、实现好、发展好自身的利益，将立党为公，异化为"立党为私"，将执政为民，异化为"执政为己"，早已将广大人民群众的根本利益抛到了九霄云外。

由此联想到网上的一个笑话：某市召开常委会议，研究一笔资金的用途问题。有人提议用于学校的危房改造，理由是再穷不能穷教育，为了祖国的花朵要舍得投入；有人提议用于监狱的监舍装修，理由是罪犯也是人，要人性化管理，为了增强管教效果要舍得花钱。正当两种意见唇枪舌剑、争论不休之时，一把手提了个问题："在座的各位谁还有机会到学校上学？"众人听后心领神会，最后一致同意将这笔资金用于监狱的监舍装修，而且要超豪华的。

尽管这只是个笑话，却是对官场上这种市侩、贪婪、无耻官员的辛辣讽刺。政声人去后，民意闲谈中。一届政府、一个官员究竟是掌权为民，还是掌权为己，老百姓的眼睛是雪亮的，广大群众自有公断。

写于 2010 年 9 月 29 日

"寓理帅气"杂议

参观位于奉化溪口的"蒋氏故居",在蒋经国居室报本堂的门额上有一块牌匾,上书"寓理帅气"四个大字。据介绍,这是1949年4月12日,蒋介石为蒋经国40岁生日亲笔题写,希望其能够"切己体察,卓然自强,不负所望"。

在溪口博物馆的展橱中,对"寓理帅气"作了如下解释:该词源出孟子一书,"寓"指包藏,"理"指道理,"帅"指统帅、支配,"气"指气质、感情。其大意是:要以内心的"理"来支配思想感情。笔者认为,这个"理"应该包括伦理、情理、道理、公理、法理、真理等所有象征公平正义、符合社会主流价值的内容。可进一步理解为,说话、做事要站在理上,不说无理之话,不做无理之事。

蒋介石作为一个独裁专权、脱离人民的"统帅",对其儿子还寄托了如此高的期望,真是出乎人们意料。蒋经国是蒋介石在政治上最信任的助手。在大陆期间,为挽救国民党败局,曾做过许多努力。如在上海开展"打虎"运动、在溪口反思国民党失败的原因教训,试图改造国民党,以扭转不利局面。但终因国民党腐烂透顶、失去民心,其所做努力均于事无补。到台湾后,尤其是子承父业当了"总统"之后,蒋经国确实做了许多让台湾民众赞许的事情。比如,始终坚持一个中国原则,承认自己是中国人,并为海峡两岸同胞交流往来做了许多有益的事情;其在位期间积极推动台湾经济迅速发展,使台湾成为"亚洲四小龙"之一;推动政治民主改革,解除戒严、开放党禁和报禁、开放民众赴大陆探亲等,深得台湾民众的拥护。这也许与其深受中华民族传统文化熏陶,铭记"寓理帅气"古训，依理行事、顺应民意密不可分。

蒋经国之后的继任者，分别是李登辉和陈水扁。这两位"总统"也许是受外来文化影响太深，不懂得"寓理帅气"的缘故，经常说一些不着边际的话、做一些无理取闹的事。诸如抛出"两国论""一边一国""互不隶属""台湾是个早已独立的国家"等数典忘祖、站不住脚的歪理邪说，搞得两岸关系紧张对立、兵凶战危，严重破坏海峡和平稳定，严重损害两岸人民切身利益。尤其是大律师出身的陈水扁，玩弄权术、不守法理、贪得无厌，已经到了厚颜无耻、天理难容的地步。最终，受到了法律的制裁。

俗话说"有理走遍天下，无理寸步难行"。无论台湾当局、台独分子抛出什么言论、玩弄什么花招，都改变不了世界上只有一个中国，台湾是中国领土不可分割的一部分的事实，祖国完全统一一定要实现，也一定能够实现。

写于 2010 年 12 月 15 日

焦大"骂"出了什么?

　　小说《红楼梦》中,对焦大醉骂一节描写得活灵活现、栩栩如生,令人击案称绝、过目难忘。某晚,焦大喝醉了,借着酒劲骂起街来。先是骂大总管赖二:"不公道,欺软怕硬,有了好差使就派别人,像这样黑更半夜送人的事就派我,没良心的王八羔子!"然后骂小主子贾蓉:"你别在焦大跟前使主子性儿。别说你这样儿的,就是你爹你爷爷,也不敢和焦大挺腰子!"最后直指主子贾珍:"我要往祠堂里哭太爷去。那里承望到如今生下这些畜生来!每日家偷鸡戏狗,爬灰的爬灰,养小叔子的养小叔子,我什么不知道?"

　　焦大骂出"这些没天日的话",至少反映出两个问题:一是贾府不仁不义,未按祖宗订的规矩,给焦大相应的优厚待遇。焦大是一个身处下层而又非同一般的老奴,他曾与宁荣二公出生入死、征战沙场,为国建功立业。而且,还舍生忘死救过主子,是个有恩于贾府的功臣。祖宗在时,贾府对焦大敬重有加,给予一定的特殊待遇。后来时过境迁,贾府的新主子们对风烛残年的焦大不理不睬,还时常派些脏活累活。因此,焦大心中不快,只好以酒浇愁、借酒发难。二是揭露了贾府上层骄奢淫逸、生活糜烂的丑恶现实。焦大口无遮拦,淋漓挥洒,尽意痛骂,反映出作为一个百年"钟鸣鼎食之家"礼仪道德沦丧、家政管理混乱不堪的局面。后来凤姐接手协理宁国府,指出府中的五项弊端,正好印证了这一点。"头一件,是人口混杂,遗失东西;第二件,事无专执,临期推诿;第三件,需用过费,滥支冒领;第四件,任无大小,苦乐不均;第五件,家人豪纵,有脸者不服约束,无脸者不能上进。"

如此看来，焦大所骂并非是"恶奴醉酒后的狂言"，而是道出了心中的委屈、是酒后吐出了真言。面对焦大正当合理的诉求，面对焦大不留情面、尖锐刺耳的批评？贾府采取的是强硬措施、高压政策。首先是暴力镇压，控制势态。"当众小厮见他撒野不堪了，上来几个，揪翻捆倒，拖到马圈里去，用土和马粪满满地填了一嘴。"其次是封锁消息，不得议论、不得传播。当宝玉问凤姐"什么是爬灰"时，凤姐立刻断喝："少胡说！你是什么样的人，不说没听见，还倒细问！"不难想象，其他在场人员谁若将此事通过报刊、网络、短信、微博等手段传扬出去，肯定会被割断舌头。最后是采用特殊手段，悄悄处理。焦大骂完以后去哪了？书中未做交代，给人以许多想象空间。

光阴荏苒，日月如梭。几百年过去了，大清朝灭亡了，贾府也早已树倒猢狲散了。然而，时下一些地方在对待"焦大们"正当合理的诉求时，在对待"焦大们"关心的焦点、热点问题时，仍然沿用着贾府的手段。

如何面对"焦大们"的中肯批评与合理诉求，是一个考验官员们的品德胸怀、能力素质的大问题。伟大的批评者往往是伟大的爱国者。正如鲁迅所言，焦大并非要打倒贾府，倒是要贾府好，是贾府中的屈原。"焦大们"的批评意见是一笔宝贵的财富。官员们应该有宽广的胸襟，听得进这些批评意见。民为邦本，本固邦宁。官员们还必须树立以人为本的执政理念，认真解决他们的合理诉求，真正维护他们的切身利益。决不能再干那些用马粪堵嘴、送精神病院、拘捕坐牢等无法无天的蠢事。否则，就会影响社会的和谐、稳定。

写于 2011 年 6 月 23 日

在法庭上看"足球"

近日，原中国足协要员受贿案，相继在辽宁铁岭、丹东两地中级人民法院开庭审理。昔日在中国足坛指点江山、呼风唤雨的大佬们，一张张肮脏贪婪的嘴脸，通过电视屏幕一一呈现在亿万观众的眼前。

这场足坛反赌扫黑"大赛"，将中国足球从令人养眼的绿茵场，搬到了庄严肃穆的公审法庭。从球员、教练员、裁判员，到足协官员、投资商、俱乐部经理等数十人将逐个登台亮相，上演一幕幕精彩的"贪腐大赛"。这些往日威风凛凛、霸气冲天的足坛要员，统一着灰色衣裤、桔黄色马甲，赛场上的激情活力已经荡然无存，写在脸上的是垂头丧气和痛苦忏悔。球场上巧妙的过人、精准的传带、大力的射门、奋勇的扑救，变成了冗长的指控、确凿的证据、激烈的辩护和庄严的审判。经过几天庭审，足坛腐烂之严重程度已初现端倪，中国足球十几年阳萎不给力的真相终于大白于天下。

在绿茵场上看足球，最大的看点是进球，最精彩的动作是传球；在法庭上看"足球"，最大的看点是收钱，最精彩的动作是"传钱"。庭审中使用最多的词汇是几万、几十万、几百万的数字。为了职位资格，为了取胜保级，为了赌球赢利，出资方大把大把地送钱；相关人员依职位高低、作用能量大小，按"贡献"分赃。得到好处的人员便各司其职，或假踢、或放水、或吹黑哨，或操控比赛，最终一定要达到出资方的满意。此时的绿茵场不再是竞技场，而是由某些人掌控的赌场、商场、交易场，一手交钱，一手交货，一把一算，不拖不赖。比赛的结果不是踢出来的，而是由"导演"们用心编导、足协要员们精心策划的。

在绿茵场上看足球，看到的是教练员处变不惊的修养风度，是裁判员公平公正的执法水平，是球员们相互间的关心友爱；在法庭上看"足球"则截然不同，展现给观众的是足协要员们道德底线的沦丧，是法纪观念的崩溃，是职业规则的混乱，是"狗咬狗两嘴毛"的交代，也是对"钱能通神""有钱能使鬼推磨"最精准的诠释。针对中国足球腐烂的现状，张建强案后陈辞："没有道德、没有规范、没有制度、没有制约、没有监督"；谢亚龙狱中吐露："在这个环境里，人慢慢变得麻木，丧失了警惕"。这不仅仅是他们个人人生的最大悲哀，更是中国足球最大的悲哀。

　　中国足球乱象丛生、沉疴已久，假球、黑哨、赌博日益猖獗、愈演愈烈，犹如一棵生长在肥沃土壤里的毒藤，"蔓粗叶茂""果实累累"。这次反赌扫黑涉及人员之多令人瞠目，案犯职位之高令人惊讶，教训极为深刻。但愿通过这次庄严的审判，能够查清病灶，对症下药，能够彻底铲除滋生腐败的土壤，医好足球乱象。

写于 2011 年 12 月 26 日

"眼花"还是"心瞎"?

近日，河南省三门峡市陕县法院判决一起造成 3 死 2 伤的交通肇事案件。在受害人家属没有得到任何赔偿的情况下，陕县法院以"被告人积极赔偿受害人家属"为由，对肇事司机"减轻处罚"，判决有期徒刑两年。事后，该院刑事审判庭副庭长称自己当时"眼睛花"，才将案子判错了。

天下之大无奇不有。"眼睛花"竟然成了判错案子的借口，真是令人啼笑皆非。近年来，媒体上披露的司法机关因权力错位而闹出的"洋相"并不少见。在网上随便搜索一下就能找到许多例子。如，湖北省京山县的佘祥林，因妻子患精神病走失，被当地法院认定涉嫌杀害妻子，判处有期徒刑 15 年。在服刑十多年后，其"亡妻"突然复活，佘被无罪释放，事件轰动全国。如此人命关天的大事，由这些"老眼昏花"的人来裁决，着实让人捏一把汗。

上述司法界的"奇闻趣事"，舆论多有评判，或批评、或讽刺、或担心，为庄严的司法平添了许多谈资。街谈巷议之中，老百姓最关心的是司法公正，最忧虑的是法官素质，最痛恨的是枉法判决。时下，在个别司法机关、在少数法官眼里，法律是什么？答案恐怕不止一个。在个别司法机关，法律是一块可塑性极强的橡皮泥，想捏成什么形状就捏成什么形状，既能指鹿为马，也能颠倒黑白；在个别领导手里，法律是侵害群众利益的尚方宝剑，无论是"强拆""截访"，还是欺压百姓、胡作非为，司法机关都要奋勇当先，维护领导权威；在个别法官手里，法律是以权谋私的主要工具，可以利用审判权力，大办人情案、关系案、金钱案，贪赃枉法、中饱私囊。据媒体披露，"眼花判案"的原审中就有三大错误：一是将被告人"尚未赔偿",表述为"积极赔偿";二是将被告人应承担"全部责任",表述为"主要责任";三是将被告人有自首情节可"从轻处罚",表述为"减轻处罚"。几个关键字词的变动,改变了案件的性质,这"眼睛花"得可真有水平。

公正是法官心中的太阳。法官失去了公正就等于失去了光明。在漆黑一团的暗室中判案,认不清事实,看不见证据,定不准性质,更不可能作出公正的判决。与其说是"眼花",不如说是"心瞎"。"眼花"尚可矫正,"心瞎"则无可救药。让这样的法官执掌生死大权,太可怕了。

写于 2012 年 4 月 24 日

可贵的"羞愧感"

"人从宋后羞名桧，我到坟前愧姓秦！"这是清代第 43 位状元秦大士在岳王坟前留下的一副传世佳联。作为秦氏家族的后人，面对西湖岸边长跪于岳飞墓前的秦桧夫妇塑像，面对先人卖国求荣、陷害忠良的恶名，秦大士不隐瞒、不抵赖、不护短，而是怀着羞愧之心以联明志，牢记耻辱、勇于担当。用自身的品德、才华和能力，来弥补先人的罪过。秦大士才高八斗，为官清廉，一生中做了许多造福百姓的好事，至今仍被传为佳话。

"羞愧感"是人们对罪恶的忏悔、错误的反省、过失的自责，是良知的自我觉醒，是社会发展进步的正能量。无论是谁，在历史的发展进程中，都难免做出一些不光彩、不体面、不完美的事情。面对先人们在历史上留下的缺憾，作为继承者应该胸怀羞愧之心、忏悔之意，深刻反省，努力弥补过错，知耻而后勇。二战结束后，德国人一直在进行着去纳粹化行动，认真反省战争的罪行。多位领导人都曾发表讲话，向在二战中惨遭纳粹屠杀和迫害的国家和人民道歉。两位总理先后到波兰和以色列，在死难的犹太人纪念碑前下跪，请求宽恕，并勇敢地承认，这段历史无论是现在还是将来，都是我们全体德国人的耻辱。他们以法律形式规定，凡喊纳粹口号、打纳粹旗帜、戴纳粹标志均属违法，都要给予刑事处罚。德国人用真诚和行动感动了世界。与此相反，同样在二战中犯下滔天罪行的日本，对战争责任态度冥顽，毫无忏悔之意，遭到饱受战争创伤、爱好和平人民的强烈谴责。历史不能回避，耻辱难以洗刷，不接受历史，不承担责任，迟早会受到惩罚。

羞愧感是可贵的，能够催生强烈的自省意识、自励意识和责任意识。

现任中国黄帝陵基金会会长孙天义，是东陵大盗孙殿英的儿子。生活在东陵大盗的阴影下，他心怀羞愧、深刻反省，刻苦学习、自强不息，最终成为一代学人。孙天义曾任西安外国语学院院长，现任中国翻译工作者协会副会长、中国教育国际交流协会副会长、中国英语教学研究会常务理事、政协陕西省委员会副主席等职。在文物保护方面，孙天义尽职尽责，是名副其实的专家，为黄帝陵的维修保护做出了杰出贡献。父亲盗陵遗臭万年，儿子守陵功德无量。孙天义以羞愧之心直面父辈的滔天之罪，自警自励，奋发有为，用真诚和行动弥补着父辈的过错，赢得了社会各界的认可与尊重。

为人处世知羞愧，才不致失尊严；为官从政知羞愧，才不致辱官德。金无足赤，人无完人。无论任务完成得多么圆满，也会留下改进的空间；无论作出的成绩多么辉煌，也会存在不如意的地方。面对社会上诸多矛盾和问题，领导干部应有羞愧之感，在成绩面前常怀进取之志，在赞扬声中保持清醒头脑，在差距面前自觉扬鞭奋蹄，在过失面前努力痛改前非。党的群众路线教育提出了"照镜子、正衣冠、洗洗澡、治治病"的总要求。就是让党员干部认真查找一下自己在官僚主义、形式主义、享乐主义和奢靡之风等方面存在的问题，哪些方面有差距需赶上，哪些方面做错了愧对于党、愧对于民。只有自警、自省及时整改缺点和问题，才能少走弯路，少犯错误。否则，等进了监狱再痛哭流涕请求宽恕，恐怕为时已晚。

写于 2014 年 4 月 17 日

教师晒礼品，好大的胆子

今天是个好日子，既是国庆节，也是教师节。正当人们分享双节的喜庆欢乐之时，一条与节日氛围十分不和谐的新闻上了头条热榜。那就是河南周口一名教师，在朋友圈里晒出了教师节收到学生送的礼物，包括月饼、饮料和鲜花等等。

该问题被举报到当地教育局后，教育局回应称："不该收，将处理。"无疑，教育局这个态度是正确的。

人民教师是公职人员，应该严格遵守廉洁自律准则，严格落实中央八项规定精神，严格遵守人民教师的行为规范。这个教师收到的礼物虽然价值不高，但其行为侵犯了人民教师这一职务的廉洁性，违反了纪律要求，造成了不良影响，受到处理完全是咎由自取。

作为人民教师，理应对相关纪律要求有所了解、有所遵守、有所畏惧。那么这个教师为什么竟敢如此大胆的收礼，又如此大胆地把收到的礼物晒到朋友圈里泥？真是令人匪夷所思！

通过这件小事，至少暴露了以下问题。一是暴露了个别地方的教育系统履行全面从严治党责任不力，落实中央八项规定精神不严，纠"四风"树新风不彻底、不到位，教师与学生之间的"清亲"关系尚未建立起来，歪风邪气尚未刹住，作风建设依然任重道远。

二是暴露了个别教师法纪意识淡薄、自律意识不强。有的思想麻痹，认为收点小礼物，价值不高，够不上违纪，组织不能把我怎么样。于是便利用招生考试、评优评奖、选拔班干部等权力，收受礼物、捞取好处，有的甚至在全面从严治党越来越严的情况下，仍然不收敛、不收手、顶风违纪。

三是暴露了部分学生家长的思想认识存在偏差。曾经听到一个学生家长发牢骚：逢年过节都要给老师送礼，除了清明节不送，基本上是逢节必送。有的学生家长认为别人送了，自己不送，孩子就会遭到不公正的待遇，轻则受到讽刺挖苦、重则遭到打击报复，担心孩子输在起跑线上，因此就相互攀比、随波逐流，争相送礼。

作风建设永远在路上。整治教育系统不正之风，相关职能部门有责任、教师有责任、学生家长也有责任。作为人民教师，肩负着教书育人的神圣使命，必须恪守职业道德，自觉为人师表，弘扬正气，淡泊名利，廉洁从教，自觉抵制歪风邪气，自觉营造风清气正的教育环境。

写于 2022 年 9 月 11 日

当世界杯遇上李铁，我们该看谁？

近日，第 22 届世界杯正在西亚小国卡塔尔热火朝天地举行。"微头条小秘书"三番五次发来信息，要求和广大球迷一起畅聊世界杯的相关话题。

说句实在话，接到这个邀请感到心里十分沉重。本人从小喜欢足球，不但喜欢看球，而且还喜欢踢球。但是，随着年龄的增长，随着中国足球的不争气，这种兴趣爱好渐渐地消失了。但是对足球相关信息还是保持了热情的关注。

最近，原中国足球队主教练李铁东窗事发了。李铁出了什么事？据说和非法敛财有关，而且数额巨大。一个足球人、曾经的国家足球队主教练，不安心足球事业，而是把主要精力放在经商做买卖、非法敛财、疯狂捞钱上，难怪中国足球一直萎靡不振，连亚洲都冲不出去，更别提参加世界杯了。

随着李铁事件的持续发酵，正在拔出萝卜带出泥，相关涉案人员都是足球业内人士，都和非法捞钱有关。正如著名足球评论员刘建宏所说，中国足球的一些从业人员都在搞钱，运动员搞钱，教练搞钱，俱乐部老板搞钱，足协的官员搞钱，整个足球产业链上的人都在搞钱。这也就难怪中国足球几十年来一直萎靡不振、始终爬不起来了！

记得十年前，中国足坛刮起一场反腐扫黑风暴。原中国足坛数十名官员、球员、教练员、俱乐部人员、投资商人等，相继在辽宁铁岭、丹东等地人民法院接受审判。中国足协将足球从绿茵场踢到了庄严的人民法庭。司法机关将涉案人员一张张贪婪的嘴脸公之于众，也将中国足球几十年阳痿不给力的原因大白于天下。

・・・

　　十年过去了，中国足球仍然不见起色。正当世界杯开赛之际，李铁又被带走调查，对于广大球迷来说，心里肯定不是滋味。如果不出意外的话，李铁等人的严重违法问题，一定会用司法途径解决。到时候，我们又将在法庭上看"足球"了，中国足球发展不好的原因或许能够再次露出一些端倪。

　　　　　　　　　　　　　　　　　　　　　写于 2022 年 12 月 1 日

对春晚的无奈与期待

春晚作为央视每年除夕之夜为庆祝新年而举办的综合性文艺晚会，迄今已有 40 余年。晚会涵盖小品、歌曲、歌舞、杂技、魔术、戏曲、相声等多种艺术形式，把现场和电视机前的观众带入到狂欢之中，打造 " 普天同庆，盛世欢歌 " 的节日景象，是全国亿万观众除夕之夜不可或缺的一桌大餐，给人们带来了无穷的喜乐和欢乐。

然而，近几年的春晚节目，观众议论颇多。从网络舆情上看，表扬的少、批评的多。有的节目甚至差评如潮，不断被网友吐槽，遭到讽刺、挖苦和戏谑。

出现这种情况，原因恐怕是多方面的。一是随着社会的发展进步，人们从手机、电脑等现代通信设备中能够获取各种各样的文化信息，享受各种各样的文化娱乐产品，观众的欣赏水平、鉴别能力得到普遍提高，对春晚的期待也越来越高。二是随着社会成员的多元化，人们在精神文化需求上也呈现出多元化，对同一个节目、同一个作品的评判标准各持己见，有说的好，有说的差，出现不同声音也很正常。三是参与春晚节目的演职人员努力不够，没有创作出足够优秀的作品、没有编排出足够优秀的节目、没有留下能够传承下来值得回味的内容。

笔者认为，近几年的春晚节目，主要是缺少能够给观众留下深刻印象的精品力作。春晚过后，几乎没有几支歌曲传唱大江南北，没有几个相声小品群众喜闻乐见，没有几句台词成为社会流行语。人们在四个多小时的煎熬中，除了感受到舞台上红红火火的热闹喜庆氛围外，脑海里却是一片空白。没有记住一曲过耳难忘的旋律，没有记住一句触动笑点的台词。下了挺大功夫编排的一台晚会，看一遍就不想再看第二遍，成了一次性使用的"尿不湿"，用完就扔了，实在是太可惜、太浪费社会资源了。

　　春晚作为深受观众喜爱的传统节目，是文艺界的顶级盛会，播出之后至少应该给观众留点什么。或是一支能够久唱不衰的歌曲，或是一场能够百看不厌的舞蹈，或是一个能够令人捧腹大笑的小品、相声，哪怕是一段能够过耳难忘的旋律、一句能够触动笑点的台词也行。然而，近几年的春晚，似乎什么也没有留下，人们总是在热切的期待中，等来的却是无奈和失望。

　　面对十几亿观众的殷切期待，春晚还须努力、还须加油。每年应该把最优秀的创作内容、最优秀的演艺人员、最优秀的舞台效果展现在观众面前，让人们在迎接新年的喜庆氛围中，一起分享这场精神盛宴。

写于 2023 年 1 月 25 日

笔下留德，请不要在受害人的伤口上撒盐！

2月24日凌晨，有媒体披露，江西省赣州市安远县县长李某某，日前因涉嫌侵犯一名中央和国家机关在安远县挂职的女干部，被停止职务。

李县长何许人也，竟敢如此色胆包天？相关资料显示，李某某1982年出生，江西省吉安市新干县人，2021年任安远县委副书记、县长，负责县政府全面工作。分管财政局、审计局，负责县政府党组的党建、党风廉政建设和意识形态工作。一个负责党的建设、党的纪律检查工作的领导干部，竟敢冒天下之大不韪，侵犯中央和国家机关委派挂职的女干部，真是胆大妄为，无法无天！

消息发布后，一石激起千层浪。诸多网友义愤填膺，用手中如椽巨笔，对李秋平色胆包天、荒淫无耻的行径进行口诛笔伐。一致要求纪检监察部门和公安司法机关，对李某某侵犯挂职女干部事件，依法依纪严查严办，快查快办，从重处理。同时，还要查一查李某某在坚定理想信念，遵守政治纪律和政治规矩，遵守组织纪律、廉洁自律、群众纪律，以及领导作风、工作作风、生活作风等方面存在的其他问题，决不能避重就轻、官官相护，决不能轻描淡写、就事论事，决不能大事化小、小事化了，一定要给社会一个满意交代。这充分体现了广大网友对李某某无耻行为的痛恨，体现了人民群众对公平正义的呼声！

然而，在讨伐李某某的檄文中，个别网友将新闻稿中使用的"侵犯"二字，改为"性侵"，直接给该问题定了性，加重了受害者的心灵创伤。"侵犯"的司法解释是指侵犯公民的人身权利、民主权力，侵犯他人生命、人生、财产等行为，包括财产侵犯、利益侵犯、名誉侵犯、身体侵犯、性侵犯等，而"性侵"只有一种解释。因此，在未获得事实真相的情况下，对新闻稿中使用的关键词还是不要更改为好。

还有网友将受害者的身材、相貌、毕业院校、工作经历，以及脸部打了马赛克的照片等信息嵌入讨伐檄文之中，用来强化文章效果。这种写法从增强文章感染力上无可厚非。但是，这种写法有无考虑受害者的处境及其自身感受？如果将相关信息继续"挖"下去，受害者的身份岂不是公之于天下，搞得人尽皆知，这样不就等于往受害者的伤口上撒了一把盐、浇了一碗油吗？

保护受害者的隐私权是各级纪检监察部门、公安司法机关不可推卸的责任，也是新闻媒体、采编人员、包括网络作者应尽的义务。希望各位网友笔下留德，千万不要使受害者再次受到伤害！

写于 2023 年 2 月 25 日

一张"悬赏通告"，为何会引发网络热议？

3月6日，由河南省开封市禹王台区监委、公安分局联合发布的一张"悬赏通告"成了舆论焦点、引发了网络热议。众所周知，悬赏通缉犯罪嫌疑人，是纪检监察、公安司法等办案机关的常用手段。为什么这张普通的"悬赏通告"会引起网友如此关注？笔者认为至少有以下几个原因：

一是被通缉人的身份很特殊。据悉，被通缉的犯罪嫌疑人曾经担任过兰考县纪委副书记、兰考县政法委副书记、兰考县法学会副会长。犯罪嫌疑人从事着教育监督惩处违纪党员干部、违法犯罪人员的工作，本应具有很强的自身免疫力。但是犯罪嫌疑人却知法犯法、知纪违纪，而且采取潜逃的方式企图逃避法纪责任，岂不遭人嘲笑、遭人痛恨。纪检政法干部犯错误，具有放大效应，往往危害更大、影响更恶劣。一个长期从事党的纪检、政法工作的领导干部被悬赏捉拿，听起来就是个笑话，必然会引起网民的兴趣和关注。

二是案件发生的地点很敏感。河南省兰考县，多么响亮的名字，几乎无人不知、无人不晓。这是县委书记的榜样、党的好干部、人民的好公仆焦裕禄同志工作和生活过的地方。

当年焦裕禄同志带领全县干部群众种泡桐、抗风沙、战内涝、治盐碱，与深重的自然灾害进行顽强斗争，改变了兰考县贫困落后的面貌，成为发扬自力更生、艰苦奋斗精神的典范，是全国学习的榜样。如今却发生了严重的、大面积的贪腐问题，怎能不令人痛心疾首、令人扼腕叹息！因此，引起网民关注和热议是必然的。

三是通缉令发出的时间节点很关键。这是在全国纪检监察干部队伍开展教育整顿后，发出的对象是纪检监察干部的第一张通缉令。对各级纪检监察机关如何开展教育整顿，铸就政治忠诚、健全严管体系、增强斗争本领，确保党和人民赋予的权力不被滥用、惩恶扬善的利剑永不蒙尘；如何以刀刃向内的自我革命精神，清除纪检监察队伍中的腐败分子、害群之马，查处"两面人"、防治"灯下黑"；如何打造忠诚干净担当、敢于善于斗争的纪检监察铁军，具有强烈的教育警醒和示范效应。

　　四是被通缉人涉案问题很模糊。目前各类信息的说法不一。有说借债不还的，有说嗜赌成性的，有说收钱不办事的，有说滥用职权谋取私利的，等等。另外，为什么要潜逃，是怎么潜逃的，期间是否涉及相关人员泄露案情、通风报信等问题，网友们也期盼官方有个解释说法。但愿办案机关能够尽快将犯罪嫌疑人捉拿归案，通过司法审判给社会、给网友一个明确的交代。

写于 2023 年 3 月 7 日

我为农民说句话

我修过机场，却没坐过飞机；我修过铁路，却没坐过火车；我盖过无数的高楼大厦，却没住过一天楼房。这诗一般的语言，道出了一个参加过重大工程建设、一个农民工打工者的苦闷、无奈和期盼！由此，想起宋代诗人张俞的一首诗《蚕妇》："昨日入城市，归来泪满巾。遍身罗绮者，不是养蚕人。"历史上，在历代封建统治下，农民一直处在社会的最底层，干着最苦最累的活计，过着水深火热的日子。

新中国成立后，农民和工人、知识分子一样成了国家的主人。在政治上享有平等的地位，在上学、医疗、社会保障等方面享有平等的权利。尤其是在脱贫攻坚中，党和政府实施"两不愁，三保障"政策，使广大农民吃不愁、穿不愁，义务教育、基本医疗、住房安全有了保障。完成了整体脱贫，实现全面建成小康社会的目标。然而，现实生活中，在农村发展建设上仍然存在许多亟待解决的问题。"三农"仍然是各级政府绕不开的话题。

2000年2月10日，湖北省监利县棋盘乡党委书记李昌平，致信时任国务院总理朱镕基，反映"农民真苦，农村真穷，农业真危险！"等问题。当年春节，该乡角湖村农民李开明老人贴出一副春联："辛辛苦苦三百天，洒尽汗水责任田；亩产千斤收成好，年终结算亏本钱。"这副春联道出了农民种田——亏本赚吆喝的艰辛和无奈。

20多年过去了，"三农"问题解决了吗？我感觉还是没有彻底解决！一方面，在东南沿海地区，农村发生了翻天覆地的变化。农民盖洋房、开汽车，经商办企业，大把大把挣钱，日子过得红红火火。另一方面，在西北部个别经济欠发达地区，如何解决"三农"面临的新情况、新问题，是乡村振兴的关键，是各级政府不可推卸的责任。

应当承认，在解决"三农"问题方面，各级政府想了很多办法，采取了很多措施，做了大量工作，取得了很大成效。比如取消农业税、发放种粮补贴等。这些做法对解决"三农"问题，对减轻农民负担、增加农民收入起到了重要作用，但还需要进一步采取措施、加大力度。

笔者认为，实施乡村振兴的前提条件是要有乡村、有农民，彻底解决村庄荒废、土地撂荒、农民流失等问题。要出台切实可行的"稳农、惠农、富农"政策，吸引流失农民回归农村。做到村庄有炊烟，田中有耕作，集市有买卖，家家有生机，户户有欢乐。眼下，当务之急就是要解决种田亏本问题，想方设法让农民从种田中获得较好的回报，过上安稳的日子。

要积极响应习近平总书记提出的"中国人的饭碗要装自己的粮食"的号召，合理安排农林牧副渔产业比重，统筹退林还耕、退荒还耕，扩大粮食种植面积，努力增产增收，适当提高粮食和农副产品价格，使农民在自己责任田里获得的收入，能够过上富足安稳日子，如此才能改变农村面貌、实现乡村振兴。

写于 2023 年 3 月 13 日

第三章

散文游记

为了十七张凭证

　　今年 8 月中旬的一天，为了查证一个经济违纪线索，我和同事张大姐、高大姐一起来到云南省昆明市官渡区邮电局，查取 17 张汇款凭证。在昆明市纪委和邮电局保卫干部的陪同下，我们来到邮电局档案室。听我们说明来意后，一位工作人员说："我们每年收到的汇款凭证有十几万张，从 1996 年到现在装了 100 多个麻袋呢。现在邮局刚搬家，档案室材料都未上架，100 多个麻袋堆在地上，从中查十几张汇款凭证，这不是大海捞针吗？就你们几个人，3 天也干不完！"

　　面对意想不到的困难，我们没有畏惧。根据收款人的地址属王大桥支局所辖这一重要线索，我们做了分工：我身强体壮，负责搬找麻袋；张大姐和高大姐负责查找汇款凭证。就这样，我们从早晨 8 点一直干到中午 12 点，才从 100 多个堆积如山的麻袋中，找出了 36 个王大桥支局的麻袋。虽然昆明有春城之美誉，即使是三伏天也没有酷暑，但此时的我，已累得气喘如牛、汗流浃背了。回头看看两位大姐，她们仍在聚精会神地飞快翻动一页页汇款单，捕捉着目标。一上午时间，她们只查完了 7 个麻袋，找出 4 张汇款凭证。照此速度，下午的任务就更艰巨了。

　　翻找汇款单是一件很枯燥乏味的活儿，人坐在那里，像机器一样不断地重复同样的动作，时间长了，就会感到颈酸腰疼、头昏脑胀。午饭时，大家累得没有了食欲，话都不想说了。高大姐的腰原来就有伤，一个姿势坐久了，感到腰疼乏力。开始时她还能忍着，后来实在忍不住了，眼泪便扑簌簌地流了出来。张大姐一边为其按摩止痛，一边劝慰她。见此情景，我的鼻子酸酸的，心里挺难受。

抓紧时间吃过午饭后，大家又接着干上了。张大姐为了活跃一下气氛，调动大家的积极性，说要开展劳动竞赛，看谁翻的麻袋多，找到的凭证多，但绝对不能因图快而有疏漏。于是，大家又埋下头去，在一堆堆、一摞摞的汇款单里继续一丝不苟地翻找着，谁也不敢有半点马虎。两个小时过去了，我终于找到了一张，心情非常激动，兴奋得想直起腰来庆贺一番。一抬头，突然感到头晕眼花，一阵恶心，竟呕吐起来。两位大姐赶忙放下手中的活儿，为我端来冷水，让我漱口、擦脸，劝我休息一会儿。我稍微放松一下，便又和她们一块干了起来。

那天，我们一直干到晚上7点多钟，终于在36个麻袋里的十几万张汇款单中，找到了我们要找的那17张汇款凭证。此时，大家激动得忘记了因紧张劳累而引起的恶心，忘记了腰酸臂疼的痛苦。

翻找汇款凭证只是我们这次调查取证工作中的一件小事。但就在这貌似平凡、简单的小事中，我却深深地体会到了人们平时所说的纪检干部要具备吃苦和奉献精神这句话的含义。

《中国纪检监察报》1998年10月1日第四版

小姐拉我买文凭

下班回家，途经东直门桥。正当我奋力将自行车推上最后一步台阶时，一位衣着并不入时操着外地口音的小姐突然拉住我的衣襟，小声问："大哥，买文凭吗？"乍一听，我有些愕然，以为是自己的耳朵不好使，听错了。我赶紧追问："卖什么？"小姐低沉而有力地回答："卖文凭，您要吗？"这回听清楚了，真的是卖文凭！

出于好奇，我煞有介事地说："还真没上过大学，但是，这买的文凭有用吗？""怎么没用，出国留学找工作，升官调级涨工资，都用得上。"小姐说这些话，理直气壮像连珠炮似的。见我搭了腔，一下子围过来好几个小姐的同伙。这个说，昨天一位女士急着去美国，苦于自己的文凭低，从我们这买了个本科文凭走了；那个说，前几天一位先生想到外企工作，从我们这买了个硕研文凭走了。听她说"硕研"二字的专业劲儿，好像她就是研究生的导师。

我接着问："怎么个卖法呢？"小姐爽快地说："这要根据学历和学校的知名度而定。一般是大专三百、本科五百、名牌大学的文凭卖一千元。""名牌大学都有哪些呢？"小姐如数家珍似的说："国内有清华、北大的，国外有牛津、剑桥的，还有哈佛大学的。"看来这些造假者胆子真大，什么文凭都能造，什么文凭都敢造。我在为此感到惊讶的同时，顺便跟她开了句玩笑："那你就是国际联合大学的校长喽。"小姐不好意思地笑了笑。

我又问："干你们这行有风险吗？"小姐说："风险挺大的，逮着后要受重罚。但是请您放心，我们组织得比较严密，有放哨的，有拉线的，一般不会出什么问题。"

见我问这问那，小姐有点着急了，催问道："大哥您买不买？"我说："今天有点急事，明天再说吧。"小姐顿时感到很失望，好像自言自语。又好像在告诉我："明天我还在这桥上。"

我一边往家走，一边想：这些年什么假货都有，太可怕了。前几年一些单位生产的假农药、假种子造成了坑农、害农事件；近几年一些不法分子生产销售的假酒，上演了一幕幕致人伤亡的悲剧。眼下这假文凭又变为"商品"汇入了市场大潮，但愿它不会掀起什么恶浪。

《杂文报》1999 年 7 月 2 日第四版

"献血"

　　某公司召开义务献血动员大会。公司总经理做动员报告。他在大讲特讲义务献血的重大意义之后，号召公司全体员工要发扬以下三种精神：一是要发扬革命英雄主义精神，以大无畏的英雄气概克服紧张害怕的心理，积极勇敢地参加这次义务献血活动；二是要发扬干部带头的精神，各级领导干部要以身作则、率先垂范，为员工做出好样子，并当场宣布公司的三位领导全都参加义务献血；三是要发扬团结友爱的精神，要体谅照顾老弱病残的同志，年轻力壮的要往前靠，对献血的同志在工作上要给予照顾、生活上给予关心、困难上给予帮助。

　　散会之后，各科室按公司分配的指标，经过认真地研究讨论，确定了参加体检的人员。从上报的名单中看，还真符合公司的精神，大多是科室领导带着刚来公司不久的年轻力壮的年青人。有所不同的是，各科室所雇用的临时工作为替补队员列在了名单的下边。

　　翌日清晨，公司的三位领导乘三辆高级轿车开道，科室人员分乘两辆豪华大客车浩浩荡荡奔采血中心而来。在体检采血样的过程中，除一名科长因心理紧张而虚脱，没有采出足够的血样之外，其他人员均顺利完成体检。在等待化验结果的时间里，公司领导深入群众，登上了大客车和大家东拉西扯地聊起天来。平时少言寡语的总经理一改往日严肃的面孔，给大家讲起献血的常识和补血的知识。正当他谈兴正浓时，手机突然嘀嘀地叫了起来。话筒里传来当医生的夫人的关切询问："效果怎么样，合格了吗？"总经理用极低的声音回答："结果还没出来，我们正在等待。"

　　大约一个小时以后，所有的化验结果都出来了。医务室贾主任十分庄严地宣布了合格人员的名单。结果是 17 名替补队员和 3 名刚来公司不久的年青人"金榜高中"，公司和各科室的领导全都"名落孙山"。

返回的路上，车厢里简直成了话务室，手机、BP 机嘀嘀地响个不停。张科长对着手机喊："乌鸡不要炖了。"李主任冲着话筒说："甲鱼就不要买了。"……

回到公司，已是下班时间。为了表示对献血同志的关心，工会主席把献过血的同志召集到一块，十分关切地叮嘱："回家的路上要小心，要注意安全，骑车要悠着点，不要着急，实在不行就推着走吧。"说完，他钻进小轿车，向大家摆了摆手，"屁股"一冒烟，冲出了公司大门。

《中国纪检监察报》2000 年 1 月 29 日第四版

"豪华"梦

穷酸了大半辈子，与豪华二字向来没沾过边。这次到海南岛旅游了一趟，享受了几天所谓的豪华待遇。

承办这次组团任务的是北京某国际旅行社。据该社一位姓王的经理介绍，他们是专门接待国际旅游团体的，有很强的实力。这次组织"海南—三亚—南山"五天四晚豪华游，条件好，标准高。坐的是大型豪华空调车，住的是三星以上级别的宾馆，吃的是生猛海鲜名优特产，有一流的景点、一流的导游、一流的服务。保证让大家游得高兴，玩得开心。有了王经理这番掷地有声的承诺，我心里着实美滋滋的，竟高兴得半宿没睡好觉。

第二天，经过三个多小时的空中飞行，于下午三点钟抵达海口，一位姓夏的导游将我们领上了所谓的豪华旅游车。一进车门，就见几只苍蝇到处乱飞，导游说这是司机师傅养的宠物，请大家手下留情。车子开动了，但没走几步，又停下了。司机说排风扇坏了，得去修车。司机把我们摆在路边，等到晚上八点多钟车才修好，下午的计划全泡了汤。此时，大家已是饥肠辘辘，怨气冲天。导游只好领大家到酒店，先把肚子"摆平"。晚饭吃的是家常便饭，最后，上了一道粉丝炖虾皮，我想这可能就是王经理承诺的海味吧！但看那盛菜的砂锅满身污垢，谁也没敢动筷子。到达第一个宿营地，已是晚上十一点多钟了。拿到房间钥匙，打开门，一股浊气扑面而来，无数只蚊子嗡嗡作响。见此情形，只好打开空调，调到最低档，把蚊子冻一冻，然后冲冲澡，准备睡觉。可是一掀开被单不禁令人作呕，一片片斑痕点点、五彩缤纷的图案令人恐惧和不安。我索性撤掉被褥，躺在床垫子上，这一夜感到浑身"牙碜"。翌日早餐是袖珍型的，只有一碟榨菜，几种小面点，害得大家叫苦不迭。

接下来几天的旅行生活和第一天的情形相差无几。好在导游的嘴还算乖巧，无论出了什么问题他都能及时解释和道歉。比如：汽车的轮胎坏了，导游说大家海南之行的收获太丰厚了，将轮胎给压爆了。沿途上导游还不时地给大家讲几句灰色的笑话儿。什么"不到海南岛，不知道身子骨不好啦！"什么"天天做新郎，夜夜入洞房啦！"等等。总体来说，这次旅游是行车时间没有修车时间长，看景点的时间没有购物的时间长，导游向大家介绍风土人情的时间没有赔礼道歉的时间长。倘若不是海南的自然风光确实旖旎迷人，还真要后悔半辈子呢！

五天四晚的"豪华"游，使我感到身心疲惫，狼狈不堪。回到家里，妻子端详了好半天，望着面容憔悴的我，好像不认识了。"不是出去旅游吗？怎么搞成这个模样回来了？"见我没搭腔，妻子又说："听说那边挺开放的，是不是干坏事儿了？"面对妻子疑虑的目光，我无言以对。

啊！豪华，原来是个梦。

《法制日报》2000 年 7 月 5 日第七版

怀念"乖乖"

20 天前，乖乖因误吃了鼠药，死了。它死得很突然，也很痛苦，全家人都十分悲伤。儿子三天没吃饭，眼睛都哭肿了；妻子在单位得到了消息，当时就泪流不止，任凭同事们怎么劝说，都不管用；儿子哽咽着将这个不幸的消息用电话告诉了我，我先是为之一震，后来，感到心里沉甸甸的，有一种说不出的痛。

4 年前，我从朋友家抱来一只小狼狗。儿子见了，高兴得跳了起来。取个什么名字呢，妻子说："看它长得虎头虎脑的，就叫它虎头吧。"儿子说："不，我看它挺机灵、挺听话的，就叫它乖乖吧。"从此，乖乖就成了我们家庭中的一员。

乖乖从小就很听话，记性也特别好，教它的事儿，两三次就记住了。吃饭时不许它来回乱窜，它就老老实实地卧在饭桌旁，用乞求的眼光望着我们。给则吃，不给则馋得流口水。不管饥也好，饱也好，向来不偷嘴吃。前年中秋节，妻子贡兔爷，在院子里放了一只小方桌。桌上摆满了葡萄、苹果、月饼等好吃的东西。乖乖在桌子边整整趴了一夜，口水流了一地，但桌子上的东西一点也没有动。

随着时间的推移，乖乖渐渐地长大了，也懂事了。不但能听懂握手、敬礼、再见等礼貌用语，而且还会看人的脸色行事儿。当你不顺心愁眉苦脸时，乖乖就趴在地上一动不动或者是用同情的目光望着你；当你满脸喜色兴高采烈时，乖乖就摆着尾巴，围着你左转右转，或舔舔你的手，或者是用两只前爪抱住你的一条腿，不让你走动。一次，一个同学来家做客，聊到晚上该散步的时间了。这时，乖乖走进门来，用请示的眼神望着我。

我明白了它的来意，扭头看了看我的同学，意思是今天有客人不能散步了。没想到乖乖误解了我的意思，上前叼住客人的裤角就往外拽。我急忙过去解围。客人吓了一头汗，听我解释原因后，他不但没有怪罪，反而抚摸着乖乖的头夸奖说："你真聪明！"

乖乖走了，带着全家人的思念走了。一天早晨，儿子含着眼泪对我说："爸爸，我梦见乖乖了。"我劝慰儿子说："不要再想它了，该忘掉就忘掉吧！"其实，那天夜里我也梦见了乖乖。

《生活时报》2000 年 7 月 8 日

遭遇"尾随"

那天下午，我准备外出办事儿。正当我走出办公大楼的时候，迎面走来了因经济问题被我们查处过的李某。只见他双手捧着一包用报纸包裹形似两块方砖大小的东西，沿着墙根朝办公楼方向走来。我下意识地用眼的余光瞟了他一眼，便径直朝外走去。

没走几步，我忽然听到身后有急促的脚步声。回头一看，发现李某尾随而来，而且离我只有十来米远。开始，我以为他是忘了什么事，凑巧跟我顺路返回。但走出200多米以后，他仍然和我保持着十来米的距离，不见拐弯。我心里琢磨，恐怕是"跟者不善"吧！

这时，我的脑海里浮现出和他几次谈话时交锋的画面：面对胡搅蛮缠、死不认账的李某，我曾晓之以理、动之以情，做耐心细致的思想工作；也曾以充分有力的证据点破他的问题；也曾对其口出狂言、蔑视纪检干部的行为，拍案而起，给予义正词严的还击。几个回合下来，李某对我是怀恨在心。

问题处理后，他对我更是耿耿于怀，并扬言要找我练一练，要杀我的全家，等等。此刻，对李某尾随我的目的我心里没底。他到底是要找我理论理论，还是要伺机报复呢？我暗暗下了决心，一定要随机应变、沉着应战。

走了大约有400米，李某仍在紧紧地跟着我。我心里想，必须尽快摆脱这种尴尬的局面。当时我有几种考虑：一是加快步伐将他甩掉，二是找个借口走进办公区。但是，如果这样做，他会以为我害怕，他就会更加嚣张。后来，我心生一计，决定变被动为主动，给他来个出其不意、措手不及，看他有何反应。走着走着，我蓦然一转身，站住了，两只眼睛死死地盯住了对方。李某面对这突如其来的举动，心里没有防备，脚步有些慌乱，不由自主地站在了离我只有五米远的地方。开始，他的目光很凶，极具挑衅意味，好像残忍的恶狼遇见了弱小的羔羊。面对凶狠的目光，我没有丝毫的畏惧，一直用审视的目光直直地注视着他，意思是：你想干什么？三秒、五秒、二十秒，双方的目光仍牢牢地交织在一起，互不退让。大约三十秒钟后，我发现他那凶狠的目光开始示弱了，仇恨的眼神慢慢地变得暗淡了。在我无言的注视下，他的精神防线彻底崩溃了，终于把目光投向了别处。这时，我发现他捧着东西的双手开始微微地颤抖，嘴唇扇动了几下但没有发出声音。最终，他很没趣地转过身去，走了。

我紧绷着的神经松弛下来，心中涌起一股说不出的滋味。我想了很多很多，作为一名维护党纪尊严的纪检干部，不但要乐于清贫、甘于奉献，当被人不理解时，还要冒一定的风险，以至于献出宝贵的生命。但我没有后悔，并始终坚信：只要胸中有正气，坚持原则敢碰硬，什么歪风邪气，什么邪恶势力都是可以战胜的。

《中国纪检监察报》2001 年 1 月 22 日第四版

故乡桃花别样红

自京城往东70公里，是我的故乡平谷。故乡盛产鲜桃，每至夏秋时节，北京市场上供应的桃子，至少有一半产自平谷。

今年四月中旬的一个周末，正值桃花绽放的时节，我回到了这块亲切而又熟悉的土地。事先和朋友约好，星期天早晨，我们骑自行车从县城出发，沿放光、乐政务、后北宫这条观光赏花路线，边走边看，畅游在如霞似锦的"桃花源"中，仿佛进入了人间仙境。

上午9点多钟，我们来到了以最先种植大桃而富起来的后北宫村。朋友告诉我，这个村家家种桃，现在全村的储蓄存款已经超过7000万元。不少家庭在县城买了楼房。他们白天在村里干活儿，晚上开着汽车、摩托车回县城居住。我们漫游在田间小路，穿梭于桃林之间，当登上村西头的一个小山岗时，回头眺望那一望无际的桃树林，眼前是一片绯红的世界。那粉红的、深红的，含苞的、怒放的，一朵朵、一串串、一棵棵的桃花连成一片，随着阵阵春风地吹佛，婀娜多姿，迎风轻摆，掀起一层层的波浪，组成了鲜花的海洋。行走在桃花丛中，不由得被这片艳丽、馨香的桃花深深陶醉，好像变成了一叶浮萍，漂浮在浩瀚无垠的"花海"中，与花相伴同舞，拥抱着美好的春天。

据朋友介绍，平谷栽种大桃有着悠久的历史和得天独厚的自然条件。但大面积栽种，始于80年代初。那时，农村普遍落实家庭联产承包责任制，进一步调整了农业内部的产业结构，充分调动了农民发展大桃生产的积极性。目前，全县大桃栽植面积超过了12万亩，总产量近1亿公斤。全县拥有国内外名优品种150多个，其中主栽品种40多个，形成了白桃、油桃、黄桃、蟠桃 4 大系列，早熟、中熟、晚熟品种配套，鲜桃上市时间可由 4 月中旬持续到 11 月上旬。

临近中午，我们来到以生产温室桃而闻名的放光村李广顺的桃园里。67 岁的李老汉承包了 120 亩土地，全部种上了桃树。眼下，正当露地的桃花争芳斗艳的时候，李广顺栽种的 6 亩温室桃已是硕果累累。负责技术指导的赵老师将我们带进了一间温室。一进门，映入眼帘的是一幅非常奇妙的景观：一棵棵拐杖般粗细、高不过 1 米的桃树，在垂柳状向下弯曲的枝条上，挂满了五颜六色的桃子。紫红的油桃、淡绿的白桃和扁平的蟠桃琳琅满目，煞是好看。虽是谷雨时节，但有的桃子已经成熟并上市销售了。赵老师兴奋地说，温室里的桃树是从去年开始结果的，有枣红宝石、瑞光 1 号和 76 号、早花露、雨花露、霞辉等十来个品种，成熟期可由 4 月中旬延续到 6 月下旬。今年估计每亩可产 3000 斤，按市价每斤 15 元计算，每亩产值可达 45000 元。听到这里，我面露惊讶，赵老师见状，解释说：这不是吹牛，这正是我们追求的高效农业。

返回的路上，朋友还十分自豪地告诉我，平谷的大桃已经上了因特网，除满足北京的市场需求外，还远销广州、深圳、吉林、哈尔滨等全国大部分城市，此外，还走出国门，空运欧洲赚外汇呢！

耳闻目睹了家乡的巨变，我心潮澎湃、感慨万千。党的改革开放的政策，犹如一夜春风，吹遍了故乡的原野，绽开了父老乡亲那饱经沧桑的脸。桃富了故乡人民，桃成了故乡平谷的象征和骄傲！

写于 2001 年 4 月 20 日

新版李逵捉"鬼"记

　　梁山第一莽汉黑旋风李逵如今早已扔掉了手中的板斧，一改往日打打杀杀的鲁莽性格，修炼得琴棋书画样样精通，并在梁山报馆找了份差使。

　　一日晚饭后，李逵闲来无事，来到菜园子张青夫妇开的二娘棋社，与棋友们正杀得昏天黑地。这时，一小白脸破门而入，并高声叫嚷："谁敢跟我大战三百回合？"张青见状不敢怠慢，于是亲自接待。二人落座，下子如飞，张青看出，来人是个"棒槌"。不大功夫，小白脸推秤认输，随手从兜里掏出梁山报馆的工作证说："我是梁山日报国际部的记者，曾远渡东瀛采访过日本围棋界许多顶尖高手，并拜了个职业六段为师，因学棋时间不长，所以棋下得不好。"李逵抬眼一看，却不认识这个小白脸。依从前的脾气，你敢冒充我报记者，早就三板斧下去砍得你身首分家腿断胳膊折了。李逵压住性子，心想且看这厮如何表演。

　　小白脸接着对张青说："你的棋社远不如你在十字坡开的包子店名气大。这样吧，我把国内围棋界的顶尖高手都找来，在这开展个活动，我在《梁山日报》上给你发个头条，提高一下知名度怎样？"张青半信半疑，反问道："这么大的事能成吗？"小白脸不假思索地说："只要你肯出钱，所有的事我都给你摆平。"张青说："敝社条件简陋，恐怕有失体面"。小白脸说："没关系，到我们报馆来，一切由我安排。"小白脸随即掏出印有《梁山日报》记者字样的名片，逐个给在场的每个人递上一张。名片发到李逵这儿，正好没了。望着李逵那满目狐疑的神态，小白脸边解释边掏出工作证。李逵接过工作证，翻开仔细一瞧，却是《梁山日报》下属单位《萝儿洼》杂志下属的一个临时机构发的。这个机构几年前就被撤销了。这厮怎么还拿着本该作废的证件到处招摇撞骗呢？

李逵实在按捺不住心中的怒火，怒冲冲地对小白脸说："我也是梁山报馆的，怎么不认识你？发给你证件的机构早已撤销，如今还拿着作废的证件到处招摇撞骗该当何罪？"慑于李逵圆睁的怒目，小白脸只好耷拉着脑袋跟李逵来到了梁山报馆。经查原来小白脸是郓州地面祝家庄村的农民，三年前确实在《萝儿注》杂志的下属机构做过打水扫地之类的差事，此机构撤销时并没有收缴其工作证件。

李逵责令小白脸先写个检查材料，以留作案底。大约过了半个时辰，小白脸将检查交到李逵手中。李逵看着不过百字的检查，光错别字就有二十八个之多。李逵的鼻子都气歪了，啪的一声，把检查向桌子上一摔，多年不说了的脏话禁不住脱口而出："你这鸟人！"

《社内生活》2001 年 9 月 25 日第四版

荒山变成聚宝盆

　　"十一"长假，大哥邀我和姐姐去玩，还嘱咐我们提前去，不然去摘枣的人一多，恐怕招呼不过来。到了大哥的枣园，果然遇见从北京城里来旅游采摘的游客。他们都是一早来，晚上回，中午在村里的小饭馆就餐，或到村民家吃"农家饭"。

　　大哥家在北京市平谷区韩庄乡，近些年，村里将荒山全部承包给村民，开发成一片片枣园，"水峪仙枣"成为有名的绿色品牌，村民的枣园变成了"水峪采摘旅游区"，昔日的荒山坡变成了聚宝盆。

　　大哥承包了10亩荒山，辛勤地开荒、植树，把家也搬到了山上。如今枣树满坡，果实累累，去年仅大枣一项就卖了1万多元，今年的收成更好。大哥还一直搞多种经营，钱挣多了，一下子盖了两处宽敞的大瓦房，还买了汽车、摩托车。虽然住在山坡上，可家里冰箱、彩电、电话、手机应有尽有。大哥说，30年不变的承包合同给他吃了定心丸，农业科技知识使他走上了富裕路。我们采摘品尝着又脆又甜的大红枣，分享着大哥的喜悦。

《人民日报》2002 年 10 月 31 日第一版

好大一个"窝"

早晨散步，走着走着，只听身后咣当一响，扭回头一看，原来停在路边的汽车顶子上落下一根两尺多长的枯树枝。一只花喜鹊在空中叽叽喳喳地叫了几声朝东边的树林中飞去。取下花喜鹊丢落在汽车上的枯树枝，用手掂了掂，足有二两多重。一个小小的生灵，为了搭建自己的家园，衔着如此重物在空中飞来飞去，多么不容易呀。

人类要安居乐业，鸟也要有自己的家。鸟巢是雏鸟温馨的摇篮，是鸟类安全可靠的"家"。鸟类学家做过精确的记录，一对花喜鹊在筑巢的四五天内，共衔取巢材 666 次，其中枯枝 253 次，青叶 154 次，草根 123 次，牛羊毛 82 次，泥团 54 次。不管哪种鸟，营建一个巢都是一件十分浩大而艰巨的工程，都要付出艰辛的劳动。我心里不由得为这只丢落枯树枝的花喜鹊感到惋惜，顺手将这颗枯树枝放在汽车身后的平房顶上，以便喜鹊寻找。这可是一根很难得的顶梁柱啊！

筑巢不是鸟类特有的技能，但鸟类筑巢的工艺，在动物界却是无与伦比的。2008 年北京奥运会主体育场的外形，选择由瑞士赫尔佐格和德梅隆设计公司与中国建筑设计研究院联合设计的"鸟巢"的形状。

去年夏天的一个周末，在儿子的再三要求下，我们全家顶着炎炎烈日，来到位于北京城市中轴线北端，北四环路外侧的 2008 年北京奥运会主体育场"鸟巢"的施工现场。在空旷的工地上马达隆隆，尘土飞扬，工人们有的推车，有的铲土，有的搬运钢材。从 2003 年底破土动工一直到今天，工地上始终都是一派繁忙的景象，为了建造这个硕大无比的"鸟巢"，工人们付出了辛勤的汗水。

沿着工地南侧的一条土路，一边走一边打量这个被以色列总理称赞为 21 世纪标新立异的奇特建筑。这个庞然大物，外部结构都用银灰色的钢材建造，从每个角度看上去都是不规则的，一根根长短不一的钢材看似不经意地搭建在一起，却分明有一种内在的连续蕴含其中。"鸟巢"结构的组件相互支撑，形成网格状的构架，外观上就仿若树枝编成的"鸟巢"。这"鸟巢"把中国传统文化中镂空的手法、陶瓷的纹路、红色的热烈与现代最先进的钢结构设计完美地融合在一起，使人在视觉上产生一种的强烈震撼。

啊，好大一个"窝"！这个"窝"占地 20.4 公顷，总建筑面积 25.8 万平方米；这个"窝"外壳的自身重量达到 4.2 万吨，完全摆脱外力的支撑，靠自己站立起来；这个"窝"主体结构分地下一层、地上七层，地面高度达到 69.21 米；这个"窝"建筑造型呈椭圆马鞍形，有三层碗状斜看台，可容纳观众 9.1 万人。这是一个用树枝般的钢筋编织成温馨的"窝"，一个用来孕育与呵护生命的"窝"，一个寄托着人类对未来希望的"窝"。

提起北京，人们自然会想到长城、故宫，但是在 2008 年，这个"窝"将成为北京这座古老城市的一个新的神话。

写于 2008 年 3 月 6 日

文德桥的故事

　　到过六朝古都南京的人，大多都要挤出时间去看看夫子庙的繁华，来欣赏一下内秦淮河的美景。在风光迷人的内秦淮河上，有一座故事颇多的古桥，名叫文德桥。

　　文德桥坐落于夫子庙的西南侧，是横跨内秦淮河南北两岸的咽喉要道。此桥建于明代万历年间，据说由于内秦淮河西流不息，聚不住文气，因此在这里建了一座木桥阻挡水流，以聚住文气。文德桥名称的由来是因为地处文庙之前，取文以载德和文章道德圣人地之意；又因为与武定桥相望，因武定、文德两名相对应，所以称之为文德桥。

　　"秦淮分月"是文德桥的天象奇观。每年农历 11 月 15 日夜，站在文德桥中央俯视，就能看到河水中左右各映半边月亮。这一天下奇景，可与西湖"三潭印月"相媲美。相传，唐代大诗人李白某年农历 11 月 15 日的夜晚，来到文德桥附近酒楼饮酒赋诗，只见皓月当空，银辉泻地，便趁着酒兴上文德桥观景。突然，他发现月亮掉在水里，便醉意朦胧地跳下桥去，张开双臂捞取月亮，于是水中月亮被剖成了两半。从此，每年这一天的夜晚，人们都争相来文德桥观赏半边月亮。有一首绝句提及这一现象写道："一拱青虹两岸花，二分明月落谁家？香君脂粉侯生砚，半入清波半入沙。"

　　"文德桥的栏杆——靠不住。"这是南京人的歇后语。当时，文德桥所在地区非常繁华，每当盛夏时节，文人墨客常常聚集在此，欣赏风景、饮酒作诗。每年端午节，都要在此处举行龙舟大赛，四面八方的百姓赶来观看，人来人往、熙熙攘攘，热闹场面难以言表。每当这个时候，文德桥上人群密集，你推我搡，大哭小叫，乱作一团，常常会发生桥栏杆折断、桥身倾塌的恶性事故，不少人还为此还丧了性命。由于塌桥事件屡屡发生，南京人对此心有余悸，对桥栏杆的坚固也产生了几分怀疑，于是渐渐流传出"文德桥的栏杆——靠不住"这句歇后语。

"君子不过文德桥。"这是劝诫江南才子的一句俗话。文德桥的北岸是夫子庙、聚星楼、江南贡院、状元楼等建筑，是历代少年才俊读书考试、争取功名的地方；南岸则是有名的烟花之巷，在这里产生了以寇白门、马湘兰、卞玉京、顾横波、董小宛、柳如是、陈圆圆、李香君这秦淮八艳为代表的众多江南名妓，是达官贵人、少爷公子寻欢作乐的处所。南岸妖娆佳人，北岸文人墨客，两个不应为邻的场所只有一桥之隔。烟花柳巷的灯红酒绿、轻歌慢舞、纸醉金迷，对读书人不能说没有诱惑力，当时也没有什么清规戒律不许他们过文德桥，但大多数读书人能够洁身自好、严格自律，以君子不过文德桥，过文德桥非君子来约束自己。有一首诗赞道："夫子庙前飞晚鸦，香君阁上酒旗斜。行人无意真君子，独过长桥看草花。"

写于 2008 年 8 月 6 日

峨眉山游记

　　到成都出差，完成任务后在朋友的盛情安排下，利用一天时间游览了佛教圣地峨眉山。

　　早晨从成都出发，沿成乐高速公路向南行驶大约两个半小时，便到达了云雾笼罩的峨眉山脚下。中午时分，车子停在了路边的农家酒店。一盆豆花，一盘腊肉，几个小菜，味道鲜美农家饭填饱了肚子。店主人一边沏茶，一边热情地介绍说：来峨眉山旅游最好住一段时间，这里山高林密景点很多，住下来可以慢慢享受山上的自然风光。这里的气温比山下要低好几度，且山清水秀、空气新鲜，是避暑休闲的好地方。在我这儿住宿有标准间和三人间，吃有自己种的新鲜蔬菜和山上野生菌类，价格很便宜，每人每天连吃带住才收五十元。听了店主人的介绍，真想住下来好好休息几天。

　　吃完午饭，车子沿山间公路继续逶迤盘旋。过了检票口，路边的景色便随着车子的飞速前行不停地闯入眼帘。时而山峦起伏，时而悬崖峭壁，时而流水潺潺，时而飞流直泻，时而薄雾缭绕，时而浓云翻滚，行驶在峨眉山上，仿佛进入了仙境。下午两点多钟，车子直接开到了位于半山腰的雷洞坪停车场。这里满山云雾，寒气袭人，我们每人租了件大衣穿在身上以抵御风寒。乘缆车大约五分钟，便"登上"了峨眉山的顶峰——金顶。

　　初上金顶感到气短缺氧，几分钟后便如平常。沿朝圣大道拾级而上，两行洁白的石象庄严肃立。抬头仰望，那座用铜铸镏金工艺铸造、通高48米重达660吨的十方普贤圣像高高耸立。端凝祥和的普贤端坐在大象和莲花座台上，四方云雾缭绕。太阳的霞光照在佛像宝顶之上，无数祥光瑞气从金佛上反射出来，为云海镶上瑰丽的金边。圣像的后面是高大宽敞、富丽堂皇的金顶建筑群。有资料记载，金顶为峨眉山第二高峰，海拔3079米，是华藏寺、卧云庵等寺庙的统称，由明太祖朱元璋第21子朱模赐金3000两兴建。站在峨眉山之巅俯瞰四周，脚下是一片茫茫的云海。

临近下午四时沿原路返回，到达成都已是满城灯火。

回京后，总觉这次峨眉山之行意犹未尽。网上查阅资料，摘录如下：其一，峨眉山是我国著名的旅游风景区，它与浙江普陀山、安徽九华山、山西五台山并称佛教四大名山。峨眉山，位于四川盆地西南，因两山相峙，形如蛾眉而得名。其二，峨眉山平畴突起，巍峨、秀丽、古老、神奇。它以优美的自然风光、悠久的佛教文化、丰富的动植物资源、独特的地质地貌而著称于世。清代诗人谭钟岳将峨眉山佳景概为十景："金顶祥光""象池夜月""九老仙府""洪椿晓雨""白水秋风""双桥清音""大坪霁雪""灵岩叠翠""罗峰晴云""圣积晚钟"。其三，日出、云海、佛光、圣灯堪称金顶"四绝"。每当雨雪初霁，红日西照，太阳斜射在舍身岩下的云毯之上，形成彩色光环，人影映入环中，身影自见，这就是名闻遐迩的"佛光"；在没有月光的夜晚，漆黑一片的舍身崖下，可见繁星点点，时而腾空，时而坠地，按佛教徒说法这即是"万盏圣灯朝普贤"。其四，峨眉山是自豪而骄傲的，它用头顶托举着人们，仰望苍穹，俯瞰人生，远眺未来，犹如破茧的神蛾，穿越轮回，重获生命的辉煌。

看来这次峨眉山之游确实太仓促了，峨眉十景只观其一，金顶四绝独赏云海。留下些遗憾也好，找时间下次再去！

写于 2008 年 8 月 20 日

春游玉渊潭

清明时节，阳光明媚，惠风和畅。利用清明节小长假的最后一天，陪同家人游览了玉渊潭公园。下午两点从住所出发步行到大望路，然后乘地铁一号线到公主坟。下车后沿西三环路向北走大约一公里，便到了玉渊潭公园的西南门。

玉渊潭公园位于海淀区南部，东西长 1.7 公里，占地 140 公顷，其中水面 61 公顷。公园柳堤环抱，景气萧爽，树木茂密，环境清幽，是西郊盛暑纳凉、游泳、划船的理想场所。园中有樱花园、留春园、中山岛、引水湖等主要景区。

从西南门购票入园，向东漫步，园内植被繁茂，垂柳成行，竹溪曲径，湖水相连。湖面上游船追逐戏水，湖岸上游人往来如潮。公园南岸，一片片翠绿的水杉，一簇簇金黄的春花，一棵棵绽放的樱花，交替着映入了眼帘，向游人报告着春天来了这一令人振奋的消息。

行至东西两湖的交界处，向北跨过连接两湖的石拱桥，便来到北岸的樱花园景区。樱花园是玉渊潭最具特色的园中园。位于园区的西北部，紧邻西三环路。1973 年春，此处栽种了来自日本北海道的 180 株大山樱，这是种象征着中日友好的礼品树。后来又陆续栽植了山樱、大岛、关山、松月、郁金等十多个品种，形成了在水一方、樱棠春晓等樱花八景。目前园内的樱花占地面积 25 公顷，有几十个品种，数量多达几千株。

畅游在樱花园内，仿佛掉进了花海。盛开的樱花一株株连成片，一片片拥成林，洁白的、粉红的五彩缤纷，灿烂夺目。微风轻拂，飞花似锦，飘过头顶，擦过脸颊，一阵阵沁人肺腑的香甜弥漫在整个园区。游人们一边赏花，一边拍照、摄影，一边呼吸着这馨香的空气，脸上无不露出惊喜的笑容。

在不知不觉中，来到公园的西北门，此处为该园正门。在一堵高大的影壁墙上，题写着著名女作家冰心先生在其散文《樱花赞》中最为激昂的一段话："这樱花，一堆堆，一层层，好像云海似的，在朝阳下绯红万顷，溢彩流光。我们凌驾着骀荡的东风，向着初升的太阳前进！"

玉渊潭公园很美，樱花园的樱花更美！

写于 2009 年 4 月 6 日

重生汶川国旗红

深秋时节，川蜀大地依然是雾霭茫茫，细雨绵绵。带着对5.12大地震遇难同胞的深切怀念，带着对灾区人民不畏艰险重建家园精神的崇高敬意，我和几位同事踏上了汶川这片曾经牵动亿万中国人心弦的土地。

在旋口镇，映入眼帘的是紧锣密鼓的重建场面：搅拌站机器飞转，运输车马达轰鸣；"举全国之力搞好灾区重建工作""争先创优做表率，灾后重建当模范"等大红条幅悬挂于施工现场。岷江大桥跨江而立，一排排新居拔地而起；该镇最早建成的旋口中学，校园整齐，楼舍漂亮，朗朗的读书声传入耳中，给人以信心和希望。在水磨镇，一条清澈的溪流穿城而过，一盘仿古石磨坐落城中，水磨羌城的标志令人过目难忘。该镇是羌、藏、汉族的混居地，震后由广东佛山援建，整个建筑融羌、藏、汉文化于一体，集传统与现代风格于大成。新镇建筑美观、道路宽阔、草绿花红，宛如一幅靓丽的水墨画。镇上茶坊酒肆生意红火，商场店铺秩序井然，老百姓已走出了地震的阴影，过上了安宁祥和的日子。在映秀镇，映秀中学坍塌的教学楼作为防灾抗灾教育基地被原封不动地保存下来，坍塌的楼舍，扭曲的建筑令人撕心裂肺，目不忍睹。在5.12大地震纪念石前，我们为遇难同胞敬酒、献花，默哀、祈祷，愿逝者安息，生者安心。

一天的行程短促而匆忙，耳闻目睹的一切令人悲喜交集，感受颇多。

社会主义制度好，能够集中力量办大事，这是此行最为深刻的感受。5.12强烈地震造成10余万人遇难，1000余万人受灾。面对突如其来的巨大灾难，中央领导第一时间赶到灾区，沉着应对、英明指挥，与灾区人民并肩奋战，极大地鼓舞了全国人民战胜灾难的信心。面对灾后重建的艰巨任务，党中央决心举全国之力搞好灾后重建工作，建立了对口援建机制，集中人力、物力和财力，在短短两年内，使灾区的生产生活得到迅速恢复和超前发展，打赢了这场攻坚战，让人深深感受到社会主义制度的优越，深深地感受到社会主义大家庭的温暖。

灾区人民勤劳勇敢、朴实善良，对党有着深厚的感情。在水磨羌城，当群众得知我们是人民日报的工作人员时，纷纷放下手中的活计，有的争相与我们合影留念，有的给我们敬酒献茶，有的拿着鸡蛋、红枣、菱角等当地特产塞到我们手里，并深情地说："党和政府帮助我们战胜了灾难，建设了新家园，我们从心底里感谢党、感谢政府！"抗震救灾是新闻工作者贴近实际、贴近生活、贴近群众的最佳实践。报社一名战斗在最前线的记者曾深有感触地说："记者离百姓越近，百姓和党报就越亲。"正是因为有了这些工作在抗震救灾第一线的优秀共产党人的率先垂范，才赢得了老百姓的信任，加深了党和人民群众的血肉联系。

行走在汶川灾区，印象最深的当是处处飘扬的五星红旗，这是灾区人民感恩之心的真情流露。"汶川人民感谢全国共产党员的无私援助""灾区人民感谢全国人民的大力支持"等标语随处可见。在汶川境内，无论是商场店铺，还是酒肆茶坊，无论是城镇高楼，还是山村茅舍，家家户户都在房屋上空升起一面鲜艳的五星红旗，用来表达对党和政府的感谢、热爱。灾区人民正在将这种爱国热情化作重建家园的无穷动力，用双手创造美好的未来。

离开映秀已近傍晚时分，车子在蜿蜒的公路上穿行，尽管山间烟雾缭绕、能见度很低，但那片高高飘扬的五星红旗依然是那样鲜艳夺目、熠熠生辉。

《社内生活》2010 年 11 月 8 日第四版

给老温当"翻译"

给老温当"翻译",不用懂外语,也不用会地方方言,只是将他人说过的话重复一遍,或者是将大家正在议论的话题总结归纳后,用简练的语言对着他的耳朵大声地喊出来就行。老温耳聋时日已久,在一起工作时和他说话就得提高音量。至今,老温离休已经二十多年了,现在和他用语言沟通还真是个力气活,不加大声音分贝他"听不懂"。

春节前夕,机关纪委的同志到南区宿舍十六号楼,看望了纪检工作的老前辈温纯谦同志。进门时,老温正在看电视,电视机的音量被放到最大,画面显示在书画频道上。老温的老伴罗阿姨一边招呼我们坐下,一边急忙将电视机的音量调下来,并嗔怪道:"这老东西每天就两件事,一是看书画频道节目,二是写字练书法。"听了罗阿姨的解释,客厅里一阵笑声。

过了龙年春节,老温已是 82 岁高龄。但看上去仍然精神饱满、气色俱佳,谈笑间声音洪亮、思维敏捷,只不过动作显得有些迟缓。我不无担心地问:"写字时手抖不抖?"老温笑了笑答道:"拿筷子时抖,写字时不抖。"听了老温的回答,客厅里又是一阵笑声。谈到书法,老温兴味盎然,不停地给我们介绍自己的书法作品。老温没有专用书房,写字就在卧室里的一张小桌子上,墙上挂着厚厚一叠习作,既有唐宋诗词,又有名言警句。看着一幅幅漂亮的书法作品,不得不佩服老人家的坚强毅力和刻苦精神。

客厅里,悬挂着老温最得意的两幅书法作品。一幅是"厚德载物",另一幅是"学而不已,阖棺乃止"。这两幅刚劲有力的大字,既是老人家品德修养的标识,更是对社会责任的担当,同时,又彰显了老有所乐、老有所为的生活情趣和不懈追求。

　　老温腿脚不方便，加上西门盖大楼，进院里要绕很远的路，因此很长时间没去局里听报告了，许多情况都不了解。谈笑之间，老温十分关心报社的发展变化，询问了很多问题。诸如：现在中央有什么新精神，报社有什么新情况，子报刊大楼何时盖好？党群机关的人员有什么变动，某某的身体好吗，某某的孩子工作了吧，某某是不是抱孙子啦，等等。

　　对老人家关心的这些问题，通过我这个"翻译"，都一一作了解答。同时，表达了报社编委会对离退休老同志的关心慰问和新春祝福。尽管回答这些问题费了九牛二虎之力，嗓子都喊哑了，但是，看到老人家在获取这些信息后满意的笑容，一种成就感油然而生，我的"翻译"很成功，也很有价值。

《社内生活》2012年2月6日第四版

醉在草原

盛夏时节，应友人之邀，我来到了向往已久的呼伦贝尔大草原。

站在海拔 600 多米的草原上，远离了都市的滚滚热浪，深深地吸几口带着青草芳香的清新空气，顿觉神清气爽，心情豁然开朗。映入眼帘的是绿色的草原、苍翠的林海、静静的湖泊，传入耳中的是潺潺的流水、习习的微风、咩咩的羊群叫声。在这里，看不到都市的高楼大厦、滚滚车流和熙熙攘攘的人群，听不到马达轰鸣、市井喧嚣和工地上的嘈杂之音。湛蓝湛蓝的天空离地面很近，几乎伸手便可触摸，洁白的云朵好似在头顶上飘浮，挥挥手便可改变她行走的方向。好一片宁静美丽的草原。

草原之美，美在辽阔。行走在草原上，随意站在一个高点极目远眺，宽广的大草原宛如绿色的大海，波涛起伏，浩瀚无边。无边无际的绿色，与蓝天、白云和太阳的余晖交织起来，色彩纷呈，绚丽夺目。汽车在草原上疾行，我试图寻找到这绿色的边界，可是几百公里后，依然是碧草连天，不见尽头。此时此刻，我真正体会到"辽阔"一词的含义。

草原之美，美在温柔。从满洲里到海拉尔，再到扎兰屯，一路上有条叫不上名字的河流始终陪伴着我们，温柔地、静静地流淌着。随着地形的起伏，她也不停地变换着美丽的身姿，时而汇成湖泊，时而聚成河流，时而又变成沼泽隐身在草丛之下不见踪影。在扎兰屯市的柴河风景区，浑然天成地分布着七个海拔千米以上的高山天池，恰成北斗七星状，其中的月亮天池，像一轮满月镶嵌在山巅，倒映着蓝天绿树和白云。我脱掉鞋袜，绕湖水走了一圈，用相机拍下她的美丽，用肌肤感受了她的温柔。

草原之美，美在未经雕琢的自然。几千种野生植物，或着黄披绿，或开花吐蕊，或争奇斗艳，为这幅美丽的山水画卷增姿添色。几百种野生动物，深藏在草丛下、山林间，或饮水觅食，或嬉戏打闹，给宁静的大草原带来了勃勃生机。飞奔的车轮将这美丽的自然风光无情地抛向身后，可惜，太可惜了。倘若时间充裕，我一定要用脚去丈量，用手去抚摸，用肌肤去感受。在草地上坐一坐，躺一会儿，打个滚儿，和每一棵草、每一朵花、每一棵树零距离接触。

草原之美，美在多彩的风情。草原上的人，淳朴敦厚，热情大方，能歌善舞，真诚豪放；草原上的歌，音色浑厚，声调悠扬，要用尽全身气力，从内心深处唱出来；草原上的酒，浓烈醇厚，回味悠长，上马酒要喝够，下马酒要喝透，喝醉了方显男儿本色；草原上的肉，色香味美，充饥解馋，大盘装、大碗盛、大块吃。那天晚上，在扎兰屯，友人们欢聚一堂，唠家长里短，聊离别之情，唱草原上的歌，吃草原上的肉，一缸子一缸子敬酒，动情之时，竟相拥而泣。

大草原美，友人情深。草原上的酒，我彻底喝透了。

《人民日报》2013年10月9日 第二十四版

走进"雷锋班"

　　雷锋，这个家喻户晓的名字，在亿万民众的心底留下了深深的烙印。其艰苦朴素、助人为乐、大公无私、忠于祖国等优秀品德被称为雷锋精神，激励着一代代中华儿女。雷锋身材瘦小，但其高大的形象如同巍峨的群山令人仰止；雷锋事迹平凡，但其伟大的精神像激昂的战鼓催人奋进；雷锋生命短暂，但其燃放的光芒似高悬的太阳永照千秋。在建党93周年之际，我怀着崇敬的心情，来到了位于辽宁省抚顺市的雷锋生前所在部队，走进了神往已久的"雷锋班"。

　　迈进"雷锋班"的门口，映入眼帘的是那面长1.3米、宽0.67米的班旗，在深红色的旗面上绣着"雷锋班"三个金黄色的大字，落款为中国人民解放军沈阳军区司令部、政治部，时间是1963年1月21日。那略显陈旧的旗穗和磨得发亮的旗轴，记载着"雷锋班"50多年的峥嵘岁月，经历了几多风雨，又承载着几多辉煌。

　　班长毕万昌介绍说，"雷锋班"编制8人，实有7人，另一个就是老班长雷锋。在十几平方米的宿舍里，摆放着4张上下床铺，西南角靠窗户的下铺是老班长雷锋的床位。在整齐的床铺上，展示着雷锋当年盖过的被子、穿过的军装、戴过的军帽和使用过的挎包。雷锋的内务由战士们轮流整理，50多年来始终保持着"豆腐块"般的整洁。

　　在宿舍的北侧，竖立着一尊雷锋行军姿态的铜像。铜像的右边，放着理发箱、节约箱和补鞋机，这是"雷锋班"的三件传家宝，几十年来代代相传从未丢弃。在宿舍的南侧，放着一台电脑、一个大礼包、一个塑料箱。毕班长解释说，这是"雷锋班"新的"三件宝"，即：雷锋微博、数字化大礼包和善淘箱。为了适应新时期学雷锋活动的需要，他们积极探索利用现代信息手段开展学雷锋活动。通过雷锋微博与全军网友进行交流，沟通思想、畅谈体会，汇聚爱心和力量，为需要救助的人发起募捐倡议；他们将雷锋故事、雷锋歌曲，学雷锋专题报告等十多种影音图文资料，以数字化大礼包的形式邮寄给需要的人，进一步扩大学雷锋活动的社会影响力；他们将收集来的二手衣物集中消毒熨烫后，邮寄到上海善淘网总部，再转送到需要帮助的人士手中，近两年已经邮寄出 3000 多件衣物。

座谈会上，毕班长一一介绍了班里战士的姓名、年龄、籍贯、文化程度、业余爱好。战士们为能在雷锋班服役感到光荣和骄傲，同时，又感到了责任和压力。纷纷表示绝不辜负部队首长和父老乡亲的期望，一定要把雷锋精神传承下去，为"雷锋班"增光添彩。战士陈明南来自内蒙古赤峰市，他工作认真，训练刻苦，能将雷锋日记一字不落地背下来，在宣传雷锋事迹、弘扬雷锋精神活动中积极作为、贡献突出。战士雍文和、雍文森是双胞胎兄弟，来自雷锋的故乡湖南省望城县，兄弟俩一样的个头、一样的长相，还都有一副好嗓子。他们将雷锋的事迹编词、谱曲，创作出多首优美动听的歌曲。那天，他们饱含深情地演唱了《雷锋啊，我们的好班长》《如果你是一滴水》等歌曲，展现了雷锋崇高的思想境界，抒发了对老班长的敬仰与思念。

伴随着嘹亮的军号声和整齐的歌声，同雷锋班的战友们一起走进了食堂。晚饭是两荤两素，有水煮鱼、回锅肉、烧茄子和炒土豆丝，主食有米饭、花卷和面条。战友们介绍说，早餐、晚餐是四菜一汤，中午是六菜一汤，早餐还有牛奶和鸡蛋。看到部队物质生活的极大改善，看到战友们强壮的身体和饱满的精神状态，感到非常欣慰。能和"雷锋班"的战友们一起吃饭，是一生的荣幸。这顿饭，不仅是补充体能的物质大餐，更是传递正能量的精神盛宴。

走进"雷锋班"，感触良多，受益匪浅。"雷锋班"是一个有理想、有信念的集体，是一个阳光灿烂、纯真无邪的集体，是一个朝气蓬勃、具有新时期青年军人时代风采的集体。"雷锋班"的战友们，请接受一名退役老兵的敬礼！

《社内生活》2014 年 7 月 21 日第四版

井冈山的歌谣

　　漫步在井冈山茨坪天街购物广场，随时随地都能听到"夜半三更盼天明，寒冬腊月盼春风，若要盼得红军来，岭上开遍映山红""干稻草软又黄，金丝被盖身上，毛委员和我们在一起，心里暖洋洋"等经典而熟悉的歌曲。这些歌曲，大多是由井冈山斗争时期的革命歌谣改编而成，经文艺工作者加工整理、配上优美动听的旋律，就变成了至今依然久唱不衰、百听不厌的红歌。

　　在井冈山革命博物馆，每个展厅都展示出井冈山斗争时期的革命歌谣。土地革命战争时期，在井冈山、瑞金和整个苏区，到处都传唱着具有鲜明地方特色和浓厚民族气息的革命歌谣。在新中国成立 10 周年时，江西省文史部门曾经整理发表了 487 首苏区革命歌谣，90 首红色歌曲。后来，吉安地区、兴国县文史部门都曾对革命歌谣进行过搜集整理，总计有 1000 多首。

　　这些革命歌谣，旋律简单优美，歌词易懂易记易唱。有政治教育内容的革命动员歌、揭露反动派丑恶嘴脸歌、穷人诉苦歌、节日纪念歌、策反白军歌；有军事作战方面的征战颂歌、军令军纪歌、鼓舞斗志歌；有经济生产方面的反经济封锁歌、分田歌、生产生活歌、经济建设歌；有反映社会生活方面的革命情怀歌、拥军支前歌、妇女解放歌；还有文化教育方面的革命宣传歌和文化卫生歌，等等。这些革命歌谣并非空洞的口号，在土地革命战争时期发挥了宣传革命、发动群众，鼓舞士气、瓦解敌军，促进工作、陶冶情操等重要作用，被誉为"嘴巴上的标语，口头上的传单"，是根据地军民集体智慧的结晶。

　　革命歌谣是井冈山军民精神风貌的真实写照。"松柴烤火千里香，穷人骨头坚如钢。死了要埋井冈山，活着就跟共产党。"简单的 28 个字，道出了井冈山军民崇高的理想、坚定的信念、昂扬的斗志和饱满的革命激情。"碰到敌人莫害怕，勇往杀敌不让他；断头只当风吹帽，负伤如挂大红花。"面对国民党反动派"茅草要过火，石头要过刀，人要换种"的围剿政策，井冈山军民表现出了无私无畏、英勇不屈、视死如归的革命豪情。"红军纪律真严明，行动听命令；爱护老百姓，到处受欢迎；遇事问群众，买卖讲公平；群众的利益，不损半毫分。"这可能就是我军三大纪律八项注意的原型，我军正是靠严明的纪律赢得了人民群众拥护，取得了革命成功。

革命歌谣蕴含着许多感人的故事。"送郎送到十里坡，眼不流泪嘴唱歌，愿郎革命革到底，等你十年不算多。"当年苏区人民拥军支前、热情高涨，适龄青年积极参军。第五次反围剿失败后，红军被迫长征，许多人都牺牲了。解放后红军家属纷纷打听亲人的下落，大多数家庭等来的是一张"北上无消息"的革命烈士证书。

如今，这一首首革命歌谣，成为我党宝贵的精神财富。我参加培训的井冈山干部学院，专门开设了学唱革命歌曲课程。通过重温红色旋律，坚定理想信念，继承弘扬党和军队的优良传统作风。

苍翠的罗霄山脉回荡着红军号角，怒放的杜鹃花海翻滚着红色波涛。井冈山是红色摇篮、革命圣地，是没有围墙的红色博物馆，到处都传承着红色基因。井冈山的歌谣是红色基因的精华，是激励我们勇敢前行的无穷动力。

学习委员杨淑文第一个在同学微信群里上传了自己的诗作："中国摇篮井冈山，工农红军意志坚。艰苦卓绝多壮烈，革命理想高于天……我辈今上井冈山，信仰感恩坚信念。民族复兴中国梦，井冈精神代代传。"随后同学纷纷唱和。短短十天时间，微信群里上传了抒发井冈山感怀的诗作20 余篇，既表达了对井冈山精神的弘扬和传承，亦可视为对井冈山革命歌谣的续写和补充。

《中直党建》杂志 2015 年第 8 期

对联当有意境美

马季先生有段经典相声，名字叫"训徒"。里边有这样两句台词：问，你怎么来的？答，我吃的炸酱面。两句不挨边的问答，逗得观众捧腹大笑。

进入诗词苑已月余，在头条里看对联应答，学了不少知识、长了许多见识，可谓受益匪浅。但也曾看到一些风马牛不相及的神对，真是大开眼界。这也难怪，在自媒体里，以娱乐为主嘛，让人开怀一笑，也不失为一种幽默。

对联是十分严谨的文学形式。上联下联要求字数相等、词性相近、结构相同、节奏相对、意境相关，不经过刻苦练习，很难对出工整的对子。

评判一副对联的好坏，不仅要看对仗是否工整、节奏是否符合平仄要求，关键是要看对联是否有意境。没有意境的对联，往往是上下句不在一个语境里、所答非所问、让人不知道要表达什么。这样的对联，即使对仗再工整、节奏再严谨，也不能算好对子。

意境是对联思想性、艺术性的综合体现，是对联的灵魂。初学乍练，既要了解对联的基本常识，更应把功夫下在锤炼对联的意境上。一副对联，如果能够把沧海横流的豪放、悲凉凄怨的苦楚、煮酒烹茶的闲逸、引人向善的教化、远离红尘的禅心、诙谐幽默的机智等意境表达出来，就是好对联。以上是一己之见，大家以为如何？

写于 2022 年 5 月 21 日

我的芭蕉扇

生于南国庭院旁，头扁腰细尺余长。春秋严冬闲三季，盛夏燥热送清凉。

今天，收到头条小秘书的微信，要求聊一聊"一直陪在身边的老物件"。查看办公室所有用品，当数这把芭蕉扇陪伴我的时间最长了。

这把扇子，是 26 年前花一块五毛钱从早市买的，一直放在办公室。平时挂在书柜上，任凭灰尘落满扇面，始终懒得收拾。夏天到来时，便取下来，掸去灰尘，陪我度过漫长的夏天。

当时，办公室条件较差，没有空调。只有一个台式摇头风扇摆来摆去的，以照顾大家的感受。只有当扇面正对自己时，才感到些许的凉风。于是，便下决心买了这个属于自己的专用扇子。

每当"桑拿天"到来的时候，电扇、芭蕉扇似乎都不管用了。有的男同志便脱掉衣服，只穿裤头，把门锁上办公。有人敲门时先问是谁？听到男同志敲门便开门，听到女同志的声音便赶紧穿衣服。有时男同志敲门，后面还跟着女同志，时常闹出笑话。

后来，办公室条件改善了，安装了空调。有同事劝我把扇子扔了吧，我没舍得。一来长时间吹空调，皮肤发紧，身体感觉不适。二来还是对这把扇子有了感情。无论是写东西，还是做事务性工作，每当感到疲乏劳累之时，摇几下芭蕉扇，便顿觉神清气爽、精力充沛。

二十几年过去了，这把芭蕉扇陪我度过了一个又一个炎热的夏天，可谓功不可没。眼看今年的盛夏即将来临，"老伙计"，你又要辛苦了！

写于 2022 年 6 月 1 日

"情人谷"情诗赏析

　　整理电脑文件，看到一组照片，突然想起8年前的一笔"欠账"。2014年秋天，到山西省宁武县参观体验农村的发展变化，顺路参观了一个叫"情人谷"的旅游景点。回来后总想写点东西，但一直未落笔。

　　"情人谷"长约5公里，谷内泉水淙淙，植被茂盛，景色十分迷人。最令人难忘的是沟谷两侧石壁上凿刻的一幅幅剪纸画和一行行情诗，用红漆刷写，特别醒目。所谓情诗，就是用山西方言说出来、与男情女爱有关的顺口溜，其语言通俗，感情充沛，给人留下极为深刻的印象。今天摘录几段，与大家分享。

　　"羊肚肚手巾压眉眉罩，你偷眼眼看人悄悄儿笑。"这两句话18个字中，竟然用了4处叠字，把小伙子偷看姑娘的神态，描写得十分生动准确到位。

　　"你在那梁上我在那沟，拉不上话话招一招手。"山梁山谷距离较远，喊话听不见，只好通过挥挥手来打招呼。将这句话刻在"情人谷"里，应当是指男女之间表达爱意的一种方式吧。

　　"野花花插在妹妹头，借要带笑好开口。"万事开头难，看到头插野花的漂亮妹妹，直接表达爱意羞于开口，只好借游戏玩笑把心里的想法传递过去，以试探对方的反应。

　　"你是只百灵灵绕天飞，我是只家雀雀紧紧追。""你是那泉水我是河，你时时打我心中过。"这是对意中人的情感表白，也许是确立恋爱关系后对恋人的一种思念，也许是对追求目标的一种单相思。

　　"满天星星满天明，有两颗不明是咱二人。"用两颗不明亮的星星比喻两个相恋的人，似乎有些不妥。可能是在偷偷相爱，尚未得到双方父母的认可同意吧。

"山羊绵阳一搭搭走，我和哥哥手拉手。"相恋男女手拉手一搭走，欢蹦乱跳，活波可爱，多么甜美幸福啊！

"我和哥哥圪塄上坐，不觉得天长不觉得饿。""只要和亲亲脸对脸坐，又解渴来又解饿。"生命诚可贵，爱情价更高。爱情的力量是无穷的，可以当水喝，可以当饭吃。

"过了一座桥桥抽一袋烟，面对面坐下还嫌远。"爱入骨髓，如胶似漆，这种难舍难离的心态，被简练通俗的一句话表达得淋漓尽致。

"头枕哥哥胳膊嘴对嘴睡，活两年死了也不后悔。"为了爱可以付出一切，只要拥有过，死也不后悔。

"房背后唱曲儿不进家，你妈妈可恶能把我咋。"男欢女爱，情投意合，丈母娘从中作梗、遭到嫉恨。进不去家门，在房背后唱个曲儿，表达对姑娘的爱恋和思念，你能奈我何？

"我赶上大车你开上店，过来过去咱好见面。"棒打鸳鸯、相恋无果，但藕断丝连、感情犹在，只好想个能够见见面的办法，找个能够拉拉话的机会。唉，苦莫大于相思！

这一句句情诗，给这条幽静的沟谷增添了许多喜庆、欢乐、浪漫和神秘的色彩。相传年轻恋人到此一游可喜结连理、白头偕老。此话不知是真是假？

写于 2022 年 7 月 7 日

我的启蒙老师

明天是个好日子，既是中华民族的传统节日"中秋节"，也是人民教师的光荣节日"教师节"，正可谓双节同至，举国同庆！

前几天，收到微头条小秘书的邀请，让聊一聊"对我影响最深的老师"这一话题，以此作为对"教师节"的纪念！

看到这个题目，脑海中便浮现出小学、初中、高中、大学的老师们，以及工作以后参加党校、干部学院等各类培训的老师们，粗略数一数，教过我的老师至少有几百人。那么，在这些老师当中，谁对我的影响最深呢？思来想去，还是当数在小学教了我五年的启蒙老师，因为他教我的时间最长、为人师表的印象最深、对我的表扬鼓励最多，因此对我的影响也最为深刻！

1970 年我到了入学年龄，春节过后，便和村里的同龄孩子一起，走进坐落在村子西山坡半山腰上的小学校。所谓学校，就有两间瓦房，大一点的作为教室，小一点的作为老师的宿舍。我们村子不大，四十来户人家，一百六七十口人，是个典型的小山村。学校总计二十几个学生，分四个年级，在一个教室上课，只有一个老师。

当时学校只设两门主课，一门是算数，另一门是语文。通常情况下，老师上午教算数，下午教语文。老师先给一年级讲课，其他年级写作业，然后再给二年级、三年级、五年级讲课，循序推进，每天如此。除了两门主课，老师还教我们打珠算和写大字。虽然学的时间不长，但珠算的加减法还是学会了，写大字如何研墨、如何执笔、如何临摹还是打下了一点基础。现在回想起来，老师真有本事、很了不起！

我们一年级共八个同学，有五个是新招的，三个是留级生。等小学毕业时，有两个已经退学了、一个留级了，只有我们五个顺利升到中学。因为我学习好、听话守纪律，每次考试算数都是满分，因此经常受到老师的表扬。

　　当年上学是免交学费的，书本费也不用交。老师通过组织我们参加村里劳动，有时组织上山打柴、采药，用换来的钱为我们交书本费。为培养丰富同学们的兴趣爱好，老师专程去城里购买了几十本小说，供同学们借阅。至今我还记得曾经看过的《金光大道》《艳阳天》《万山红遍》《新来的小石柱》等几部小说的名字。

　　七十年代正值乒乓球热，老师也喜欢体育运动，于是便买来了水泥、钢筋，和村里的泥瓦匠一起打了一个标准的乒乓球台，买了球网、球拍和乒乓球。每到课间休息，同学们便轮流上阵，六个球一局，谁输谁下台。我的乒乓球基础也是在上小学时候打下的。

　　当年每周上五天半课，周六下午和周日休息一天半。老师的家离学校仅有五华里，但他平时顾不上回家，只在周六下午才回家休息一天，顺便带些米面蔬菜、油盐酱醋等生活用品。老师一天三顿饭都是自己做，在教室门前一棵大杏树下，用土坯和石头搭起一个冷灶锅，自己捡柴、升火、做饭。白天上一天课，晚上批改作业，自己还要做三顿饭，真是太辛苦了！

　　七十年代的冬天特别冷，教室里安装一个取暖炉子，每至深秋，村里的大车会把冬天的烤火煤拉到学校。因当时供应的全是煤面，老师便利用休息时间和村里帮忙的人一起，将煤面掺上粘土，用水和均匀，摊在地上，晒一晒，除去一定水分后，用铁锹切割成豆腐块，再用筛子摇成煤球，供冬天取暖用。

　　在我的印象中，老师是个多面手、什么活都会干。他既是校长，又是老师，既是厨师，又是校工，学校的大事小情都是他自己做。在那个物质条件非常匮乏的年代，在一个条件十分艰苦的小山村里，他一干就是十几年。

　　1978年因水库扩建，库区内的几个村子都搬迁了，我的小学校也取消了。我的老师被分配到另外一个学校去教书，因当时通讯联系不像现在这样方便，我们家搬迁得又比较远，从此再也没有见到我的启蒙老师，他的名字叫张志恒。

四十多年过去了，张老师和蔼可亲的音容笑貌、严谨认真的教学态度、亲力亲为的工作作风、艰苦贫乏的生活条件、默默无闻的奉献精神、孑然一身的孤独身影还时时浮现在我的脑海！

写于 2022 年 9 月 9 日

第四章

论文发言

对权力监督的几点思考

权力监督是指对公共权力行使过程的管理控制方式，以确保依法用权、公正用权、合理用权、在轨运行。我党历来十分重视对权力的监督。早在延安时期，当黄炎培先生向毛主席问起中国共产党执政后如何走出历代统治者"其兴也勃焉，其亡也忽焉"的历史周期率时，毛主席回答："我们已找到了办法，这就是民主，让人民监督政府。"当时，陕甘宁边区政府就提出监察工作要履行"监察和弹劾边区各级政府、司法机关的公务人员"的职责。新中国成立后，在第一次政治协商会议上就明确规定县以上各级人民政府设立人民监察机关，负责履行对各国家机关和各种公务人员的监督职责。直至1997年，《中国共产党纪律处分条例》和《行政监察法》等法律条规的颁布实施，标志着党和政府已经将对权力的监督纳入了制度化、法制化轨道。

应当承认，在我国社会主义民主监督实践中，已经积累了许多成功经验，社会主义监督体系正在完善，各种形式的监督对遏制权力腐败起到了很大作用。但是，在新的历史时期，面对新情况、新问题，权力监督在遏制腐败过程中还显得软弱无力，发挥防止以权谋私、遏制腐败、保持廉洁的作用还不够明显，以致出现滥用职权、贪污腐化等问题。强化权力监督效果、改变软弱无力局面，当前应着力抓好以下三个方面。

一、强化监督意识，夯实权力监督的思想基础

思想是行动先导，行动受思想支配。监督意识弱化将直接影响监督机制有效运行。当前监督意识弱化一方面表现为部分群众监督意识缺失，存

在不知、不会、不愿、不敢监督现象。有的思想观念陈旧，只知道对权力的尊重和服从，不知道自己拥有监督权力；有的法纪观念淡薄，不了解行使监督权利的程序方法，有了问题乱告状，反映不出问题实质；有的思想麻木，即使对腐败现象看不惯，也仅限于发发牢骚、讲讲怪话，不愿意进行监督；有的怕招惹是非，遭打击报复，不敢监督。另一方面表现为少数领导干部对监督的态度不端正。有的思想认识有偏差，认为领导是管别人、监督部属的，提倡监督会降低自已的威信、影响自己的权威；有的不愿接受监督，认为监督会束缚手脚、影响效率，是与自己过不去，是找碴整人，从而反感监督、抵制监督；有的不敢开展监督，监督上级怕穿小鞋、遭打击报复，监督同级怕影响关系、妨碍团结，监督下级怕伤了和气、丢了选票。

强化监督意识，必须坚决克服上述种种不良倾向。要提高思想认识。人民群众对领导干部实行民主监督，让领导者的权力置身于人民群众监督制约之下，是党的性质和宗旨决定的，是人民群众当家作主的体现。人民群众的监督权是一项至高无上的权利，任何单位、任何人只有接受监督的义务，没有置身于监督之外的权利。要提高思想觉悟。积极培养人民群众科学文化素质和参政议政的能力，使其真正能够充分行使自己手中的监督权利，做到愿监督、敢监督、会监督。要自觉接受监督。各级领导干部必须从巩固执政党的地位和国家政权的高度对待监督，不断提高政治理论水平、加强思想道德修养、强化组织纪律观念、提高接受监督的自觉性。要树立正确的权力观，不断加强权力运行中的自我监督，坚持以人民高兴不高兴，拥护不拥护，答应不答应，赞成不赞成为标准，来检验衡量权力运用是否正确得当，自觉防范权力的滥用和变异。

二、强化制度意识，确保权力监督在轨运行

保证权力沿着制度化、法制化的轨道运行，是搞好权力监督的关键。邓小平同志曾经说过："好的制度，可以使坏人变好；坏的制度，可以使好人变坏。"当前，我国正处在社会转型的重大变革时期，许多新矛盾、新

问题层出不穷，各种监督机制需要进一步健全和完善。在党内监督上，同级纪委监督同级党委及其成员，尤其是"一把手"显得力不从心，近几年查处涉及领导干部的大案要案，涉及"一把手"贪污腐败案件，没有一件是同级纪委监督发现的。在司法监督上，对司法机关、执法人员有法不依、执法不严、徇私枉法，办人情案、关系案、金钱案等现象，监督还不到位，惩处还不得力。在行政审批上，一些政府部门把行政审批当作为部门带来利益的重要手段，极少数人员，借审批之名，行谋取私利之实。解决上述问题，只有进一步建立健全相关法规制度，才能够更好地发挥监督效能、规范权力运行。

（一）进一步落实党内监督制度。首先充分发挥各级党委会、常委会的监督作用。着力加强对重要事项决策、重大工程项目、重要人事任免、大额度资金使用的监督，避免因决策失误造成不良后果，必要时可采取票决制，防止少数人说了算。其次，充分发挥同级纪委对同级党委及其成员的监督作用。领导班子成员，尤其是"一把手"，要自觉接受监督，自觉做遵纪守法的模范。各级纪委对同级党委及其成员出现的一些倾向性、苗头性问题，通过"打招呼""扯袖子"等方式履行监督职责，做到防微杜渐。再次，充分发挥民主生活会监督作用。积极开展批评和自我批评，克服说人不说已，说明不说暗，谈工作不谈思想，谈理论不谈实际，摆现象不挖根源等现象，提高民主生活会质量。最后，健全完善并认真执行党内各项规章制度。坚持领导干部廉政谈话、干部任职前廉政教育、个人重大事项报告、任期经济责任审计等制度，不断加强和完善巡视制度、初步核实制度、领导干部提拔任用考核制度，建立领导干部廉政档案，进一步规范领导干部从政行为，防止权力滥用。

（二）进一步加强法规制度建设。加大立法力度，通过建立健全完善相关法规制度，进一步堵塞漏洞，铲除腐败现象大面积滋生的土壤，从根本上遏制以权谋私行为。加大普法力度，通过法规制度的公开普及，提高公民法纪意识，为权力监督提供广泛群众基础。加大公正执法和廉洁行政力度，提高执法人员、行政人员素质，坚持依法办事，依法行政，坚决杜绝司法腐败和行政腐败。充分发挥法规制度约束作用，使权力行使受到监督制衡，保证权力沿着制度化、法制化轨道运行，坚决遏制权钱交易等腐败现象蔓延。

（三）进一步发挥人大、政协、民主党派及新闻舆论的监督作用。人大代表和政协委员要充分发挥参政议政作用，增强监督意识，强化监督职能，提高监督水平。要广开言路、畅通渠道，认真听取意见建议，充分发挥各民主党派和群众团体的监督作用。各级党委、政府要高度重视新闻舆论工作，充分发挥新闻舆论的监督作用，为开展舆论监督创造更加宽松和谐的社会环境。

三、强化民主意识，增大权力运行透明度

权力运行不透明，就会失去可信度；权力活动不公开，就谈不上民主监督。目前，在权力运行过程中，存在严重信息不对称现象。被监督者行使权力，往往是小范围讨论，几个人决策，有的甚至是暗箱操作、个人说了算。有些事情因决策失误出了问题、带来重大损失、造成恶劣影响，还极力封锁消息，企图掩盖事实真相，人民群众的知情权、参与权、监督权被剥夺了。

搞好权力监督，必须增大权力运行的透明度，真正让人民群众拥有知情权、参与权和监督权。一是公开办事内容。各级权力机关要把承办重大事项的内容、时间、步骤、方法及所需财力、物力等情况，通过政务公开栏、政务上网、新闻媒体等，向社会公开，接受群众监督。越是群众关心的问题，诸如重大工程建设、重要干部任用等热点问题，越是要公开，让群众雪亮的眼睛监督权力运行。二是公开决策过程。坚持依法决策、民主决策、科学决策。民主是科学的前提，没有广泛民主，就难以形成科学决策。实行民主决策就是让群众畅所欲言，真心实意听取群众意见，尤其是要听取不同意见，择善而从，尽量避免决策失误或把决策失误造成的损失降到最低限度。三是公开选拔领导干部。各级党委及组织人事部门，要充分尊重人民群众对干部选拔任用工作的知情权、参与权和监督权，认真听

取群众意见，变"少数人说了算"为"多数人说了算"，变"暗箱操作"为"阳光工程"。坚持民主推荐、民主评议、公开选拔、竞争上岗、差额考察、任前公示等制度，把党的干部政策标准交给群众，让群众充分表达意愿，行使民主权利。四是公开评议干部。领导干部年终要向群众认真述职，接受群众的质询和评议，对群众评议不过关的干部，要坚决撤换，让领导干部感到自己的"乌纱帽"不仅掌握在上级手里，更掌握在广大人民群众手里。

权力监督是一项复杂而艰巨的工程，随着我国改革开放不断深入和计划经济向市场经济进一步转换，各种新矛盾、新问题将会不断涌现，产生权力腐败的土壤也将不断滋生。开展权力监督必须与时俱进，不断适应新情况、解决新问题，有效监督权力运行，防止腐败现象滋生蔓延。

写于 2002 年 7 月

找准党内监督的切入点

　　做好党内监督工作，对于充分发扬党内民主，维护党的团结，坚持党要管党、从严治党的方针，努力加强和改进党的建设，对于提高党的领导水平和执政水平，增强拒腐防变和抵御风险能力，对于保持共产党的先进性，始终做到立党为公、执政为民，都将起到积极重要的作用。

　　党的各级纪律检查机关处在党内监督关键环节，承担着重要监督职责。进入新世纪新阶段，国际、国内形势都发生了深刻变化，我们党执政环境也发生了重大变化。但是，腐败现象在党内滋生蔓延的土壤和条件依然存在，反腐败斗争形势依然比较严峻，党内监督任务依然是任重道远。《中国共产党党内监督条例（试行）》的颁布，为各级党组织开展党内监督工作提供了法规依据。但是，从实际情况看，党内监督工作确实还存在一些问题。有的监督机构软弱涣散，战斗力不强，监督工作流于形式；有的工作不得力、措施不到位，监督无章法，工作不知从何处下手；有的忽视思想教育和制度建设，放弃了事前监督和事中监督，整天忙于查办案件。由于党内监督工作缺失，导致了一些地方、一些单位矛盾不断、问题不断，党风、社会风气不正，腐败现象时有发生，给党和人民的事业带来了严重损失。

　　因此，加强党内监督工作已成为摆在各级党组织面前的一个重要课题。党内监督工作是一项庞大、复杂的系统工程。如何做好党内监督工作？各级党组织根据不同工作任务、工作性质，都有不同的方法和特点。但是任何一个事物既有特殊性，又有普遍性。党内监督工作也不例外。现就党内监督工作的普遍性问题，从加强思想教育、行为监督、制度监督三个方面，谈谈如何找准党内监督的切入点。

一、着眼于提高党员领导干部的党性修养，着力加强思想教育。

思想是行为的先导，有什么样的思想活动就会有相应的行为结果。做好党内监督工作，关键是要抓好思想教育。要通过深入学习教育，使每个党员干部坚定理想信念，牢固树立正确的世界观、人生观、价值观和正确的权力观、地位观、利益观，艰苦奋斗，廉洁奉公，立党为公，执政为民，提高执行党的路线、方针、政策的能力和遵守党纪国法的自觉性。使每个党员领导干部能够常修为政之德，常思贪欲之害，常怀律己之心，提高廉洁从政意识，筑牢拒腐防变思想道德防线。近年来人民日报社着重从以下几个方面加强思想教育。

一是认真抓好党风廉政建设宣传教育工作，夯实党内监督的思想基础。党性锻炼和思想改造是个永无止境的过程，只有不断学习，才能不断提高思想境界和党性修养。近年来主要是通过学习中央、中纪委有关文件和中央领导同志的讲话精神，学习中央、中纪委下发的"两个条例"和有关规定，积极开展职业精神和职业道德教育，利用典型案例、特别是身边的案例开展警示教育，邀请权威人士来社作反腐倡廉报告，适时开展反腐败形势教育，使广大党员干部了解中央在党风廉政建设和反腐败工作中的方针、政策、安排、部署，熟悉掌握"两个条例"和有关规定、要求的具体内容，明确职业精神和职业道德的具体要求，充分认识开展党风廉政建设的重要意义，进一步坚定反腐败的信心，打牢党内监督的思想基础。二是认真开展局级领导干部任职任期廉政谈话活动，检查、监督局级领导干部的廉洁从政和班子建设情况。领导干部上任伊始，是思想最活跃、工作积极性最高的时期。抓住这个时机进行廉政谈话，对帮助他们熟悉掌握党风廉政建设方面的具体要求，增强廉洁从政意识，树立正确的权力观、地位观、利益观都是大有益处的。1996 年以来，报社共对新提拔的和任期内的局级领导干部进行廉政谈话 141 人次。在听取谈话对象汇报自己在党风廉政方面的表现和本部门本单位抓党风廉政工作情况的同时，有针对性地提出具体要求和期望。通过谈话，增强了领导干部的廉洁从政意识，促进了领导班子建设。三是认真组织新任局处级领导干部党风廉政教育培训，增强党纪条规意识，提高拒腐防变能力。应当肯定，新上任局处级领导干部的政治素质、思想素质和业务素质大都是比较过硬的。为了使他们能够很好地胜任本职工作，在工作中能够遵纪守法，少出问题、不犯错误，对他们强化党纪条规知识的学习，提高廉洁从政的能力是十分必要的。2000年以来，报社每年都举办一期新任局处级领导干部党风廉政教育培训班，近300人参加了培训。通过学习"两个条例"等党内条规、观看警示教育录像片、参观监狱等活动，使大家熟悉廉洁从政的具体要求，提高了对反腐斗争长期性、尖锐性、复杂性的认识，进一步增强了自律意识和拒腐防变能力。

二、着眼于提高党员领导干部的廉洁从政水平，着力加强行为监督。

从近几年查处的大案要案中不难看出，腐败分子的堕落大都是从小事不慎重、小节不检点开始的。一些腐败分子在狱中都曾痛哭流涕："当时如果有人给我指出来、批评几句，或者是拉拉袖子、提提醒，我也不至于走到今天这一步。"的确许多领导干部走向犯罪，大都是因为小事、小节没有得到约束，小毛病、小问题没有得到监督，以至于在腐败的泥潭里越陷越深、不能自拔。查处大案要案重要，防止领导干部犯错误更加重要。因此，加强对领导干部的行为监督应从小事、小节上入手，从小毛病、小问题上实施监督。多年来，人民日报社在这方面的监督作了一些积极探索。

一是采用"两个提请"的方法，对党员领导干部存在的"小事""小节"问题进行有效监督。防止党员领导干部犯错误，必须从细微处着眼，从小事小节上入手，两个提请就是有效的监督手段。"两个提请"是对处以上党员领导干部一般的违纪问题提请本人说明和一般性质的问题提请本人参考。通过"两个提请"及时有效地纠正一些领导干部存在的小问题、小毛病，防止犯更大的错误。这既是组织上对干部本人的信任，也是对干部的爱护，更是一种有效的监督方法。1996年以来，报社纪检监察部门共向局处级领导干部发出了 45 个"提请说明"和"提请参考"件，收到了良好的效果。二是认真开展诚勉谈话活动，及时有效监督纠正不良行为。党员领导干部确实存在问题，绝不可等闲视之，要积极主动地做工作，及时加以解决。对有轻微违纪苗头和不廉洁行为而又不够立案条件的党员干部，采取诚勉谈话方式，能够起到告诫提醒、教育防范的作用，能够将问题和苗头解决在萌芽状态。三是认真组织填写《党员领导干部廉洁自律情况登记表》，监督检查领导干部的廉洁从政行为。填写《登记表》，实际上是对党员领导干部廉洁从政情况的一次"年检"。对存在问题的同志是一次警示和告诫，使他们在思想上有所触动，行为上有所收敛；对遵规守纪的同志，也是一次提醒和教育。从 2002 年开始，报社每年组织全社处级以上党员领导干部填写登记表，经过各级党组织逐级审核签字后，报机关纪委备案存档。几年来，报社在职处以上领导干部在填写《登记表》时虽然没有发现违纪违规问题，但对各级党员领导干部在廉洁从政方面是一次必要的检查，也是一次正常的党内监督，增强了党员领导干部党的意识和廉洁自律意识。四是认真开展党员领导干部述职述廉活动，加强党员领导干部的自我监督。人贵有自知之明。金无足赤，人无完人，领导干部也会出问题，甚至犯错误，这并不可怕。只要有勇气，敢于暴露问题、正视问题、改正错误就是好同志。开展述职述廉活动，就是给各级领导干部提供了这样一个机会。近几年来，各部门党组织认真开展述职述廉工作。局级干部在处以上干部会上述职述廉，报告党风廉政情况以及一把手执行党风廉政建设责任制的情况；处级干部述职述廉由所在支部组织实施。这项活动开展以来，对加强党内监督工作起到了积极的推动和促进作用。

三、着眼于提高党员领导干部的制度意识，着力加强制度监督。

纪律是执行路线的保证。没有规矩不成方圆。从某种程度上讲，制度就是规矩、就是纪律。做好党内监督工作，必须完善对权力的制约监督机制，用制度来制约权力、用制度来匡正领导干部行为。在加强制度监督方面着重做了以下工作。

一是坚持民主集中制这一党的根本组织制度，加强对党员领导干部的民主监督。坚持民主集中制，建立和完善党内情况通报、情况反映、重大决策征求意见等制度，逐步推进党务公开，逐步完善重大决策规则和程序都是十分重要的。特别重要的是要完善民主生活会制度，提高民主生活会质量。群众的眼睛是雪亮的。自身有毛病、有问题，自己可能不察觉，但整天工作在一起的班子成员、周围的同志心里是清楚的。民主生活会要营造畅所欲言的良好氛围，让大家打消顾虑，敞开思想，讲真话、讲实话、讲心里话，真心实意查问题、找原因，纠正缺点，克服不足。多年来，报社各局级单位坚持每年结合年终工作总结召开民主生活会，报社编委会成员带领机关党委、人事局、机关纪委负责同志参加。会上，大家积极沟通思想，消除隔阂，化解矛盾，监督检查不健康的思想苗头和错误行为，通过开展积极的批评与自我批评，及时、有效地解决问题。二是坚持对拟提拔干部任前党风廉政情况审查制度，防止出现带病上岗和用人不当。加强对干部的任前审查，是对干部人事工作的有效监督，是防止用人不当、用人腐败的必要措施。几年来，机关纪委对拟提拔的384名干部进行了任前党风廉政情况审查，对提高干部队伍素质起到积极作用。三是坚持领导干部离任和任期审计制度，防止经济违规等问题的发生。离任和任期审计制度是加强对领导干部权力监督的必要措施，是防止发生"58""59"现象的有效手段，是对党员领导干部的有效监督。通过审计可以正确评价领导干部任期经济责任，促进领导干部廉洁从政，全面履行职责。2001年以来，我们对55名党员领导干部进行了干部离任和任期审计，其中局级干部43人，处级干部12人。四是建立和实行党风廉政建设和反腐败工作责任制，增强各级领导干部的责任意识。实行党风廉政建设和反腐败工作责任制，能够提高各单位的工作积极性、主动性，形成一级抓一级，一级监督一级，层层抓落实的局面。为了明确责任，编委会每年都要对报社党风廉政建设和反腐败工作任务进行分解，按照工作性质，把反腐败工作任务分解到相关职能部门，明确责任主体，提出具体要求。同时抓好责任考核和责任追究工作。坚持对党风廉政方面出现问题的单位的主要领导和分管领导给予责任追究。五是建立巡视制度，定期检查各部门领导班子建设情况。加强对各部门领导班子建设的指导，加强对党风廉政建设工作的督促检查，是有效的监督手段，通过巡视检查，能够及时发现问题，解决问题。2001年，编委会提出了建立干部监督巡视制度。由办公厅、纪检组、机关党委和机关纪委组成巡视组，定期对各部门和直属单位领导班子贯彻执行民主集中制的情况进行检查。对检查中发现的苗头性问题及时提醒纠正，对违反民主集中制的行为坚决进行严肃查处。六是坚持干部监督工作联席会议制度，增强干部监督工作实效。坚持干部监督工作联席会议制度，充分调动各部门对党内监督工作的积极性，通过集思广益，群策群力，广泛征求意见建议，拓宽了监督渠道，加强了监督力度，进一步提高了党内监督工作的质量。

加强党内监督，一定要认真贯彻落实《中国共产党党内监督条例（试行）》。同时，要结合本单位的工作特点和实际情况，找准党内监督的切入点，因地制宜地制定贯彻落实各项具体办法和措施。我社的这些办法和措施，实际上是对加强党内监督做出的一点探索。通过实践，我们拓宽了党内监督的渠道，加强了党内监督的力度，纪检部门监督的关口前移了，工作更主动了，领导干部廉洁从政的意识和拒腐防变的能力增强了。经过这些年的努力，党内监督制度进一步完善，监督措施进一步配套，广大党员自觉接受监督的意识进一步增强，党内监督工作取得了明显的成效。但是，我们也清醒地看到，党内监督工作是一项长期、复杂的系统工程，需要深入探索和实践。今后，要进一步改进和加强我们的工作，把党员领导干部的监督管理工作做得更好，把我社的党风廉政建设和反腐败工作进一步推向深入。

《中直党建》杂志 2005 年第 11 期

坚决禁止有偿新闻
进一步加强新闻单位党风廉政建设

有偿新闻是沾染在新闻媒体上的一种顽固病毒，它严重背离党的性质宗旨，严重损害党的声誉形象，严重腐蚀新闻采编队伍。坚决禁止有偿新闻，对于坚持新闻真实性原则、牢牢把握正确舆论导向，对于加强新闻职业道德建设、促进新闻事业健康发展，对于加强党风廉政建设，切实纠正行业不正之风，对于建设一支政治强、业务精、纪律严、作风正的新闻采编队伍，具有重要意义。

长期以来，有偿新闻伴随社会不正之风和腐败现象滋生蔓延。其主要表现为：用烟酒等土特产品、手表手机等贵重礼品，作为发稿上版的交换筹码；以车马费、劳务费、辛苦费名义，进行稿钱、版钱交易；以包吃包住包差旅费方式，组织游山玩水；以宣传费、活动费、赞助费名义，谋取部门利益；收受被采访对象"封口费"搞"有偿不闻"，等等。近些年来，新闻界对上述腐败现象组织了大力围剿、进行了坚决打击，取得了一定成绩。但有偿新闻并没有绝迹，禁止有偿新闻仍然是新闻单位纠正行业不正之风的一项艰巨任务。对此，绝不可掉以轻心。

2005 年 3 月，在中宣部、国家广电总局、新闻出版总署颁布的《关于新闻采编从业人员管理的规定（试行）》中，对禁止有偿新闻作出严格规定、提出明确要求。作为新闻单位的纪律检查机关，必须认真抓好贯彻落实。下面仅从思想教育、建章立制、监督管理三个方面谈几点认识体会。

一、着力加强思想教育，努力提高新闻从业人员廉洁从业意识和自觉抵制有偿新闻的能力。

加强党风廉政建设，思想教育是基础、是关键。禁止有偿新闻，同样要从思想教育入手。一是开展理想信念教育。教育引导新闻从业人员坚定共产主义理想和建设有中国特色社会主义的信念，树立正确的世界观、人生观、价值观和正确的权力观、地位观、利益观，自觉做到立场坚定，旗帜鲜明，牢牢把握正确的舆论导向，绝不能因物质利益诱惑而丧失原则立场。二是开展职业精神和职业道德教育。强化新闻从业人员的政治意识、大局意识、责任意识，坚持新闻的客观公正、及时准确和真实性原则，坚持为人民服务、为社会主义服务、为全党全国工作大局服务的方针，严格按新闻规律办事，恪守新闻职业道德，提高廉洁从业意识。三是开展法律法规和党纪条规教育。增强新闻从业人员法纪观念，筑牢党纪国法和思想道德两道防线。提高新闻采编人员对有偿新闻性质、危害的认识。采编业务中的稿钱交易个人得了的属有偿新闻，用于部门使用或大家分配的也属有偿新闻；稿钱交易的个人行为属有偿新闻，经过部门或领导同意的也属有偿新闻；稿权交易用于分配的属有偿新闻，用于添置办公设备或所办刊物的启动资金、评奖活动的也属有偿新闻。有偿新闻的性质是贪污受贿，是违法犯罪。四是开展警示教育。组织新闻从业人员观看国内大案要案警示教育录像片，传达中央纪委有关典型案例通报，采取参观劳教所、监狱等形式适时开展警示教育。使大家加深对违法犯罪，尤其是对有偿新闻、经济犯罪的认识。实践证明，开展警示教育内容更生动、更鲜活、更具体，效果也更深刻、更明显。特别是利用身边发生的典型案例开展警示教育，对人的思想触动更深，震撼力更强，效果更明显。

人的思想是随着客观环境的变化而变化的，思想教育必须随着新形势、新任务、新环境的变化，不断创新，及时跟进，不能有丝毫懈怠。只要坚持不懈加强新闻从业人员思想教育，不断提高新闻从业人员职业道德水平，不断增强廉洁从业意识、遵纪守法意识，对于杜绝有偿新闻等违规违纪问题的发生，就会收到明显的成效。

二、着力加强制度建设，完善监督制约机制，努力提高新闻从业人员遵规守纪的自觉性。

孔子曰："上有制度，则民知所止；民知所止则不犯。"制度具有根本性、长期性、稳定性。禁止有偿新闻，必须健全完善制约机制，用制度规定来规范从业行为。《关于新闻采编从业人员管理的规定（试行）》颁布后，各新闻单位结合本单位实际情况相继制定了贯彻实施意见。这些实施意见对把握正确舆论导向、遵守新闻宣传纪律等做出了新的具体规定，这无疑将会对杜绝各种有偿新闻起到积极有效的促进作用。除此之外，应着力坚持以下制度规定。一是实行编采分开制度。实行编采分开是防止有偿新闻的有效手段。编辑只对稿件的质量把关，不接触采访对象；记者接触采访对象，但没有上版权。彻底改变过去那种同一个人从采访、撰稿、编辑、上版一包到底的出版模式。形成编辑、记者相互监督、相互制约的工作机制，防止稿钱交易、版钱交易发生。二是实行新闻报道与经营活动分开制度。把从事广告、经营活动的人员与新闻采编人员严格区分开来。从事广告、经营活动人员一律不得参与新闻报道活动。新闻采编人员不得以记者、编辑的身份拉广告，不得以新闻报道换取广告或赞助，不得以变相新闻形式刊发广告内容，不得为经营谋利操纵新闻报道，不得以批评曝光为由强迫被采访报道单位投放广告或提供赞助。三是严格采访报道审批把关制度。记者外出采访，必须认真填写出差登记表，注明采访对象、采访内容、往返时间，由负责人审批。记者采写的稿件必须经编辑、主编、值班主任三级审核把关方可刊发。要坚决杜绝有偿新闻和虚假报道，发现内容不实或有有偿新闻嫌疑的稿件要坚决撤稿，绝不留情。四是严格落实层层承诺制。新闻从业人员认真签署廉洁自律公约，自觉遵守相关规定要求，落实层层承诺制度。个人对编辑组负责，编辑组对部门领导负责，部门领导对新闻单位的党组负责，形成一级抓一级、一级对一级负责的相互监督、相互制约的有效机制。进一步明确各单位、各部门的一把手为党风廉政建设第一责任人。谁搞有偿新闻，在廉洁自律方面出了问题，不但要追究当事人的责任，还要追究相关领导的责任。

三、着力加强监督管理，严肃查处违纪违法行为，积极营造健康向上的新闻环境。

禁止有偿新闻，教育是基础，制度是保障，加强对新闻从业人员的监督管理是行之有效的手段和方法。一是健全完善监督管理机制。禁止有偿新闻，各级党委、纪委负有不可推卸的责任。要积极探索纪检监察工作与新闻业务工作相结合的途径和办法，找准监督管理的切入点。纪检监察部门要创造性地开展工作，要把监督管理日常化、规范化；新闻业务部门要克服监督是找事儿、添麻烦的思想，自觉接受监督。要积极营造新闻采编人员相互监督、相互制约，各级领导从严教育、从严把关，纪检监察机关大胆监管、认真查处的监督管理氛围。二是加强对新闻从业人员的行为监督，发现问题及时解决。对有轻微违纪苗头的，如接受被采访单位超规格接待、收受贵重礼品或车马费等行为，要进行严肃的批评教育，并责成及时退赔钱物，以挽回不良影响。对群众反映强烈，经调查确实存在严重有偿新闻行为的，要毫不留情，果断处理。该处分的决不手软，该从新闻队伍清除的要坚决清除，该移送司法机关的就移送司法机关。三是加强新闻监督，防止发生"有偿不闻"现象。近几年，一些地方单位为掩盖重大责任事故真相，采取"封口费"的方式，干预正常的新闻采访工作。个别新闻记者竟然丧失原则立场，或隐瞒事实真相，或按当地有关部门统一的口径报道，或大事化小、小事化了、不予报道。这些行为完全丧失了新闻工作者的立场，损害了新闻队伍的良好形象。因此，必须加强新闻监督，发现"有偿不闻"的行为，必须从严惩处。四是加强对新闻单位周边环境的综合治理，减少有偿新闻滋生的土壤。一个时期以来，新闻单位周边出现打着新闻单位牌子，以组织会议、出国考察、出版图书杂志等名义，在社会上进行诈骗活动的组织。有的直接与新闻单位内部人员勾结，大搞有偿新闻活动。这些行为严重败坏了新闻单位的声誉，必须严厉打击，坚决追究法律责任。五是加强对聘用人员和各种证件的管理。随着事业发展，新闻单位聘用人员不断增加。由于监管不到位，个别聘用人员以编辑记者名义进行采访活动，以发稿为名义索要钱物、搞有偿新闻，在社会上造成恶劣影响。因此，必须加强对聘用人员的教育、管理和监督，对违纪违法行为必须严肃处理。同时，要规范新闻采编人员记者证件管理，严格发放范围，对调离采编岗位或辞退人员要及时收回证件，非采编岗位人员不得持有记者证，对使用假记者证人员要追究法律责任。

禁止有偿新闻、纠正行业不正之风，是新闻单位党风廉政建设和反腐败工作一项长期而艰巨的任务。新闻单位风气正不正，新闻队伍素质高不高，党风廉政建设搞得好不好，主要取决于对有偿新闻禁止得彻底不彻底，对行业不正之风纠正得到位不到位。因此，新闻单位要把禁止有偿新闻、纠正行业不正之风作为衡量本单位党风廉政建设和反腐败工作的重要依据，切实加强思想教育、完善制度规定、严格监督管理，真正把有偿新闻等有损新闻队伍形象的行业不正之风解决好、纠正好，这样，才能重树新闻队伍的良好形象，党风廉政建设才能真正得到加强。

（2007年6月获中直机关党建论文三等奖）

对领导干部作风建设的几点思考

作风问题，关乎党的形象，关乎人心向背，关乎党的事业成败和生死存亡。我党在长期的革命、建设和改革实践中，始终高度重视作风建设。在七届二中全会上，毛泽东同志告诫全党：务必使同志们继续保持谦虚、谨慎、不骄、不躁的作风，务必使同志们继续保持艰苦奋斗的作风。在改革开放历史进程中，邓小平同志曾多次强调：开放、搞活政策延续多久，端正党风的工作就得干多久。党的十三届四中全会召开后，江泽民同志提出了"讲学习、讲政治、讲正气"的要求，着力加强领导干部作风建设。党的十六大召开后，胡锦涛带领中央书记处的同志到西柏坡重温"两个务必"；在保持共产党员先进性教育活动中，提出了以"八荣八耻"为主要内容的社会主义荣辱观；在中央纪委第七次全会上，胡锦涛同志指出领导干部在作风建设方面存在的"不思进取、得过且过，漠视群众、脱离实际，形式主义、官僚主义，弄虚作假、虚报浮夸，铺张浪费、贪图享受，阳奉阴违、我行我素，独断专行、软弱涣散，以权谋私、骄奢淫逸"等八个方面的问题。几代领导人对作风建设的高度关注，充分说明作风问题至关重要。在新的历史条件下，强调进一步加强领导干部作风建设具有极其重要的现实意义和非常深远的历史意义。下面结合反腐败斗争中查处的典型案例，重点剖析以下五个方面的问题。

思想作风不扎实。解放思想，实事求是，是马克思主义的精髓，也是我党一贯坚持的思想路线和优良作风。时下一些领导干部思想不解放，作风不扎实，个别人甚至完全背离了党的优良作风。有的思想保守、因循守旧，习惯于凭老方式老办法想问题、做工作，缺乏主动性、创造性，对改革开放中出现的新情况新问题往往是怀疑责难、消极等待、一筹莫展。有的领会党的路线方针政策不全面、不深刻、不到位，主观主义严重，不调查研究，凭主观臆断，盲目决策，瞎指挥。有的名利思想严重，好大喜功，急功近利，弄虚作假，虚报浮夸，搞形式主义，做表面文章，玩数字游戏。有的思想作风涣散，政治上不清醒，理想信念动摇，不信马列信鬼神。如原河北省常务副省长丛福奎、原黑龙江省政协主席韩桂芝等都迷信佛教，完全丧失了共产主义理想信念。

学习风气不端正。理论是行动的先导，知识是进步的阶梯。当前，部分领导干部不注重理论学习、不会用正确理论指导实践工作。一是本本主义，照抄照办。有的拘泥于用马克思主义的片言只语去框实践，不善于用马克思主义的基本原理去解决实践中出现的新情况、新问题；有的理论学习不深入，联系实际不紧密，一遇到复杂情况就立场动摇，迷失方向；有的照抄照搬上级文件，以会议贯彻会议，以文件落实文件，不能联系实际创造性开展工作。二是玩风盛行，学习风气不浓。有的领导干部沉湎于迎来送往，吃喝接待之中，即使参加学习也是做做样子，应付差事，把到党校学习，变成吃吃喝喝，拉拉扯扯，休闲度假的场所；有的沽名钓誉，参加各种函授教育，只是为了拿文凭，作业考试甚至找人代替。三是只武装嘴巴，不武装头脑。有的干部理论功底比较深，嘴巴上的功夫也很过硬，写起文章洋洋洒洒，讲起话来口若悬河。然而，一遇到拉拢腐蚀、财色诱惑等实际问题，就分不清是非、辨不明美丑，就经不起诱惑、守不住防线。正如浙江省台州市原市长孙炎彪在检查中说："近年来我也一直在坚持理论学习，但学习只武装了我的嘴巴，没有武装我的头脑，以至于走上了违法犯罪的道路。"

工作作风不深入。一切为了群众，一切依靠群众，从群众中来，到群众中去，是我党的优良传统。进入新的历史时期，一些领导干部把这一优良传统丢掉了。一方面表现为官僚主义严重。有的高高在上，不深入基层，不关心群众的生产生活，当官做老爷；有的下基层是为了做样子，层层陪同，前呼后拥，很难了解真实情况，听不到群众呼声；有的对工作严重不负责任，失职渎职，给国家造成巨大经济损失；有的基层干部工作方法简单粗暴，欺压百姓，打骂群众，对群众的实际问题长期不给解决，甚至污蔑上访群众是"刁民"，结果常常激化矛盾，引发群体性事件。另一方面表现为形式主义猖獗。一是迎来送往应酬多。有的干部抱怨说现在是"全力搞接待，抽空抓工作"，一个晚上往往有几场应酬，根本没有精力抓工作。二是文山会海多。有的干部形容每天都是"看不完的文件，开不完的会，哪有时间抓落实？"三是达标评比多。有的地方一年的达标升级活动有几十项之多。四是花架子多。一些地方脱离实际，盲目决策，搞"形象工程""政绩工程"，将为民办实事活动异化成为领导干部谋取升迁的手段。五是弄虚作假多。一些干部为达个人目的，不择手段弄虚作假、虚报浮夸，搞假政绩。

领导作风不民主。民主集中制是我党根本的组织制度和领导制度，有的地方不按制度规则办事，破坏了民主集中制原则。一是民主不够，独断专行。有的领导干部不按民主集中制原则办事，搞一言堂，独断专行，家长作风，压制不同意见。有的地方和部门的人权、物权、财权过分集中在一把手手中，而且缺乏必要的制约和监督。在领导干部违法乱纪案件中，一把手占很大比例。二是集中不够，软弱涣散。有的执行党的路线方针政策不坚决、不彻底、打折扣，有令不行，有禁不止，上有政策，下有对策，搞地方和部门保护主义。有的领导班子不团结，各吹各的号，各唱各的调，破坏了民主集中制原则。有的对存在的问题不敢抓、不敢管，息事宁人，当"老好人"。有的无视党的纪律，特别是政治纪律，自由主义倾向严重。

生活作风不检点。艰苦奋斗是中华民族的优良传统，也是我党战胜一切困难的法宝。近年来，随着经济发展和生活水平提高，部分党员干部淡忘了这一好的传统和作风，拜金主义、享乐主义思想慢慢滋长起来。一是追求吃喝玩乐。有的巧立名目，用公款大吃大喝，游山玩水，出国旅游；有的利用各种机会出入豪华宾馆、酒楼、夜总会，用公款进行高消费娱乐活动。二是讲排场，比阔气。有的地方挥金如土，铺张浪费，大建楼堂馆所，以培训中心、疗养院、办事处等宾馆酒店为据点，吃吃喝喝，拉关系，搞腐败活动。三是骄奢淫逸，腐化堕落。有的党员干部经不起美色的诱惑，嫖娼赌博，养情妇，包二奶，追求腐朽的生活方式。目前被查处的领导干部绝大多数都有生活作风问题。四是滥用职权，贪污受贿。有的为官不清，从政不廉，利用手中权力吃拿卡要，为子女、亲友谋取好处，利用决策、审批、人事等权力索贿受贿，有的甚至卖官鬻爵，贪赃枉法。

上述这些问题虽然只存在少数领导干部身上，但其消极影响和不良后果不可低估。如果不警惕、不抓紧治理，听任不正之风侵蚀党的肌体，就会损害党群、干群关系，就会影响党和国家的各项事业发展进程。在新的历史条件下，要完成好党和人民赋予的历史重任，就必须加强领导干部作风建设。

第一，要大兴实事求是之风，努力夯实思想基础。思想作风对于领导干部作风建设来说，是基础，是灵魂，是方向。加强和改进领导干部作风建设，必须把思想作风建设摆在第一位。要坚持实事求是这一马克思主义认识论的核心，在新的历史条件下，就是要坚持实践是检验真理的唯一标准，用"三个有利于"来判断各方面工作的得失；要进一步解放思想，自觉把思想认识从那些不合时宜的观念、做法和体制的束缚中解放出来，按照马克思主义的实践观和发展观，研究新情况，解决新问题；要与时俱进，开拓创新，勤于思考，勇于探索，以奋发有为的精神状态，推动以经济建设为中心的各项事业又好又快的发展；要认真落实科学发展观，坚持一切从实际出发，从广大人民群众的根本利益出发，结合本地区的具体实际，妥善处理好各种复杂问题；要坚定理想信念，保持清醒头脑，坚决克服各种错误思想的干扰，进一步增强贯彻党的基本理论、基本路线、基本纲领的自觉性和坚定性。

第二，要大兴勤奋学习之风，自觉提高能力素质。学习是增长才干、提高素质的重要途径，各级领导干部要带头端正学风，做学习的表率。一是要打牢马克思主义理论功底。努力学习马列主义、毛泽东思想、邓小平理论和"三个代表"重要思想，坚定理想信念，提高政治敏锐性和政治鉴别力，不断认识和把握事物发展的客观规律，增强工作的原则性、系统性、预见性和创造性。尤其要认真领会党的十六大以来胡锦涛同志提出的落实科学发展观、构建社会主义和谐社会等一系列重大战略思想，用党的最新理论成果武装头脑、指导实践、推动工作。二是要努力掌握现代科学文化知识和管理知识。当今时代，科技进步日新月异，知识更新不断加快，经济社会发展正处于关键时期，各种新情况、新问题层出不穷，对各级领导干部加强学习提出了新的更高要求。各级领导干部要把学习作为一种政治责任、精神追求、思想境界，克服工作忙、应酬多等不利因素，主动学习、刻苦学习、深入学习，进一步提高自身的领导水平和业务素质。三是要学有所成，学以致用。努力把学习成果转化为谋划工作的思路、促进工作的措施、领导工作的本领，着眼于用新的理论、新的知识，去解决本地区、本部门存在的实际问题，推动当地各项工作不断取得新成效。

第三，要大兴求真务实之风，反对克服形式主义。求真务实是马克思主义世界观的集中体现，也是衡量领导干部作风建设的重要尺度。当前基层群众最不满意的问题之一就是形式主义，因此，各级领导干部一定要大兴求真务实之风，坚决反对和克服形式主义。一是要树立正确的政绩观。要自觉按客观规律办事，重实际、求实效、创实绩，决不能为了快出政绩、多出政绩，喊哗众取宠的空口号、提脱离实际的高指标、摆不切实际的花架子，而是要多做打基础和有利于长远发展的工作。要克服浮躁情绪，抛弃私心杂念，自觉抵制那些劳民伤财的"形象工程""政绩工程"。二是要树立正确的群众观。要自觉践行胡锦涛同志提出的心里装着群众、凡事想着群众、工作依靠群众、一切为了群众的要求，常怀亲民之心，常念为民之责，常思富民之策，常兴利民之举。以群众喜欢不喜欢、群众满意不满意、群众答应不答应作为检验一切工作的标准，努力使工作业绩能够经得起实践、历史和群众的检验。三是要勤政为民真抓实干。要真正把心思用在抓工作、干事业上，把精力投入到抓落实、促发展中。要深入基层、深入群众、深入实际，察实情、讲实话、办实事、求实效，扎扎实实做好各方面的工作，真心实意为老百姓办好事、实事，让人民群众真正得到实惠。

第四，要大兴民主决策之风，加强改进集体领导。民主集中制是我们党的根本组织制度和领导制度，也是形成领导干部良好作风的重要保证。各级领导干部要高度重视发展党内民主，拓宽党内民主渠道，真正把群众当主人，认真听取民意，广泛集中民智，努力凝聚民心，增强科学、民主、依法执政的自觉性。领导干部尤其是"一把手"，要摆正自己在领导班子中的位置，要有容人容事的雅量，善于听取各方面意见，包括不同意见。要充分调动和激发班子成员的积极性、主动性和创造性，努力营造既有集中又有民主，既有纪律又有自由，既有统一意志，又有个人心情舒畅、生动活泼的政治局面。领导干部要胸怀全局，多谋善断，善于集中正确的意见和集体智慧，要模范遵守民主集中制的各项规定，严格按照"集体领导、民主集中、个别酝酿、会议决定"的要求，决策和处理各种问题。

第五，要大兴俭朴文明之风，廉洁从政掌权为民。生活俭朴、品行端正、为政清廉是治国兴邦的一条基本经验，也是各级领导干部应该具备的基本素质。领导干部要始终牢记"两个务必"，带头发扬艰苦奋斗、勤俭节约的优良传统，坚决抵制拜金主义、享乐主义和奢靡之风，以良好的作风引领社会风气；要自觉培养健康的生活情趣和高尚的精神追求，树立正确的荣辱观，讲文明、讲修养、讲道德、讲廉耻、讲人格，彻底摆脱赌博、嫖娼、包二奶等低级趣味，始终保持共产党员的政治本色；要严于律己廉洁从政，带头遵守党纪国法，常修为政之德，常思贪欲之害，常怀律己之心，自觉抵御各种腐蚀和诱惑，以良好的从政行为维护好领导干部的良好形象；要正确使用手中权力，时刻牢记手中的权力是人民赋予的，只能用来服务于人民，在任何情况下，都要自觉做到权为民所用，情为民所系、利为民所谋，真正用人民赋予的权力为人民服务。

优良作风是中国共产党的重要标志。我们党正是因为形成、保持和发扬了一系列优良作风，才能够始终以良好的形象凝聚人心、汇集力量，团结和带领各族人民在革命、建设和改革发展的历史进程中取得举世瞩目的成就。胡锦涛同志在十七大报告中提出了要切实改进党的作风，着力加强反腐倡廉建设的新要求。各级领导干部一定要带头把这一要求贯彻好、落实好，自觉加强党性锻炼，努力改进党的作风，真正做一名让党和人民放心的优秀领导干部。

（2009年3月获中直机关党建研究会论文三等奖）

强化"四种意识"，打牢以人为本执政为民的思想基础

以人为本，作为治国理念，古已有之。我国古代思想家早就提出"民惟邦本，本固邦宁""天地之间，莫贵于人""民为贵，社稷次之，君为轻"等重要思想，强调要利民、裕民、养民、惠民。这些重要思想传承几千年，至今仍有生命力。胡锦涛总书记在十七届中央纪委六次全会重要讲话中强调，必须进一步把以人为本、执政为民贯彻落实到党和国家全部工作中，不断实现好、维护好、发展好最广大人民根本利益，始终保持同人民群众的血肉联系。贯彻这一重要思想，需要我们持之以恒地加强思想政治建设，着力解决党员干部中存在的领导作风不正、服务意识弱化，权力观错位、政绩观扭曲，从政不廉、违法乱纪，养尊处优、危机感不强等问题，进一步增强党员干部的宗旨意识、责任意识、廉政意识、忧患意识，打牢以人为本、执政为民的思想基础。

一、强化宗旨意识，改进领导作风，确保党群干群关系不疏远。

全心全意为人民服务是党的根本宗旨，是世界观、人生观、价值观的凝聚升华，是一种高尚的思想境界。坚持全心全意为人民服务的根本宗旨是一个永恒的课题。在我党 90 年发展进程中，从"为人民服务"，到"三个有利于"、"三个代表"、科学发展观，尽管提法不同，但四代中央领导集体以人为本、执政为民的理念是一脉相承的。长期以来，各级党委政府牢记党的宗旨，认真实践以人为本、执政为民理念，关注人民群众生产生活，解决了大量涉及群众切身利益的实际问题，取得了明显成效，密切了

党群关系、干群关系，促进了社会和谐稳定。无论时代如何发展变化，党为人民服务的宗旨是永恒不变的。强化宗旨意识，必须着力解决领导作风上存在的突出问题。在新的历史条件下，少数党员干部在思想上、行动上偏离了党的宗旨，存在着宗旨意识淡薄，群众观念弱化、领导作风不正等诸多问题。有的对群众没有感情，高高在上，不愿接近群众，不会做群众工作；有的违背群众意愿，搞花架子，做表面文章，侵害群众利益；有的漠视群众疾苦，弄虚作假，欺上瞒下，玩数字游戏；有的作风霸道，无法无天，胡作非为，欺压百姓。这些行为严重败坏了党的形象，与党的宗旨是背道而驰的。强化宗旨意识，必须坚决克服官僚主义脱离群众、形式主义坑害群众、弄虚作假忽悠群众、依权仗势欺压群众等不良作风，着力解决侵害群众切身利益的实际问题。强化宗旨意识，必须以实际行动取信于民。我们党的根基在人民、血脉在人民、力量在人民。只有坚持在思想上尊重群众、感情上贴近群众、工作上依靠群众，才能始终与人民群众同呼吸、共命运、心连心。喊破嗓子不如做出样子。为人民服务不是一句空洞的口号，而要赋予实实在在的内容。美丽的花朵只有舍得凋谢，才能结出丰硕的成果；宝贵的生命只有服务人民，才能闪耀灿烂的人生价值。党员干部只有牢记党的宗旨，自觉服务社会、服务他人、服务人民，党群干群关系才会更加密切，党和人民群众的血肉联系才能得到进一步加强。

二、强化责任意识，转变政绩观念，确保党员干部手中的权力不错位。

责任是分内应做的事情。也就是承担应当承担的任务，完成应当完成的使命，做好应当做好的工作。责任意识是党员干部必须具备的政治素质。天下兴亡，匹夫有责。勇于承担责任是中华民族的优良传统。强化责任意识，就是要着力培养党员干部执政为民的宽广胸怀，敢于担当的负责精神，奋发向上的精神状态。党员干部对党的事业、人民的利益，要具有"鞠躬尽瘁，死而后已"的忠诚、具有"人生自古谁无死，留取丹心照汗青"的胆识、具有"苟利国家生死以，岂因祸福避趋之"的担当。党员干部要勇于任事、敢于负责，开拓进取、勇于创新，为官一任、造福一方。强化责任意识，必须树立正确的权力观、政绩观。权力就是责任。党员干部必须明确一切权力来自人民，一切权力属于人民，一切权力回报人民，一切权力为了人民，自觉做到公事用好权、私事不动权、对人民不弄权、为人民掌好权。党员干部要正确对待名利地位。居上而不骄，居下而不忧，不为名所累、不为利所惑、不为权所动，为党尽责，为民分忧。要以强烈的事业心和高度的责任感对待自己的工作，要多出经得起实践、历史和人民检验的实绩。要坚决摒弃沽名钓誉的"政绩工程"，自觉抵制树碑立传的"形象工程"，杜绝坑民害民的"腐败工程"。要树立科学发展观，坚持问政于民、问需于民、问计于民，坚持科学决策、民主决策、依法决策。多干打基础、利长远、惠民生的好事实事。做任何工作都要做到对眼前负责，对长远负责，对当代负责，对未来负责，对人民负责。强化责任意识，必须始终将人民群众的根本利益摆在第一位。人民的利益高于一切。党员干部要心里装着人民，要以人民拥护不拥护、赞成不赞成、高兴不高兴、答应不答应来开展一切工作，检验一切工作。绝不能滥用职权，瞎指挥、乱拍板，对人民不负责任。党员干部只有认真践行以人为本、执政为民的理念，不断增强责任意识，才能正确使用手中的权力，真正做到权为民所用、情为民所系、利为民所谋，才能实现好、维护好、发展好最广大人民群众的根本利益。

三、强化廉政意识，坚守两道防线，确保党员干部队伍不变质。

廉洁从政是党的性质和宗旨对党员干部提出的基本要求，是贯彻落实党的路线方针政策的重要保证，是正确履行职责为人民掌好权、用好权的重要基础，是践行以人为本、执政为民理念的必然要求。党员干部要廉洁从政，做遵纪守法的模范。要严格执行领导干部廉洁从政各项规定，时刻坚守思想道德、党纪国法这两道防线。要常修为政之德，常思贪欲之害，常怀律己之心；要经得住诱惑，耐得住寂寞，守得住清贫。在任何情况下都要自重、自省、自警、自励，在任何环境中都要慎欲、慎权、慎独、慎微。只有自身的免疫力增强了，才能过好权力关、金钱关、美色关、亲情关，才能干干净净做事，清清白白做人，永远保持一身正气，两袖清风。党员干部要严于律己、做执政为民的表率。党员干部的言行举止具有重要的示范导向作用。廉洁方能聚人，律己方能服人，身正方能带人，无私方能感人。只有严格要求、廉洁自律，品行端庄、作风正派，办事公道、勤政为民，才能站得稳、立得正、走得直，才能增强影响力、感召力和凝聚力，才能赢得老百姓的尊重和拥护，才能团结带领广大群众完成时代赋予的历史使命。党员干部要勇于同各种腐败行为做斗争。践行以人为本、执政为民理念，是反腐败斗争适应新形势、顺应新期待、迎接新挑战、完成新使命的现实需要。党员干部要充分认识反腐败斗争的长期性、艰巨性、复杂性，积极参与党风廉政建设，勇于同各种腐败行为做坚决的斗争。只有认真解决党员干部队伍中存在的诸如骄奢淫逸、腐化堕落，滥用职权、贪污受贿，卖官鬻爵、贪赃枉法等腐败问题，严肃查处危害严重、影响恶劣的大案要案，彻底清除党员干部队伍中的毒瘤，才能保持党员干部队伍的纯洁性和先进性，才能保持党的肌体健康强壮不变质。

四、增强忧患意识，居安思危，确保党的执政地位不动摇。

忧患意识是党员干部必须具备的政治素质。增强忧患意识是实现国家长治久安、繁荣富强的重要保证。生于忧患，死于安乐。只有居安思危，才能防患于未然。增强忧患意识，必须始终保持清醒头脑，正视面临的困难和挑战。新中国成立以来，党团结带领全国人民经过 60 多年的发展建设，取得了举世瞩目的成就，中华民族已经由积贫积弱走向了繁荣富强。如今，没有任何一种外来力量能够对党的执政地位构成威胁，我党面临最大的危险是脱离群众，最严峻的挑战是党内腐败，最可怕的敌人是我们自己。一方面，我国改革发展处于攻坚阶段，改革越向前推进，触及的矛盾就越深，碰到的难题就越多，解决的难度就越大。由于经济体制的深刻变革、社会结构的深刻变动、利益格局的深刻调整、思想观念的深刻变化，必然会带来这样那样的新情况、新矛盾、新问题，解决不好就会出乱子。对此，绝不可掉以轻心。另一方面，党风廉政建设和反腐败斗争的形势依然严峻。有的党员干部理想信念动摇，革命意志衰退，是非观念模糊，党性原则丧失殆尽；有的集政治蜕变、经济腐败、生活腐化于一身；有的领域腐败现象仍然易发多发，大案要案频出；有的地方群体性事件和重大责任事故不断上升。上述问题腐蚀着党的肌体，扰乱着正常的社会秩序，解决不好必然会危及党的生死存亡和国家的前途命运。增强忧患意识，必须提高执政能力，认真解决前进道路上的矛盾问题。水可载舟，也可覆舟。作为一个长期执政的党，要经得起执政、改革开放、市场经济和外部环境的考验，必须增强忧患意识、危机意识，防止精神懈怠的危险、能力不足的危险、脱离群众的危险、消极腐败的危险。如果整天养尊处优、歌舞升平，任由社会矛盾不断激化，任由不正之风侵蚀党的肌体，党就会失去执政之基，最终被人民和历史所抛弃。苏联解体、东欧剧变以及当前发生的茉莉花革命就是活生生的例证。只有不断提高执政能力，积极稳妥地把前进道路上的各种困难克服掉、问题解决掉、矛盾化解掉，我们的社会才能和谐稳定，我们的事业才能蓬勃发展，我党的执政地位才能牢不可破。

（2012 年 2 月获中直机关党建研究会优秀论文奖）

对"官德"建设的几点思考

胡锦涛总书记在庆祝中国共产党成立 90 周年大会的重要讲话中强调："要坚持把干部的德放在首要位置，选拔任用那些政治坚定、有真才实学、实绩突出、群众公认的干部，形成以德修身、以德服众、以德领才、以德润才、德才兼备的用人导向。"深刻领会这一重要思想，对加强领导干部的道德建设具有极其重大的现实意义。

官德，即为官者的从政道德。是一个人的政治信仰、道德品行、思想修养、工作作风、生活情趣的综合反映，体现于领导、管理、服务、协调等各项工作之中。官德是为官之魂、从政之本、用权之道。古往今来，历代有作为的政治家都十分重视官德。无论是古代的包拯、海瑞、曾国藩等治国名臣，还是现代的毛泽东、周恩来、刘少奇等开国领袖，都十分重视品德修养，他们立德为先，志存高远，勤政为民，清廉如水，堪称道德典范。

然而，进入新的历史时期，领导干部的官德已经成为社会议论的热点、焦点问题之一。从反腐败斗争的成果中不难看出，每查处一个腐败官员，都带出一大堆生活腐化、荒淫无度、人格扭曲等道德品质问题。"官德"缺失已经成为当今社会的一大隐忧。其主要表现如下：一是政治品德低下。少数官员理想信念动摇，思想空虚，精神萎靡，不信马列信鬼神，不信科学信迷信；有的官员党性原则不强，口是心非，阳奉阴违，拉帮结派，玩弄权术，欺上瞒下，愚弄百姓；有的是非观念模糊，不辨黑白，不分美丑，不知香臭，渎职滥权，随心所欲，颠倒是非，处事不公。二是社会公德缺失。个别官员以自我为中心，重小我，轻大局，重个人设计，轻社会责任，价值取向功利化，人生选择市场化；有的热衷"关系"，经营"圈子"，搞人身依附，缺乏人格感染力；有的为人不诚实，哗众取宠，言而无信，台上讲空话，台下说假话，缺乏公信力；有的缺乏社会责任，无正气、无正义，对丑恶现象不批评、不斗争，甚至随波逐流。三是职业道德沦丧。部分官员缺乏对权力的敬畏，搞权责分离，无作为、无担当，逃避责任义务；有的滥用职权大搞"形象工程""政绩工程"，对人民极端不负责任；有的对党不忠、对民不敬，喜欢弄虚作假，玩数字游戏，欺骗组织，糊弄群众；有的作风霸道，以言代法，以权压法，胡作非为，无法无天。四是家庭美德不保。个别官员对老人不孝，徒有子女之名，不尽子女之责，甚至借老人生日、病丧之机大肆收敛钱财；有的对子女放任，不关心、不管教，以致"衙内"频出，绯闻不断；有的对爱人不忠，家里红旗不倒，外面彩旗飘飘，"二奶""小三"遍地开花。五是个人品德败坏。一些官员私欲膨胀，贪得无厌，以权谋私，疯狂敛财；有的贪图享乐，生活奢华，行为放纵，醉生梦死；有的追求低级趣味，生活腐化糜烂，吃喝嫖赌抽五毒俱全。上述种种现象，虽然只存在少数领导干部身上，但它严重败坏了党和政府的形象，毒化了社会风气，影响恶劣，危害极大，必须引起高度警觉。

人无德不立，国无德不兴。官德彰则政权稳，官德丧则政权失。官德不是小节问题，而是大是大非问题，关系党和政府的形象，关系政权的兴衰存亡。各级领导干部一定要视官德为生命，严格要求，廉洁自律，立党为公，执政为民，做道德风尚的引领者。

首先，要加强教育引导，打牢从政道德基础。教育是培养良好道德品质的重要手段。一是开展理想信念教育，坚守共产党人的精神追求。对马克思主义的信仰，对社会主义和共产主义的信念，是共产党人的政治灵魂，是共产党人经受住任何考验的精神支柱。理想信念动摇，必然导致思想扭曲、行为摇摆、精神懈怠、道德滑坡。只有把坚定共产主义理想信念作为一个永恒的课题常抓不懈，才能不断提高领导干部的政治觉悟和从政道德水平。二是开展经常性思想教育，不断加强思想道德修养。通过世界观、人生观、价值观教育，帮助领导干部树立正确的人生追求，自觉抵御各种不良思潮的侵蚀，永远保持积极向上、充满活力的精神风貌；通过权力观、地位观、利益观教育，帮助领导干部正确对待名利地位，提高执政品德，正确使用手中权力；通过典型案例开展警示教育，增强领导干部法律意识和廉政品德，提高遵纪守法的自觉性。三是开展社会公德、职业道德、家庭美德、个人品德教育，大力弘扬时代新风。通过教育引导，使领导干部明是非、辨美丑、知善恶、懂廉耻，在教育中提升品位，培育人格魅力，真正成为共产主义远大理想和中国特色社会主义的坚定信仰者和忠实践行者，真正成为社会主义道德的示范者、诚信风尚的引领者、公平正义的维护者。

其次，要不断学习实践，自觉加强道德修养。学习是提升道德品质的有效途径。一要学习传统文化，不断吸取中华民族传统道德之精髓。中华民族传统文化博大精深、营养丰富，是最好的精神食粮。多学学传统文化，多读读孔孟之书，就会知礼义廉耻，懂忠孝节义，增仁爱之心、补正义之气、守礼仪之规、长智谋之力、厚诚信之品。二要保持优良作风，彰显共产党人的人格力量。党的优良传统和作风是战胜一切困难的重要法宝。要坚持理论联系实际、密切联系群众、批评和自我批评的作风，不断净化思想品德；要坚持一切为了群众、一切依靠群众、从群众中来、到群众中去的优良作风，努力提高为人民服务的思想境界；要坚持以人民高兴不高兴、满意不满意、答应不答应为工作标准，真正做到权为民所用，情为民所系，利为民所谋；要按照党的十八大报告中提出的"干部清正、政府清廉、政治清明"的要求严格自律、廉洁从政，永葆共产党人的政治本色。三要模范践行"八荣八耻"等社会主义荣辱观。领导干部要自觉成为社会主义荣辱观的倡导者和实践者，牢记"八荣八耻"，弘扬中华美德，以身作则，率先垂范，用自己的实际行动引领社会风尚；要努力学习英雄模范人物的先进事迹，在工作和生活中时时处处用最高道德标准严格要求自己，不断陶冶道德情操、养成道德习惯、升华道德境界、提高道德水平，以实际行动彰显共产党人的人格力量。

第三，要强化制度约束，着力规范从政行为。道德是软约束，法律制度是硬约束，道德要发挥应有的作用，离不开制度的规范和法律的威慑。一是要加强法制建设。法律制度建设是加强领导干部从政道德建设的核心。要及时修改、完善与当代道德要求不相适应的法律、制度和规定；要重新确立符合社会主义市场经济条件的道德标准，及时弥补因新旧体制交替而造成的"道德真空"；党员领导干部要严格遵守已经颁布实施的法律法规、党纪条规和职业道德准则等各项法律制度规定，自觉遵守道德规范，做遵纪守法的模范。二要加强权力制约。造成官德败坏的主要原因是权力失去制约。加强领导干部道德建设，关键是改革现行不完善的政治体制，着力营造制约权力的法律、制度环境，把权力关进"笼子"。目前最主要的是坚持民主集中制，加强和改进集体领导，防止"一把手"独断专行、"一言堂"等不良现象的疯狂蔓延。三是要增强自律意识。领导干部要不断加强党性修养，增强自律意识，提高自控能力。要常修为政之德、常思贪欲之害、常怀律己之心，无论在任何情况下，都要自重、自省、自警、自励，慎微、慎欲、慎独、慎权，要坦坦荡荡做人，清清白白为官。

第四，要加强监督管理，坚持正确用人导向。监督是加强领导干部从政道德建设的根本途径。一是要发挥人民群众的监督作用。群众的眼睛是雪亮的。人民群众是社会的主体，群众监督是最广泛、最彻底、最公正、最客观的监督。只有依靠群众，发动群众，形成人人负责、人人监督的局面，才能防止权力拥有者的为所欲为。二是要发挥新闻舆论的监督作用。要充分发挥新闻舆论公开性强、受众面广、传播速度快的优势，做到领导干部的权力行使到哪里、领导干部的活动延伸到哪里，对他们的监督就跟踪到哪里。三是要坚持正确的用人导向。提拔一个干部，等于树立了一面旗帜，对领导干部的道德建设具有重要的导向作用。因此，必须严格干部的选拔任用标准，坚持任人唯贤，德才兼备、以德为先，用好的品德选人、选品德好的人。要建立道德考评机制，整合组织人事、社会舆论、公众监督等多方面的力量，确立真实、准确的道德评价标准。要将领导干部的道德素质作为硬性指标，坚持一票否决，防止"带病"上岗。

写于 2012 年 11 月

认真贯彻"两个法规"
切实把党纪要求落到实处

党的十八大以来，以习近平同志为核心的党中央审时度势，从严治党，不断加大反腐倡廉工作力度，制定修改了一系列党内法规，严肃政治纪律和政治规矩，对党内政治生态和社会风气持续好转起到了积极推动作用。新修订的《中国共产党廉洁自律准则》重在立德，是党执政以来第一部坚持正面倡导、面向全体党员的规范全党廉洁自律工作的重要基础性法规。修订后的《中国共产党纪律处分条例》重在立规，围绕党纪戒尺要求，开列负面清单，划出了党组织和党员不可触碰的底线。"两个法规"紧扣廉洁自律主题，坚持依规治党与以德治党相结合，是对党章规定的具体化。学习贯彻实施好"两个法规"，对于落实全面从严治党要求、加强党的建设、强化党内监督，不断推进党风廉政建设和反腐败工作，具有十分重要的意义。

人民日报作为中共中央机关报，是党治国理政的重要资源和重要手段，在众声喧哗的舆论场中，发挥着"定海神针"和"中流砥柱"的作用。带头学习好、宣传好、贯彻好"两个法规"，是人民日报的重要职责，是价值所系、使命所在。作为新闻行业的"排头兵"，只有先学一步、学深学透，将党的纪律要求刻印在心上，才能为全党学习贯彻"两个法规"营造良好舆论氛围，才能建设一支政治强、业务精、作风正、纪律严的党报工作队伍，才能办好人民日报，让党和人民放心。

一、抓学习效果，切实把党的纪律要求刻印在心上

人民日报编委会在认真学习传达中央办公厅通知精神的基础上，转发

了中办关于认真学习贯彻《中国共产党廉洁自律准则》和《中国共产党纪律处分条例》的通知。要求各级党组织把学习贯彻"两个法规"作为当前和今后相当长时期的重要政治任务抓好落实。结合"三严三实"专题教育，制定学习计划。年底前，利用不少于 3 个党日时间，认真组织开展专题学习教育。把学习贯彻"两个法规"列入编委会中心组学习和党员教育培训内容，列入经常性干部培训及编采人员培训计划，作为"三项学习教育活动"的重要内容，教育引导党员干部增强廉洁自律意识，严格遵守党的纪律。机关纪委购买"两个法规"合订本 4800 册，4400 多册已下发至全体党员。

11 月 26 日，编委会理论学习中心组组织集体学习，报社四级职员以上党员领导干部、中央纪委驻社纪检组和机关纪委全体同志参加。邀请中央纪委宣传部部长陈小江同志作学习贯彻"两个法规"专题辅导报告。进一步了解"两个法规"出台背景、修订原则、主要内容，以及贯彻实施的总体要求。编委成员以身作则、率先垂范，带头学习"两个法规"，牢固树立党章党纪党规意识，把严守党的政治纪律和政治规矩永远放在首要位置，守住红线，不触底线，做守纪律、讲规矩的模范。

各级党组织按照编委会要求，精心制定学习计划，认真开展专题学习教育。组织全体党员既原原本本、逐字逐句地学，又采取上党课、专家讲座、分组讨论、知识竞赛等多种形式丰富教育内容，准确把握"两个法规"的主要内容和精神内涵，真正把党的纪律和规矩内化于心、外化于行。自觉做到知敬畏、守纪律、讲规矩。各部门理论学习中心组，认真组织专题学习讨论。联系思想和工作实际，认真开展对照检查，真正把自己摆进去，着力解决在执行廉政准则、遵守"六大纪律"方面存在的突出问题。

机关党委通过多种形式，加大宣传教育力度，营造崇尚纪律、遵守纪律的良好舆论氛围。利用社内生活报、内部工作网、闭路电视等社内宣传阵地，积极宣传贯彻"两个法规"，目前，社内生活报、内部工作网刊发编委会通知、各部门学习动态等消息文章 20 余篇。闭路电视开办学习贯彻"两个法规"专栏，分期解读"两个法规"的精神内涵和主要内容，目前已播出 6 期，收到良好宣传教育效果。

机关党委、机关纪委、报社文明办抽调人员成立学习贯彻"两个法规"知识竞赛小组。计划于 2016 年元旦前后，在全社开展知识竞赛活动。通过形式多样、生动活泼的宣传教育，帮助党员干部将"两个法规"学深悟透、融会贯通，强化党章意识、纪律意识、规矩意识和组织意识，营造守纪律、讲规矩的浓厚氛围，真正将党的纪律要求刻印在心上。

二、抓宣传报道，积极发挥人民日报舆论引导作用

"两个法规"的颁布实施，是加强党内监督，实现依规管党治党的重大举措。做好学习贯彻《两个法规》宣传报道，是人民日报当前一项重要政治任务，必须增强导向意识、阵地意识，做到守土有责，守土负责，守土尽责。编委会要求，人民日报要积极发挥舆论引导作用，为全党学习贯彻"两个法规"营造良好舆论氛围。政治文化部、评论部等编采部门和人民网等社属媒体都认真落实中央要求，加大宣传报道力度，做好新闻报道工作。要充分发挥人民日报评论理论宣传优势，通过确立专题、开辟专栏、专家访谈等多种形式，准确解读"两个法规"的地位作用和重大意义，积极推进"两个法规"在全党贯彻落实。

10 月 23 日，《人民日报》刊发了中央纪委书记王歧山的署名文章"坚持高标准，守住底线，全面推进从严治党制度创新"。文章阐明，新修订的中国共产党廉洁自律准则，紧扣廉洁自律主题，体现宣示性，坚持正面倡导，变"不准"为"自觉"，既面向全体党员又突出"关键少数"，集中展现共产党人的高尚道德追求，体现了执政党的道德宣示和行动的高标准。修订后的《中国共产党党纪处分条例》，强调纪律是党的生命，突出政治纪律和政治规矩，坚持纪严于法、纪在法前，实现纪法分开，体现作风建设和反腐败斗争的最新成果，是管党治党的尺子和党员的行为底线。这篇文章精准解读了修订后的"两个法规"的主要内容和精神内涵。

10 月 29 日，刊发中央办公厅印发的认真学习贯彻《中国共产党廉洁自律准则》和《中国共产党纪律处分条例》的通知，在全党掀起学习热潮。

截止到 11 月 23 日，《人民日报》共刊发学习贯彻"两个法规"相关报道35 篇。其中刊发全国政协、中央国家机关工委等单位学习贯彻"两个法规"的消息 5 篇；刊发中央纪委有关负责同志就颁布新修订的"两个法规"答记者问等通讯 7 篇；刊发"全面从严治党的治本之策""坚持纪在法前、纪严于法"等评论员文章 7 篇；刊发"革命理想高于天，纪律规矩是底线"等省委书记、部长学习体会 9 篇；刊发以案释纪专栏稿 7 篇。这些稿件的刊发积极引导推动"两个法规"在全党贯彻落实。

三、抓贯彻落实，认真解决在遵规守纪方面存在的突出问题

编委会对照"两个法规"认真开展自查自纠。针对中央巡视组反馈意见，认真查找在落实全面从严治党要求、履行"两个责任"、把握正确舆论导向，规范干部选拔任用工作、强化内部监督管理、纠正以媒谋私行为等方面存在的突出问题。结合报社工作实际，制定整改工作方案，明确主体责任，细化任务分工，狠抓工作落实。相关职能部门，认真落实中央巡视组专题巡视人民日报社反馈问题整改工作方案，做到真改、实改、全面改，不讲情面、不留盲区、不留死角，件件有着落，事事有回音。

各级党组织积极承担党风廉政建设主体责任。对照"两个法规"，认真查找本部门、本单位在遵守廉洁自律准则和"六大纪律"方面存在的突出问题，深刻剖析原因，认真加以解决。各级领导干部自觉把遵守党的政治纪律、政治规矩放在首位，坚决克服认识模糊、思想麻木、意识淡漠等现象。在对照检查中，真正把自己摆进去，联系本单位本部门具体情况，联系自己的职责，联系自身思想、工作和生活实际，查找差距，分析原因，解决突出问题。

报社编采部门把坚持正确舆论导向作为对照检查的重点，努力增强政治意识、规矩意识。在对重大事件和社会焦点问题的宣传报道中不失声、先发声、发好声，守纪律、讲规矩、有分寸。社属媒体在导向把握上坚持与人民日报"一把尺子，一个标准，一条底线，一个要求"，决不给别有用心之人可乘之机，决不允许任何杂音噪音在报社所属媒体上传播。相关

职能部门抓住学习贯彻"两个法规"的契机，严格监督、大胆管理，认真清理办公用房超标、超标准配备公车等问题。对一些苗头性、倾向性问题，坚持抓早抓小、抓细抓实，着力将矛盾和问题解决在始发或萌芽状态。纪检监察部门以"两个法规"为准绳，切实履行监督职责，对违反党纪党规行为，坚持违纪必查、违规必究，切实把纪律规矩挺在前面。

全面从严治党永远在路上，强化党内监督只有进行时。学习贯彻"两个法规"是一项长期政治任务，必须经常抓、抓经常，反复抓、抓反复，时刻也不能放松。通过深化学习教育，真正将廉洁自律准则和党纪党规要求溶化在血液里，刻印在党员干部心上。为办好人民日报、促进报社各项事业健康发展，提供坚强的组织纪律保障。

（在中直工委学习贯彻"两个法规"经验交流会上的发言）

2015 年 11 月 26 日

立规矩　守规矩　用规矩

　　规和矩是校正圆形、方形的两种工具，多用来比喻标准法度。俗语"没有规矩不能成方圆"，强调做任何事情都要有一定的规矩、规则、做法，否则就无法成功。本文所说的规矩，泛指党内制定的章程条例、准则制度等一切约束各级党组织和党员干部行为的规范性文件。

一、立规矩是党要管党的必然要求

　　党有党规，国有国法。党无规则不治，国无法则不安。每一个完善的组织，都要有自己的法律章程、制度规定，做任何事情都要有行为准则、规范标准。在现代社会管理中有一个普遍共识：有规矩按规矩执行，没有规矩制定规矩，然后再按规矩执行。可见，立规矩对任何政党、任何组织都十分重要，不可或缺。

　　我党历来都十分重视纪律规矩的作用。毛泽东同志曾经说过："纪律是执行路线的保证，没有纪律的军队是不能打胜仗的。"早在1927年10月，毛泽东同志率秋收起义部队在进军井冈山的途中，到达江西省遂川县荆竹山村。由于长途行军跋涉，战士们饥渴难忍，个别战士就偷挖当地老百姓的红薯充饥。针对这一损害群众利益现象，毛泽东同志站在荆竹山村村口的一块长条形巨石上，向部队宣布三条纪律：第一行动听指挥；第二不拿群众一个红薯；第三打土豪要归公。这就是我军《三大纪律八项注意》的原版。后来经过几次修改，于1947年10月10日，毛泽东同志起草了《中国人民解放军总部关于重新颁布三大纪律八项注意的训令》，此纪律一直沿用至今。荆竹山村村口的长条形巨石叫"雷打石"，因被雷电击破从山上滚落至此而得名。将纪律立在"雷打石"上，寓意着军令如铁，纪律如钢，执行纪律必须雷打不动。"雷打石"成为我党立规矩的奠基石。

《三大纪律八项注意》言简意赅，包含了丰富而深刻的思想内容，是贯彻党的路线、方针、政策和完成各项任务的重要保证，是军队战斗力的重要因素。对于加强军队建设，密切军民关系，增强官兵团结，夺取革命战争的胜利，起到重大的作用。解放军官兵自觉把《三大纪律八项注意》作为行为规范，严格遵照执行，从而赢得了全国人民的真诚拥护和欢迎。这一铁的纪律，是经过20年实践检验而日益完善的，是集体智慧的结晶。党和军队正是靠这一铁的纪律，由小到大，由弱到强，最终取得了中国革命的成功。

我党在90多年的艰难求索中，根据不同历史时期的工作任务，制定了许多行之有效的党内法规，对各级党组织和党员干部提出纪律要求。在新的历史时期，颁布实施了《关于党内政治生活的若干准则》、《中国共产党党员领导干部廉洁从政若干准则》《中国共产党纪律处分条例》《中国共产党党内监督条例》等重要法规文件。党的十八大召开后，中央制定了《中央政治局关于改进工作作风密切联系群众的八项规定》《党政机关厉行节约反对浪费条例》等一系列法规文件。这些党内法规的制定，对于加强党内监督，发扬党内民主，维护党的团结统一，对于提高党的领导能力和执政水平，对于保持党的先进性和纯洁性，增强拒腐防变和抵御风险的能力，对于坚持党要管党、从严治党方针，规范各级党组织和党员干部的行为，发挥了积极重要的作用。

但是，我们也应当承认在一些地方性法规的制定上还存在许多问题。有的与宪法、党章、或其他法律法规相冲突。如某地为控制初中生辍学，作出未取得初中毕业证书的青少年，不给办理结婚证的规定，直接挑战婚姻法。有的与中央精神、党纪条规相背离。如某市为保护地方企业，下发了在公务接待中提倡使用当地某系列酒的通知，并下达指标任务，公开为公款吃喝推波助澜。有的制定文件规定脱离实际、缺乏严谨认真的态度。如某机关为体现人文关怀、展示政府形象，下发了关于为办事客人倒一杯水的通知，规定夏天要为客人倒一杯凉水，冬天要沏一杯热茶。这些荒唐的制度规定，暴露了规矩制定者法律意识的淡薄、依法行政理念的缺失、文件制定的草率和随意，造成了恶劣的社会影响。

加强党的建设，贯彻全面从严治党的要求，立规矩是重要抓手。立规矩要坚持从党的事业发展需要和党的建设实际出发，以党章为根本依据、贯彻党的理论和路线方针政策，遵守党必须在宪法和法律范围内活动的规定，符合科学执政、民主执政、依法执政的要求，有利于推进党的建设制度化、规范化、程序化，坚持民主集中制原则、充分发扬党内民主、维护党的集中统一，维护党内法规制度体系的统一性和权威性。立规矩一定要方向正确，内容全面，逻辑严密，表述准确，具有可操作性。只有将规矩立好了、立住了，才能起到约束和规范党员干部行为的作用。

二、守规矩是党员干部的行为底线

规矩具有强制性，必须认真遵守、严格执行。每个党员干部都要养成按规矩说话、按规矩办事、按规矩做人的行动自觉，让守规矩成为一种行为习惯，成为言行的底线，不得逾越。

从近年来查处的腐败案件中不难看出，一些党员干部在守规矩方面还存在许多问题。有的违反政治规矩。对党不忠诚，与党离心离德，搞山头，划圈子，拉帮结伙，搞阴谋诡计。有的违反组织规矩。个人凌驾于组织之上，作风霸道、独断专行，任人唯亲、排斥异己，拉动选票、收买人心。有的自由主义严重。有令不行，有禁不止，自行其是，阳奉阴违。有的政治定力不强。理想信念动摇，政治立场不坚定，政治方向不明确。有的本位主义、地方保护主义严重。贯彻党的路线方针政策、执行中央决策部署打折扣、做选择、搞变通，对自己有利就执行，对自己不利就不执行。有的法纪观念淡薄。以权谋私、贪污受贿，搞权钱交易、权色交易，肆无忌惮侵害人民利益，败坏党的形象。有的享乐主义严重。大吃大喝，铺张浪费，骄奢淫逸，腐化堕落。有的地方政治生态恶化。买官卖官丑闻不断，官商勾结乌烟瘴气。

上述这些问题，虽然是发生在个别地方、存在少数党员干部身上，但其消极影响和不良后果不可低估。如果我们不警惕、不抓紧治理，听任这些不守规矩的行为侵蚀党的肌体，就会损害党群干群关系，就会影响党和国家的各项事业，就会干扰实现中华民族伟大复兴中国梦的历史进程。在新的历史条件下，我党要完成好党和人民赋予的历史重任，就必须坚持党要管党、从严治党，必须讲纪律、守规矩。

守规矩，必须对党忠诚。党员干部对党要绝对忠诚，要坚决贯彻执行党的理论、路线、方针、政策和中央的决策部署，在思想上政治上行动上始终同以习近平同志为核心的党中央保持高度一致，自觉维护党中央权威。要强化党的观念，认真履行党员义务，在党言党、在党忧党、在党为党，把爱党、忧党、护党落实到工作生活各个环节。要坚定政治定力，自觉用党章规范自己的言行，努力增强政治敏锐性和政治鉴别力，在任何复杂情况下能够保持清醒头脑，做到政治信仰不变、政治立场不移、政治方向不偏，做政治上的明白人。要加强党性修养，讲诚信、懂规矩、守纪律，襟怀坦白、言行一致。

守规矩，必须强化组织观念。要坚决克服组织涣散、纪律松弛现象，坚决反对自行其是、阳奉阴违，上有政策、下有对策，有令不行、有禁不止行为。要加强组织管理，自觉按原则、按规矩办事，要服从组织决定，决不允许搞非组织活动。坚持民主集中制原则，坚决反对和克服个人凌驾于组织之上，不服从组织安排，不执行组织决定，不参加组织生活的行为和现象。坚决维护党的团结，坚持五湖四海，团结一切忠实于党的同志，坚决反对拉山头、搞宗派、划圈子等行为。坚持选人用人标准，坚决反对任人唯亲、跑官要官、买官卖官、拉票贿选等行为。坚持请示报告制度，重大问题该请示的请示，该汇报的汇报，不允许超越权限办事，在任何时候、任何情况下都要严守组织纪律。

守规矩，必须心存敬畏。不论是领导干部，还是普通党员干部，都要弄明白党有什么纪律和规矩，要自觉接受这些规矩的约束。要管住自己的嘴，不妄议中央，不信谣传谣，不散播与中央不一致的消息、言论。管住自己的手，不该拿的不拿，不该要的不要，牢记手莫伸，伸手必被捉的警训。要管住自己的脚，不该去的地方不去，远离黄赌毒，脱离低级趣味。要管住自己脑，勤学多思、深化认识，提高政治觉悟，加强思想修养。要管住自己的人，对身边人和家里人要从严要求、严格管理，不许搞特殊化，不许用职务影响谋取私利。要管住自己的欲望，守得住清贫，耐得住寂寞，不贪不占不捞，为官一任两袖清风。要严格遵守八项规定，以身作则，率先垂范，继承弘扬中华民族优良传统和党的优良作风，坚决抵制形式主义、官僚主义、享乐主义和奢靡之风。只有对法律法规、党纪条规心存敬畏，对一切诱惑腐蚀高度警惕，才能做到不越界、不越轨。

三、用规矩是从严治党的重要手段

立规矩重在用规矩，不能只是写在纸上、贴在墙上、束之高阁，而是要用规矩衡量党员干部的言行、约束领导干部的权力、惩治腐败行为。

用规矩教育党员干部。各级党组织要做好法律法规、党纪条规的宣教普及工作，使广大党员干部学规矩、知规矩、懂规矩。要将法律法规、党纪条规教育作为经常性思想教育的重要内容，使之经常化、常态化，像和尚念"阿弥陀佛"一样天天挂在嘴边，警钟长鸣。党员干部要将法律法规、党纪条规摆在桌案、放在床头，经常翻一翻、看一看，遇到矛盾问题首先在规矩中寻找正确答案，弄明白那些事能做，那些事不能做。要加大监管力度，手握戒尺利剑高悬，抓早抓小防微杜渐，用规矩约束思想行为，给头脑戴上紧箍咒，给权力划出边界线，给行为标出禁行区，真正将规矩内化于心、外化于行。

用规矩约束领导干部的权力。坚持民主集中制原则，坚持集体领导，坚持民主决策、科学决策程序。要把权力关进制度的笼子，管住领导干部特别是一把手花钱"一支笔"的风险、用人"一句话"的独断、决策"一巴掌"的习惯，以及权力运行中的以权谋私、权钱交易等腐败现象。重点解决利用职权和职务上的影响谋取不正当利益、私自从事营利性活动、干预和插手市场经济活动，利用职权和职务影响为亲属及身边工作人员谋取利益，违反干部选拔任用规定以及领导干部作风等方面存在的突出问题。要让规矩成为带电的"高压线"，确保党员干部特别是领导干部心有所畏、言有所戒、行有所止，真正做到为民用权、秉公用权、依法用权、廉洁用权。

用规矩严惩腐败行为。要将纪律规矩挺在前面，加大执行力度，坚持有腐必惩，有贪必肃。对腐败行为继续坚持零容忍的态度不变、猛药去疴的决心不减、刮骨疗毒的勇气不泄、严厉惩处的尺度不松，坚决清除干部队伍中的贪腐分子，坚决纠治选人用人上的不正之风，坚决查处不收手、不收敛的腐败行为。要保持高压态势，坚持老虎苍蝇一起打，对不守规矩的人和事，不管职位多高、权力多大，发现一起，查处一起，绝不手软。执法执纪部门在用规矩方面要坚决克服失之于宽，失之于软现象，只有将规矩真正立起来、严起来，才能起到警示震慑作用；对于丧失原则立场，在执法执纪过程中睁一只眼，闭一只眼，大事化小，小事化了，拿法律法规、党纪条规做交易的人员，要坚决清除执法执纪队伍；对于视规矩为儿戏，搞司法腐败，办人情案、关系案、金钱案的人员，要严肃追究法律责任。

党的十八大召开后，全党上下认真贯彻落实中央八项规定精神，面对作风建设方面存在的顽疾，敢于正视问题，敢于较真碰硬，敢于向自己开刀。抓住元旦春节、五一端午、中秋国庆等时间节点，从明信片、贺年卡、烟花爆竹、月饼粽子等年货节礼着手，抓早抓小抓细抓实，抓出了成效。通过媒体曝光、党纪处理、追究法纪责任等强硬手段，使公款吃喝、公款送礼、铺张浪费、滥发奖金补贴等几十年没有解决的问题得到有效遏制。为防止"四风"问题反弹回潮，中央又提出要紧盯"四风"问题新形式、新动向，保持正风肃纪的高压态势，态度不能变、决心不能减、勇气不能泄、尺度不能松，打好作风建设这场攻坚战持久战，驰而不息抓好作风建设。党中央抓八项规定精神的落实，提振了全党信心，增强了党的威信，赢得了广大人民群众信任和拥护，是立规矩、守规矩、用规矩的经典范例。

党风廉政建设和反腐败斗争永远在路上。我们坚信有全党上下齐心协力，有人民群众鼎力支持，有党纪条规、法律法规的强力支撑，在全面从严治党的征程上，就一定能管好党、治好党，实现党风和社会风气的根本好转，不负历史使命、不负人民重托。

（2015 年 12 月获中直机关优秀论文奖）

传承红色基因　争做合格党员

这次我们来到革命圣地延安，同陕西分社的同志们一起开展"两学一做"学习教育，感到非常荣幸。通过两天参观学习，感受了延安精神，注入了红色基因，收获很大，意义深远。三秦大地英杰辈出，在这里实现了大秦一统，呈现过大唐盛世，也上演过火烧阿房宫的悲剧。朝代更迭，有喜有悲，有经验也有教训。

300多年前，从陕北米旨走出来的农民领袖李自成，在夺取政权之后，仅仅几个月其建立的大顺王朝就土崩瓦解了。其原因固然很多，既有政治上的人心向背，也有军事上的纪律松弛，但最主要的还是权贵们的腐化堕落，花天酒地、荒淫无度。用现在的话说是"四风"问题导致了大顺王朝的灭亡。

60多年前，从延安走出来的一代伟人毛泽东同志，高瞻远瞩、雄才大略，治军有方、治党从严。早在七届二中全会上就作出了"不给党的领导者祝寿；不送礼；少敬酒；少拍掌；不用党的领导者的名字作地名、街名和企业的名字；不要把中国同志和马、恩、列、斯平列"等六条规定。同时，还告诫全党："务必使同志们继续保持谦虚、谨慎、不骄、不躁的作风，务必使同志们继续保持艰苦奋斗的作风。"在从西柏坡进驻北京的路上，毛泽东同志风趣地说"今天是进京赶考的日子，我们一定要考个好成绩，我们决不当李自成。"以毛泽东同志为代表的第一代中央领导集体的严格自律、率先垂范，形成了艰苦奋斗、勤俭节约、谦虚谨慎、不骄不躁、民主平等、与人民群众同甘共苦的延安作风。我党正是用这种延安作风打败了国民党的西安作风，推翻了蒋家王朝，建立了新中国。

60 多年过去了，我们党在新的历史时期，面临着长期执政的考验、改革开放的考验、市场经济的考验、外部环境的考验，存在着精神懈怠的危险、能力不足的危险、脱离群众的危险、消极腐败的危险。如何提高党的领导水平和执政水平，如何提高拒腐防变和抵御风险能力，是摆在全党面前的一个重大课题。

面对国际国内复杂环境，面对改革发展中的考验和风险，从梁家河走出来的习近平总书记，审时度势、高屋建瓴，提出了一系列治国理政的新思想、新理论、新战略，制定了八项规定、坚持重拳反腐，大力加强思想政治建设，贪污腐败滋生蔓延的势头得到了有效遏制，党风政风为之焕然一新，政治生态环境明显改善，赢得了党心和民心。

我党历来高度重视思想政治建设。今年在全党开展的"两学一做"学习教育，是继党的群众路线教育、三严三实专题教育之后，加强党的思想政治建设的一项重大决策部署，是协调推进"四个全面"战略布局、特别是推动全面从严治党向基层延伸的有力抓手。习近平总书记指出，"两学一做"学习教育，基础在学，关键在做。要坚持学做结合、以学促做，只有"学"得深入，才能"做"得扎实。下面结合思想和工作实际，谈几点认识体会。

首先，要增强学习意识，努力做学习党章党规、学习系列讲话的"带头人"。学习是进步的阶梯。党员干部只有不断用党的理论武装自己，才能保持政治定力，做到头脑清醒、信念坚定。习近平总书记强调"党章是我们立党、治党、管党的总章程，是全党最基本、最重要、最全面的行为规范"。"每个共产党员特别是领导干部都要牢固树立党章意识，自觉用党章规范自己的一言一行，在任何情况下都要做到政治信仰不变、政治立场不移、政治方向不偏。"习近平总书记关于改革发展稳定、内政外交国防、治党治国治军的重要思想，关于治国理政的新理念、新思想、新战略，关于反腐倡廉建设的重要论述，是新时期加强党的建设的重要理论武器，一定要学深悟透，用讲话精神武装头脑，将思想和行动统一到讲话精神上来。作为党报工作者一定要带着信念、带着感情、带着使命、带着问题学，把学习党章党规与学习系列重要讲话统一起来，在学系列重要讲话中加深对党章党规的理解，在学党章党规中深刻领悟系列重要讲话的基本精神和实践要求，真学真懂真信真用，在工作和生活中体现出共产党员的先锋形象。

其次，要增强党员意识，努力做党的路线方针政策的"拥护人"。增强党员意识，就是要心中有党，在党爱党、在党为党、在党忧党，对党绝对忠诚，任何时候都要与党同心同德，勇于同损害党的形象的言论、行为作斗争。要时刻想到自己是党的人，是组织的一员，时刻不忘自己应尽的义务和责任，要相信组织、依靠组织、服从组织，自觉接受组织的安排和纪律约束，自觉维护党的团结统一。要不断增强政治意识、大局意识、核心意识、看齐意识，认真贯彻执行党的路线方针政策，认真贯彻落实党中央反腐倡廉决策部署，在思想上、政治上、行动上始终与习近平同志为核心的党中央保持高度一致，自觉维护党中央的权威，切实做到为党分忧、为国尽责、为民奉献。

第三，要增强纪律意识，努力做遵守党章党规党纪的"规矩人"。党有党纪，家有家规。作为纪检干部，更要认真遵守党的政治纪律、组织纪律、廉洁纪律、群众纪律、工作纪律和生活纪律，严格按照党章党规党纪要求办事。要管住自己的嘴，不该说的不说、不该写的不写，管住自己的手，不该拿的不拿、不该要的不要，管住自己的腿，不该去的地方不去，不该趟的浑水不趟。要守得住清贫，耐得住寂寞，挡得住诱惑，管得住小节，把握为人做事的基准和底线。从事党的纪律检查工作，任务重、责任大、难度高，神圣而又光荣。因此，必须更加严格要求自己，如履薄冰、如临深渊，倍加努力为党工作。纪检干部出问题、犯错误往往危害更大，影响更恶劣，具有放大效益。因此，必须以更高的标准对待工作，更严的要求约束自己，清清白白做人，规规矩矩做事，自觉维护纪检干部良好形象。

第四，要增强公正意识，努力做清正廉洁依法执纪的"公正人"。公正是纪检干部心中的太阳。失去了公正，纪检工作将无纪可遵、无规可循，好人得不到保护，坏人得不到惩处，所辖单位的政治生态将会乌烟瘴气、一片黑暗。要有坚强的党性原则。党性原则不强，如同墙头之草，东风来了向西倒，西风来了向东倒，这样做不好纪检工作。习近平总书记指出，党性问题说到底就是立场问题。我们共产党人特别是领导干部都应该心胸开阔、志存高远，始终心系党、心系人民、心系国家，自觉坚持党性原则。要努力增强政治素质，坚持原则、实事求是、公道正派、持中守正、两袖清风、一身正气，永葆共产党人的蓬勃朝气、昂扬锐气、浩然正气。要有强烈的事业心和责任感，在其位、谋其政、负其责、尽其力，不回避矛盾，不推脱问题，勇于负责、敢于负责、善于负责，时刻牢记职责使命，自觉维护党纪尊严。

西天有佛祖，延安有真经。这次延安之行，既是学习之旅，也是取经之旅。我们一定要继承和弘扬我党在延安时期形成的优良传统、优良作风，继承和弘扬抗大精神，不忘初心，继续前行，努力在"两学一做"学习教育中锤炼党性、锤炼品德、锤炼作风，努力做一名合格的共产党员。

（在机关党委与陕西分社"两学一做"学习教育座谈会上的发言）

2016 年 12 月

扛起新时代的责任担当

第一，要以越是艰险越向前的精神状态，不断提升担当尽责的思想自觉。纪检查监察干部处在反腐败斗争的风口浪尖，直面各种错综复杂的矛盾问题，任务重、难度高、阻力多、压力大，履行好党和人民赋予的神圣职责，必须增强责任意识，强化担当精神。当前反腐败斗争的新形势依然严峻复杂，巩固压倒性态势、构建不想腐不能腐不敢腐的体制机制任务还十分艰巨。各级纪检监察干部要以时不我待的紧迫感、舍我其谁的使命感、重于泰山的责任感将担当尽责内化于心、外化于行，攻坚克难，勇挑重担，主动担当、积极尽责。面对大是大非敢于亮剑，面对矛盾困难敢于迎难而上，面对危机风险敢于挺身而出，面对过错失误敢于承担责任，面对歪风邪气敢于坚决斗争，勇于战胜前进道路上的各种艰难险阻，夺取反腐败斗争的决定性胜利。

第二，要以狭路相逢勇者胜的胆识气魄，不断提升担当尽责的政治勇气。当官避事平生耻，视死如归社稷心。党的十八大以来，党和国家事业所取得的成就、所发生的变革，有些是前所未有的，有些是振聋发聩的，有些是荡气回肠的，有些是惊心动魄的，哪一项要实现都不容易，都需要极大的政治勇气和政治胆魄。这些成就的取得，展现了习近平总书记以身许党许国、敢于担当、善于担当的政治勇气，为全党树起了看齐的标杆。反腐败斗争任重道远，任何一项工作都不是轻轻松松、敲锣打鼓都能够完成的。广大纪检监察干部要自觉锤炼勇于担当的胆识气魄，克服明哲保身、畏首畏尾、怕得罪人、怕打击报复等畏难情绪，以铁面无私、刚直不阿的浩然正气，以明知山有虎偏向虎山行的坚定决心，逢山开路、遇水架桥、勇往直前，敢于啃硬骨头，敢于攻娄山关、打腊子口，敢于同各种腐败行为、不正之风作坚决斗争。

第三，要以打铁必须自身硬的能力素质，不断提升担当尽责的政治本领。责重山岳，能者当之。纪检监察干部要自觉学习新知识，开拓新视野，掌握新本领，熟悉党的政策理论、法律法规和相关业务知识；要深入实践，积极参与办案，在工作一线总结经验，提高综合素质；要全面了解纪检监察工作的特点规律、程序方法、纪律要求，正确履职，不辱使命。要时刻保持良好的心理状态，面对威胁恐吓、谩骂指责、诽谤诬告，要有良好的心理承受力，经受住各种考验，绝不能天降大任扛不住，节骨眼上掉链子。面对新形势新任务新要求，时刻保持能力不足的危机感和增强本领的紧迫感，不断拓宽知识领域，不断加强理论修养，不断总结实践经验，不断提升担当尽责的能力素质。

担当尽责是纪检监察干部必须具备的基本政治素质。习近平总书记在十九届中央纪委第二次全会上强调："广大纪检监察干部要做到忠诚坚定、担当尽责、遵纪守法、清正廉洁，确保党和人民赋予的权力不被滥用、惩恶扬善的利剑永不蒙尘。"总书记的谆谆告诫，务必牢记于心。结合贯彻落实中直机关纪律检查工作会议精神，我们一定要着力加强纪检监察组织建设，努力提高纪检监察干部的能力素质，打造一支想干事、愿监督、敢担当的干部队伍，切实做到忠诚履职、担当尽责、不辱使命、不负重托。

第四，要以得罪千百人不负十三亿的家国情怀，不断提升担当尽责的政治品格。苟利国家生死以，岂因祸福避趋之。反腐败斗争是一场输不起的战争。纪检监察干部要站在党和国家生死存亡高度，充分认识反腐败斗争的重大意义，以义无反顾、勇往直前的精神，打赢这场正义之战。要坚定信心乘势而上，巩固深化全面从严治党取得的成果，坚决克服歇歇脚、松口气的想法，自我加压，积极作为，一锤接着一锤敲，一扣紧着一扣拧，不达目的不罢休。正人者必先正己。纪检监察干部出问题、犯错误具有放大效应，往往危害更大，影响更恶劣。要加强道德修养，常掸心灵尘土，常清思想垃圾，慎独慎微慎权，守得住清贫，挡得住诱惑，经得起各种风浪考验。要严格要求廉洁自律，时刻把法律、纪律、制度、规矩的戒尺牢记于心，做到心有所戒，行有所止，守住底线，不踩红线，不碰高压线，自觉做到忠诚、干净、担当。

中国特色社会主义进入了新时代，反腐败斗争面临着新矛盾、新问题、新挑战，广大纪检监察干部一定要坚守政治定力，增强必胜信心，挺起不屈的脊梁，练就过硬的肩膀，扛起新时代赋予的责任担当，以永远在路上的精神状态，不松劲、不停步、再出发，不断取得正风肃纪新成就。

《中直党建》杂志 2018 年 3 月

对忠诚干净担当的理解与思考

党的十八大以来，习近平总书记反复强调，党员干部必须做到忠诚干净担当。在 2013 年全国组织工作会议上，习近平总书记明确提出了"信念坚定、为民服务、勤政务实、敢于担当、清正廉洁"的好干部标准。2014 年 10 月，习近平总书记对云南工作作出重要指示，要求党员干部要"对党忠诚、个人干净、敢于担当"。2018 年 1 月，习近平总书记在十九届中央纪委第二次全会上强调："广大纪检监察干部要做到忠诚坚定、担当尽责、遵纪守法、清正廉洁，确保党和人民赋予的权力不被滥用、惩恶扬善的利剑永不蒙尘"。忠诚干净担当是对好干部标准的高度概括，既为加强新时代干部队伍建设指明了正确方向，也为广大党员干部为官从政、干事创业、立德做人提供了重要遵循。下面结合纪检监察工作谈谈自己对忠诚干净担当的理解和思考。

一、对党忠诚是党员干部为官从政最重要的政治品格

对党忠诚，既是政治标准，也是实践要求，必须内化为思想品质、外化为行为特质，始终做到忠于信仰、忠于组织、忠于人民。纪检监察干部作为权力的监督者，党的忠诚卫士，由于岗位特殊，更要站稳政治立场，坚持党性原则，保持政治定力，对党绝对忠诚。首先要强化党的意识。习近平总书记指出："全党同志要强化党的意识，始终把党放在心中最高位置，牢记自己的第一身份是共产党员，第一职责是为党工作，做到忠诚于组织，任何时候都与党同心同德。"要在党言党、在党忧党、在党为党，不管面临什么艰难险阻，不管遇到什么大风大浪，都要始终坚持中国共产

党的领导，自觉做到忠于党、忠于祖国、忠于人民。其次要坚定崇高信仰。理想信念是共产党人精神上的"钙"，精神上"缺钙"就会得"软骨病"。要始终坚定马克思主义的信仰，始终坚定共产主义理想，始终坚守共产党人的精神追求。要坚持不懈用习近平新时代中国特色社会主义思想武装头脑，在工作实践中深刻体悟这一思想的科学真理性，更加坚定中国特色社会主义的信念，更加坚定在党的领导下实现中华民族伟大复兴中国梦的信心和决心。要树牢"四个意识"、坚定"四个自信"、做到"两个维护"。第三要严守政治纪律。切实增强"四个意识"、防止"七个有之"、做到"五个必须"。坚决维护以习近平同志为核心的党中央定于一尊、一锤定音的权威，不折不扣贯彻党中央决策部署。自觉在深入学习贯彻习近平新时代中国特色社会主义思想上作表率，在始终同党中央保持高度一致上作表率，在坚决贯彻落实党中央各项决策部署上作表率。要严守政治纪律和政治规矩，中央提倡的坚决拥护，中央要求的坚决贯彻，中央禁止的坚决反对，做到令行禁止。要忠诚老实、襟怀坦荡，真正做到服从组织原则、决不各行其是，服从组织决定、决不讨价还价，服从组织程序、决不我行我素。第四要保持政治定力。纪检监察干部奋战在斗争前沿，面对错误思潮的干扰，面对糖衣炮弹的诱惑，政治定力不强，就可能不明真伪、不辨是非，甚至被拉下水、掉入深渊。要不断加强政治理论学习，学会用马克思主义立场观点方法分析问题、认识问题，始终保持政治上的清醒和坚定，不断提高政治敏锐性和政治鉴别力；要时刻站稳政治立场，学会排除各种杂音、消除各种困惑，在监督执纪中历练砥砺品格，以坚如磐石的意志和抓铁有痕的决心，深入推进全面从严治党各项工作。

二、个人干净是党员干部廉洁从政的底线红线

个人干净是党员干部的立身之本，只有把清正廉洁作为从政处事的内在要求，才能挺直脊梁、站稳脚跟，做人才有底气、为官才有正气、办事才有硬气。习近平总书记指出："一个人能否廉洁自律，最大的诱惑是自己，最难战胜的敌人也是自己。"党员干部要守住廉洁从政的底线红线，

首先要管住自己。一是要正确使用权力。党员干部要树立正确的权力观，时刻牢记手中的权力是党和人民赋予的，是用来为党和人民工作的，绝不能用来为自己谋取私利。要永远保持从政用权的敬畏之心，以如履薄冰、如临深渊的谨慎，依规依纪依法使用手中权力。要把权力关进制度的笼子，养成用制度管权、靠制度管人、按制度办事的思想自觉和行动自觉，做到奉公为民不滥权、科学民主不擅权、依纪依法不越权，决不能让权力脱离制度的笼子自由行使。在利益诱惑面前，要管住非分之想、摒弃私心杂念、遏制贪婪之欲，公道正派用权，依法依规用权，自觉接受监督。二是要增强法纪意识。遵纪守法是立身之本，任何违法乱纪、贪污腐化都是对党和人民事业的背叛。党员干部要时刻保持对法律纪律的敬畏，在各种诱惑面前把握住自己，守得住清贫、耐得住寂寞、稳得住心神、经得住考验，时时处处严格约束自己。要强化法律意识，自觉学法、用法、守法，知敬畏、存戒惧、守底线，任何时候任何情况下都要严格要求、廉洁自律，时刻把法律纪律、制度规矩的戒尺牢记于心，做到心有所戒，行有所止，自觉构筑拒腐防线，坚守党纪底线，不触法律红线，带头遵纪守法。三是要保持拒腐定力。面对形形色色的"围猎"，有人岿然不动，有人"举手投降"，根本上还在于自律能力的高低、免疫能力的强弱。要保持好的心态，认识到"有起有伏是人生，有得有失是常态"，保持清醒定力，对事业多一份执着，对名利少一份热衷。要算清腐败七笔账，在政治上断送前途，经济上人财两空，名誉上身败名裂，家庭账上妻离子散，亲情上众叛亲离，自由账上身陷牢笼，健康上终日人心惶惶。要修身齐家，既管好自己、又管好家人，像毛泽东那样"恋亲不为亲徇私、念旧不为旧谋利、济亲不为亲撑腰"。四是要净化社交圈子。习近平总书记深刻指出，"人情之中有原则，交往当中有政治"。要择善交友，厘清交往界限、把准交往分寸，多交益友净友、不交损友佞友，在见贤思齐中不断汲取智慧和力量。亲清有道，要热忱服务不以权谋私，相敬如宾不勾肩搭背，做到情谊再浓明事理、往来再密不逾矩，构建"亲"上加"清"的政商关系。慎己所好，追求高尚情操，远离低级趣味，注重心灵环保和自我修养，把握爱好的尺度，不让用心不良者有机可乘。五是要慎权慎独慎微。千里之堤溃于蚁穴。党员干部尤其要防止"小圈子""小兄弟""小爱好"。热衷于"小圈子"，就容易被别有用心的人利用，危害民主，损害团结；结交"小兄弟"，就容易影响公平公正，损害干部形象；放纵"小爱好"，就会成为不法分子牟取非法利益的突破口。赖昌星有一句名言："不怕领导讲原则，就怕领导没爱好。"一语道破了干部的爱好与贪污腐败的关系，我们确实要引以为戒。在工作和生活中，一定要谨言慎行、防微杜渐，经常检视道德操守，常掸心灵尘土，常清思想垃圾，自重自省自警自励，管住自己的嘴不该吃的不吃，管住自己的手不该拿的不拿，管住自己的脚不该去的地方不去，守得住防线，挡得住诱惑，经得起各种风浪考验。

三、敢于担当是党员干部履职尽责的基本要求

习近平总书记指出："担当大小，体现着干部的胸怀、勇气、格调，有多大担当才能干多大事业。"敢于担当是纪检监察干部必须具备的基本政治素质，纪检监察工作任务重、难度高、阻力多、压力大，履行好党和人民赋予的神圣职责，必须增强责任意识，强化担当精神。一是要有担当尽责的思想自觉。当前反腐败斗争形势依然严峻复杂，巩固压倒性胜利、构建不想腐不能腐不敢腐的体制机制任务还十分艰巨。纪检查监察干部处在反腐败斗争的风口浪尖，直面各种错综复杂的矛盾问题，必须不断提升担当尽责的思想自觉，以重于泰山的责任感将担当尽责内化于心、外化于行，主动担当、积极尽责，才能不负重托、不辱使命。面对大是大非敢于亮剑，面对矛盾困难敢于迎难而上，面对危机风险敢于挺身而出，面对过错失误敢于承担责任，勇于战胜前进道路上的各种艰难险阻，夺取反腐败斗争的决定性胜利。二是要有担当尽责的政治勇气。当官避事平生耻。党的十八大以来，党和国家事业所取得的成就、所发生的变革，有些是前所未有的，有些是振聋发聩的，有些是荡气回肠的，有些是惊心动魄的，哪一项要实现都不容易，都需要极大的政治勇气和政治胆魄。纪检查监察干部处在反腐败斗争的风口浪尖，直面各种错综复杂的矛盾问题。报社大院

是个熟人小社会，大家平时低头不见抬头见，如果有畏难情绪、怕得罪人的思想，就做不好纪检监察工作。纪检监察干部必须不断提升担当尽责的政治勇气，自觉锤炼勇于担当的胆识气魄，克服明哲保身、畏首畏尾、怕打击报复等畏难情绪，以铁面无私、刚直不阿的浩然正气，勇于同各种腐败行为、不正之风作坚决斗争。三是要有担当尽责的能力素质。责重山岳，能者当之。纪检监察干部要自觉学习新知识，开拓新视野，掌握新本领，熟悉党的政策理论、法律法规和相关业务知识；要深入实践，积极参与办案，在工作一线总结经验，提高综合素质；要全面了解纪检监察工作的特点规律、程序方法、纪律要求，正确履职，不辱使命。要时刻保持良好的心理状态，面对威胁恐吓、谩骂指责、诽谤诬告，要有良好的心理承受力，经受住各种考验，绝不能天降大任扛不住，节骨眼上掉链子。面对新形势新任务新要求，时刻保持能力不足的危机感和增强本领的紧迫感，不断拓宽知识领域，不断加强理论修养，不断总结实践经验，不断提升担当尽责的能力素质。四是要有担当尽责的家国情怀。苟利国家生死以，岂因祸福避趋之。反腐败斗争是一场输不起的战争。纪检监察干部必须不断提升担当尽责的政治品格，自觉锤炼得罪千百人不负十三亿的家国情怀，站在党和国家生死存亡高度，以义无反顾、勇往直前的精神，打赢这场正义之战。要坚定信心乘势而上，不断巩固深化全面从严治党取得的成果，自我加压，积极作为，一锤接着一锤敲，一扣紧着一扣拧，不达目的不罢休。这样才能不辱使命、不负重托，确保党和人民赋予的权力不被滥用、惩恶扬善的利剑永不蒙尘。

"对党忠诚、个人干净、敢于担当"是党员干部的修身之本、从政之道、成事之要。对党忠诚是党员干部的政治品格，个人干净是党员干部的做人底线，敢于担当是党员干部的职业素养。三句话辩证统一，相辅相成，缺一不可，必须融入党性修养的全过程，贯穿于工作生活的方方面面，真正内化于心、外化于行。在7月9日召开的中央和国家机关党的建设工作会议上，习近平总书记再次强调"要大力加强对党忠诚教育""要把干净和担当、勤政和廉政统一起来"。并要求党员领导干部"不做政治麻木、办事糊涂的昏官，不做饱食终日、无所用心的懒官，不做推诿扯皮、不思进取的庸官，不做以权谋私、蜕化变质的贪官。"对忠诚干净担当作了生动的阐释，提出明确要求。我们要深刻领会，努力实践，自觉做到忠诚干净担当，努力推进新时代党的建设和纪检监察工作高质量发展。

（在机关党委理论学习研讨会上的发言）

2019 年 7 月 29 日

深入学习领会习近平总书记重要讲话精神
认真履行纪律检查机关工作职责

习近平总书记在十九届中央纪委五次全会上发表的重要讲话，充分肯定了过去一年全面从严治党取得的新的重大成果，深刻阐述全面从严治党新形势新任务，强调全面从严治党首先要从政治上看，不断提高政治判断力、政治领悟力、政治执行力，一刻不停推进党风廉政建设和反腐败斗争，以强有力的政治监督，确保"十四五"时期目标任务落到实处。讲话高屋建瓴、思想深邃、内涵丰富，是推进全面从严治党向纵深发展的重要遵循。通过参加学习培训和反复研读讲话原文，我感到应着重学习领会以下三个方面重点内容。

深刻学习领会过去一年全面从严治党取得的重大成果，进一步坚定反腐败斗争的必胜信心。习近平总书记的重要讲话，以"在应对重大风险考验中推进全面从严治党，为如期实现第一个百年奋斗目标提供了有力保障"为题，从 5 个方面总结了过去一年工作成果。一是让党旗在防控疫情斗争、决胜全面建成小康社会、决战脱贫攻坚中高高飘扬，广大人民群众深切感受到，风雨袭来时，党的坚强领导、党中央的权威是最坚实的靠山；二是紧紧围绕"两个维护"强化政治监督，完善全面从严治党制度，加强党的领导和监督，深化政治巡视，完善党和国家监督体系，全面加强党的纪律建设，深化运用"四种形态"，围绕统筹疫情防控和经济社会发展、打好三大攻坚战、做好"六稳"工作、落实"六保"任务等重大决策部署加强监督检查；三是坚决破除形式主义、官僚主义，以作风攻坚促进脱贫攻坚，严肃查处验收达标中弄虚作假的问题，深化拓展基层减负工作，继续整治享乐主义、奢靡之风，坚决纠治餐饮浪费行为；四是深刻把握反腐败斗争新态势，一体推进不敢腐、不能腐、不想腐，坚决查处不收敛不收手的腐败分子，聚焦政治问题和经济问题交织的腐败案件，严肃查处对党不忠诚、阳奉阴违的两面人，对政法系统腐败严惩不贷，对扶贫、民生领域腐败和涉黑涉恶"保护伞"一查到底；五是增强党组织政治功能和组织功能，完善管思想、管工作、管作风、管纪律的从严管理制度，在斗争一线考察识别干部，在火线发展优秀分子入党。以上5个方面的工作成果，是面对错综复杂的国际形势、艰巨繁重的改革发展稳定任务、突如其来的新冠疫情影响下取得的。通过学习更加深刻认识到，无论国际国内形势多么严峻复杂、无论遇到多大风险挑战，党中央坚定不移全面从严治党，坚定不移推进党风廉政建设和反腐败斗争的决心不会变。我们必须紧紧团结在以习近平同志为核心的党中央周围，认真贯彻落实党中央全面从严治党重大决策部署，始终坚定反腐败斗争的必胜信心，积极履行纪律检查机关工作职责。

深刻学习领会习近平总书记重要讲话提出的新理论、新观点、新判断，进一步加强党性修养、坚定党性立场。习近平总书记强调，要坚持学懂弄通做实党的创新理论，掌握运用其中蕴含的马克思主义立场、观点、方法，不断提高理论素养、政治素养、精神境界、解决实际问题能力。一是深刻学习领会习近平总书记关于把握新发展阶段、贯彻新发展理念、构建新发展格局的重大思想理论（三新理论），杨晓渡同志在报告中作了详细阐述，我们要认真学习领会，自觉用党的创新理论武装头脑、指导实践、推动工作。二是深刻学习领会习近平总书记关于全面从严治党首先要从政治上看，不断提高政治判断力、政治领悟力、政治执行力的重要精神内涵（一看三力）。习近平总书记从反腐败斗争是一场输不起也决不能输的重大政治斗争，反对腐败、建设廉洁政治是我们党一贯坚持的政治立场，政治腐败是最大的腐败、必须消除党内政治隐患，必须坚持以正风肃纪反腐凝聚党心军心民心、厚植党的执政基础，必须打好反腐败斗争这场攻坚战、持久战，使党永葆清正廉洁政治本色等5个方面，对全面从严治党首先要从政治上看作了阐释。强调，提高政治判断力，就是要以国家政治安全为大、以人民为重、以坚持和发展中国特色社会主义为本，深刻认识各类腐败问题的政治本质和政治危害，清醒辨别行为是非，有效抵御风险挑战，保证红色江山永不变色；提高政治领悟力，就是要从政治上领会好、领会透党中央关于党风廉政建设和反腐败斗争的精神，牢牢把握党中央关于全面从严治党的重大方针、重大原则、重点任务的政治内涵，自觉同党中央保持高度一致；提高政治执行力，就是要按照党中央指明的政治方向、确定的前进路线开展党风廉政建设和反腐败斗争，经常对表对标，及时校准偏差，强化责任意识，确保落实到位。三是深刻学习领会习近平总书记对当前反腐败斗争形势的科学判断。总书记从政治问题和经济问题交织、威胁党和国家政治安全，传统腐败和新型腐败交织、贪腐行为更加隐蔽复杂，腐败问题和不正之风交织、"四风"成为腐败滋长的温床，自身贪腐和"衙内腐败"交织、破坏发展环境和公平正义，境内腐败和境外腐败交织、反腐败斗争政治性和敏感性不断加大等5个方面归纳了贪腐行为的特点规律，对此我们要有清醒认识，保持高度警惕。四是深刻学习领会习近平总书记关于肯定纪委监委发挥监督保障执行、促进完善发展作用的重大定位的意义（12字要求）。杨晓渡同志在报告指出，监督保障执行，是纪检监察机关服务党和国家工作大局的切入点和着力点，以精准有力的政治监督，以正风肃纪反腐释放出的监督推力，保障以习近平同志为核心的党中央重大决策部署落地见效。监督、保障的落脚点都在执行上，党中央精神能不能贯彻落实，是对我们工作成效的直接检验。促进完善发展，是纪检监察机关正风肃纪反腐的"后半篇文章"，对于促进党和国家治理水平的提高具有重要意义。监督保障执行与促进完善发展是一个紧密互联的有机整体，监督保障执行的成果最后要运用到促进完善发展上、靠促进完善发展来巩固深化；要更好实现促进完善发展，监督保障执行就更加需要大局站位、更加需要前瞻谋划、更加需要把握规律、更加需要有力有效。面对新时代全面从严治党的新形势、新任务、新要求，我们必须学深悟透习近平总书记在讲话中提出的新理论、新思想，自觉做到方向明、思路清、意志坚、办法多、工作实。

深刻学习领会习近平总书记重要讲话中提出的任务要求，努力提升能力素质，做忠诚干净担当的纪检干部。总结归纳习总书记重要讲话精神，在履行纪检机关工作职责、加强纪检干部队伍建设上主要有7个方面内容。一要坚持旗帜鲜明讲政治。增强"四个意识"、坚定"四个自信"、做到"两个维护"，不断提高政治判断力、政治领悟力、政治执行力，始终在思想上政治上行动上同以习近平同志为核心的党中央保持高度一致。二要持续强化理论武装。着力在学懂弄通做实习近平新时代中国特色社会主义思想上下功夫，加强党性锻炼、党性修养，坚定理想信念，筑牢思想防线，切实用党的创新理论武装头脑、指导实践、推动工作。三要锻造强有力政治监督。深入推进政治监督常态化、具体化，健全督查问责机制，加强对贯彻新发展理念、构建新发展格局、推动高质量发展等决策部署落实情况的监督检查，确保以习近平同志为核心的党中央重大决策部署不折不扣贯彻落实到位。四要深化正风肃纪反腐。坚持不敢腐、不能腐、不想腐一体推进，将正风肃纪反腐与深化改革、完善制度、促进治理贯通起来，强化重点领域监管，推进重点领域监督机制改革，推动全面从严治党向基层一线、向群众身边延伸，持续整治群众身边腐败和作风问题。五要坚持不懈转变作风。坚持全面从严、一严到底，全面检视、靶向纠治，深入开展党的优良传统和作风教育，完善作风建设长效机制，毫不松懈纠治"四风"，坚决防止形式主义、官僚主义滋生蔓延，以优良作风督促广大党员干部担当尽责、干事创业。六要勇于担当履职尽责。协助督促各级党组织强化政治担当、履行主体责任，党组织书记要履行第一责任人责任；督促各级领导干部特别是主要负责同志要切实担负起管党治党政治责任，以系统施治、标本兼治的理念正风肃纪反腐；认真履行纪检组织和纪检干部的监督职责，盯住重点人重点事担当尽责，做到知责于心、担责于身、履责于行。七要进一步加强纪检干部队伍建设，不断提升政治素质、业务能力，加大严管严治、自我净化力度，建设一支政治素质高、忠诚干净担当、专业化能力强、敢于善于斗争的纪检监察铁军。

2021 年是实施"十四五"规划、开启全面建设社会主义现代化国家新征程的第一年，也是我们党成立 100 周年。报社新闻宣传和事业发展面临新形势新任务新要求，做好党风廉政建设和反腐败工作十分重要。报社编委会对今年的党风廉政建设和反腐败工作从 7 个方面作出安排部署：一要不断提高政治判断力、政治领悟力、政治执行力，以实际行动带头做到"两个维护"。二要坚定不移推进全面从严治党，扎实做好党风廉政建设宣传报道。三要认真落实全面从严治党主体责任，协同高效做好监督检查。四要运用好中央巡视整改制度建设成果，进一步扎牢制度笼子。五要巩固拓展作风建设成效，锲而不舍落实中央八项规定及其实施细则精神。六要持之以恒正风肃纪反腐，把严的主基调长期坚持下去。七要大力加强纪检干部队伍自身建设，努力建设一支政治素质高、忠诚干净担当、专业化能力强、敢于善于斗争的纪检铁军。人民日报社 2021 年党风廉政建设主要工作责任分解实施意见，明确了严格遵守党的政治纪律和政治规矩、深入开展党风廉政建设宣传报道、认真履行全面从严治党主体责任和监督责任等 9 个方面工作、40 项具体任务。这些任务责任，贯彻了习近平总书记重要讲话精神、贯彻了十九届中央纪委五次全会工作部署。我们要积极协助编委会和各级党组织认真抓好贯彻落实，积极推动报社全面从严治党、党风廉政建设和反腐败斗争取得新的更大成效，推动报社新闻宣传和事业发展取得新的更大进步，以优异成绩庆祝建党 100 周年。

（在人民日报社纪委书记座谈会上的发言）

2021 年 2 月

深化党史学习　强化使命担当

今年党中央决定在全党开展党史学习教育活动，目的就是要用党的奋斗历程和伟大成就鼓舞斗志、明确方向，用党的光荣传统和优良作风坚定信念、凝聚力量，用党的实践创造和历史经验启迪智慧、砥砺品格。作为党员领导干部必须深刻认识开展党史学习教育的重要意义，自觉从党的百年奋斗历程中汲取智慧和力量，进一步增强"四个意识"、坚定"四个自信"，做到"两个维护"，不忘初心，牢记使命，努力提高为中华民族谋复兴、为中国人民谋幸福的思想自觉和行动自觉。

一、深刻认识开展党史学习教育的重要意义

党的十八大以来，以习近平同志为核心的党中央将加强党的政治建设、组织建设、思想建设、作风建设，将全面从严治党、加强党风廉政建设作为重大政治任务，坚持长抓步懈，先后开展了 5 次重要的全党学习教育活动。

2013 年开展了党的群众路线教育实践活动，紧紧围绕保持党的先进性和纯洁性，以为民务实清廉为主要内容，以县处级以上领导机关、领导班子和领导干部为重点，以贯彻落实中央八项规定精神为切入点，聚焦解决形式主义、官僚主义、享乐主义和奢靡之风问题，把"照镜子、正衣冠、洗洗澡、治治病"贯穿党的群众路线教育实践活动全过程，努力提高做好新形势下群众工作的能力，保持党同人民群众的血肉联系，取得了良好的效果。2014 年开展了"三严三实"教育实践活动，聚焦领导干部作风建设，强调作风建设永远在路上，要求各级领导干部树立和发扬好的作风，严以

修身、严以用权、严以律己，谋事要实、创业要实、做人要实。"三严三实"教育实践活动是改进作风的再启程、再出发，彰显了我们党一鼓作气抓作风、驰而不息改作风的坚定决心和恒心。2016年开展了"两学一做"学习教育，强调共产党员要尊崇党章、遵守党章、维护党章，坚定理想信念，对党绝对忠诚；要牢记党规党纪，牢记党的优良传统和作风，树立崇高道德追求，养成纪律自觉，守住为人、做事的基准和底线；要深入领会系列重要讲话的丰富内涵和核心要义，深入领会贯穿其中的马克思主义立场观点方法，坚定中国特色社会主义道路自信、理论自信、制度自信、文化自信。自觉做讲政治、有信念，讲规矩、有纪律，讲道德、有品行，讲奉献、有作为的合格党员。2019年开展了"不忘初心、牢记使命"主题教育，强调广大党员干部要加深对习近平新时代中国特色社会主义思想和党中央大政方针的理解，增强贯彻落实的自觉性和坚定性；坚定对马克思主义的信仰、对中国特色社会主义的信念，增强"四个意识"、坚定"四个自信"、做到"两个维护"；以强烈的政治责任感和历史使命感，努力创造经得起实践、人民、历史检验的工作实绩；树立以人民为中心的发展理念，以为民谋利、为民尽责的实际成效取信于民；保持为民务实清廉的政治本色，自觉同特权思想和特权现象作斗争，坚决预防和反对腐败，清清白白为官、干干净净做事、老老实实做人。

今年开展的党史学习教育，是在中国共产党成立100周年之际开展的重大教育活动。强调开展党史学习教育，是牢记初心使命、推进中华民族伟大复兴历史伟业的必然要求，是坚定信仰信念、在新时代坚持和发展中国特色社会主义的必然要求，是推进党的自我革命、永葆党的生机活力的必然要求。强调要教育引导全党进一步感悟思想伟力，增强用党的创新理论武装全党的政治自觉；进一步把握历史发展规律和大势，始终掌握党和国家事业发展的历史主动；进一步深化对党的性质宗旨的认识；始终保持马克思主义政党的鲜明本色；进一步总结党的历史经验，不断提高应对风险挑战的能力水平；进一步发扬革命精神，始终保持艰苦奋斗的昂扬精神；进一步增强党的团结和集中统一，确保全党步调一致向前进。

前四次学习教育活动，着重解决党员干部在思想、工作、作风等方面存在的脱离群众、滥用权力、纪律涣散、信念缺失等突出问题。党史学习教育则着眼于中华民族伟大复兴历史伟业，着眼于坚持和发展中国特色社会主义道路，着眼于党的自我革命、永葆党的生机活力，其政治站位更高、目标更宏远、任务更艰巨、意义更重大。

二、深刻认识中国共产党伟大的历史贡献

中华民族具有 5000 多年绵延不绝的文明历史，为人类文明进步作出了不可磨灭的贡献。进入近代以后，中国陷入内忧外患的黑暗境地，中国人民经历了战乱频仍、山河破碎、民不聊生的深重苦难。为了挽救民族危亡，无数仁人志士前赴后继，进行种种尝试，但均以失败而告终。在马克思列宁主义同中国工人运动相结合的过程中，1921 年中国共产党应运而生。我们党勇敢地肩负起实现中华民族伟大复兴的历史使命，团结带领人民进行了艰苦卓绝的斗争，谱写了气吞山河的壮丽史诗，为中华民族作出了伟大历史贡献。

一是开创了中国特色社会主义道路。1840 年以来，中华民族深陷于半殖民地半封建的黑暗之中。为了挽救民族危亡，为了追求中华民族伟大复兴的梦想，无数志士仁人前赴后继，寻找救国救民的道路，最终都抱憾终天。1921 年，诞生了中国共产党，从此中国革命有了正确前进方向。在新民主主义革命时期，党领导人民经过 28 年浴血奋战，推翻了帝国主义、封建主义和官僚资本主义反动统治，建立了中华人民共和国，使人民成为国家、社会和自己命运的主人，中华民族从此开启了发展进步的新纪元。在社会主义革命和建设时期，党领导人民建立社会主义基本制度，使占世界人口四分之一的东方大国实现了中国历史上最广泛最深刻的社会变革。在改革开放和社会主义现代化建设时期，党领导人民开创了中国特色社会主义道路，初步建立起社会主义市场经济体制，大幅度提高了我国的综合国力和人民生活水平，实现了从温饱不足到全面小康的跨越。党的十八大以来，以习近平同志为核心的党中央，继续高举中国特色社会主义伟大旗

帜，以实现中华民族伟大复兴为引领，统筹国内国外两个大局，作出了一系列重大战略部署。在改革发展稳定、内政外交国防、治党治国治军各个方面都取得了新的重大成就。

二是形成了能够经受任何考验的坚强领导核心。100年来，中国革命、建设和改革的实践证明，无论遇到什么样的风险、危机和艰难险阻，我们党都能够领导人民战胜困难，不断从胜利走向胜利。我们党之所以有这样的伟力，就是因为我们党是坚持为真理而斗争、坚持全心全意为人民服务的马克思主义政党，始终同人民群众保持最密切的联系，形成了自己的独特优势。这些优势包括理论优势、政治优势、组织优势、制度优势和密切联系群众的优势。正是这些优势的全面形成和坚持发挥，使我们党能够由小到大、由弱到强，团结带领全国各族人民谱写了革命、建设和改革的壮丽篇章；也正是这些优势的充分展现和广泛影响，使人民群众深刻认识到，要完成光荣艰巨的历史使命，战胜前进道路上的风险挑战，关键在党，关键在党的领导。

三是积累了领导中国革命和建设的宝贵经验。第一必须正确对待马克思主义，坚定不移地走自己路。道路关乎党的命脉，关乎国家前途、民族命运、人民幸福。100年来，我们党能够领导人民从一个胜利走向另一个胜利，关键在于探索形成了正确的道路。第二必须顺应世界大势，始终走在时代前列。顺应世界发展大势，把握时代发展潮流，是一切进步事业产生、发展和壮大的根本原因。中国共产党就是在民主革命运动成为时代潮流的大势下登上历史舞台的，并迅速走在那个时代的前列，成为时代的弄潮儿。在当今世界深刻复杂变化、中国同世界的联系和互动空前紧密的情况下，更要密切关注国际形势发展变化，把握世界大势，统筹好国内国际两个大局，在时代前进潮流中把握主动、赢得发展。第三必须代表最广大人民根本利益，尊重人民主体地位和首创精神。密切联系群众，是党的性质和宗旨的体现，是中国共产党区别于其他政党的显著标志，也是党发展壮大的重要原因。100年来，我们党坚持全心全意为人民服务的宗旨，把实现好、维护好、发展好最广大人民根本利益作为一切工作的出发点和落脚点，获得最广泛最可靠最牢固的群众基础和力量源泉，得到广大人民群众的信赖和拥戴。第四必须加强党的自身建设，把党要管党，全面从严治党落到实处。100 年来，我们党始终把自身建设牢牢抓在手中。毛泽东同志在总结中国革命胜利的经验时，就把党的建设作为三大法宝之一。尤其是十八大以来，我们党坚持党要管党、全面从严治党，全面加强党的思想建设、组织建设、作风建设、反腐倡廉建设、制度建设，不断增强自我净化、自我完善、自我革新、自我提高能力，取得了巨大成就，受到世界的瞩目。

中国共产党百年奋斗，取得了伟大成就和宝贵经验，实现了从站起来、富起来、到强起来三次伟大飞跃；完成了开天辟地、改天换地、翻天覆地、惊天动地四件大事；总结了坚持党的领导、坚持和发展马克思主义、坚持以人民为中心、坚持党的理想信念、坚持走自己的路、坚持解放和发展生产力、坚持改革开放、坚持维护国家安全、坚持维护世界和平、坚持全面从严治党十条经验启示。中国共产党对中华民族伟大历史贡献和经验启示是我党宝贵的精神财富，必须认真学习领会，从中获取用于指导实践的力量源泉。

三、自觉增强"学史明理、学史增信、学史崇德、学史力行"的思想自觉和行动自觉

学习的目的在于运用。我们必须紧紧围绕学党史、悟思想、办实事、开新局的主题，自觉增强学史明理、学史增信、学史崇德、学史力行的思想自觉和行动自觉。要自觉做到学史明理。通过参加党史学习教育，全面了解中国共产党百年辉煌成就，更加深刻理解了中国共产党为什么"能"、马克思主义为什么"行"、中国特色社会主义为什么"好"。历史充分证明，中国特色社会主义这条道路走得对、走得通、走得好，是引领中华民族实现伟大复兴的人间正道。必须始终坚定走中国特色社会主义道路的信心和决心，不为任何风险所惧，不为任何风险所惑，坚决不走封闭僵化的老路，也不走改旗易帜的邪路。要自觉做到学史增信。作为一名共产党员，必须

始终坚定马克思主义的科学信仰和共产主义的远大理想，坚定中国特色社会主义的共同理想。必须始终坚持道路自信、理论自信、制度自信、文化自信。自觉做到知史爱党、知史爱国，在学习领悟中坚定理想信念，践行初心使命。要自觉做到学史崇德。历史是照亮现实和未来的一面镜子。通过党史学习教育，进一步升华道德认知、强化道德自律、砥砺道德实践，增强学史崇德、赓续荣光、接续奋斗的思想和行动自觉。自觉践行忠诚老实、公道正派、艰苦奋斗、清正廉洁的优良品格，自觉坚守法纪红线和道德底线，明是非、识良莠、辨美丑、分善恶、晓荣辱、知行止，慎独慎微、严于律己，以俭养德、廉洁齐家，筑牢拒腐防变的思想道德防线。要自觉做到学史力行。一个行动胜过一打纲领。党的一百年，是矢志践行初心使命的一百年，是筚路蓝缕奠基立业的一百年，是创造辉煌开辟未来的一百年，一百年取得的光辉成就是干出来的。学习党史最终要运用到实践中，要与工作相结合起来。作为一名纪检干部，必须认真贯彻落实党中央全面从严治党、党风廉政建设和反腐败斗争工作部署，认真履行纪检机关和纪检干部的工作职责，抓好班子、带好队伍、管好自己，严肃查处违规违纪违法问题，以实际行动维护党纪权威。

（在机关纪委专题组织生活会上的发言）

2021 年 8 月 23 日

努力打造忠诚干净担当纪检干部队伍

人民日报编委会高度重视报社纪检组织和纪检干部队伍建设，党的十九大以来，先后出台了《关于加强报社纪检组织体系建设的意见》《纪检组织监督执纪工作细则》《专职纪检干部考核办法》等一系列文件，着力解决纪检工作有人干、依规干、愿意干等问题，不断推动从严治社取得新成效。《关于加强中央和国家机关部门机关纪委建设的意见》（以下简称《意见》）印发后，编委会和各级党组织认真组织传达学习，深入贯彻《意见》精神，切实把相关工作要求落到实处。

一、认真研读文件，领会精神实质，自觉强化贯彻落实《意见》的责任担当

编委会第一时间组织传达学习，将贯彻落实《意见》作为一项重要政治任务，以高度负责的态度，坚决抓好贯彻落实。在吃透文件精神的基础上，认真查找问题不足，深入研究贯彻落实具体措施，切实加强对机关纪检工作的领导，真正让机关纪委监督实起来、执纪硬起来、作用发挥强起来，为把人民日报办得更好，充分发挥在舆论上的导向作用、旗帜作用、引领作用提供坚强纪律保障。

机关党委认真学习贯彻《意见》精神，着力加强对机关纪委、基层纪检组织和报社纪检工作的组织领导。及时分析报社基层党组织落实管党治党政治责任情况和党员干部遵守纪律情况，每年听取机关纪委报告工作和机关纪委书记述职。加强纪检干部队伍建设，统筹纪检干部的培养、选拔、任用，加大培训力度，建设过硬队伍。

机关纪委组织全体纪检干部深刻领会总体要求、领导体制、工作机制等核心要义。聚焦主责主业、找准职责定位、明确工作责任，在对标《意见》要求、推动完善制度机制上下功夫，在厘清工作职责、聚焦主责主业上下功夫，在加强自身建设、提升履职能力素质上下功夫，认真履行纪检机关和纪检干部职责使命。

二、健全领导体制，理顺工作关系，严格落实相关制度规定和工作要求

编委会认真履行对机关纪检工作的领导责任。定期研究全面从严治党、党风廉政建设和反腐败工作，听取纪检工作情况汇报，与中央纪委国家监委驻社纪检监察组进行党风廉政建设情况专题会商。社长自觉履行第一责任人职责，亲自部署重要工作、督办重要案件。编委会成员严格落实"一岗双责"，坚持廉政约谈制度，认真听取分管单位落实"两个责任"情况汇报，指出廉政风险，提出工作要求。机关纪委书记列席编委会涉及全面从严治党工作议题会议，机关纪委开展的重要工作、查办的重点问题、拟给予党纪处分的案件，报机关党委、中央纪委国家监委驻社纪检监察组和社长多层审批，由编委会审议决定。

机关纪委在中央和国家机关纪检监察工委和报社机关党委的双重领导下开展工作。及时传达贯彻纪检监察工委会议精神、指示要求，落实工作部署。坚持重大疑难复杂问题向纪检监察工委请示和政策法规咨询，确保办案质量。坚持每年向机关党委报送机关纪委工作报告和机关纪委书记述职报告并接受评议。自觉接受中央纪委国家监委驻社纪检监察组的业务指导和监督检查。参加中央纪委国家监委驻社纪检监察组召开的分管单位机关纪委书记联席会议，汇报工作，受领任务，明确要求，接受监督指导。

压实"两个责任"，促进各类监督融会贯通、形成合力。坚持编委会全面监督、机关纪委专责监督与内设机构职能监督、基层党组织日常监督、党员民主监督等各类监督有机贯通，坚持纪律监督与中央巡视监督、派驻监督、社内巡视监督、审计监督、财会监督、干部人事监督有机对接，互

通情况信息，开展联动整改，提升监督效能。

三、加强自身建设，补齐短板弱项，着力提高纪检干部履职尽责的能力素质

健全组织，配强干部。认真落实编委会关于加强报社纪检组织体系建设的意见，着力解决纪检队伍薄弱问题。完成机关纪委换届，充实分管干部监督、新闻协调、内部审计、社内巡视工作的负责同志担任纪委委员，配备更加科学合理。加强工作力量，机关纪委编制由 5 个增加至 12 个，设立执纪审查室和监督检查室，实现了查审分离。向地方部、企业监管部、人民网等单位派驻 7 名专职纪委书记，增设两个监督检查室，基本实现了社内监督全覆盖。

完善制度，规范工作。修订《人民日报社专职纪检干部考核办法》，从机制上破解"熟人社会"监督难题，激励纪检干部担当作为。严格执行《人民日报社纪检组织监督执纪工作细则（试行）》，明确职责任务、工作机制及监督执纪工作相关要求。制定并督促基层纪检组织落实《人民日报社基层纪检组织向机关纪委报告工作办法》，建立纪检信息月报制度，及时掌握各单位党风廉政建设情况，强化对基层纪检组织的日常监督与指导。

找准定位，聚焦主业。对标《意见》要求，坚决纠正偏差。主动退出与主责主业无关的协调议事机构，不再牵头或参与政府采购、招标投标、项目评审、人员招录等工作。正确处理履行协助机关党委推进全面从严治党责任和履行机关纪委监督专责的关系，按照在协助中强化监督，在监督中推动协助，做到不缺位、不越位、不错位的要求，进一步聚焦主责主业，强化监督执纪问责。

抓实培训，提高素质。积极参加纪检监察工委、中央纪委国家监委驻社纪检监察组学习培训班，学习专业知识、掌握政策法规、增强能力素质。坚持岗位练兵，在干中学、学中干，不断提高实战能力。扎实开展全员培训，在认真学习纪检监察工委指定的 18 份文件书目基础上，围绕如何调

查取证、如何撰写初核报告和审查报告进行授课辅导，编印纪检干部应知应会知识要点；召开经验交流会，专职纪委书记、监督检查室主任介绍工作体会，取长补短、共同提高。

严格管理，加强监督。按照打铁必须自身硬的要求，严格纪检干部队伍教育管理和监督。坚持集体研究处置问题线索，分级负责、归口管理、专人督办，防止压案不查、以案谋私。坚持专案组成立临时党小组制度、审查调查回避制度、办案人员保密制度。强化依规依纪依法办案、安全文明办案，自觉接受党内监督、社会监督、群众监督，坚决防止"灯下黑"，着力打造政治素质高、忠诚干净担当、专业化能力强、敢于善于斗争的纪检铁军。

《旗帜》杂志 2021 年第 10 期

后　记

　　时光匆匆，转眼到了退休年限。收拾办公室物品，最不忍心丢弃的就是一堆点灯熬蜡、冥思苦想而撰写的文稿。经过多次思想斗争，最终下定决心，将这些刊发在报纸杂志、网络媒体上的文稿收集起来，经与出版社沟通，他们表示同意编辑出版，于是形成了这本文集。

　　文集里的内容，撰写于1998年至2023年，时间跨度长达25年。文稿收集颇费一番周折，有的内容在网上能检索到，下载复制比较方便，有的内容在网上检索不到，只好找样报用手机翻拍后再转换为电子版，有的内容存储在早年的三寸软盘里，目前使用的计算机无法打开，只好找出纸质原稿，用手机翻拍后再转换为电子版。经过两个多月的努力，终于完成了文稿收集工作。

　　在收集文稿的过程中，脑海中时常浮现当年和编辑老师打交道的情景。人民日报社的李和信主任，经常打电话给我留作业，某件事应当写一写，某种现象应该评一评。中国纪检监察报社的吴洪跃主任、人民论坛杂志社的周晓燕老师、人民网的陈城老师也经常打电话约稿提要求。在与编辑老师的交流中，学到了很多知识，可谓受益匪浅。因诸位领导和老师的鼓励鞭策，激励我能够把业余时间用在对社会热点焦点问题的关注上，也促使我能够安心本职工作，在党的纪律检查工作岗位上一干就是26年，直到退休。作为一个老纪检，看到党的十八大以来全面从严治党、党风廉政建设取得的成就，看到政治生态环境、党风政风和社会风气的逐步好转，心里感到非常欣慰。

在本书的编辑过程中，出版社精心编辑策划，严格审核把关，精简了50多篇稿子，对文稿中涉及相关案例的人名均作化名处理。这种严肃认真、一丝不苟的态度，着实令人敬佩。在此，对为此书编辑出版付出辛勤汗水的诸位领导和老师一并表示感谢！

金台杂谈

癸卯夏阎旺